张伟劼 著

拉丁美洲的多维现实

巴尔加斯·略萨小说研究

Mario Vargas Llosa

南京大学出版社

图书在版编目(CIP)数据

拉丁美洲的多维现实：巴尔加斯·略萨小说研究／
张伟劼著. — 南京：南京大学出版社，2024.4
ISBN 978-7-305-27030-7

Ⅰ. ①拉… Ⅱ. ①张… Ⅲ. ①略萨－小说研究 Ⅳ.
①I778.074

中国国家版本馆 CIP 数据核字(2023)第 095930 号

出版发行	南京大学出版社
社　　址	南京市汉口路 22 号　邮　编　210093
书　　名	拉丁美洲的多维现实：巴尔加斯·略萨小说研究
	LADINGMEIZHOU DE DUOWEI XIANSHI: BAERJIASI LÜESA XIAOSHUO YANJIU
著　　者	张伟劼
责任编辑	张淑文
照　　排	南京南琳图文制作有限公司
印　　刷	南京新洲印刷有限公司
开　　本	635 mm×965 mm　1/16 开　印张 18.75　字数 261 千
版　　次	2024 年 4 月第 1 版　印次　2024 年 4 月第 1 次印刷
ISBN	978-7-305-27030-7
定　　价	75.00 元

网址：http://www.njupco.com
官方微博：http://weibo.com/njupco
官方微信号：njupress
销售咨询热线：(025) 83594756

* 版权所有，侵权必究
* 凡购买南大版图书，如有印装质量问题，请与所购
  图书销售部门联系调换

目 录

1	引言
9	**第一章　略萨小说与拉丁美洲现代性**
10	一、从"绿房子"的命运看拉美社会的现代转型
27	二、对"救赎者"的反思
42	三、拉丁美洲的文明与野蛮
80	四、对西方文明的批判
95	五、巴尔加斯·略萨与秘鲁民族主义
105	六、文学的现代化
118	**第二章　略萨的"西班牙性"**
120	一、生命的悲剧意识
135	二、西班牙式现实主义
152	三、游戏的母题与叙事的游戏
171	**第三章　略萨小说的跨媒介书写**
173	一、另一种现实

210		二、里戈韦托的审美趣味
225		三、图像与权力
243		**第四章　略萨小说中的东亚人**
244		一、《绿房子》中的日本人伏屋
255		二、"炒饭"与"黄色帝国"
273		**结语：小说与现实**
279		**参考文献**

引 言

马里奥·巴尔加斯·略萨（Mario Vargas Llosa）是拉丁美洲文学"爆炸"最重要的代表性作家之一，也是中国读者最为熟知的拉美作家之一。2010年，巴尔加斯·略萨获诺贝尔文学奖，这一事件与加西亚·马尔克斯（Gabriel García Márquez）授权的首个《百年孤独》（Cien años de soledad）中文版的发行一起推动了国内新一波拉美文学译介和传播的热潮，略萨的作品也借此机会得到相比以往更为全面的介绍，或有旧版新出，或有新作引进。尽管在中国读者当中，略萨的知名度相比于马尔克斯和博尔赫斯要略逊一筹，但不可否认的是，在提到拉美文学时，巴尔加斯·略萨是绝不可忽略的作家。

巴尔加斯·略萨于1936年出生于秘鲁城市阿雷基帕，1959年出版短篇小说集《首领们》（Los jefes）。1962年凭借《城市与狗》（La ciudad y los perros）获西班牙简明图书奖，这部长篇小说成了他的成名作。此后，略萨接连出版了多部长篇小说：《绿房子》（La casa verde，1966，获罗慕罗·加列戈斯小说奖）、《酒吧长谈》（Conversación en La Catedral，1969）、《潘达雷昂上尉与劳军女郎》（Pantaleón y las visitadoras，1973）、《胡莉娅姨妈与作家》（La tía Julia y el escribidor，1977）、《世界末日之战》（La guerra del fin del mundo，1981）、《狂人玛依塔》（Historia de Mayta，1984）、《谁杀了帕罗米诺·莫雷洛？》（¿Quién mató a Palomino Molero?，1986）、《叙事人》（El hablador，1987）、《继母颂》（Elogio de la madrastra，1988）、《利图马在安第斯山》

(*Lituma en los Andes*,1993)、《情爱笔记》(*Los cuadernos de don Rigoberto*,1997)、《公羊的节日》(*La fiesta del Chivo*,2000)、《天堂在另外那个街角》(*El paraíso en la otra esquina*,2003)、《坏女孩的恶作剧》(*Travesuras de la niña mala*,2006)、《凯尔特人之梦》(*El sueño del celta*,2010)、《卑微的英雄》(*El héroe discreto*,2013)、《五个街角》(*Cinco esquinas*,2016)等。此外,略萨还出版过一些戏剧作品,包括《塔克纳姑娘》(*La señorita de Tacna*,1983)、《琼加》(*La Chunga*,1990)等,以及包括文学批评、文学理论、政治社会批评、回忆录在内的多部散文作品,如《加西亚·马尔克斯:弑神的历史》(*García Márquez: historia de un deicidio*,1971)、《谎言中的真实》(*La verdad de las mentiras*,1990)、《水中鱼——巴尔加斯·略萨回忆录》(*El pez en el agua*,1993)、《给一位青年小说家的信》(*Cartas a un joven novelista*,1997)、《奇观文明》(*La civilización del espectáculo*,2012)、《部落的召唤》(*La llamada de la tribu*,2018)等。

何塞·米盖尔·奥维耶多(José Miguel Oviedo)认为,从拉丁美洲文学"爆炸"的时段和作家本人的创作成熟期来看,巴尔加斯·略萨堪称"爆炸"文学最具代表性的作家,他是与"爆炸"同时"诞生"的。[1] 他认为,从秘鲁文学史来看,略萨在1959年远赴巴黎之前,其叙事作品和秘鲁的"50代"(generación del 50)作家的作品多少有一些联系,但在进入成熟期之后,他就与"50代"的社会现实主义在写作风格上拉开了距离,而在主题上依然保持了对秘鲁社会现实的质问和批判,尤其是围绕这样一个深层的问题:个人在群体之中如何作为,由此,在他的作品中最常出现的是政治主题(个人需要服从的一整套权力机制和等级制度)和军事主题(由一个不容置疑的当权者统治的社会)。[2]

---

[1] José Miguel Oviedo, *Historia de la literatura hispanoamericana*. Madrid: Alianza Editorial, S. A., 2001, pp. 329-330.
[2] José Miguel Oviedo, *Historia de la literatura hispanoamericana*. Madrid: Alianza Editorial, S. A., 2001, p. 335.

在专著《巴尔加斯·略萨小说：风格探究》(*La narrativa de Vargas Llosa: acercamiento estilístico*)一书中，何塞·路易斯·马丁(José Luis Martín)站在拉丁美洲文学史(20世纪40年代至20世纪70年代)的高度上审视了略萨的小说。他指出，在这个拉美叙事文学发生重大转变的时期，从主题和技巧上看，拉美小说可分为四个主要的潮流：从一开始的社会现实主义(realismo social)，到心理现实主义(realismo psicológico)的兴起，继而是魔幻现实主义(realismo mágico)，最后是结构现实主义(realismo estructuralista)；巴尔加斯·略萨代表的结构现实主义试图从多个不同的视角来切入现实，在时间上、空间上、叙事声音上、人物塑造上、叙事顺序上乃至形态句法的表达和词汇上对现实做多角度的审视。[1] 马丁指出，略萨在小说技巧上追求的唯一目标就是：消解叙事者与读者之间的距离。[2] 循着这一思路，他借用略萨自创的小说写作概念，分析了略萨的几个重要的创作技巧：连通管(los vasos comunicantes)、中国套盒(las cajas chinas)、质的跳跃(el salto cualitativo)等。

略萨小说在主题的选择和创作风格上并非一成不变。他的政治立场在20世纪70年代中期以后发生了转变，这种转变也或明或暗、或多或少地体现在他的小说中。在对略萨小说整个谱系的描述中，一般认为，1973年的《潘达雷昂上尉与劳军女郎》是一个分水岭。如雷蒙德·L.威廉姆斯(Raymond L. Williams)在其专著《巴尔加斯·略萨：另一种弑神的历史》(*Vargas Llosa: Otra historia de un deicidio*)中指出的，《潘达雷昂上尉与劳军女郎》不仅"发现"了幽默——这在他之前

---

[1] José Luis Martín, *La narrativa de Vargas Llosa: acercamiento estilístico*. Madrid: Editorial Gredos, 1979, p. 29.
[2] José Luis Martín, *La narrativa de Vargas Llosa: acercamiento estilístico*. Madrid: Editorial Gredos, 1979, p. 75.

的作品中是罕见的,更是显露出了后现代主义的倾向。[1] 巴尔米罗·奥玛尼亚(Balmiro Omaña)从意识形态与文学关系的角度为略萨小说勾勒了三个发展阶段,他认为,略萨小说从早期的抗争和先锋性逐渐走向了妥协和传统叙事套路,在意识形态上和美学追求上都趋向保守的姿态。[2] 埃弗拉因·克里斯陀(Efrain Kristal)也在其专著《词语的诱惑:马里奥·巴尔加斯·略萨的小说》(*The temptation of the word: the novels of Mario Vargas Llosa*)中从意识形态的角度出发,将略萨小说分为社会主义与新自由主义两个阶段。[3]

国外关于略萨小说的研究成果已经蔚为大观。除了前文提到的专著和文章,研究者们从各个角度切入,运用各种文艺理论,如萨拉·卡斯特罗-克拉伦(Sara Castro-Klaren)在专著《巴尔加斯·略萨:分析导论》(*Mario Vargas Llosa: análisis introductorio*)中运用读者接受理论研究略萨作品,[4]斯蒂芬·海宁根(Stephen Henighan)研究了略萨小说中女性形象的转变历程,[5]海迪·哈布拉(Hedy Habra)研究了略萨如何运用视觉形象来建构替代性现实,[6]等等。围绕某一本或某几本略萨小说展开研究的论文更是数不胜数,我们在本书中展开具体分析时将提到其中的某些篇目。

国内对略萨小说的译介始于改革开放之后。从那时起直到今天,

---

[1] Raymond L. Williams, *Vargas Llosa: Otra historia de un deicidio*. México D. F.: Taurus, 2001, p. 204.
[2] Balmiro Omaña, "Ideología y texto en Vargas Llosa: sus diferentes etapas", *Revista de Crítica Literaria Latinoamericana*, No. 26 (1987), pp. 137 - 154.
[3] Efrain Kristal, *The temptation of the word: the novels of Mario Vargas Llosa*. Nashville: Vanderbilt University Press, 1998.
[4] Sara Castro-Klaren, *Mario Vargas Llosa: análisis introductorio*. Lima: Latinoamericana Editores, 1988.
[5] Stephen Henighan, "Nuevas versiones de lo femenino en *La Fiesta del Chivo*, *El paraíso en la otra esquina* y *Travesuras de la Niña Mala*", *Hispanic Review*, Vol. 77, No. 3 (Summer, 2009), pp. 369 - 388.
[6] Hedy Habra, *Mundos alternos y artísticos en Vargas Llosa*. Madrid: Iberoamericana, 2012.

研究者们如赵德明、孙家孟、侯健等人既翻译略萨的作品,又撰写相关的研究文章。"结构现实主义"是巴尔加斯·略萨小说在中文世界最为人熟知的标签。陈光孚在1982年的文章中介绍了拉美文学"结构现实主义"流派的发展史,并以略萨小说为例描绘了这一文学创作方法的基本轮廓,指出结构现实主义致力于营造"立体感"和对黑暗的社会现实展开批判。[1] 孙家孟在1987年的文章中以更为细致的文本细读描述了略萨的结构现实主义的重要特征:营造立体感、引进戏剧或影视艺术的艺术技巧,以及通过结构安排来制造悬念。[2] 在对拉美文学做整体性介绍的专著中,陈众议的《拉美当代小说流派》、李德恩的《拉美文学流派与文化》、朱景冬的《当代拉美文学研究》均辟有专章介绍略萨的结构现实主义。[3] 纵观国内有关略萨小说的研究论文,大部分都聚焦于略萨小说的叙事结构。在2010年略萨获诺贝尔奖之后,关于略萨小说的研究文章出现了井喷,研究的角度也更为多元,如陈众议从意识形态角度解读略萨的创作转向,[4] 张琼、李秀红从心理学视角分析略萨塑造的小说人物,[5] 任爱红、侯健聚焦于略萨小说中的女性

---

[1] 陈光孚:《"结构现实主义"述评》,《文艺研究》1982年第1期,第84页至第91页。另外,陈光孚先生也在《拉丁美洲又一次"文学爆炸":〈世界末日之战〉》一文中介绍了结构现实主义(《读书》1983年第9期,第138页至第141页)。

[2] 孙家孟:《结构革命的先锋——论巴尔加斯·略萨及其作品〈酒吧长谈〉》,《世界文学》1987年第1期,第220页至第236页。

[3] 陈众议:《拉美当代小说流派》,北京:社会科学文献出版社,1995年;李德恩:《拉美文学流派与文化》,上海:上海外语教育出版社,2010年;朱景冬:《当代拉美文学研究》,北京:社会科学文献出版社,2012年。

[4] 陈众议:《来自巴尔加斯·略萨的启示》,《当代作家评论》2011年第1期,第130页至第137页。

[5] 张琼:《试析〈坏女孩的恶作剧〉中的心理学因素》,《文学界(理论版)》2011年第2期,第203页至第204页;李秀红:《因"暗恐"而支离破碎的爱情——〈坏女孩的恶作剧〉之"暗恐"理论解读》,《甘肃联合大学学报(社会科学版)》2012年第5期,第60页至第66页。

形象，①周明燕、张琼、黄德志从后殖民角度探讨略萨小说中体现的作者与本土文化的关系，②等等。

　　本书试图超越"结构现实主义"，从新的角度来解读巴尔加斯·略萨的小说。显然，今天中国学界和大众读者对拉美文学的认知在很大程度上仍未摆脱标签化。其个中原因，既有学术范式的因循守旧，也有出版商的夸张宣传。关于拉美文学，最为显著的标签就是"魔幻现实主义"。已有学者指出，"魔幻现实主义"并非拉美新小说的代名词，并不像在中国所想象的那样普遍存在于拉美当代文学中；《百年孤独》造成的是读者对拉美文化与文学的定型化想象；从拉美文学汲取灵感的中国"寻根文学"对拉美文学的借鉴仅在文体层面上获得承认，拉美文学被中国真正接受的更多是技巧，而对历史、对社会现实的反思则被悬置。③ 但这一标签的热度并未减弱，近年来随着马尔克斯作品中译本的持续出版和在图书销售市场上的亮眼表现，越来越多的出版商意识到"魔幻现实主义"是销量的保证，从而使这一标签在广告宣传语中频现，把它和许多本不相干的拉美文学作品也捆绑在一起，这就造成了中国读者对拉美文学某种歪曲的、错误的印象。对于巴尔加斯·略萨的认知，同样是以"结构现实主义"为主要标签的。大量的研究、解读、评析围绕小说的叙事特色展开，却在很大程度上脱离了拉丁美洲历史和社会现实的语境。大体上说，在国内的接受中，略萨小说更多被看到的是"结构"，其再现的"现实"却或多或少地被忽略了。对这种拉美文学特有的"现实主义"的认知，也往往缺乏对现实主义美学的

---

① 任爱红：《〈绿房子〉的女性主义解读》，《西南民族大学学报（人文社会科学版）》2012年S1期，第10页至第13页；侯健：《巴尔加斯·略萨作品中女性因素小探》，《文学界（理论版）》2011年第11期，第78页至第80页。
② 周明燕：《从略萨看后殖民作家与本土文化的疏离》，《深圳大学学报（人文社会科学版）》2011年第5期，第19页至第23页；张琼、黄德志：《后殖民视阈下的巴尔加斯·略萨》，《枣庄学院学报》2013年第6期，第47页至第50页。
③ 滕威：《从政治书写到形式先锋的移译——拉美"魔幻现实主义"与中国当代文学》，《文艺争鸣》2006年第4期，第99页至第105页。

整体观照，而略萨小说的现实主义毫无疑问是有西方文学现实主义渊源的。略萨小说实际上提供了一个绝佳的认识拉丁美洲历史与现实的窗口。如果说被贴上"魔幻现实主义"标签的那些作品带有过多的神话色彩，使远隔重洋的中国读者难以区分文学想象和被再现的现实的话，更具现实感的略萨小说则可以让中国读者更为直观地了解真实的拉丁美洲。要在略萨小说中对拉丁美洲有深刻的了解，必须结合拉丁美洲历史，尤其是政治史和思想史的知识。我们的拉丁美洲研究直到今天在很大程度上仍然是分裂的：研究拉美文学的文章中，将文学文本与拉美社会现实做深度结合的并不多，研究拉美社会的文章则很少以拉美文学作品为佐证。我们应当努力弥补这种分裂。

为此，在本书中我们将试图解读略萨小说中之前被关注较少的几个层面。首先我们认为，拉丁美洲现代性的问题是略萨小说的一大关切所在，我们将在略萨小说中寻找和探究拉丁美洲如何全方位地走向现代、如何艰难转型的历史。拉丁美洲与中国同属第三世界，拉丁美洲的现代转型的经验对于我国的社会主义现代化建设有着非常宝贵的借鉴意义，而略萨小说就是这种经验的艺术再现。接下来，我们将触及一个鲜有人关注的问题：略萨的"西班牙性"。作为一个拉美作家，略萨从不讳言自己对西班牙的赞许和热爱，甚至加入了西班牙国籍，这使得他招致很多拉美知识分子的批评。我们认为，略萨小说中可以找到西班牙文化的传统，尤其是其现实主义在一定程度上可以视为西班牙现实主义美学的传承。在这种现实主义书写中，我们看到了拉丁美洲现实极为细致的层面。略萨体现出的"西班牙性"，也是拉丁美洲的一个不可否认的现实：西班牙文化遗产是拉丁美洲文化的本源性的一部分。我们还将聚焦略萨小说谱系中比较特别的两部作品，从跨媒介书写的视角切入，试图论证文本背后潜藏的思想意识，由此认识拉丁美洲的"另一种现实"，而这是略萨的其他小说较少涉及的。最后，我们把目光放在略萨小说中间或出现的东亚人身上，结合拉丁美洲移民史分析这些人物形象。我们认为，这些移民或移民后代是拉丁美洲现实的重要组成部分。在今天的全球化时代,流散的异乡客越来越多,他们的生存状态和身份认同成为学界讨论越来越多的问题。

博尔赫斯曾在短篇小说《阿莱夫》里设想了一个亮闪闪的小圆球,从中可以看到大千世界:

> 阿莱夫的直径大约为两三厘米,但宇宙空间都包罗其中,体积没有按比例缩小。每一件事物(比如说镜子玻璃)都是无穷的事物,因为我从宇宙的任何角度都能清楚地看到。我看到浩瀚的海洋、黎明和黄昏,看到美洲的人群、一座黑金字塔中心一张银光闪闪的蜘蛛网,看到一个残破的迷宫(那是伦敦)……①

我们可以把略萨小说也看成一个可以从中窥见拉丁美洲所有层面的现实的"阿莱夫",在其中,拉丁美洲现实没有被过度扭曲,而是如实呈现的,让人们既看到外在的种种细节,又看到内里的深沉脉动。巴尔加斯·略萨小说显示出"完全小说"的雄心,欲图把拉丁美洲这个如此复杂、多元的社会尽然再现,书写拉丁美洲的多个维度的现实。本书即试图在略萨用文字构造的"阿莱夫"之中看到繁复的、深层的拉丁美洲现实。

---

① 豪尔赫·路易斯·博尔赫斯:《阿莱夫》,王永年译,上海:上海译文出版社,2017年,第194页。

第一章　略萨小说与拉丁美洲现代性

成为"现代"的,是所有第三世界国家、所有欠发达社会的普遍愿景。拉丁美洲的现代化进程是独特的。它从一开始就以被开发、被奴役的方式被动地卷入西方现代化进程中,以它的资源——包括人力的、矿石的、农牧的——成就了西方的发达,却始终没有完成全面的现代化,一直难以完全摆脱殖民地的命运。拉丁美洲国家和社会从前现代向现代的转型过程充满坎坷,其文化面貌呈现出前现代、现代与后现代同时并存的奇观。一方面是剧烈的变动,戏剧化的景象目不暇接,正如《共产党宣言》描绘19世纪风云变幻的欧洲的那段话,它已经成了关于"现代性"的一个经典描述:"一切固定的僵化的关系以及与之相适应的素被尊崇的观念和见解都被消除了,一切新形成的关系等不到固定下来就陈旧了。一切等级的和固定的东西都烟消云散了,一切神圣的东西都被亵渎了。"[①]另一方面,拉丁美洲又有着某些根深蒂固的东西,不会被轻易地改变,仿佛中了魔咒一般固执地一次次阻挠着通向现代的进程。拉丁美洲历史与现实的这种复杂性,为拉美文学提供了丰富的素材。而拉美文学本身也做出了通向"现代"的努力,在这方面,巴尔加斯·略萨的创作之路就是一个经典的例证。在他获得成功的小说中,我们可以看到,他用现代的眼光、现代的意识、"现代"

---

① 《马克思恩格斯文集》第二卷,中央编译局编译,北京:人民出版社,2009年,第34页至第35页。

的方法精心再现拉丁美洲多维度的现实，涉及拉丁美洲现代化进程的方方面面。阅读他的小说，就是阅读拉丁美洲从封闭走向开放、从"野蛮"走向"文明"、从迷信走向祛魅、从"乡土"走向城市的历史。

一、从"绿房子"的命运看拉美社会的现代转型

在谈论拉美文学"爆炸"的代表性作品时，巴尔加斯·略萨首版于1966年的长篇小说《绿房子》就像加西亚·马尔克斯的《百年孤独》或胡里奥·科塔萨尔（Julio Cortázar）的《跳房子》（*Rayuela*）那样，一直是被提及最多的作品之一。路易斯·哈斯（Luis Harss）将这本小说与《跳房子》和吉马良斯·罗萨（Guimarães Rosa）的《广阔腹地一条条小径》（*Grande Sertão：Veredas*）并称为拉美文学中最完美的几部小说。[①]《绿房子》放在作家本人的创作谱系上看，也是最能代表他写作风格的作品之一。何塞·路易斯·马丁指出，《绿房子》无论从主题上说还是从技巧上说，都是作者的巅峰之作。[②] 略萨在中国被贴上的"结构现实主义"的标签，突出的是作者在处理多条故事线索、转换叙事空间时表现出的高超能力——《绿房子》就是这一能力的绝佳例证，但这一标签容易使人忽略他的一些重要作品在精彩讲述的故事背后实质上蕴含着深刻的象征意味。在一部文学作品经典化的过程中，往往是其包含的某个或某些令人印象深刻的形象具有无穷的内涵，特别是联系到作品诞生的历史、社会背景，可以生发出丰富的意味，可以得到多种阐释，从而使这部作品具有长久的生命。胡安·鲁尔福（Juan Rulfo）塑造的庄园主佩德罗·巴拉莫（Pedro Páramo）为人们了解拉丁美洲根

[①] 路易斯·哈斯：《论胡里奥·巴尔加斯·略萨》，赵德明译，见陈光孚编：《拉丁美洲当代文学论评》，桂林：漓江出版社，1988年，第433页。
[②] José Luis Martín, *La narrativa de Vargas Llosa：acercamiento estilístico*. Madrid：Editorial Gredos, 1979, p. 124.

深蒂固的父权制社会提供了一把钥匙,加西亚·马尔克斯在《百年孤独》中创造的马孔多(Macondo)往往被解读为哥伦比亚的缩影或是拉丁美洲的象征,巴尔加斯·略萨在《城市与狗》(*La ciudad y los perros*)中描绘的莱昂西奥·普拉多军校也成了秘鲁专制社会的隐喻。唐纳德·L.肖(Donald L. Shaw)认为,与《城市与狗》相比,《绿房子》具有更为强烈的象征意味。在他看来,小说里两度搭建的妓院"绿房子"代表了寻求享乐快感的人性欲望,是对主张自我牺牲的宗教精神的抛弃。① 何塞·路易斯·马丁则认为,绿房子代表了腐化、堕落,是充满欺诈的拉丁美洲社会的象征。② 本书认为,"绿房子"与现代生活紧密相关,绿房子的出现是皮乌拉这座典型的拉丁美洲内陆城市进入现代的标志。通过对绿房子的兴衰命运的解读,我们可以看到拉丁美洲社会从前现代向现代转型之进程的多个侧面。

"绿房子"之前的皮乌拉

与马尔克斯的马孔多不同,绿房子所在的皮乌拉是真实存在的一座城市,位于秘鲁西北部。事实上,当巴尔加斯·略萨在巴黎写作《绿房子》时,他对皮乌拉的了解仅仅源于他在那里曾度过的不到一年的时光:"那时我住在鲁乔舅舅、奥尔加舅妈家里,一面在圣米盖尔学校读中学五年级,一面在《工业报》工作。从1952年4月至12月……"③ 时间和空间上的距离,有助于作家在将现实中的城市转化为文学中的城市时更放得开手脚,展开更大胆的自由想象,并使之融入更为深远的历史背景。这是文学创作中经常出现的现象。

---

① Donald L. Shaw, *Nueva narrativa hispanoamericana*. Madrid: Ediciones Cátedra, 1983, p.122.
② José Luis Martín, *La narrativa de Vargas Llosa: acercamiento estilístico*. Madrid: Editorial Gredos, 1979, pp.125-126.
③ 马里奥·巴尔加斯·略萨:《水中鱼——巴尔加斯·略萨回忆录》,赵德明译,上海:华东师范大学出版社,2016年,第154页。

皮乌拉在《绿房子》中第一次出场,作者给出了长段的风俗主义式的描写,介绍了这座城市的独特景色和市民生活。沙尘暴对于任何一座现代城市来说都是不大不小的麻烦,但在作者笔下,皮乌拉的沙尘暴具有了一层诗意:

> 一年之中,每天的黄昏时刻,一种仿佛木屑般又干又细的沙尘像下雨般地落下,只是到了黎明时分才停止。这种沙尘落在广场上,屋顶上,望塔上,钟楼上,凉台上以及树上;还给皮乌拉城的街道铺上一层白色。①

在文学语言构建的世界里,皮乌拉的沙尘暴虽有些烦人却不至于是什么灾难,人们就像迎接雨雪一样面对这种自然现象,这种自然现象甚至被赋予了审美意味,成为可以观赏的、给外地人留下难忘印象的景色。这种唯美意象甚至给皮乌拉赋予了一层神话色彩。皮乌拉是孤独的,几乎与世隔绝的,就像马尔克斯的马孔多(在第一列火车到来之前)一样。城市被广大的荒漠所包围,缺乏通往外界的道路,而从外界抵达皮乌拉的旅途充满艰险。② 孤独,闭塞,与世隔绝,不仅是拉丁美洲的各个地区在殖民地时代的普遍状况,也是它们在殖民地时代之前的普遍状况。如果说后者是由于地理条件的阻隔和交通技术的落后,前者则还有殖民当局有意为之的因素。对于远隔重洋的西班牙宫廷来说,殖民地之间如果形成统一的市场,势必会走上摆脱宗主国当局控制的政治独立的道路。

皮乌拉外在的闭塞却与它内在的丰富社交生活形成对照。外地

---

① 马里奥·巴尔加斯·略萨:《绿房子》,孙家孟译,上海:上海文艺出版社,2014年,第23页。
② 马里奥·巴尔加斯·略萨:《绿房子》,孙家孟译,上海:上海文艺出版社,2014年,第25页。

人认为,"皮乌拉是个孤独凄凉的城市"①。接下来小说通过对皮乌拉市民生活的描绘证明了这样的印象是完全错误的:恰恰相反,皮乌拉人喜爱交际,娱乐活动丰富多彩,皮乌拉几乎可以说是一座欢乐的城市。此地本该存在的阶级矛盾被作者刻意掩盖了,在描绘的文字中,不同社会阶层的人各有各的娱乐生活,互不干涉,仿佛生活在互相平行的空间里。

皮乌拉人乐而不淫。性生活自然是有的,但还不至于到道德败坏的地步。城中每周六的歌舞晚会结束后,

> 一些黑影冒着风沙以急剧的动作,从那些像一堵墙似的围绕着皮乌拉城的茅屋中闪了出来。这是些一对对的青年情侣,他们偷偷摸摸地溜到那片被遮住的沙地,隐没在河中的沙滩,以及面朝卡达卡奥斯洞穴的稀疏的稻豆地之中,一些胆子最大的则一直溜到荒漠边缘——他们就在那里相爱。②

另一方面,来此地短暂停留的外地人则抱怨皮乌拉人没有夜生活,他们忍受不了没有女人陪伴的夜晚。③ 这为之后作为妓院的绿房子的诞生埋下了伏笔。皮乌拉市民的生活,和恩格斯在《英国工人阶级状况》中所描绘的工业革命之前的英国劳动者的生活是类似的:他们"过着合乎道德的生活,因为他们那里没有使人过不道德生活的诱

---

① 马里奥·巴尔加斯·略萨:《绿房子》,孙家孟译,上海:上海文艺出版社,2014年,第23页。所谓"孤独凄凉",小说原文使用的词语是"huraña, triste"(此处参考的原著版本为 Mario Vargas Llosa, *La casa verde*, Madrid: Editorial Alfaguara, 2002.),"huraña"一词有害羞、不喜社交的含义。
② 马里奥·巴尔加斯·略萨:《绿房子》,孙家孟译,上海:上海文艺出版社,2014年,第24页至第25页。
③ 马里奥·巴尔加斯·略萨:《绿房子》,孙家孟译,上海:上海文艺出版社,2014年,第25页至第26页。

因——附近没有酒馆和妓院……年轻人直到结婚前都是在幽静纯朴的环境中、在和游伴互相信赖的气氛中长大的,虽然婚前发生性关系几乎是普遍现象,可是这仅仅是在双方都已经把结婚看做道义上的责任时发生的,只要一举行婚礼,就一切都正常了。……闭关自守,与世隔绝,没有精神活动,在他们的生活环境中没有激烈的波动。……他们在自己的平静、刻板的生活中感到很舒服……"①这是前现代的生活,虽世界各地风俗有别,却有着这些大体上共同的特征。

总之,在外乡人安塞尔莫建起绿房子之前,皮乌拉是一座封闭的、舒适的、没有灾难的——既没有自然灾难也没有人为灾难、没有矛盾冲突的、恪守道德规范的城市。皮乌拉是沙漠中的伊甸园,还没有受到罪孽的玷污。

绿房子的诞生

绿房子的创建者堂安塞尔莫是一个得到浓墨重彩描写的人物。从小说中我们可以得知,他是一个忽然出现在皮乌拉的来源不明的外乡人,具有相当显眼的雄性特征——健壮、体毛重(尤其是他的胸毛,在小说中不止一次地被提起)、枪法精准、好色。这些特征都很容易让我们联想到拉丁美洲诞生之初来到此地的西班牙征服者。他们的毛发旺盛与当地人毛须稀少的体貌特征形成鲜明对比,他们强迫当地女人来解决自己的生理需求,而这些混乱关系产下的后代,则在象征的意义上成了拉丁美洲民族的肇始。卡洛斯·富恩特斯(Carlos Fuentes)就将堂安塞尔莫诠释为西班牙征服者的象征。在他看来,"我的父亲是谁?"是一个在拉丁美洲现代文学中多次出现的主题,堂安塞尔莫和胡安·鲁尔福创造的佩德罗·巴拉莫一样,都是那个负有原罪的父亲,"这个父亲终究还是有名字的:佩德罗·巴拉莫、琴师堂安塞

---

① 《马克思恩格斯文集》第一卷,中央编译局编译,北京:人民出版社,2009年,第390页。

尔莫、埃尔南·科尔特斯(Hernán Cortés)、弗朗西斯科·皮萨罗(Francisco Pizarro)"。①后两者是著名的西班牙征服者,分别征服了阿兹特克帝国和印加帝国。富恩特斯据此把《绿房子》和拉美现代文学的其他经典作品看成对拉丁美洲诞生的原罪的回溯和救赎。

然而,将堂安塞尔莫看成西班牙征服者的象征的说法,与小说提及的一个事实是矛盾的:在他来到皮乌拉以前,这里已经有天主教的教堂和神甫存在了,而且绝对是强有力的存在。本书认为,堂安塞尔莫代表的不是最初的征服者,而是资本主义时代的新征服者,换言之,绿房子的出现不是旧殖民主义的象征,而是新殖民主义的隐喻。新殖民主义不是通过武力征服来确立统治,而是通过资本、商业、技术手段来切开拉丁美洲的血管、攫取利益。新殖民主义为尚处于前资本主义时代的拉丁美洲带来了现代的生产方式和生活方式,在物质层面和精神层面上都对当地人原有的生活造成了巨大冲击。

小说叙述了绿房子在沙地上的建筑过程,突出了自然条件的不利和工程总负责人堂安塞尔莫的创业才干和顽强意志。皮乌拉人对这项工程先是不看好,然后改变看法,对堂安塞尔莫有了信心,随后还主动去帮帮忙:"卡斯提亚区和屠场附近茅舍里的人们每天早晨都来到那里观看施工,提出建议,有时还自发地给小工们助一臂之力。"②由此可见,皮乌拉人的生活是比较"闲"的。西班牙哲学家何塞·奥尔特加·伊·加塞特(José Ortega y Gasset)注意到,"对于那些在西班牙旅行的外国游客来说,最让他们开心的事情之一就是,他们要是在街头随便问哪个西班牙人这个广场或那个大楼在哪里,西班牙人往往会中断自己本来的路程,为面前的陌生人慷慨地作出牺牲,把他一直带到他要去的地方"。他紧接着对这种慷慨好客的行为进行了讽刺,指出

---

① Carlos Fuentes, *La gran novela latinoamericana*. Madrid: Santillana Ediciones Generales, 2011, p. 283.
② 马里奥·巴尔加斯·略萨:《绿房子》,孙家孟译,上海:上海文艺出版社,2014年,第84页至第85页。

其深层原因所在:"西班牙人不在去往任何一个地方的途中,他没有计划,没有使命,更确切地说,他只是出门去看看热闹,看看别人的生活是否能稍稍填补一下他自己的生活。"①前现代生活的这种散漫、无计划状态,是与现代生活的有条理、有规划、井然有序形成对照的。皮乌拉人也就和奥尔特加眼中的这些西班牙人一样,生活在前现代的时间里。与他们相比,外地人堂安塞尔莫似乎来自更高一级的文明。他是资产阶级创业者,而皮乌拉人则仍然生活在中世纪。绿房子的建筑工程印证了《共产党宣言》里的论断:

> 资产阶级揭示了,在中世纪深受反动派称许的那种人力的野蛮使用,是以极端怠惰作为相应补充的。它第一个证明了,人的活动能够取得什么样的成就。它创造了完全不同于埃及金字塔、罗马水道和哥特式教堂的奇迹。②

绿房子的诞生是皮乌拉被动地走向现代生活的标志。这种被动的现代化,正是无数个拉丁美洲内陆城市的真实历史,它们的现代化进程往往不是自发的,而是由外部介入的力量开启的,市民们就这样稀里糊涂地接受了现代文明的侵入。我们可以联想到,在《百年孤独》中,标志着马孔多进入现代的象征性事件也是由外部力量作为主角的:一列黄色的小火车在马孔多人惊奇的目光中驶入这片与世隔绝之地。

欲望的现代化

如果我们把与《绿房子》几乎同时问世的《百年孤独》(1967)中描

---

① 何塞·奥尔特加·伊·加塞特:《大众的反叛》,张伟劼译,北京:商务印书馆,2021年,第184页至第185页。
② 《马克思恩格斯文集》第二卷,中央编译局编译,北京:人民出版社,2009年,第34页。

述火车给马孔多带来变化的片段与描述绿房子给皮乌拉带来变化的片段加以比较,可以看出一些相似之处。绿房子改变了当地的夜生活,"五颜六色的灯悬挂在窗前,照得人睁不开眼,还染红了周围的沙地,连老桥也照得通亮"。① 在《百年孤独》里,马孔多人被火车带来的发明弄得眼花缭乱,"他们彻夜观看发出惨白光芒的电灯泡,电力是由奥雷里亚诺·特里斯特第二次坐火车带来的发电机所提供"。② 光的电气化,让城市的黑夜变得前所未有的明亮,这是现代生活最为显著的特征之一。原本闭塞安宁的皮乌拉和马孔多变得热闹起来,外地人大量涌入,治安状况随之恶化。在前者,

> 那安静的内地街道上充满了外地来的人,他们在关于声名已经越出荒漠的绿房子的传说诱惑下,每个周末从苏依阿那、拜达、汪卡潘巴,甚至从冬贝斯和契柯拉约等地蜂拥而至。……居民们很讨厌他们,有时就发生了斗殴。斗殴……发生在光天化日之下,发生在阿玛斯广场、格劳大街,或是随便什么地方,还发生过打群架的事件。街道变得危险起来。③

在后者,

> 每到星期六夜晚街上人声鼎沸,众多冒险者在赌桌上、打靶摊前、专营算命解梦的小巷里、摆着油炸食品和饮料的餐桌间互相推搡拥挤。到星期天清早一片狼藉,四下横躺的

---

① 马里奥·巴尔加斯·略萨:《绿房子》,孙家孟译,上海:上海文艺出版社,2014年,第86页。
② 加西亚·马尔克斯:《百年孤独》,范晔译,海口:南海出版公司,2011年,第198页。
③ 马里奥·巴尔加斯·略萨:《绿房子》,孙家孟译,上海:上海文艺出版社,2014年,第88页至第89页。

常有快乐的酒鬼,但总少不了斗殴时被子弹、拳头、刀子、酒瓶殃及的围观者。外乡人潮不合时宜地涌入,最初街上几乎无法行走,堆满了家具和箱笼。①

流动、多变、不安、互不相识的人的大规模群集,以及声光电化了的夜生活,都是现代生活区别于前现代生活的典型特征。

在这些变化的背后,是性产业的兴起。皮乌拉和马孔多的头一批妓女都是外地人,都属于"外部介入的力量",她们毁灭了原本"平静、刻板"的伊甸园。在皮乌拉,"她们是直接到达城郊这所房子里来的。人们从老桥上远远望去,只见她们叽叽喳喳、扭扭摆摆迤逦而来。她们那五颜六色的服装、头巾和各式各样的装饰,在那荒凉的景色中就像一堆贝壳闪闪发光"。② 至此,皮乌拉的开放、治安恶化与道德堕落,与绿房子建立之前的那个封闭、祥和、恪守道德的皮乌拉形成鲜明对比。在马孔多,外地人"在一个值得铭记的星期三运来一火车不可思议的妓女大军。这些淫靡放荡的风月高手,古老技艺无一不精,药膏器具无所不备,能够使无能者受振奋,腼腆者获激励,贪婪者得餍足,节制者生欲望,纵欲者遭惩戒,孤僻者变性情"。③ 皮乌拉和马孔多经历的相似变化,揭示了城市生活现代化与欲望之间的隐秘关系。

从创作谱系上来看,巴尔加斯·略萨要比加西亚·马尔克斯更着迷于性爱、情色的主题。在关于绿房子的故事里,他还通过食物的暗示来使性欲的书写更为丰满。小说提到,绿房子妓院在它的全盛时期拥有一个吸引嫖客的秘密手段:美食。堂安塞尔莫雇用了本地姑娘安

---

① 加西亚·马尔克斯:《百年孤独》,范晔译,海口:南海出版公司,2011年,第201页至第202页。
② 马里奥·巴尔加斯·略萨:《绿房子》,孙家孟译,上海:上海文艺出版社,2014年,第89页。
③ 加西亚·马尔克斯:《百年孤独》,范晔译,海口:南海出版公司,2011年,第201页。

赫利卡·梅塞德斯为厨娘。她"用那种神秘的药草和香料烹制的山羊肉、豚鼠肉、猪肉和绵羊肉,成了绿房子招引嫖客的手段之一"。[1] 在这里,肉食的香味与情欲的诱惑勾结到一起,向内心饥渴如踽踽于沙漠中的男人们发出妩媚的邀约。以食暗示性,是性欲书写中经常出现的手法,而肉食更是肉欲的象征。在西班牙语文化中,可食之肉是与肉体之欢紧密相连的,因为动物肉与人的肉体是同一个词:carne。"狂欢节"(carnaval)一词的原意就是"与肉告别",因为在中世纪生活中,此节过后就是全面禁欲的四旬斋,人们便在苦日子到来之前大量吃肉并尽情享受纵欲之欢。逾越婚姻道德的界限,打破限制肉欲的枷锁,是对中世纪式生活的反叛,而告别中世纪就意味着走入现代。

巴尔加斯·略萨在他的回忆录中并不讳言自己年少时就出入妓院。他把妓院描述成供青少年男子享受快感的庙宇,把性生活界定为某种神秘而高尚的体验,并且声称自己这代人经历了妓院最后的辉煌。[2] 如此说来,对"绿房子"的叙述也带上了一些怀旧的意味。很难说小说发出了对绿房子的道德批判,我们甚至可以从中读出一点怜惜之情。根据略萨的回忆录,他在皮乌拉生活期间,城里确有一家叫"绿房子"的建筑简陋的妓院。小说提起"绿房子"时,使用的是转述的叙述视角,往往是"据说",是根据当地人的不太有确切把握的回忆。在交代绿房子的诞生时,小说就在叙述的中途变换时间线,详细描述了绿房子被毁多年后仅存的一点点遗迹,以及这些遗迹如何从废墟变成了空无:"直到几年前,才在当年它盖的地方发现了几块烧焦了的木料和家用器皿,但是这些遗迹最终也被荒沙以及后来开辟的公路和开垦

---

[1] 马里奥·巴尔加斯·略萨:《绿房子》,孙家孟译,上海:上海文艺出版社,2014年,第90页。
[2] 马里奥·巴尔加斯·略萨:《水中鱼——巴尔加斯·略萨回忆录》,赵德明译,上海:华东师范大学出版社,2016年,第161页至第162页。

出来的田地抹掉了。"①这样的叙述给绿房子初步赋予了一层悲剧色彩。绿房子的废墟也具有某种象征意味:拉丁美洲的现代化,不是自发的,也往往不会获得决定性的成功;现代文明的进入在一开始造成的繁华景象,往往到后来成为灾难的图景。正如《百年孤独》中,经历了由黄色小火车和外国资本带来的短暂繁荣的马孔多,在美国联合果品公司撤离后完全是一副衰败没落的景象:

> 马孔多满目疮痍。街巷间的泥潭中残留着破烂家具,被红色百合覆盖的动物骨架,都是外来人潮留下的最后遗物,他们一拥而至又一哄而散。香蕉热潮期间匆忙盖起的房子都已废弃。香蕉公司撤走了一切设施。当初电网包围的城市只剩下一地瓦砾。②

失败的现代化,在某种程度上说也构成了拉丁美洲现代文学的一个母题。

教会的"再征服"

我们可以在小说中读到,绿房子建成之后,招致了一些当地人的反感,而这些人要么是虔诚的天主教女信徒,要么就是神职人员——以加西亚神甫为代表。卡洛斯·富恩特斯注意到,在《绿房子》中,有两个互相对立的存在:修道院和妓院,而连接这两个极端存在的,是女主人公鲍妮法西娅,她出生在丛林部落里,被强行送入修道院长大成人,后又来到皮乌拉成为风尘女子。富恩特斯以这样一句漂亮的论述

---

① 马里奥·巴尔加斯·略萨:《绿房子》,孙家孟译,上海:上海文艺出版社,2014年,第86页。
② 加西亚·马尔克斯,《百年孤独》,范晔译,海口:南海出版公司,2011年,第286页。

概括了整部小说:"《绿房子》是从修道院到妓院的朝圣史。"①我们可以把这句话的内涵拓展一下,超越女主人公的虚构命运,把它放在更大的历史背景上来看:皮乌拉的现代化转型,是从封闭的、严守清规戒律的中世纪生活向开放的、传统价值观体系崩溃的现代生活的转变,前者可以修道院为象征,后者可以妓院为象征。从修道院到妓院,不仅是皮乌拉的现代转型的历史,也是一切恪守礼教传统的闭塞之地向现代生活转型的历史。

我们可以注意到,在略萨的小说创作中,天主教会往往是负面角色:愚昧、反动、专制。直到 2003 年出版的《天堂在另外那个街角》(*El Paraíso en la otra esquina*),略萨还在继续批判天主教会。在拉丁美洲,天主教会的统治历史悠久,其势力不仅极为庞大,而且或明或暗地渗透到人们日常生活的方方面面。威亚尔达(Howard J. Wiarda)在他的《拉丁美洲的精神:文化与政治传统》一书中指出,拉丁美洲的文化-政治传统就是一种非常保守的、循规蹈矩的天主教传统,基本上没有受到与现代相关的科学、宗教、经济和政治革命的影响;新经院哲学主导的政治思想拒绝将政治与宗教分离开来,继续坚持政治、教育、经济、社会、法律均应得到正确的(天主教)理性和道德的拱卫,由此,拉丁美洲的社会结构、经济行为、政治制度、推理方法、宗教信仰和个人信仰无不源于这种大一统式的而非多元化的信仰体系。② 在殖民征服时代,来自欧洲的世俗力量把美洲想象成乌托邦或黄金国,想在此地实现在欧洲不可能实现的政治理想或是发财梦,来自欧洲的宗教力量同样把美洲看成实现理想的希望之地。奥地利作家茨威格在他的《巴西:未来之国》中对耶稣会士在美洲葡萄牙殖民地的工作给出了高度评价,他认为,他们既不贪图财富,也不屈从于世俗权势,他们的目标

---

① Carlos Fuentes, *La gran novela latinoamericana*. Madrid: Santillana Ediciones Generales, 2011, p. 282.
② 霍华德·J. 威亚尔达,《拉丁美洲的精神:文化与政治传统》,郭存海、邓与评、叶健辉译,杭州:浙江大学出版社,2019 年,第 415 页至第 416 页。

是将巴西建设为一个堪为典范的神权国家。① 从这个意义上说,拉丁美洲的天主教神职人员甚至要比欧洲的同行们更为"原教旨主义",因此也更为"反动"。我们可以在《绿房子》中看到,加西亚神甫作为天主教会权力的代表,是一个相当称职的神职人员,在城中享有极高的威望,他是绿房子最激烈的反对者。故事的演进证明,加西亚神甫——天主教会的势力在皮乌拉具有不可动摇的地位,其压倒性的影响在现代化进程开启很多年后才逐渐消失。

我们可以在"绿房子"的故事和圣经故事之间找到某种对应。绿房子建成后,皮乌拉遭受了几场自然灾害:三年中,洪灾、旱灾和虫灾接连发生。这很容易让我们想起《圣经·出埃及记》中耶和华对埃及人降下的惩罚——沙漠之城皮乌拉的自然地理环境也是和埃及极为相似的。当然,根据加西亚神甫的解释,自然灾害便是绿房子妓院造的孽。他把有了绿房子的皮乌拉比作《圣经》中的堕落之城所多玛和蛾摩拉,而绿房子最终也重蹈了这两座罪孽之城的命运:毁于火中。② 这种互文性一方面使"绿房子"的故事更具传说、传奇的色彩,一方面也暗示:宗教的力量在皮乌拉根深蒂固,代表现代世俗生活的绿房子终究逃脱不了天主教会保守势力的诅咒。

自从绿房子的第一批妓女开始在皮乌拉开门接客,加西亚神甫就发起了反击,仿佛是一场类似西班牙基督徒从异教徒手中收复失地的"再征服"(la Reconquista)运动。在这场运动中,我们可以看到宗教神权与世俗国家力量的较量。在加西亚神甫的支持下,当地的保守派女士们成立了"慈善和品行委员会",向警察局长和市长请求取缔绿房

---

① 斯蒂芬·茨威格,《巴西:未来之国》,樊星译,上海:上海文艺出版社,2013年,第32页至第33页。
② 见《圣经·创世记》19:27,28):"亚伯拉罕清早起来,到了他从前站在耶和华面前的地方,向所多玛和蛾摩拉与平原的全地观看,不料,那地方烟气上腾,如同烧窑一般。"

子。而市政当局却以绿房子的存在不触犯宪法为由驳回了她们的请求。① 政治现代化的一个标志就是政教分离,法律规范与道德约束的区分也是现代法治的必然要求。但是,在这场较量中,代表世俗国家力量的皮乌拉市政当局并非总是处于绝对压倒性的地位。当堂安塞尔莫成为民女安东妮娅之死的嫌疑犯后,加西亚神甫发起了一场街头政治运动,带领民众捣毁了绿房子并付之一炬。在这场暴动中,我们再次看到了神权和国家机器的较量:

> 有两个警察想驱散人群,但挨了骂,还遭到了石击。……警察拿着警棍到达了,众人像是怒吼的海浪一样迎了上去。加西亚神甫义愤填膺,右手擎着一个十字架走在众人的前面。警察企图拦阻妇女们前进,但飞来一阵石雨和一阵威胁的叫骂声。警察后退了,躲进人家的住宅里,有的则倒了下去。人海把他们冲倒,淹没,甩在后面。②

在这次较量中,由警察所代表的国家力量完败,神甫重新确认了自己在当地群众中似乎一度失去的强大号召力。这一方面说明了神权在当地坚实的群众基础,另一方面也揭露出拉丁美洲政治现代化进程始终难以克服的一个问题:国家力量松散而薄弱。这些国家诞生于反抗殖民宗主国的战争中,事实上仍然在很大程度上保留了殖民地时代的封建式的权力结构,地方豪绅、地方军阀、天主教会的强势存在阻碍了国家力量的增强和政治现代化。

就这样,绿房子消失了,它所在的地方重新成为荒漠,加西亚神甫领导的"再征服"运动取得了胜利。从历史上看,在拉丁美洲的大多数

---

① 马里奥·巴尔加斯·略萨:《绿房子》,孙家孟译,上海:上海文艺出版社,2014年,第87页。
② 马里奥·巴尔加斯·略萨:《绿房子》,孙家孟译,上海:上海文艺出版社,2014年,第199页。

国家,社会向现代的转型并非一帆风顺,以天主教会为代表的保守势力会发起一次次反扑,特别是当教会的实际利益受到损害的时候,比如 1926 年至 1929 年的墨西哥基督军战争(Guerra de los Cristeros)。这场战争的消极影响也在胡安·鲁尔福的叙事作品中得到了再现。拉丁美洲天主教与现代化对立冲突的主题,在略萨继《绿房子》之后的作品中也再次出现,如在 1981 年出版的《世界末日之战》(La guerra del fin del mundo)中,这种冲突表现得更为具体、更为全面:巴西由帝制转为共和国后,教会与国家相脱离,信仰自由化了,丧葬和婚姻都世俗化了,从而使教会减少了收入,在天主教神职人员看来,这些是新教教徒和共济会成员的阴谋;当共和国政府在巴西腹地展开人口普查、地图测绘、推广公制以取代旧度量单位的工作时,当地宗教人士告诉百姓说这是在为大规模的迫害行动做准备。[1] 这些真实的虚构或者说虚构的真实无不在告诉人们:拉丁美洲社会的现代化在很大程度上就是摆脱天主教会束缚的斗争,就是对中世纪式的价值观、生产方式和生活方式的摈弃。

"绿房子"的重建

按照历史进步的规律,先进的生产方式必定取代落后的生产方式,先进思想必然取代落后思想;保守势力虽然能发起有效的反攻,但终究抵挡不了历史进步的车轮。在小说中我们可以读到,皮乌拉终究还是进入了现代生活,在此背景下,"绿房子"重新建成。

在略萨笔下,皮乌拉的城市现代化进程表现出几个对立统一的面向。一方面,基础设施建设更为完善,街道拓宽了,有了连接外界的公路和铁路,人们的着装更为轻便,更为开放。[2] 这是积极的一面。另一

---

[1] Mario Vargas Llosa, La guerra del fin del mundo. Barcelona: RBA Editores, 1993, p. 27.
[2] 马里奥·巴尔加斯·略萨:《绿房子》,孙家孟译,上海:上海文艺出版社,2014 年,第 222 页。

方面,这一进程是伴随着不公和苦痛的:

> 挤在屠场后面的茅屋,一个早晨就全都烧掉了。那一天,市长和警察局长带领警察到达之后就用卡车和棍棒把所有的居民赶了出去。第二天开始规划修筑笔直的街道和街区,开始盖起两层楼的房子。不久以后,任何人都想象不出在这有钱人居住的整洁的住宅区里曾经居住过雇工。[1]

先前在街头政治运动中灰头土脸的警察——国家力量,在此时成了压倒性的强势存在,用暴力推进城市现代规划的实施,实是为新兴的、站稳脚跟的资产阶级充当利益维护者,而底层民众的利益和尊严可以被随意破坏和践踏。我们还能读到,供破落后的堂安塞尔莫安身的曼加切利亚区"没有任何变化,曼加切利亚区人也没有变:茅屋、山羊、蜡烛、油灯,依然存在。尽管各方面都在进步,但没有一个警察巡逻队愿意来这里坎坷不平的街道上巡逻"。[2] 由此可见,皮乌拉的城市现代化是不均衡的,有的社区已经完全现代化了,还有的社区则停留在过去的时间里。这种发展不均衡的状况,不仅是拉丁美洲城市的特色,也是很多拉丁美洲国家的特色,比如秘鲁。事实上,略萨在《绿房子》中刻意展现的正是一个不同地区极为迥异的秘鲁,在他的笔下,雨林地区和内陆城市完全是两个世界。秘鲁的这种内部差异性,这种国中有国的状况在他 1969 年出版的《酒吧长谈》中得到了更全面的展现。

---

[1] 马里奥·巴尔加斯·略萨:《绿房子》,孙家孟译,上海:上海文艺出版社,2014 年,第 222 页。
[2] 马里奥·巴尔加斯·略萨:《绿房子》,孙家孟译,上海:上海文艺出版社,2014 年,第 223 页。

皮乌拉的资产阶级的兴起("这一年许多人都发了财"[①])促成了性产业的再度出现,这一次是势不可挡的:当有人抗议新开张的第一家妓院时,第二家妓院已经拔地而起。到了第二年,经济持续繁荣,不管加西亚神甫如何反对,妓院由两家扩展到四家。堂安塞尔莫的私生女琼加通过斗争夺取了一家小酒吧的控制权之后,将这家酒吧改造成了妓院,于是,"绿房子"重新出现了。琼加表现为一个现代企业家的形象:凶狠、果断、高效、善于开发人力资源——包括把自己的父亲招募为妓院中的琴师和把来自雨林、从修道院中脱逃的印第安女孩鲍妮法西娅打造成妓院的一道招牌。这位现代资本家诞生于一场原罪——堂安塞尔莫对安东妮娅的非法占有,正是这场原罪导致了第一个绿房子的被烧毁,也正是这场原罪制造了她,绿房子2.0版的创建者。她对早早抛下她不管的父亲堂安塞尔莫既没有表现出仇恨,也没有表现出爱戴或怜悯,而是纯然地把他当成一个条件合适的雇工,正如《共产党宣言》所指出的:"资产阶级撕下了罩在家庭关系上的温情脉脉的面纱,把这种关系变成了纯粹的金钱关系。"[②]更有意思的是,琼加因为自己女性气质的缺失而被人称为"假小子"(marimacho),这种性别意义上的错位更为她增添了一层与传统决裂的颠覆者和先锋派的色彩。

面对新一代人促成的性产业的强势崛起,加西亚神甫已经无力反抗,只能发发牢骚了。他说:"那时魔鬼只在绿房子里,现在魔鬼到处都有,那个假小子的房子里有,大街上有,电影院里也有,全皮乌拉都变成了魔鬼房子。"[③]加西亚神甫所描述的,是性自由、性开放的状况,是中世纪式传统性爱观的全面崩溃。谈情说爱不再被看成绝对私密

[①] 马里奥·巴尔加斯·略萨:《绿房子》,孙家孟译,上海:上海文艺出版社,2014年,第263页。
[②] 《马克思恩格斯文集》第二卷,中央编译局编译,北京:人民出版社,2009年,第34页。
[③] 马里奥·巴尔加斯·略萨:《绿房子》,孙家孟译,上海:上海文艺出版社,2014年,第386页。

的事,束缚女性自由的贞操观念已经不再有那么大的约束力,性爱也变得廉价了。这也是一种现代状况。传统的卫道士们的说教已经显得苍白无力,他们也只能用僵化的、古旧的思维模式(善与恶、上帝与魔鬼的对立)来解释他们无法接受的这种现代状况。

《绿房子》包含了好几个平行发展的故事,这些故事最终的交汇点,就是绿房子。而绿房子本身的故事可以视为整部小说的核心。与拉美文学"爆炸"时代诞生的其他著名作品一样,《绿房子》将拉丁美洲社会的现代转型作为核心主题,对其进行了生动的、紧密联系现实的虚构。在绿房子的命运起伏中,我们看到了一个拉丁美洲内陆城市的外观的变化,市民的生活习惯和价值观的巨大转变,看到了天主教、世俗政府、工商业资产阶级等多种力量之间的对抗和妥协,凡此种种,都是一个社会从中世纪向现代转型的不同侧面,其中既有普世性的现象,也有拉丁美洲自身的特色所在。

二、对"救赎者"的反思

墨西哥历史学家恩里克·克劳泽(Enrique Krauze)在他的《救赎者:拉丁美洲的面孔与思想》一书里为拉丁美洲现代化进程中的一系列著名思想家、革命者和作家立传:古巴诗人何塞·马蒂(José Martí)、墨西哥哲学家何塞·巴斯孔塞洛斯(José Vasconcelos)、秘鲁马克思主义思想家何塞·卡洛斯·马里亚特吉(José Carlos Mariátegui)、阿根廷-古巴革命家埃内斯托·切·格瓦拉(Ernesto Che Guevara),等等,也包括巴尔加斯·略萨。在克劳泽看来,把这些拉丁美洲现代名人联系在一起的共同点是:他们为了拯救自己的国家,在某一时刻树立起宗教般的信仰;他们希望建立一个公正、繁荣、和平的秩序,希望这片大陆能够摆脱欧洲的殖民统治和美国帝国主义的影响。但是在建设这样的秩序之前,几乎所有人都相信需要爆发一场革命。① 克劳泽的这一论断非常精准地抓住了拉丁美洲现代知识精英共有的某些特征:在年少时是虔诚的天主教教徒,即使在摈弃天主教信仰后,仍然保持着信仰的痕迹——一种圣徒式的甘为崇高理想献身的精神;要在混乱、贫穷、落后的拉丁美洲建立起地上的乌托邦;支持或亲身参与改变不公正现实的暴力革命。克劳泽并没有为这些志存高远的拉丁美洲"救赎者"高唱赞歌,而是保持了批判的态度,尤其是以中国为参照发出批判:即便是取得了革命的成功,拉丁美洲的社会革命并没有像邓小平所做的那样进入下一个发展阶段,也就是说,这些革命者、救赎者们都止步于试图完成革命,而没有过渡到下一个阶段:创造财富。② 他感慨道:"具有宗教情怀的救赎者太多,能够付诸实践的思想家又太少。"③

　　事实上,虽然巴尔加斯·略萨也是被克劳泽提到的"救赎者"之一,以上的描述并不适用于巴尔加斯·略萨。他只是在青年时代笃信唯有暴力革命才能拯救拉丁美洲。对古巴革命失去信心后,在思想转变的过程中,他逐渐开始告别革命,进而在小说中对暴力革命做反思。在《世界末日之战》中,他从巴西历史上的一次著名的农民暴动出发,重述了一群走投无路的穷苦人如何在一个"救世者"的领导下建立乌托邦、保卫乌托邦、最终与官军同归于尽的历史悲剧。在《狂人玛依塔》中,他从秘鲁历史上的一出并没有掀起波澜的失败的暴力革命出发,塑造了一个近乎可笑的革命者玛依塔的形象。玛依塔的形象要比《世界末日之战》中的"救世者"更为清晰,更为立体,更为复杂,也更为发人深省。巴尔加斯·略萨认为《狂人玛依塔》是他所有作品中受抨

---

① 恩里克·克劳泽:《救赎者:拉丁美洲的面孔与思想》,万戴译,北京:北京日报出版社,2020年,第3页。
② 恩里克·克劳泽:《救赎者:拉丁美洲的面孔与思想》,万戴译,北京:北京日报出版社,2020年,第4页。
③ 恩里克·克劳泽:《救赎者:拉丁美洲的面孔与思想》,万戴译,北京:北京日报出版社,2020年,第5页。

击最多的一部,①主要原因即在于他塑造的这个革命者的形象。

需要被救赎的现实

现实主义小说要塑造"救赎者"的形象、再现一场救赎-革命行动,必定要交代行动的动因,描绘促成行动的环境——是什么样的现实,使得有人要拼了命地改变它、颠覆它?

在略萨的小说中,利马是屡屡被提及的,它在略萨的笔下往往呈现为一座肮脏、混乱、令人绝望的城市,或者说,一座建设失败的城市。现代化的一个标志,是人口大量地从农村迁移到城市。拉丁美洲现代化进程的一个久为诟病的问题就是,大多数国家仅有一个中心城市,这样的城市往往是首都,农村人口大量涌入,而大都城又没有容纳他们的能力,于是就在城市周边形成规模庞大又杂乱无序的贫民窟。这些贫民窟是拉丁美洲的发展不充分、现代化未完成的明证。我们可以看到,当这些城市出现在拉丁美洲现代小说中时,它们无一不是丑陋的、问题丛生的:卡洛斯·富恩特斯《最明净的地区》(*La región más transparente*)中的墨西哥城,加西亚·马尔克斯《霍乱时期的爱情》(*El amor en los tiempos del cólera*)中的巴兰基亚,②当然还有略萨笔下的利马。城市书写又与小说体裁本身有着密切的联系。略萨曾说过:

> 我更倾向于认为小说是随着人类生活重心由农村向城市转移而出现的。比起资产阶级,小说的诞生和城市的关系更大。乡村世界成就了诗歌,但叙事文学的发展是依赖于城市的。小说描绘的基本上是一种城市经验,哪怕田园牧歌小

---

① 马里奥·巴尔加斯·略萨:《普林斯顿文学课》,侯健译,北京:人民文学出版社,2020年,第118页。
② 虽然加西亚·马尔克斯未在小说中提及故事发生于其中的加勒比城市的名字,但从小说描绘的这座城市的景象、地理位置以及其他种种特征来看,这座城市与哥伦比亚港口城市巴兰基亚高度吻合。

说之中也蕴含着对城市的展望。随着人类生活的重心转移到城市,小说这种文体也就取得了巨大的发展。①

在略萨小说的城市书写尤其是对利马的再现中,我们可以看到拉丁美洲现代化的种种问题,救赎者们希望能以一场翻天覆地的革命彻底解决所有这些问题。

《狂人玛依塔》的开头和结尾都描绘了利马的垃圾堆。在开头:

> 早晨跑步时,我总能看到成群结伙的饿狗在苍蝇堆中寻觅食物。最近几年,我还看到与那群野狗一起的还有一些无家可归捡破烂的孩子、老人和妇女。他们在那里扒来扒去,无非是想发现点能够果腹的东西,即便不能吃,能穿能卖也行。这种贫困景象,往日只有在贫民窟才能见到,后来蔓延到市中心,而今已经遍及全市了,甚至像观花埠、巴兰科、圣伊西德罗这些富人区也无一例外。一个人住在利马就得习惯于贫困和肮脏,否则就会变成疯子或者被迫自杀。②

在这段描绘中,垃圾、野狗、无家可归者浑然一体,被现代化生活抛弃的物和被现代化进程抛弃的人构成同一片风景,最终这座城市里所有的人,无论是富人、中产还是贫民都必须对这种视觉和嗅觉上的巨大不适习以为常,否则就会"变成疯子或被迫自杀"——反抗这样的现实,以激进暴力的方式改变这种现实,也就是说,革命的行动,在这部小说中不正与发疯或自杀无异吗?在略萨笔下,玛依塔怀揣崇高理想的冒险不是一场悲壮的、虽败犹荣的革命,而是一场可笑的、带着某

---

① 马里奥·巴尔加斯·略萨:《普林斯顿文学课》,侯健译,北京:人民文学出版社,2020年,第14页。
② 马里奥·巴尔加斯·略萨:《狂人玛依塔》,孙家孟、王成家译,长春:时代文艺出版社,1996年,第10页。

种神经质意味的自我毁灭的闹剧。小说的最后再次提到了利马的垃圾堆,并且具有讽刺意味的是,最终隐身于贫民窟的玛依塔在最后说:"水是这里很严重的问题,当然,还有垃圾。"①革命始于对惨淡现实的不满,或者说,始于垃圾堆,到头来也终于垃圾堆。这里也有一层象征意味:操心垃圾问题、最终与垃圾生活在一起的玛依塔,沦为了历史的垃圾。

另外,小说也跟随玛依塔的目光描绘了秘鲁山区贫民的生活,他们是还没有离开农村走向城市的人,是固守在先祖的土地上艰难维生的人。在对这种贫乏、肮脏的生活做了一番细致描绘之后,小说巧妙地运用自由间接体,将玛依塔的思考和作者的思考混在一起:

> 有多少年她没有用肥皂把整个身子洗一下?多少月?多少年?一年当中能洗一次澡吗?……是的,玛伊塔,成千上万的秘鲁人同这位老太太一样,他们生活在尿屎之中,没有电,没有水,挨饿受冻、愚昧无知,过着那种无人问津的、肮脏的、原始的、几乎是牛马一样的生活。②

接下来,这种内心的声音就循着一种"穷则思变"的理路,转而呼唤革命,从而完成了革命的合法性证明:

> 要证明他们所干过的和将要干的事业是否正义,睁开眼睛稍看一看不就足够了吗?像这位妇女一样生活的秘鲁人,一旦明白了他们拥有的力量,只要认识到并使用这一力量,整个秘鲁这座剥削、奴役和恐怖的金字塔,就会像腐朽的屋

---

① 马里奥·巴尔加斯·略萨:《狂人玛依塔》,孙家孟、王成家译,长春:时代文艺出版社,1996年,第343页。
② 马里奥·巴尔加斯·略萨:《狂人玛依塔》,孙家孟、王成家译,长春:时代文艺出版社,1996年,第285页。

顶一样倒塌下来。当他们懂得了只有起义造反，人类才能结束这非人的生活，革命就会势不可挡。①

秘鲁乃至整个拉丁美洲欠发达的现实，是革命的背景，而广大贫民对一种免于饥寒、贫穷、肮脏和奴役的生活的向往，则能成为救赎者们发动革命的有利条件，但光有这些，还不足以保证革命的成功。阿根廷哲学家恩里克·杜塞尔（Enrique Dussel）指出，拉丁美洲人的精神气质中含有一种根本性的态度，那就是"期待"（espera），它还没有变成"希望"（esperanza）；一些极端的革命者会利用拉丁美洲人的这种期待更好生活的生命力，取得一些短暂的成功。② 玛依塔发起的革命不可能取得稳定的成功，因为他寄予希望的那些穷苦民众还只是期待更好的生活，但对于这样的生活又不抱太大的希望，他们无法对一场改变自身命运的革命拥有充足的信心。条件尚不成熟，于是革命或成悲剧，或成闹剧。

从天主徒到革命者

前文提到，克劳泽认为拉丁美洲的"救赎者"们有一个共同特征："为了拯救自己的国家，在某一时刻产生了宗教般的信仰。"拉丁美洲是普遍信仰罗马天主教的地区，一个拉丁美洲人几乎从出生时起，就注定是天主教徒。恩里克·杜塞尔在分析拉丁美洲文化时指出，拉丁美洲人的终极价值观的"内核"，不是任何一种前哥伦布时代的文化，而是持续千年的犹太-基督教精神，这一内核决定了拉丁美洲人如何

---

① 马里奥·巴尔加斯·略萨：《狂人玛依塔》，孙家孟、王成家译，长春：时代文艺出版社，1996年，第285页。
② Enrique Dussel, *Filosofía de la cultura y la liberación*. México D. F.：UACM, 2006, p. 117.

看待人、世界、历史、自由、道德、法律、技术、权力关系等等。[1] 因此,一个拉丁美洲人哪怕放弃了天主教信仰,天主徒的气质仍会伴随其一生,会持续不断地体现在其思想和行为之中。天主徒的身份和革命者的身份,乍看是一右一左完全对立的,却往往能存在于同一个拉丁美洲人的命运之中:要么二者兼具,如"解放神学"的捍卫者、实践者那样,要么二者之间自然转化、无缝衔接,如那些毅然决然地抛弃了天主教信仰之后就立即成为马克思主义者的革命者那样。略萨在塑造玛依塔这个半真半假的革命者形象时,有意突出其少年时代虔诚信教的一面,从而表现了一个"典型"的拉丁美洲"救赎者"的心路历程:从狂热的天主徒到富有激情的革命者。

在小说里,玛依塔生活在一个下层中产阶级家庭里,恪守天主教的道德规范,对比自己生活更穷的人的疾苦表现出极大的敏感。"他打教堂前面走过的时候总是虔诚地画十字。星期天也总去教堂受圣餐。"[2]他认为自己吃得比穷人好,甘愿自降饮食水平,与穷人同甘共苦:"我们吃得太多了,我们没有想到那些穷人。你知道他们吃什么吗?我告诉你,从今天起,我每天中午只喝一碗汤,晚上只吃一个面包。"[3]这种精神,是一种原始基督教的精神。每当天主教陷入教会腐败、道德沦丧的危机时,这种精神就会被重新提起。而在这种古老的精神与现代革命之间,又仿佛存在着一种天然的联系。

在西班牙语中,"革命"(revolución)一词来源于拉丁语 revolutio,意为回归。从这个意义上说,回到往昔,重拾一些古老的价值观,仿佛是"革命"的题中应有之义。恩格斯在《论原始基督教的历史》一文中

---

[1] Enrique Dussel, *Filosofía de la cultura y la liberación*. México D. F.:UACM, 2006, pp. 123 - 124.
[2] 马里奥·巴尔加斯·略萨:《狂人玛依塔》,孙家孟、王成家译,长春:时代文艺出版社,1996年,第17页。
[3] 马里奥·巴尔加斯·略萨:《狂人玛依塔》,孙家孟、王成家译,长春:时代文艺出版社,1996年,第17页。

指出，原始基督教的历史与现代工人运动有些值得注意的共同点：在产生时都是被压迫者的运动；基督教和工人的社会主义都宣传将来会从奴役和贫困中得救；两者都遭受过迫害和排挤，信从者遭到放逐，被待之以非常法；虽然有这一切迫害，甚至还直接由于这些迫害，基督教和社会主义都胜利地、势不可挡地为自己开辟前进的道路。[①] 恩格斯进一步指出，现代基督徒身上已经没有了原始基督教的精神，这种精神却见于现代的社会主义者身上：

>　　当时的还不曾有自我意识的基督教，同后来在尼西亚宗教会议上用教条固定下来的那种世界宗教，是有天渊之别的；二者如此不同，以致从后者很难认出前者。这里既没有后世基督教的教义，也没有后世基督教的伦理，但是却有正在进行一场对整个尘世的斗争以及这种斗争必将胜利的感觉，有斗争的渴望和胜利的信心，这种渴望和信心在现代的基督徒身上已经完全丧失，在我们这个时代里，只存在于社会的另一极——社会主义者方面。[②]

由此可见，那些从天主徒变为革命者的拉丁美洲救赎者原本并不是普通的、随大流的天主徒，而是"原教旨主义"的天主徒，或者说，是"极端"的天主徒——在西班牙语里，表示意识形态意义上的"极端"的形容词 radical 来源于拉丁语 radicalis，此词又源自 radix，有"根源、本源"之义。

在小说中，玛依塔加入过所有他可以加入的政治派别，都是左派，并且越来越左：从阿普拉党，到秘鲁共产党，到分裂主义派，再到托洛

---

① 《马克思恩格斯文集》第四卷，中央编译局编译，北京：人民出版社，2009年，第475页。
② 《马克思恩格斯文集》第四卷，中央编译局编译，北京：人民出版社，2009年，第487页。

茨基派。之所以频频换组织,并不是因为他政治信念不牢,恰恰是因为他牢固不变的激进倾向,最终他选择了最激进的、倡导"不断革命"的托派,然而就连托派在他眼里也显得保守畏缩了,他最后脱离了组织,采取"直接行动"(acción directa)的方式,进行了一次注定失败的革命。玛依塔是那种用政治为自己谋私利、不断变换意识形态外衣的投机主义者的反面。小说也选取了后者的一个典型,从一个政治变色龙的视角出发对玛依塔给出了一个稍微高尚一些的评价:

> 尽管他变来变去,可从未成为机会主义分子。也许他不够稳重,冒冒失失,信口开河,然而,他是世界上最无私的人。在他身上有一种自毁的倾向,一种叛逆、造反的性格。刚刚加入一个组织,就唱反调,最终搞起分裂活动。爱闹分裂这个毛病,比他身上的任何东西都根深蒂固。[①]

极端激进的政治姿态,使得玛依塔难以和任何一个派别中的大部分同志做到意见一致。这种姿态和天真的理想主义以及斗争经验的匮乏结合在一起,最终导致了他的"救赎"事业的毁灭。略萨精心塑造的这个救赎者形象的背后,是现实中存在的一度为数众多的拉丁美洲游击队。游击队员们同样是激进的、分裂的,他们怀抱救赎的理想,却往往对社会造成更大的破坏。略萨在谈及这部小说的历史背景时指出:"从长远来看,游击队运动实际上造成了拉丁美洲的退化,它摧毁了不完美的民主体系,催生出更多的推行残酷高压政策的腐败军事政权。"[②]他使用了"退化"这个词,等于是说,游击队运动造成了拉丁美洲现代化进程的逆转,尤其是政治现代化进程的野蛮倒退——退回充满

[①] 马里奥·巴尔加斯·略萨:《狂人玛依塔》,孙家孟、王成家译,长春:时代文艺出版社,1996年,第42页。
[②] 马里奥·巴尔加斯·略萨:《普林斯顿文学课》,侯健译,北京:人民文学出版社,2020年,第110页。

暴力、万马齐喑的威权时代。而这样的结果恰恰是与救赎者们最初的理想完全相悖的。

拉丁美洲左派批判

在略萨的笔下，玛依塔这一拉丁美洲游击队运动的先驱不仅被表现为一个偏执狂式的失败者，还被有意塑造成一个同性恋。略萨惯于在小说中呈现那些在行为上、性取向上走边缘路线的人物，如《绿房子》里的"假小子"琼加，或是《酒吧长谈》里的变态狂堂卡约·贝尔穆德斯，而一个革命者被塑造成性取向方面的少数派，在一些秉持传统性别观念的左派看来，是对拉丁美洲革命的侮辱。据略萨自己声称，《狂人玛依塔》在全世界都遭到了严厉的批评，但最主要是在西班牙语世界，批评的声音主要来自拉丁美洲和西班牙的"歧视同性恋、没什么宽容心的左翼人士"。① 事实上，略萨和西语世界的左派之间龃龉颇多。2010年，略萨获得诺贝尔文学奖之后，秘鲁的左翼媒体直言这是诺贝尔奖的道德沦丧，略萨是投靠帝国主义的"反动"(reaccionario)作家。② 西班牙著名文学评论家路易斯·加西亚·蒙特罗(Luis García Montero)也称略萨为"反动"思想家。③ 西班牙左翼政治家胡安·卡洛斯·莫内德罗(Juan Carlos Monedero)甚至呼吁组建一个"人民法庭"来审判略萨，同时承认略萨是一个"伟大作家"，他的小说可以为他

---

① 马里奥·巴尔加斯·略萨:《普林斯顿文学课》，侯健译，北京:人民文学出版社，2020年，第129页。
② Luis Arce Borja, "Vargas Llosa: miseria moral del Premio Nobel", *El Diario Internacional*, 2010-10-18 ⟨http://www.eldiariointernacional.com/spip.php?article2927⟩[查询日期:2017年7月31日]。
③ Luis García Montero, "Vargas Llosa y el impudor", *Infolibre*, 2016-04-03 ⟨https://www.infolibre.es/noticias/opinion/2016/04/02/vargas_llosa_impudor_47218_1023.html⟩[查询日期:2017年7月31日]。

减刑。① 莫内德罗的主张涉及一个有趣的问题：是否应当把一个作家的政治观点和文学成就分开看？无论如何，在拉丁美洲，作家是很难不介入政治的，正如詹明信（Fredric Jameson）在他那篇著名的《处于跨国资本主义时代中的第三世界文学》中所指出的，在第三世界的情况下，知识分子永远是政治知识分子。②

在《狂人玛依塔》中，没有英雄形象的存在，没有任何一个左派是值得称颂的。略萨批判的矛头不仅指向左派中的极端主义者，也指向左派中的投机主义者和因循守旧者。前者一味蛮干，后二者撒谎成性。略萨对拉丁美洲左派的憎恶，很大程度上来源于自己年轻时参与的左派运动。他在回忆录《水中鱼——巴尔加斯·略萨回忆录》中基于自己的经历指出了一种现实：拉丁美洲左派中有太多的假左派。在一个像秘鲁这样的国家，一个知识分子如果不采取革命的姿态，在公开场合的活动中——著述和公民行为——不表示自己是左派成员，那就没办法找到工作，没办法维持生计，在某种程度上没办法过知识分子的生活。为了能发表作品，为了能够在大学教师的序列上升迁，为了拿到奖学金，为了公差旅行，为了得到免费出国邀请，他就必须表明自己与左派的一系列象征和神话是保持一致的。③ 他描述的这一情形，事实上是一种欠发达状态：知识分子迫于生计压力，不得不被动地选择一种政治姿态。《狂人玛依塔》中关于秘鲁知识分子的描述与这一情形是一致的，那就是大多数人不像玛依塔那般"坚定"，而是左右摇摆，谁肯出钱就投靠谁，在经济发展不充分的社会中，文化界、知识界很难做到独立，知识分子若非具有圣贤般的道德情操，是很容易依

---

① "Monedero pide un tribunal popular para Vargas Llosa", *Libertad Digital*, 2014-07-19〈http://www.libertaddigital.com/espana/2014-07-19/monedero-pide-un-tribunal-popular-para-vargas-llosa-1276523596/〉[查询日期：2017 年 7 月 31 日]．
② 詹明信：《晚期资本主义的文化逻辑》，张旭东编，陈清侨等译，北京：生活·读书·新知三联书店，2013 年，第 434 页。
③ 马里奥·巴尔加斯·略萨：《水中鱼——巴尔加斯·略萨回忆录》，赵德明译，上海：华东师范大学出版社，2016 年，第 263 页。

附于权力的。略萨对拉丁美洲左派特别是假左派发出的批判,实际上也是对拉丁美洲的欠发达、现代化发展的不充分发出的批判。

陈众议在评述略萨的政治姿态时,将其与略萨的小说创作联系起来,

> 尽管马里奥·巴尔加斯·略萨骨子里一直涌动着自由主义和个人主义潜流,但年轻时期他不仅短暂地加入过共产党,而且狂热地信奉社会主义。二十世纪七十年代,他的思想发生明显转变,以至于八十年代加入自由运动组织,并为时代和秘鲁社会开出了他的"处方":全面私有制加法制。所谓法制,在他看来也是以保护个人利益为前提的。为此,他拥护新自由主义,坚定地捍卫西方民主思想,猛烈抨击左翼阵线,并援引热昂-法苏亚·赫维的话说,左派是伪善的,而伪善是道德上的半身不遂。这一转向使他的创作发生戏剧性的改变,致使其宏大叙事的推手不再是那个无辜的阿尔贝托(《城市与狗》)、纯粹的小萨特(《酒吧长谈》),却取而代之以自私自利的坏女孩(《坏女孩的恶作剧》)和追寻自由天堂的高更(《天堂在另外那个街角》)。在不是最后的最后,他又用《凯尔特人之梦》张扬了凯斯门特的个人主义与民族主义的殊途同归。①

像《天堂在另外那个街角》《凯尔特人之梦》这样的在 21 世纪出版的作品,虽则看似采取了宏大叙事的形式,其内核已经悄然转变了:《城市与狗》《绿房子》《酒吧长谈》的宏大叙事的内核是拉丁美洲人民争取解放的运动,而新世纪的略萨小说宏大叙事的内核则是西方倡导

---

① 陈众议:《文学启示录——从马里奥·巴尔加斯·略萨访华说起》,《东吴学术》2011 年第 4 期,第 58 页。

的新自由主义。从后现代主义的视角来看，宏大叙事已经消失了，略萨在新世纪的"宏大叙事"只剩下叙事套路的外壳，不再具有像《城市与狗》或《绿房子》这些早期作品那样的感动人心、呼唤行动的力量。在1984年出版的《狂人玛依塔》中，后现代文学的特征已经非常明显：玛依塔的故事是由多个与玛依塔打过交道的人的讲述拼凑完整的，关于这同一个人的多个版本的叙述并不一致甚至互相矛盾，而叙述者在最后的章节中承认玛依塔是他杜撰的一个小说人物，他要去找现实生活中的真正的玛依塔来做访谈……小说还不时探讨故事该如何讲述，体现出后现代主义元小说的特征。小说形式的后现代美学特征与小说内容对拉丁美洲左派的批判指向的是同一个目标：宏大叙事——"救赎"的宏大话语及其一整套象征和神话的消解。

如何救赎拉丁美洲

在《狂人玛依塔》中，略萨描述了救赎者心目中的乌托邦形象，也就是说，在玛依塔的想象中，革命胜利之后的秘鲁是什么样的：

那时，全国上下将如一个勤劳的蜂房……那时，农民们将成为土地的主人，工人们将成为工厂的主人，官员们将懂得他们不是为帝国主义、百万富翁、酋长或某个地方的党派而工作。……私立学校都将国立化，所有的企业、银行、商铺、城市的不动产等都将实行国有化；那时，成千上万的秘鲁人都将感到秘鲁确实进步了，当然首先是穷人们。[1]

如果我们了解一下20世纪80年代略萨的政治理想，特别是他1987年开始为竞选秘鲁总统而奔忙后力图让所有秘鲁人接受的一整

---

[1] 马里奥·巴尔加斯·略萨：《狂人玛依塔》，孙家孟、王成家译，长春：时代文艺出版社，1996年，第274页。

套政治经济学说,我们就能感觉到,关于玛依塔的幻想的描述是有一层讽刺意味的。略萨和他塑造的人物形象玛依塔都想担负拯救秘鲁的重任,在历史上扮演救赎者的角色。一个实现公平公正、消除了贫困、走入快速发展轨道的秘鲁是他们共同的理想,但他们拯救秘鲁的方案有着本质的区别:略萨要走私有化道路,玛依塔要走公有化道路。

我们可以在《水中鱼——巴尔加斯·略萨回忆录》这本文学色彩浓厚的回忆录中了解到1990年秘鲁总统大选候选人略萨给出的拯救秘鲁的方案。略萨的政治经济主张主要是:反对政府干预市场,尽量发展私有制,鼓励竞争和个人创业,在国民心态上去除一切依赖国家的思想,把经济生活的责任委托给文明的社会和市场。在略萨看来,这就是"现代化"的思想,是秘鲁社会摆脱野蛮专制和贫穷落后、走向民主和繁荣的必由之路。而在拉美左派看来,这样的思想有一个可恶的名字:新自由主义,这是殖民主义采用的新形式,让拉丁美洲继续依附于不公正的国际经济秩序。乌拉圭作家加莱亚诺(Eduardo Galeano)曾在他的名著《拉丁美洲被切开的血管》(*Las venas abiertas de América Latina*)中系统揭露了欧美的发达如何造成拉丁美洲的不发达,在《水中鱼——巴尔加斯·略萨回忆录》中我们可以找出与之针锋相对的观点:

> 我们这个时代最有害的神话之一就是:穷国之所以穷,是富国密谋的结果,是富国为了剥削穷国、让穷国维持不发达状况而有意策划的。……的确,在过去,繁荣几乎完全取决于地理位置和国力。但是,现代生活的国际化——市场、技术、资金——使得任何一个国家,哪怕是最小的、缺乏资源的国家,如果它肯向世界开放,通过竞争机制组织经济,也会

得到迅速发展。①

在略萨看来,国际化——经济全球化是发展中国家摆脱贫困、迎头赶上的契机,他倡导这些观念的背景,正是柏林墙倒塌、各种边界和壁垒不断消除、全球化趋势越发明显的时代。我们可以注意到,略萨对拉丁美洲本土产生的经济民族主义、结构主义、依附论等思想一概拒斥,同时,他奉哈耶克、弗里德曼等西方国家的自由主义思想家为师;竞选期间对日本、韩国和新加坡等经济发展"榜样"进行了为期仅仅两周的考察,更坚定了他以私有制、自由化思想改造秘鲁的信心。他在书中明言:"最先进的思想是自由化思想。"②

在救赎秘鲁的努力中,略萨和他批判的左派革命者犯了同一个错误:迷信于并不符合本土现实的意识形态理论。对于20世纪80年代的那个危机四伏、亟待改造的秘鲁,治愈顽疾的思想药方恐怕不是最先进的理论,而应是最符合秘鲁现实的思想。略萨要把秘鲁当成瑞士来治理,这不仅是不可行的,也是得不到广泛民众支持的。在这样一个贫富悬殊的国家,要在全民投票中获得胜利,赢得广大贫民阶层的支持是关键。略萨并非轻视这一点,他在《水中鱼——巴尔加斯·略萨回忆录》中记录了自己多次冒着生命危险走山区、下基层拉选票的经历。但是,再出色的政治表演、再完备的施政纲领也不足以让略萨获得低收入者们的普遍认同。略萨在书中详尽展现了权力角逐场的丑恶,把当年各个敌手采用的下作手段一一做了揭露,似乎是在暗示:他的竞选失败是政治对手们合力制造阴谋的结果;他的完美施政纲领之所以无法实现,是因为秘鲁糟糕的政治环境容不下先进思想。作为局外人,读者或许可以就略萨的败因做出不同的判断。略萨在书中承

---

① 马里奥·巴尔加斯·略萨:《水中鱼——巴尔加斯·略萨回忆录》,赵德明译,上海:华东师范大学出版社,2016年,第36页至第37页。
② 马里奥·巴尔加斯·略萨:《水中鱼——巴尔加斯·略萨回忆录》,赵德明译,上海:华东师范大学出版社,2016年,第362页。

认:"秘鲁不是单一的,它国中有国。"①他在为拉票而遍访各地的活动中不断地为底层民众的生活处境所震撼,正表明他对乡野的秘鲁、"深层"的秘鲁缺乏认识。那些没有受过基础教育也没有经济基础的贫民,如何能一夜之间成为创业者呢?即使他们一个个都成功地成为老板,又如何能保证自己的企业在与不受限制的外资公司的竞争中存活下来呢?略萨的秘鲁梦看上去是很美好的,苏东剧变、资本主义高唱凯歌的国际形势也有利于他,然而选举结果表明,一半以上的秘鲁民众并不赞同略萨的政治经济主张。

美国人类学家金·麦夸里(Kim MacQuarrie)曾经探访过关押秘鲁"光辉道路"(Sendero Luminoso)游击队成员的监狱,他记录的一位游击队成员的言论很具有代表性意义:"历史是有规律的,如果没有规律,历史为什么要存在呢?"②狂人玛依塔笃信历史的规律,总统候选人略萨也笃信历史的规律。前者认定采取"直接行动"、发动暴力革命是从落后社会走向先进社会的历史规律的要求,后者认定在秘鲁全面推行私有化、自由化改革是从落后社会走向现代社会的历史规律的要求。他们的行动方案都脱离了秘鲁本土的、当下的现实,将"先进的""正确的"意识形态置于秘鲁的真实历史、真正现实之前,所以他们的救赎理想注定是失败的,只能在幻梦或小说虚构中得到实现。

三、拉丁美洲的文明与野蛮

1845年,因本国独裁者罗萨斯的政治迫害流亡智利的阿根廷作家、政治家多明戈·法乌斯蒂诺·萨米恩托(Domingo Faustino

---

① 马里奥·巴尔加斯·略萨:《水中鱼——巴尔加斯·略萨回忆录》,赵德明译,上海:华东师范大学出版社,2016年,第181页。
② 金·麦夸里:《安第斯山脉的生与死:追寻土匪、英雄和革命者的足迹》,冯璇译,北京:社会科学文献出版社,2017年,第160页。

Sarmiento)出版了一本散文作品,这本书在后来的版本中定名为《法昆多:阿根廷潘帕斯草原上的文明与野蛮》(*Facundo o civilización y barbarie en las pampas argentinas*)。萨米恩托在书中描绘了阿根廷草原军阀法昆多(Facundo)的形象,借此抨击罗萨斯,并探讨了阿根廷在走向未来的道路上必须面对的深层问题:选择文明还是野蛮?书中有大段关于阿根廷地理地貌特征的描述:广袤的原野,大片的无人区,"阿根廷共和国的一大病患,是它的广袤空间:到处都是被沙漠包围,腹地里也有沙漠;荒无人烟的僻静之地,往往是省区之间无可置疑的边界"。① 广袤的空间,也就是野蛮的空间,需要由文明来填补空白。

从19世纪初开始,布拉沃河以南的美洲大陆上出现了一系列从欧洲殖民统治下脱离出来的独立共和国。新生共和国的知识精英们要创立属于本国的文化、本土的文学。他们发现,本国的地理空间是如此巨大而复杂,共和国的土地上居住着如此众多的"野蛮"部族,他们和生活在城市里的"文明人"不在同一个世界甚至不在同一个时代。在走向现代,走向"文明"的过程中,本国的野蛮因素是需要克服的障碍。萨米恩托在书中把独裁者、阿根廷的蛮荒空间以及在蛮荒空间中活动的部族一同看成必须克服的"野蛮"因素,并提出了一系列振兴国家的主张,包括兴办公共教育、允许言论自由、大力发展对外贸易、从欧洲先进国家大规模引入移民等。他的主张很能代表新兴的美洲共和国的一大批知识分子的观点。他们以"文明"与"野蛮"相对立的视角来看本国的矛盾,来看本国与西方列强的差距。苏珊·桑塔格(Susan Sontag)曾指出,从19世纪到20世纪初,欧洲民族的殖民行为都被解释为延伸了"文明"——被等同于欧洲文明——的道德边界,是对野蛮的抵制。② 在一定程度上,这些拉美知识分子理解的"文明"是

---

① Domingo Faustino Sarmiento, *Facundo o civilización y barbarie en las pampas argentinas*. Buenos Aires: Emecé Editores S. A., 1999, p. 39.
② 苏珊·桑塔格:《重点所在》,陶洁、黄灿然等译,上海:上海译文出版社,2004年,第340页至第341页。

欧洲文明,他们并未意识到本土的"野蛮人"也是建立过文明的,他们在鼓吹引进欧洲移民、吸引欧洲投资的同时,不自觉地成为新殖民主义的拥护者。但另一方面,对本国落后因素的批判仍然是有进步意义的,因为从前资本主义时代走向现代,是历史的必然;以"文化相对主义"来对抗现代性,是对历史大势的否定。在拉丁美洲走向现代的进程中,"文明与野蛮"注定是一个经常被提起、频繁被争论的话题。在略萨小说中,"文明与野蛮"也是一个反复出现的主题。

作为"教化者"的巴尔加斯·略萨

有学者将拉丁美洲知识分子分为互相对立的两派:解放者与教化者。前者的思想渊源可以上溯到主张美洲一体化的美洲解放者西蒙·玻利瓦尔(Simón Bolívar),主张拉丁美洲团结一体、共同对抗西方强权的作家、思想家如古巴的何塞·马蒂(José Martí)、墨西哥的何塞·巴斯孔塞洛斯(José Vasconcelos)、莱奥波尔多·塞亚(Leopoldo Zea)、乌拉圭的何塞·恩里克·罗多(José Enrique Rodó)、爱德华多·加莱亚诺(Eduardo Galeano)以及主张把天主教思想和马克思主义思想相结合的"解放神学"(Teología de la liberación)思想家们;教化者则以萨米恩托为代表,包括膜拜西方文明、否定"传统拉美性"的阿根廷"1837年一代"知识分子,也包括巴尔加斯·略萨。略萨之所以被划入这一阵营,主要是因为他在他的杂文写作中提出的反民族国家、反拉丁美洲集体认同、寄希望于全球化自由竞争开放体系的主张。① 那么,略萨的小说作品是否也表达或反映了略萨的"教化"主张呢?

纵观略萨的小说创作,可以说"文明与野蛮"的主题贯穿始终,略萨的"教化"主张正体现在他对这个主题的不同表现之中。尽管有意

---

① 覃琳:《论资本时代的美洲表述》,《理论月刊》2017年第1期,第175页至第183页。

识形态上的巨大转变,他的小说中存在着一些不变的倾向:承认拉丁美洲的落后和西方的发达,揭露和批判本国的政治腐败与专制、社会阴暗面、民族"劣根性",视西方启蒙思想确立的一系列价值为积极价值。恩里克·克劳泽认为,略萨作品的核心目标,始终是"驱除"那些阻碍秘鲁和拉丁美洲物质进步和精神进步的魑魅魍魉。他举出的代表性例子是《世界末日之战》,这部作品"不仅批评巴西的千禧年主义者,也批评巴西政府和它愚蠢的应对方式",具有"一种托尔斯泰式的气韵"。① 克劳泽把略萨看成一个拉丁美洲的驱魔者,给予了高度评价,尤其是在加西亚·马尔克斯的映衬之下——在克劳泽看来,略萨和马尔克斯这两位拉丁美洲最伟大的小说家的品格有高下之别,前者批评、反抗独裁者,后者崇拜独裁者。②

略萨小说中的秘鲁-拉丁美洲一直是分裂的、复杂的,但如果我们聚焦于他每部小说中故事发生的主要场景,大致上可以勾勒出一个粗略的线条:巴尔加斯·略萨表现的秘鲁-拉丁美洲是在社会层级上越来越高的,从封闭的学校(《首领们》)、监狱式的军校(《城市与狗》),到成年人的下层社会——妓院与酒馆(《绿房子》《酒吧长谈》),再到城市高级中产阶级的私宅(《继母颂》《情爱笔记》《五个街角》)或总统府邸(《公羊的节日》)。与之同步的,是作者越来越高的社会地位。从写作的一开始,略萨就站在了社会精英的位置上,将他体现在现实主义文学中的改造秘鲁社会的雄心称为救赎也好,教化也好,背后隐藏的是这样的认知:城市知识分子代表高级文明,城市贫民和落后地区的原住民都是野蛮的,前者应当教育、拯救后者,后者需要听从前者的教导。这样的认知,也正类似于萨米恩托对待潘帕斯草原上的"野蛮人"的态度。

---

① 恩里克·克劳泽:《救赎者:拉丁美洲的面孔与思想》,万戴译,北京:北京日报出版社,2020年,第451页。
② 恩里克·克劳泽:《救赎者:拉丁美洲的面孔与思想》,万戴译,北京:北京日报出版社,2020年,第481页。

略萨笔下的印第安人

在略萨小说中不乏对秘鲁印第安人的描写。可以看出，这些描写始终是站在一个由外向内的视角上的，也就是说，是一种从文明世界出发来看野蛮部落的视角。读者的目光总是随着来自文明世界的主人公，与之一起深入蛮荒地带，发现印第安人生活的种种特点。在《绿房子》中，读者的目光首先就是随着几个西班牙修女深入秘鲁亚马孙雨林，去搜寻印第安人。在《叙事人》中，一个来自城市的人类学家深入秘鲁亚马孙雨林，然后融入雨林中的印第安人社群的生活。在《天堂在另外那个街角》中，尽管蛮荒地带场景不再是南美雨林而是南太平洋的岛屿，读者的目光仍然是跟随一个"文明人"进入原始部落的——高更厌倦了法国资产阶级的生活，前往长期与西方文明相隔绝的世界寻找艺术和生活的天堂。

"印第安人"事实上是一个以讹传讹的概念。1492年，哥伦布首次登陆美洲时，以为自己抵达的是印度，就把他遇见的当地人称为"印度人"（los indios）。从此，这个词被用来指称美洲大陆从北到南所有的原住民。事实上，尽管在很多方面展示出相似性，美洲不同地区的原住民有着不同的文化习俗，使用不同的语言。他们生活在互相隔绝的地域里，假使没有殖民征服，他们的生活方式不会发生根本性的改变，只会沿袭祖先传下来的、亘古不变的传统。"印第安人"这个虚假的称谓，被迫共同接受和学习的官定语言，以及共同遭受的殖民征服和压迫的历史，使得美洲的原住民具有了某种跨族群共同体的意识。卡洛斯·富恩特斯指出，巴拉圭的瓜拉尼人和墨西哥尤卡坦的玛雅人如果各说各的母语，是无法互相理解的，但是，只要用美洲的"世界语"（esperanto）——西班牙语相沟通，他们就能互相理解，因此西班牙语是"美洲印第安性"(indianidad americana)的通用语。[①] 在略萨小说中出现的秘鲁雨林中的族群并不是孤悬的个例，他们是"印第安人"，面对着美洲其他地区的"印第安人"同样面对的问题，他们是略萨在触及"文明与野蛮"这个拉丁美洲现代化必须面对的宏大命题时必然涉及的群体。

《绿房子》的开头讲述了一批西班牙修女和一群警察深入秘鲁亚马孙雨林抓捕印第安人的经历。这个情节设定具有很明显的象征意味：修女代表天主教教会，警察代表武力，西班牙对美洲的殖民征服正是由这两股力量联手推进的，是传教士和武士、十字架和刀剑的联合行动。发生在20世纪初的这场抓捕印第安人的行动，在本质上与16世纪西班牙人侵入美洲的行动没有区别。美洲蛮荒地带的原住民注定要被外来的"文明"征服，放弃原有的生活方式。在《绿房子》中，这种野蛮被文明征服的过程体现在鲍妮法西娅这一人物的身上，她从一个原住民部落的女孩最终成为城市中的下等妓院的妓女，这一过程是悲剧性的。对人物命运的这般设定，一方面可以说展示了作者对本国印第安人群体悲惨境遇的同情，另一方面又透露出这样的思想：印第安人无法自主掌握自己的命运，只能任人摆布，时时等待着被教化、被拯救。

而就连这些前来"教化"和"拯救"印第安人的白人和混血人，因为长期生活在丛林地区的缘故，似乎也沾染上了些许"野蛮人"的特质。《绿房子》的第一节极为细致地描绘了各个人物的外貌，仿佛是用放大镜在观察这些生活在热带雨林地区的特殊物种。小说的开头即是：

> 警长扫了帕特罗西纽嬷嬷一眼，肉蝇还停在她的额上。
> 汽艇在混浊的河水上颠簸不已，两岸墙一般的树木散发出黏

[①] Carlos Fuentes, *La gran novela latinoamericana*. Madrid: Santillana Ediciones Generales, 2011, p. 12.

糊糊炙人的蒸气。警察们光着上身,被中午黄绿色的太阳照射着,蜷缩在船篷下呼呼大睡。小个子的头枕在讨厌鬼的肚子上;黄毛汗出如雨;黑鬼张着嘴在打鼾。一群蚊蚋紧跟着汽艇;蝴蝶、蜜蜂、肉蝇在人体之间飞来飞去;马达均匀地咕嘟着,打了哽噎,接着又咕嘟起来。领水员聂威斯左手掌舵,右手拿烟,脸上亮油油的,头戴草帽,毫无表情。这些森林地区的人跟常人不一样,不那么汗淋淋的。①

在这段文字中,无论是散发出蒸气的"墙一般的树木",还是对人的存在毫无畏惧的蚊虫,都显现出大自然的强大力量。这些人与这种狂野自然已经是浑然一体,鲜有"文明人"的矜持。为了表现这个地区的特色,作者有意使用了只有当地人才会经常使用的词汇,如pamacari,这是亚马孙地区特有的一种小船;jejenes,也是当地特有的一种蚊虫。② 文中所谓的"森林地区的人"(selváticos)是对生活在秘鲁亚马孙雨林地区的人的统称,聂威斯无疑是这群人中对这个地带的气候条件最为适应的人。在作者笔下,所有这些人及其所在的自然环境都是缺乏美感的,完全不是理想主义者或浪漫主义者眼中的诗意自然的样子。

等到雨林中的印第安人出现时,"野蛮"的色彩则更为浓厚:

> 我看见了,一共六个人。一个老太婆,头发浓密,穿着发白的短裤,两团黑黝黝、软瘫瘫的肉一直垂到腰间。老太婆的后面是两个年龄不辨的男人,矮个子,大肚皮,细腿,腰里用藤条系着一块棕色的布,遮着下身,屁股却露在外面,刘海

---

① 马里奥·巴尔加斯·略萨:《绿房子》,孙家孟译,上海:上海文艺出版社,2014年,第3页。
② 此处参考的原著版本为 Mario Vargas Llosa, *La casa verde*, Madrid: Editorial Alfaguara, 2002.

一直垂到眉上,肩上扛着几串香蕉。接着是两个小女孩,头上戴着植物纤维做的头冠,其中一个鼻子下戴着一个环,另一个脚踝上套着兽皮做的脚镯,都光着身子。她们后面还有一个小男孩,也光着身子,看上去更小一些,更瘦一些。①

这些土人最突出的特征是身上缺乏遮盖物:三个孩子都是浑身赤裸,男人的屁股露在外面,老太婆则把乳房暴露在外。老太婆的乳房在后文中还以不同的指称形式多次出现:larguísimas tetas(长长的乳房)、sus senos blandos(她那对软瘫的乳房)、las tetas líquidas(软塌塌的双乳)、sus senos largos y chorreados(那晃荡着的长长双乳)……这个器官成了老太婆身上最为显著的标志,毫无性感和美感可言。一方面,它暗示了老太婆曾经生育了很多儿女;另一方面,作为哺育新生命的人体器官,其衰老、丑陋甚至畸形的特征也暗示,这个雨林部落的生存状况岌岌可危,在"文明"不断发起的侵入行动面前难以为继。那个小男孩在警察们的眼里"大脑袋,小身子,像个蜘蛛"。② 这种身体状况表明,小男孩营养不良。"像个蜘蛛"则进一步表明,这些印第安人更像热带地区的动物,而非正常的人类;他们在他们习以为常的自然环境中的生活正变得越来越糟糕。

修女与老太婆交流时,采用了后者熟悉的交流方式:

> 老太婆张开双手开始在自己肩上拍打起来,每拍一下乳房就颤动一下,摇晃一下。上帝与你们同在,安赫利卡嬷嬷咕哝了一句,吐了一口唾沫,然后吐出一连串叽叽咕咕、嘘嘘哈哈、硬邦邦的话语,中间有时停顿,以夸大的动作大吐口

---

① 马里奥·巴尔加斯·略萨:《绿房子》,孙家孟译,上海:上海文艺出版社,2014年,第7页。
② 马里奥·巴尔加斯·略萨:《绿房子》,孙家孟译,上海:上海文艺出版社,2014年,第8页。

水,然后又咕哝起来,在六个阿瓜鲁纳人那苍白而毫无表情的一动不动的脸前不停地打手势,庄重地比画着。①

在美洲殖民进程的开初,西班牙传教士正是采取了主动适应当地文化的策略,学习美洲原住民语言和生活习俗,以拉近自己与等待被"拯救"者的距离,从而更好地完成传播基督福音的使命。这种仁慈的姿态与征服者的武力看似互相矛盾,却又浑然一体,共同构成欧洲对美洲的征服。在《绿房子》中,当侵入者们与印第安人相遇时,修女们的友善姿态在前,警察们的枪口在后,正是西班牙殖民征服的再现。从小说的描述可以见出,阿瓜鲁纳人的语言表达系统要更多地借用肢体动作,这就进一步凸显了这些印第安人的动物性特征,更添一层"野蛮"的色彩。这些话语的"叽叽咕咕、嘘嘘哈哈、硬邦邦"的特质,无疑是一种外部视角下的描述。略萨对本国的这些印第安人的外貌、语言和生活习俗的再现是如其所是的,不带一点美化,使人不得不思考现象背后的问题:这些印第安人一直生活在远离文明世界的蛮荒之中,从未被殖民者完全征服,他们有可能融入秘鲁的国家现代化进程吗?如果可以,又该如何做呢?

略萨在自己的回忆录中透露过,他年轻时曾经有过一次短暂的亚马孙之行,事实上是搭了一位人类学家的考察之旅的顺风车:

> 通过这次短暂的旅行,我见到了秘鲁原始大森林,看到不少风土人情,听到许多故事,后来成为我三部长篇小说的原始素材,即《绿房子》《潘达雷昂上尉与劳军女郎》和《叙事人》。②

---

① 马里奥·巴尔加斯·略萨:《绿房子》,孙家孟译,上海:上海文艺出版社,2014年,第7页。
② 马里奥·巴尔加斯·略萨:《水中鱼——巴尔加斯·略萨回忆录》,赵德明译,上海:华东师范大学出版社,2016年,第392页。

由此可见,略萨是实地参观过秘鲁亚马孙雨林中的印第安人的生活的,但并没有深入的体验。文明与野蛮的主题,已经在尚未成长为小说家的青年略萨的心中酝酿,正如他在回忆录中所说:

> 可以肯定的是:我们发现了亚马孙尚未驯服的风光的巨大潜力;亚马孙这个原始、蛮荒、危险、具有秘鲁城市地区不了解的自由世界,让我眼花缭乱,惊奇不已。这次考察还以令人难忘的方式使我了解到:对某些秘鲁人来说,社会的不公正达到了何等野蛮和逍遥法外的程度。①

亚马孙之旅的经历和思考也体现在《叙事人》(*El hablador*)中。在这部首版于1987年的小说中,略萨对亚马孙印第安人的现状和命运有了更为深入的揭示和剖析,其视角不仅是人类学的,也是社会学甚至政治学的。"文明与野蛮"的主题在小说的第一段就清楚地显现出来:

> 我来到佛罗伦萨是为了把秘鲁和秘鲁人忘掉一个时期,但想不到今天早晨却又撞上了这个倒霉的国家。此前,我参观了重建的但丁故居、圣马蒂诺·德尔·韦斯科沃小教堂和传说中但丁第一次遇到贝阿特丽丝的那条小街。当我来到圣玛格丽特横巷时,一个橱窗突然使我停了下来。橱窗中陈设着几只弓箭、一只精雕的木桨、一个画有几何图形的水罐,还有一个身穿粗棉布衣衫的假人,但使我蓦然回味起秘鲁森林地区的却是那三四幅照片。照片上是宽阔的河流、高粗的树木、老朽的独木舟、架在支柱上摇摇欲倒的茅舍,还有那一

---

① 马里奥·巴尔加斯·略萨:《水中鱼——巴尔加斯·略萨回忆录》,赵德明译,上海:华东师范大学出版社,2016年,第393页。

群群棕色皮肤的男男女女。这些人半裸着身子,脸上涂得花花绿绿,从那闪光的照相纸上注视着我。①

小说的第一句透露了一个始终萦绕在作家心头的矛盾:意识到本国的落后和不可救药,一次次地离开秘鲁前往发达世界,但又无法忘怀自己的根源,始终无法完全地与母国相脱离。在这个场景里,发达世界是由佛罗伦萨来代表的。众所周知,佛罗伦萨是文艺复兴的发源地,是西方文明的圣地,也是西方主导的现代文化最早开始酝酿的地方。在这段文字中,欧洲与美洲形成了一种富有意味的对比。叙述者留恋的欧洲是一连串作为胜迹的城市建筑或街道:但丁故居、小教堂以及街巷。而美洲则主要是自然:河流、树木、与自然环境浑然一体的半裸的土著人。人工制品(弓箭、木桨和水罐)要么被叙述者有意地放在次要地位,要么就是不堪使用的(老朽的独木舟、架在支柱上摇摇欲倒的茅舍)。美洲土著以相片的形式出现在欧洲城市街头的橱窗里,顺应了惯有的一种美洲被欧洲观看的方式:美洲总是被缩减为几个符号(狂野自然是其中主要的一个),作为有趣的、满足好奇心的节目供欧洲人观赏。这些相片是欧洲摄影师拍摄的,它们是欧洲人表述的美洲,而不是由美洲人用自己的方式表述的美洲,美洲土著仿佛总是被动地等待着被文明世界"发现"。

前文提到,《叙事人》的叙事视角是从文明进入野蛮而非相反的视角:一个人类学家深入秘鲁亚马孙雨林,从而了解到林中土著的独特文化。小说的第一段也可以看成这种视角的体现:在西方文明圣地的橱窗里看到南美雨林。巴尔加斯·略萨是习惯于这样的视角的。在西方文明世界,他感到更自在,仿佛是这个世界而非秘鲁才是他真正属于的乡土。他曾这样记述自己的首次欧洲之行:

---

① 马里奥·巴尔加斯·略萨:《叙事人》,孙家孟译,长春:时代文艺出版社,1996年,第147页。

> 1958年初的这四个星期,我是个上等公民;看外表,任何人都会把我当成一个来巴黎寻欢作乐的南美花花公子。……我感到这就是我的城市:我要在这里生活,我要在这里写作,我要在这里扎根,我要在这里永远待下去。①

在这里,我们可以看到一种拉丁美洲特有的"内部殖民"现象:像略萨这样的出身于秘鲁上层社会的子弟,对西方世界的熟悉程度要远远高于对本国穷乡僻壤的熟悉程度,他们往往不自觉地以一种本质上是殖民主义的视角来看待本国的印第安人。墨西哥社会学家冈萨雷斯·卡萨诺瓦(González Casanova)曾提出过"内部殖民主义"(colonialismo interno)的概念,视之为墨西哥走向现代化道路上的一大障碍。该理论认为,土著人社群构成了一种"我们的内部殖民地",从没有真正地融入国家政治体系之中;墨西哥既是外国殖民的对象,同时对于本国的印第安人社会来说也是殖民者。② 这个理论同样适用于历史和国情与墨西哥比较相似的秘鲁。

不过,和其他大多数同一阶层的人相比,略萨在印第安人问题上又是颇有见识的。他本着实事求是的态度,试图"拯救"这些边缘人。他在《叙事人》中以对话的形式阐发了自己在这一问题上的思考。首先,他否认那种脱离实际的印第安文化主义,并不把"多妻制、泛灵信仰、缩头术和用烟草汤剂施巫术"看成一种高级文化形式,并且将印第安人的一些特定习俗放在理性的、去除迷信的眼光下来审视:

> 居住在上玛腊尼昂河流域的阿瓜鲁纳人和汪毕萨人,他们在自己的女儿初次月经来潮时就用手撕下她们的处女膜

---

① 马里奥·巴尔加斯·略萨:《水中鱼——巴尔加斯·略萨回忆录》,赵德明译,上海:华东师范大学出版社,2016年,第382页。
② 参见徐世澄主编:《拉丁美洲现代思潮》,北京:当代世界出版社,2010年,第365页。

第一章 略萨小说与拉丁美洲现代性

吃掉。在许多部落里还存在着奴隶制。在有些群体里,老人只要有一点衰竭的迹象,就让他们死去,其借口是老人的灵魂已被点名叫去,他们已经走到了头。但以我们的观点来看,最坏的、最难以接受的是阿腊瓦克族的那个习惯,只要有一点黑色幽默感,就可以把那习惯称为"完美主义"。"完美主义"是什么,萨乌尔?对,乍一看我觉得那个习惯很残酷,萨乌尔说,我是这样认为的,老同学。那就是生下来时就带有生理缺陷的小孩,如少胳膊少腿的、瞎眼的、手指头多出一个或少了一个的、兔唇的,他们的母亲就把他们抛到河里去,或是活埋掉。当然,那种习惯谁看了会顺眼呢?[1]

在阐发这些思考时,作者并没有采用说教的口吻,而是使用对话——小说最根本的形式。作为西方现代小说奠基性作品的《堂吉诃德》就是以对话为特色的,在小说中,骑士的、贵族的语言和村夫的、平民的语言进行对话,书本的世界与现实的世界进行对话,正是在对话当中,神权的单一价值观被消解了,世界向各种可能性敞开,没有哪种观点可以被认为是绝对的真理。也正是因为采用了对话的形式,在《叙事人》中,秘鲁的印第安人问题被放置在一个可以讨论的场域中,作者不是要强行灌输他的观点,而是要引发人们的思考和辩论。小说提及的这些关于印第安人生活的事实,这些可能被描述为"文化传统"或被粉饰为"文化遗产"的习俗,用现代观念来看都是成问题的:食用那种人体特殊部位的皮肉,可能造成传染病的流行;老年人和残疾儿童的生存权利被剥夺——当然背后的原因很可能是为了节省整个社群可以支配的有限的生存资源。在现代社会中,这些行为不仅是反人性的,更是会受到法律的制裁。

---

[1] 马里奥·巴尔加斯·略萨:《叙事人》,孙家孟译,长春:时代文艺出版社,1996年,第165页。

那么,如何让这些土著人"文明化"? 小说接下来表达了对那种虚假的"文明化"的质疑:

> 难道汽车、大炮、飞机和可口可乐赋予我们权利去消灭他们,仅仅是因为他们没有这些东西吗?你难道相信所谓的"使琼丘人文明起来"的鬼话吗,老兄?怎么使他们文明起来?把他们捉去当兵?驱使他们在庄园里劳动,成为菲德尔·佩雷腊之流的土生白人们的奴隶?像传教士们所希望的那样迫使他们改变语言、宗教和习惯吗?这样做又会得到什么呢?只能是更加残酷地剥削他们,仅此而已。①

所谓"琼丘人"(los chunchos),指的就是热带雨林中与西方文明绝缘的部族,这个词在口语中兼有粗野、孤僻之意,与"文明人"对这些印第安人的惯有印象一致。这段表述揭示了印第安人的真实遭遇:其文化传统被消除,其身体遭奴役。有学者指出,被建构的"印第安人"的概念与殖民经济体系之间有着内在联系,种族观念将那种通过征服产生的支配关系合法化了。从殖民美洲的最开始,欧洲人就将被支配的种族与无偿劳动相结合,因为他们是"低劣"的种族,而有偿劳动则是白人的特权。这种制度成为一种全球性的制度,并且一直延续到今天,即便是在资本主义的中心地带,"低等种族"仍然与白人"同工不同酬"。②《叙事人》中的这段话所揭示的事实是一个几百年不变的事实:拉丁美洲的土生白人可以理所当然地奴役印第安人,逼迫他们在自己的庄园里无偿贡献劳动力。这种做法只是让印第安人作为免费劳动

---

① 马里奥·巴尔加斯·略萨:《叙事人》,孙家孟译,长春:时代文艺出版社,1996年,第166页至第167页。
② 阿尼瓦尔·基哈诺:《权力的殖民性、欧洲中心主义与拉丁美洲》,林书嫄、陈柏旭译,见高士明、贺照田编:《思想第三世界》,台北:人间出版社,2019年,第188页至第228页。

力被纳入殖民主义经济体系之中,绝不是让他们"文明化""现代化",恰恰相反,这是一种前现代的经济制度,因为它建立在对人的身体自由的褫夺之上,因为大庄园制本质上是一种中世纪式的效率低下的生产模式。

紧接着,小说又承认印第安人的可取之处:

> 尽管这些文化之间千差万别,但有着某些共同之处,即在对待他们生活于其中的世界方面他们有着优异的智慧,这智慧源于古老的生活实践,使他们能够通过代代相传的礼仪、禁忌、恐惧心理和常规惯例组成的体系来保护大自然。他们生存所依的这个大自然表面上繁茂异常,实际上却脆弱可欺,濒临灭绝。这些文化之所以能够存在下来,正是因为他们的风俗习惯驯服地与自然世界的节奏和要求相符合。他们既不对这个自然世界施加暴力,也不去骚扰它,他们取之于这个世界的仅仅是些必不可少的东西,也只是为了不被这个世界所消灭。而我们这些文明人的所作所为却正好相反,我们在浪费资源,而没有这些资源,我们就会像缺水的花朵一样枯萎死去。①

同样是用现代的眼光来看,这些印第安人对待自然世界的态度与生态主义的一些主张不谋而合。现代资本主义的建立,起源于欧洲对美洲的殖民征服,通过不加限制地夺取资源、开发荒野而积累起工业革命必需的财富,被破坏的自然终究会让人类付出代价。在后工业时代的西方,环境保护、生态主义的意识越来越强。对西方现代文明有着强烈认同的巴尔加斯·略萨,也承认本国印第安人的世界观中蕴含

---

① 马里奥·巴尔加斯·略萨:《叙事人》,孙家孟译,长春:时代文艺出版社,1996年,第167页至第168页。

着一些可资借鉴的东西。从这个意义上说,"文明与野蛮"的主题在《叙事人》中获得了新的维度,甚至可以得出一种颠覆性的阐释:无节制地向自然索取资源、为了经济利益毁灭自然的"文明人"是野蛮的,懂得在人的需求与自然的运行间维持平衡、宁可限制自己的可能性也不愿对自然大加掠夺的"野蛮人"则是文明的。

在略萨小说中还存在另一种秘鲁印第安人——山区的印第安人。一般来说,按照居住的地区,秘鲁人可以笼统地分为沿海人(los costeños)、山区人(los serranos)和森林人(los selváticos)。森林人最为接近原始社会,长期远离文明世界,沿海人多为土生白人或混血人,最为接近西方文明,而山区人则多为印加帝国子民的后裔,他们才是秘鲁真正的底层社会的主体。在这些高海拔的安第斯山区,生存条件向来比较恶劣,人们的生活长期得不到改善,与最先步入现代化进程的沿海地区之间差距越来越大,以至于秘鲁沿海城市与山区成了两个几乎不在同一历史阶段当中的世界。"光辉道路"正是利用了当地人对于现状的不满,以安第斯山区作为根据地,以讲克丘亚语(quechua)的山区农民作为群众基础,发动了威胁秘鲁政权的战争。

在《狂人玛依塔》中,有对山区印第安人贫困生活的描述:

> 房间里的阴暗使他视线模糊,开始时看不到苍蝇,现在看得一清二楚:苍蝇密密麻麻落在墙壁和天花板上,并在饭菜上和吃饭人的手指上飞来飞去,好不恶心。盖罗的每家每户都是这样:没有电灯,没有自来水,没有下水道,没有洗澡间。苍蝇、虱子和成千上万的小虫子是组成室内摆设的一部分,它们是家中坛坛罐罐和破衣烂衫的主人和老爷……人们要是夜间想解小便,没有勇气起床到外边去,就在屋里睡觉的床边和做饭的炉灶旁撒尿。反正是泥土地,土把尿吸收了,不留痕迹。臭气也没什么关系,因为满屋是垃圾和脏物,各种气味搅和在一起,也就闻不出是个什么味道了。要是半

夜里想大便呢？人们有勇气摸着黑、顶着寒冷、冒着风雨出来吗？也是在房间的床铺边和炉灶旁方便。①

如果说雨林中的印第安人的生活展示的是一种热带地区的贫困，那么此处对山区印第安人住所之内的描述，则展示了一种高海拔寒冷地区的贫困。这种贫困是以肮脏、恶臭为特征的。在这样的生活环境里，人的尊严尽失，和住在圈栏里的牲畜无异。秘鲁作家何塞·马里亚·阿格达斯（José María Arguedas）就把这些作为印加帝国子民后裔的秘鲁山区人称为一个"圈入围栏中的民族"：

> 我们民族的艺术和智慧被视为退化的、衰弱的，或者"怪异的"和"封闭的"，即便如此，我们的民族依然没有停止成为伟大民族的脚步。在这片土地上，我们的民族曾经实现过伟大的壮举，那些壮举足以让世人将我们视为一个伟大的民族；然而在这同一片土地上，我们的民族后来成为被嘲笑的底层，政治上被统治，经济上被剥削，我们被改造成了一个圈入围栏中的民族（让我们与世隔绝，他们才能易于控制我们），只有那些把我们圈在这里的人才想得起我们，但也只是带着鄙视与好奇远远地旁观罢了。②

在小说中，读者是随着玛依塔的目光看到这样的生活的，但他的目光并没有停留太久。小说对这些山区印第安人的生活的再现，都是以一个外来者心目中产生的最初印象呈现的，这种印象无疑是惊奇的、深刻的。

---

① 马里奥·巴尔加斯·略萨：《狂人玛依塔》，孙家孟、王成家译，长春：时代文艺出版社，1996年，第284页。
② 转引自金·麦夸里：《安第斯山脉的生与死：追寻土匪、英雄和革命者的足迹》，冯璇译，北京：社会科学文献出版社，2017年，第255页。

略萨还在小说中有意设置了一段展示安第斯山哈乌哈(Jauja)地区民俗的小插曲。玛依塔到哈乌哈后,在一个名为"斗鸭"(El Jalapato)的小饭馆里用餐。他向店主问起店名的由来,店主解释,这是起源于亚乌约区的一个习俗:

> 每年1月20日过节时都跳一种叫班迪亚的舞,跳时在街上竖起一根杆子,上面倒挂着一只活鸭子,骑手和狂舞的人跑着跳着,互相争着把鸭子的头揪下来①。

略萨安排的这个插曲并非孤立于整个故事的主题之外。这并不是以展示特定地区风土人情为特色的风俗主义小说,在那样的小说里,长期隔绝于主流文明的人似乎生活在亘古不变的时间里,年复一年重复着古老的习俗。有意提及这一习俗,也与暴力革命的主题不无联系,因为这无论如何是一个残忍的、以虐待动物至死为乐的习俗。小说接下来的一段话就把这个特色风俗的书写带向社会政治的方向上去,以反映在玛依塔受挫多年后,山区印第安人生活条件不仅没有变好,反而越来越差,而这正是小说中左派游击队发动的声势浩大的暴力革命得以成为可能的一大条件:

> "那时多好啊,还有鸭子。"乌维鲁斯牢骚满腹,"……那时谁都能吃得起鸭子,哈乌哈的人每天吃两次鸭子。这种事现在说起来,孩子们都不相信。"他又长吁短叹道:"那种节日可有意思了,吃呀喝呀,可以和狂欢节媲美。"②

---

① 马里奥·巴尔加斯·略萨:《狂人玛依塔》,孙家孟、王成家译,长春:时代文艺出版社,1996年,第154页。
② 马里奥·巴尔加斯·略萨:《狂人玛依塔》,孙家孟、王成家译,长春:时代文艺出版社,1996年,第154页。

第一章 略萨小说与拉丁美洲现代性

略萨借此机会批判了秘鲁的当下现实。20世纪80年代,秘鲁的经济状况严重恶化,正如他在回忆录中所述,到了1987年的时候,

> 秘鲁一直在衰败中,现在更加落后……近二十年来,拉丁美洲由于通过军事独裁或者文人政府推行了民众主义、向国内发展、对经济的干预政策,因而选择了倒退之路。而秘鲁先是军事独裁后是阿兰·加西亚执政,它在导致灾难性的政策方面,比其他拉美国家走得更远。……我觉得秘鲁的现代化要推迟到永无之期。①

正是这样的现实,促使略萨下决心竞选秘鲁总统,以"拯救"这个国家。

野蛮的拉美社会

在略萨笔下,整个秘鲁都是野蛮的,野蛮的不仅是雨林、山区,利马城同样野蛮。秘鲁社会从上到下都具有野蛮的性质。野蛮意味着现代性的阙如,现代化的不充分。暴力是野蛮的最显著的表现。在他1963年出版的成名作《城市与狗》(*La ciudad y los perros*)中,莱昂西奥·普拉多军校成了秘鲁社会的象征。这所军校就是一个野蛮人的世界,或者说,一个由丛林法则支配的动物世界。新生都被高年级士官生唤作"狗崽子",入学后必须接受学长们的暴力"洗礼"。老生们会将新生一个个围起来拳打脚踢,或者逼着他们表演各种下流节目以此取乐,反抗者会受到更野蛮的惩罚。当新生们成长为老生后,则会继承这一"优良传统",欺负入学的新一届士官生。小说里的对话揭示了每一个新生必须领会的规则:"在军队里,要紧的是必须像个男子汉,

---

① 马里奥·巴尔加斯·略萨:《水中鱼——巴尔加斯·略萨回忆录》,赵德明译,上海:华东师范大学出版社,2016年,第36页至第37页。

手里要有铁拳头。要么你吃人,要么让人家吃掉,没有其他选择。"[1]

略萨在这个故事中糅进了自己的人生经历。他曾经在位于秘鲁首都利马的莱昂西奥·普拉多军事学校做过两年住校生。在那里,他一面忍受着军校的严苛校规,一面偷偷地阅读大量的文学作品。我们可以在《城市与狗》这部长篇小说的一干人物中隐约找出作者的原型:绰号"诗人"的阿尔贝托·费尔南德斯。出身于中产家庭、父母分居、爱好文学……这种种特征都揭示出作者与这位小说人物的联系,不过他们之间又不能全然画等号。在这部小说中,作为主人公之一的阿尔贝托与其他所有人物一样,既不是好人,也不算恶人。落在这所徒有虚表的军校里,与一群不称职的军官和一帮缺乏教养的学生生活在一起,他也积累了种种恶习,吃喝嫖赌无一不沾,也讲义气,在关键时刻敢于挺身而出,最后又低头学乖,顺利毕业。小说里没有一个值得称颂的英雄人物。略萨力图完美呈现的不是哪个具体的英雄,而是这一整个乌烟瘴气的军校中的小社会,以此影射那个表面繁华、内里肮脏不堪的秘鲁大社会。

无论是在这所军人管治的学校,还是在那个独裁者掌权的20世纪50年代的秘鲁,暴力都占据了统治地位。权力之所以是稳固的,秩序之所以是看上去井然的,是因为暴力支撑着社会结构。暴力胁迫之下,就和秘鲁社会一样,军校中的等级次序呈现为金字塔型:居于顶尖的是身为校长的上校,接下来是中级军官,然后是下级军官,再往下是士官生,最后是看门站岗的普通士兵。在士官生中又有等级次序,年级越低则地位越低。而在同年级的同一个班上,最会打架的人犹如猴群之王,身边会有三四个追随者,结成一个令其他同学望而生畏的小团体,性格最柔弱、最不会打架的人则受尽欺侮。在小说中,这个倒霉蛋叫里卡多·阿拉纳,绰号"奴隶"。所有人都把"奴隶"当成嘲弄的对

---

[1] 马里奥·巴尔加斯·略萨:《城市与狗》,赵德明译,上海:上海译文出版社,2009年,第21页。

象,被"奴隶"视为唯一朋友的阿尔贝托也不例外。

以拳头的强弱排定座次,这不是人类文明社会的法则,而是丛林法则。在略萨的笔下,这群血气方刚的小伙子不像人,更像野兽;那帮军官则既有虎狼的凶神恶煞,又有狐狸的狡黠。小说中多次出现把人动物化的描写,比如士官生们在保林诺的秘密地堡里举行的污浊不堪的比赛:

> 他整个脸上露出异常亢奋的表情,鼻翅急促地扇动着,青灰色的嘴巴张得大大的,仿佛要吞食什么猎物;太阳穴上的青筋在跳动,汗水沿着那火气十足的脸上淌下。"他马上就会坐下,会像马或狗那样地喘气,会唾沫四下横飞、双手痉挛、喉咙嘶哑……"①

在军校之外的利马街区,年轻小伙子们追求异性的行为被描述成像雄性动物求偶一般的举动,他们各自划定地盘,明确势力范围,向侵入自己领地的其他雄性发起暴力攻击:

> 有些人在外区找到了情侣,便投身到外区的土地去了,虽则并未放弃祖居地:迭戈·费雷街。在另外一些街道则遇到了阻力,即男人们的嘲讽与女人们的冷淡。而在松林别墅区,当地小伙子的敌视竟然发展到使用暴力的地步。贝拜开始追求玛蒂尔德的时候,一天晚上突然受到袭击,被迎头浇了一桶冷水。但是贝拜继续向别墅区进攻,同他一起行动的还有同区的其他小伙子……②

---

① 马里奥·巴尔加斯·略萨:《城市与狗》,赵德明译,上海:上海译文出版社,2009年,第137页。
② 马里奥·巴尔加斯·略萨:《城市与狗》,赵德明译,上海:上海译文出版社,2009年,第248页。

小说中的这些秘鲁人没有理想,罔顾道德,空有旺盛的精力、无穷的欲望,像动物一样地享受快感,像疯狗一样地撕咬斗殴。这就是"城市与狗"的标题所隐含的意思:在一个看上去文明有序的社会中,人们像狗一样地生存,既用暴力统治别人,也被别人以暴力统治,并且靠着卑劣手段获取自己的利益,满足基本需要,甘于平庸且竭力维护平庸。一位中级军官的一席话揭示了这个丛林世界中的强者信奉的暴力法则:

在秘鲁,什么事情都是半途而废,所以什么事情都弄得很糟。拉到兵营里来的人都是些肮脏不堪、长满虱子的歹徒。要用棍子吓唬,才能变得文明。在军队里待过一年,身上才能去掉土气,只留下一些硬毛。①

"文明"一词在这里显示出十足的讽刺意味。这里的"变得文明"(se civilizan)②,实指对上级言听计从,成为强者的帮凶和暴力法则的守护者。这正是秘鲁掌握权力的阶级希望看到的"文明":通过暴力规训,使民众屈服,从而失去反抗的本能,成为遵守不平等的社会等级秩序的良民。"身上才能去掉土气,只留下一些硬毛"的原文是"…y del indio sólo les quedan las cerdas",字面意思是:他们的印第安人的身体上只剩下了鬃毛。"鬃毛"(cerdas)再一次显示出将人动物化的意味。这句话还暗含着一种用现代眼光来看颇为怪异的"进化"(evolución)思想:从野蛮人变成文明人,就是去除身上一切人的元素,只留下动物的元素。这种观念无疑是病态的、反人性的,或者说,是野蛮的。

---

① 马里奥·巴尔加斯·略萨:《城市与狗》,赵德明译,上海:上海译文出版社,2009年,第206页。
② 此处参考的原著版本为 Mario Vargas Llosa, *La ciudad y los perros*, Barcelona: Editorial Seix Barral, 1991.

第一章　略萨小说与拉丁美洲现代性

另外值得一提的是，在军校这个小社会中，不仅存在着以军阶排定的等级秩序，同样也映射出秘鲁社会以各种身份标识为准的等级秩序：来自利马富人区家庭的子弟看不起利马贫民区家庭的子弟，所有的利马人又看不起外省人，特别是从山区来的同学；白种人看不起混血种人，混血种人看不起印第安人，印第安人看不起黑人……在士官生与利马城的姑娘之间发生的爱情中，最终决定爱情成败的也是社会等级。读者们原本期待圆满结局的阿尔贝托和特莱莎的爱情，最后还是因双方家境的悬殊而走向破灭。这种兼有中世纪和种族主义色彩的社会状况，人与人之间的不平等，实为殖民地社会阶级结构的遗存，同样是现代文明阙如的体现。

在2000年出版的小说《公羊的节日》(*La fiesta del chivo*)中，略萨把故事背景设在了加勒比海岛国多米尼加。这部小说同样展现了拉丁美洲特有的遍及各个层次的野蛮，从统治阶级，到街头平民。小说女主人公乌拉尼娅在遭受野蛮凌辱后，投奔修道院，获得了去美国读书的奖学金，一去不返，直到四十九岁时才重回故土。她在美国取得了事业上的辉煌成就，也因为那痛苦的记忆而刻意与故国保持距离，成了正宗的美国人——文明人。在略萨的笔下，文明世界的中心——美国，成了尚未摆脱野蛮的拉丁美洲——多米尼加共和国的对照。在衣锦还乡的乌拉尼娅看来，无论是街头巷尾吵闹嘈杂的热带音乐，还是擦肩而过的男人投来的色眯眯的目光，都是在美国找不到的，这些都是野蛮的表现：

> 这是她熟悉的气氛：叫喊声、马达声、高音喇叭的广播声、默朗格舞曲、萨尔萨舞曲、丹松舞曲、博莱罗舞曲、摇滚舞曲、说唱乐，一切都混杂在一起，尖叫着互相攻击，吵闹地向她袭来。乌拉尼娅，这是故意在制造混乱，这是一种内心需要：自我麻痹，免得思考，免得有所感觉。这就是你的人民。还有让野蛮的生命力爆发出来，从而抵挡那现代化浪潮的冲

击。在多米尼加人身上,有某种东西固执地附着在这个前理性、魔幻的形式上:渴望喧闹。("是喧闹,不是音乐。")①

这段对拉丁美洲街头声响的描述是从乌拉尼娅的主观感受出发的,这是一个在西方现代文明中生活已久的人感受到的落后社会的形态。尽管是重归故土,但故土毫无亲切的意味,与"乡愁"并无干系。考虑到乌拉尼娅曾经在此遭受过最野蛮的侮辱,这种对故土怀有的憎恶是可以理解的。在这里,作者把女主人公的个人憎恶上升到文化批判甚至社会-政治批判的高度。在对声响的表现中,一个混乱无序("一切都混杂在一起")、暴力横行("尖叫着互相攻击,吵闹地向她袭来")、头脑僵化("自我麻痹,免得思考,免得有所感觉")、抗拒进步("抵挡那现代化浪潮的冲击")、非理性("有某种东西固执地附着在这个前理性、魔幻的形式上")的拉丁美洲平民社会浮现出来,这种种特征正是野蛮的体现。所谓"前理性"和"魔幻",就是为迷信、巫术所笼罩的前现代,就是欠发达,这里暗含着一种对历史规律的确认:一切社会都必然经历从前理性、前现代走向理性、现代的过程,多米尼加人、拉丁美洲人仍然没有完成甚至没有开始这个过程。文中所说的对喧闹的渴望,实是对身处一个麻木不仁、听任某一个独裁者指挥的共同体的渴望,也就是说,是民众主义(populismo)的渴望。"喧闹"是非理性的、魔性的,不像音乐那样是以理性编排的音素。对"喧闹"的否定和拒斥,就是对现代性之路的坚持,用韦伯的话说,就是"除魅"——再也没有什么神秘莫测、无法计算的力量在起作用,人们可以通过计算,通过理智、技术掌握一切。②

我们也可以从另一个角度来理解这里的"混乱"和"喧闹"。它们

---

① 马里奥·巴尔加斯·略萨:《公羊的节日》,赵德明译,上海:上海译文出版社,2009年,第5页。
② 马克斯·韦伯:《学术与政治》,冯克利译,北京:生活·读书·新知三联书店,2013年,第29页。

是无政府主义(anarquía)的体现。在拉丁美洲的语境中,混乱无序的社会状况是和独裁统治下万马齐喑的状况既对立又统一的。在很长一段时间里,大多数拉美国家无法建立起稳固的政治体制,因而其政治-社会历史无法跳出乱局与专制循环往复的怪圈。用多米尼加共和国的著名思想家佩德罗·恩里克斯·乌雷尼亚(Pedro Henríquez Ureña)的话说,在独立之后,"西班牙语美洲的人民没有行使政治权利的习惯,总是在无政府主义(anarquía)和极权统治(tiranía)之间来回摇摆"。① 从这个意义上说,圣多明各城市街头声响的这种"无政府主义",与曾经折磨这个国家的独裁统治有着内在联系,它们同为野蛮、欠发达的表现。

总之,按照巴尔加斯·略萨的思路,要在野蛮的拉丁美洲实现现代化,就必须把独裁统治连同落后的生活方式和文化形态——以街头的喧闹声响为代表——一并抛除。如果说底层民众爱好的这些吵吵嚷嚷的音乐——默朗格舞曲、萨尔萨舞曲、丹松舞曲、博莱罗舞曲、摇滚舞曲、说唱乐等等是一种野蛮的表达,体现了拒绝现代化的倾向,那么拉丁美洲现代化的标志就应当是街头清静无噪音,或是街头响起钢琴曲吗?用恩里克·杜塞尔(Enrique Dussel)的文化哲学的观点来看,略萨犯了混淆"大众文化"与"民众文化"的错误。杜塞尔曾在其"解放美学"的论述中将拉丁美洲艺术分为三种类型:统治层的艺术表达、被压迫者的艺术表达和预言家式先锋的艺术表达。"大众文化"是资本主义经济制度的产物,表面上娱乐大众,实则维护不平等的政治秩序,属于第一种类型,应当遭到批判;"民众文化"则根植于底层劳动者的生活体验,是具有深厚传统和无限活力的,属于第二种类型,应得到保护和传承。② 为乌拉尼娅所厌恶的这些音乐表现形式,其喧闹庞

---

① Tomás Mallo (Edición), *Antología de Pedro Henríquez Ureña*. Madrid: Instituto de Cooperación Iberoamericana, 1993, p. 67.
② Enrique Dussel, *Filosofía de la cultura y la liberación*. México D. F.: UACM, 2006, pp. 245-246.

杂与其说是麻痹人心,不如说是对底层生活的日常苦痛经验的表达,是对现有的不平等政治和经济秩序的反抗。它们并非完全是蒙蔽思考的大众文化。像萨尔萨舞曲、博莱罗舞曲这样的拉丁美洲原生艺术形态,是具有深厚历史传统的文化遗产,是拉美"民众文化"中极富生命力的部分。在《公羊的节日》里,这些听起来嘈杂无序的艺术表达倒成了拉丁美洲独裁统治的一项文化遗产。"文明与野蛮"的思维模式在此暴露出它的一个缺陷:追求普世性的现代化,抛弃民族特色和文化传统。对于所有因追赶现代文明而焦虑的民族来说,这样的倾向是值得批判和反思的。杜塞尔从第三世界的现实出发,提出了一个既承认现代性,又承认文化多样性的概念:跨现代(Trans-modernidad)。在他的设想中,跨现代的文化既接受现代性的那些积极的面向(是否积极,要由各个文化以自身的标准来做出判断),又容许不同文化间展开真正的对话;不把欧洲和美国当成唯一的文明中心,各个文化从自身角度出发来定义现代性。[1] 杜塞尔的这一理论虽有些过于理想化,却不失为对"文明与野蛮"思维模式的一种纠偏。

野蛮的"考迪略"

墨西哥作家奥克塔维奥·帕斯(Octavio Paz)曾在其名著《孤独的迷宫》(*El laberinto de la soledad*)一书的增补版中分析过"考迪略"(caudillo)这一拉丁美洲政治史上的特有形象。"考迪略"原意指军事首领,后被用来指称某个团体、行会或国家的领导人,特别是雄霸一方的独裁者。拉丁美洲独立后在各个国家出现的军阀,以及西班牙内战(1936—1939)后独揽大权、到 1975 年去世之前一直统治西班牙的弗朗西斯科·佛朗哥(Francisco Franco)将军,都被冠以"考迪略"的称号。帕斯将"考迪略"的源头追溯到曾在西班牙占主导地位的阿拉伯

---

[1] Enrique Dussel, *Filosofía de la cultura y la liberación*. México D. F. : UACM, 2006, p. 48.

文化。古代伊斯兰世界始终无法建立稳定的政府系统，没能建起一种能超越个人的法律体系，只能以首领，即考迪略们的统治来对付不稳定的状态。西班牙美洲殖民地传承了这一政治遗产。拉美大陆的考迪略们与独立革命同时诞生，直到20世纪后期仍在兴风作浪。[1] 考迪略往往是军人出身，以精力旺盛、英明果断的形象示人，与外国财团和本国寡头阶层暗中勾结，以铁腕镇压异见分子，在本国人民的历史记忆中留下一道道难以愈合的伤疤。对这种独裁权力的反抗，形成了拉美作家特有的以文学干预现实的传统，性情各异的考迪略们遂成为拉美作家有兴趣再现的文学题材。于是，相对于拉美政治独特的考迪略现象，我们在拉美文学中也能找到围绕独裁者的生平和其治下的社会展开情节的类型小说。安赫尔·拉马（Ángel Rama）将危地马拉作家米盖尔·安赫尔·阿斯图里亚斯（Miguel Ángel Asturias）的《总统先生》（El señor presidente）视为"独裁者小说"的开端，把阿斯图里亚斯笔下的神秘而恐怖的独裁者诠释为拉美独裁者的"原型"。[2] 继其之后，加西亚·马尔克斯的《族长的没落》（El otoño del patriarca）、罗阿·巴斯托斯（Augusto Roa Bastos）的《我，至高无上者》（Yo, el Supremo）等作品都可视为这类文学的代表作。进入新世纪，巴尔加斯·略萨的《公羊的节日》可以说是延续了这类"独裁者小说"或"反独裁小说"的传统。在2013年由西班牙《ABC报》组织的"二十一世纪西班牙最佳小说"评选活动中，《公羊的节日》高居榜首。[3]

巴尔加斯·略萨从来不认可独裁者，在杂文和小说写作中都将独裁者视为阻碍进步的野蛮人。从作家创作心理的角度来说，略萨对独

---

[1] Octavio Paz, *El laberinto de la soledad*. México D. F.: Fondo de Cultura Económica, 1997, p. 330.

[2] Ángel Rama, *La novela en América Latina*. Veracruz: Universidad Veracruzana, 1986, p. 367.

[3] ABC. "*La fiesta del Chivo, novela del siglo*". 2013-5-19. ⟨http://www.abc.es/cultura/libros/20130519/abci-noveladelsiglo-201305191751.html⟩[查询日期：2017年11月2日].

裁者的痛恨部分源自他跟父亲之间的紧张关系。恩里克·克劳泽认为,既然巴尔加斯·略萨声称"我写作是因为这是我对抗不幸福的一种方式",这个"不幸"就来自父亲在他童年幸福生活中的突然出现,在此之前,他一直与母亲及母亲一方的家人生活在一起。"父亲的这次重现非常可怖,成了他的童年阴影,影响了他的大半生",于是,"文学成了巴尔加斯·略萨能够面对自己早年伤口的一种手段,也与自己国家的多种初始创伤联系了起来"。① 略萨自己也在回忆录中承认:

> 在我与父亲生活的岁月里,直到 1950 年我进入莱昂西奥·普拉多军校之前,我母亲、我外祖父母、我舅舅从前谆谆教诲我世界是纯真的、世界是诚实的看法已经荡然无存。在那三年里,我发现了残暴,发现了恐惧,发现了愤怒,发现了这个时而多些、时而少些但总是抵消整个人类命运中那慷慨、乐施一面的曲折和粗暴的天地。还很有可能的是,如果不是我父亲对文学的蔑视,我决不会以那样固执的方式坚持那时对我来说是一种游戏的东西,但是后来却渐渐变成了某种无法摆脱和决定性的东西:一种爱好。如果说那几年我在父亲身旁没有吃那么多苦,如果我没有感受到我的爱好是让父亲最感到失望的事,那么今天我也就不会成为一名作家了。②

在略萨的作家之眼中,对父亲专制、暴力、蛮横的记忆,与拉丁美洲独裁者的形象很容易合二为一。从某种程度上说,拉丁美洲独裁者是民众的父亲,是管理一群还未完全走入现代文明的族人的"族长"。

---

① 恩里克·克劳泽:《救赎者:拉丁美洲的面孔与思想》,万戴译,北京:北京日报出版社,2020 年,第 426 页。
② 马里奥·巴尔加斯·略萨:《水中鱼——巴尔加斯·略萨回忆录》,赵德明译,上海:华东师范大学出版社,2016 年,第 83 页。

"族长"在西班牙语中是 patriarca,此词即与"父亲"(padre)有关联。独裁者为父,意味着其不可替代性,意味着被统治者必须绝对服从统治者。拉丁美洲要真正走向现代化,必然要摆脱这些专制的"父亲"。

在《公羊的节日》中,独裁者形象来自一个历史人物——多米尼加共和国曾经的"元首"拉斐尔·莱昂尼达斯·特鲁希略(Rafael Leónidas Trujillo, 1891—1961)。在这一形象的身上,"野蛮"是最为突出的特质。略萨频频描绘特鲁希略刻意追求"文明"的举动——他越是用"文明"粉饰自己,就越是暴露自己的"野蛮"。比如作者在故事的开篇不厌其烦地描绘独裁者早起后做个人清洁的细枝末节,以此反讽独裁者的肮脏可鄙:"清洁、卫生和讲究着装是元首唯一自觉信守的宗教。"[1]另一方面,"元首在梳头和整理小胡须时(这个刷子胡已经留了二十年),还非常仔细地在脸上抹一层滑石粉,直到完全盖住从母系遗传来的那层黑色。母亲的祖先是海地黑人,元首一向瞧不起别人和他自己的黑皮肤"。[2]

可见元首是非常在意掩饰自己的卑微出身的——他的身体里流淌着"野蛮人"的血液。出于历史原因,多米尼加共和国所在的加勒比地区是一个混血、文化杂交极为繁盛的地区,混血和文化杂交并不能掩盖一个事实:肤色、血统是和权力等级、社会地位紧密挂钩的,而无论是种族主义还是血统论,都是落后的、不符合现代思想的腐朽观念。特鲁希略在个人清洁方面的滑稽举动,暴露出拉丁美洲混血民族的一种深层心理:自卑和自我否定。在走向现代的道路上,这样的心理是必须克服的,这就是为什么拉丁美洲思想家们在面对拉丁美洲现代化问题时,要一次次地提及本民族的自卑情结,如帕斯的《孤独的迷宫》。多米尼加思想家佩德罗·恩里克斯·乌雷尼亚则提出了一个理想的

---

[1] 马里奥·巴尔加斯·略萨:《公羊的节日》,赵德明译,上海:上海译文出版社,2009年,第22页。
[2] 马里奥·巴尔加斯·略萨:《公羊的节日》,赵德明译,上海:上海译文出版社,2009年,第30页。

"拉丁民族"(raza latina)的概念：无论是讲西班牙语的美洲人，还是讲葡萄牙语的巴西人，还是讲法语的海地人，同属于继承了罗马帝国的民族，因为他们的语言都是罗马帝国的官方语言拉丁语分化出来的；"拉丁人"不畏惧混血，因为拉丁人知道自己的文化是永恒的，是不会在混血中丧失的，不像日耳曼人那样，恰恰是因为不自信，才不敢和野蛮人发生混血。①

在《公羊的节日》中，作为非洲人后裔的海地人——也是多米尼加共和国的邻国居民——在特鲁希略统治的官方话语中就是野蛮人，如此，在多米尼加驱逐甚至消灭海地人就成了文明战胜野蛮的合理行为，特鲁希略实质野蛮的统治就被罩上了进步主义的外衣：

> 这座城市、可能这个国家都充满了海地人。参议员阿古斯丁·卡布拉尔不是说过这话吗？"关于元首，人们爱说什么就说好啦！历史将来至少会承认是元首把多米尼加变成了现代化的国家，是元首让海地人回到他们应该去的地方。乱世当用重典嘛！"起初，元首接手的是一个由于内战而野蛮化的国家，没有法律，没有秩序，贫困至极，正在失去它的本色，四处被邻国饥饿和凶狠的人群占据着。他们越过界河，偷窃我们的财产、牲畜和房屋，抢走我们农民的工作，用他们那些魔鬼妖术败坏我们的天主教信仰，强奸我们的妇女，破坏我们来源于西班牙的文化、语言和风俗习惯，把他们那套非洲野蛮的东西强加在我们头上。元首当机立断，快刀斩乱麻："再也不能这样下去了！"乱世当用重典！他不仅为一九三七年那次屠杀海地人辩解，而且把大屠杀当成丰功伟绩。这不是把多米尼加共和国第二次在历史上从这个野蛮

---

① Tomás Mallo (Edición), *Antología de Pedro Henríquez Ureña*. Madrid: Instituto de Cooperación Iberoamericana, 1993, p. 64.

的邻国践踏下拯救出来了吗？既然涉及拯救民族，那杀死个五千、一万、两万海地人又算得了什么呢？①

在这段权力的同谋者为独裁者辩解的话语中，"拯救"的话语与"文明-野蛮"的话语联系在一起，这是典型的拉丁美洲独裁政权的说辞，类似于法西斯主义的话语：独裁者是文明派来的使者，将陷入野蛮的国家从困境中拯救出来，赋予其秩序和进步。在这种话语的深处，民众主义和民族主义暗暗缠绕在一起，于是，以拯救本民族之名屠戮其他民族的行为非但不会被视为犯罪，更能得到大批民众的支持。自然，小说中的这段话是充满讽刺意味的。所谓"元首把多米尼加变成了现代化的国家"与小说描绘的事实形成鲜明对比。根据小说所述，在特鲁希略三十年独裁统治期间，不是文明战胜了野蛮，而是野蛮压倒了文明，因为多米尼加的精英阶层生活在令人窒息的极权主义氛围里，

> 那些受过高等教育的人、那些智囊、那些大律师、著名医生、高级工程师、那些毕业于美国和欧洲最好大学的高级人才，他们敏锐，有文化，有经验，会读书，会思考，自以为有高级的幽默感，有鉴赏力，办事认真，居然能够忍受如此野蛮的侮辱。②

在"文明""野蛮"这两个概念的悄然转换中，略萨展现了一个以文明粉饰其表、实则野蛮残暴的独裁者形象。

不过，小说人物和历史人物的重合，并不意味着小说故事等于真

---

① 马里奥·巴尔加斯·略萨：《公羊的节日》，赵德明译，上海：上海译文出版社，2009年，第6页至第7页。
② 马里奥·巴尔加斯·略萨：《公羊的节日》，赵德明译，上海：上海译文出版社，2009年，第70页。

实的历史。《公羊的节日》中的特鲁希略并不能和真实的特鲁希略画等号。在和中国记者进行的一次访谈中,当被问到是否会受历史学家指责"虚构历史"时,略萨给出的回答是:

> 文学是一回事,历史是另一回事。……尽管我会做很多研究调查的工作,但我这样做不是为了忠于历史,而是为了让自己熟悉这些人物所生活的世界,这样就能更加轻松地进行创作,哪怕历史学家们不肯给予我想象历史的自由。①

从略萨的自我辩护可以看出,"忠于历史"并不是他追求的目标,那么小说中的这个特鲁希略形象可能糅进了作家不少的自创成分。在这一小说人物中,我们确实可以看到不少拉美其他国家独裁者的影子。有学者推断,《公羊的节日》一书中有许多细节是影射作者的老政敌阿尔贝托·藤森(Alberto Fujimori)总统的②——在1990年的秘鲁总统竞选中,略萨惜败于老谋深算、人气高涨的藤森。也有学者直截了当地指出,《公羊的节日》描述的60年代的多米尼加共和国实是作者对祖国秘鲁政治现实的投射,小说中的特鲁希略只是一个"象征性的独裁者"。③ 根据艾斯特万·G. 曼里克(Esteban G. Manrique)的说法,2000年,《公羊的节日》在利马与秘鲁读者见面,人们很快就指认出,小说中的特鲁希略就是藤森,故事里为独裁者充当情报局局长的乔尼·阿贝斯就是藤森的情报头子孟特希诺斯,藤森政权的真实面目得以昭然于世人,随后在同一年发生的选举丑闻让秘鲁民众进一步认

---

① 杨羽:《马里奥·巴尔加斯·略萨:如果文学消失,世界将变得更为悲伤》,《时尚先生》2013年第10期,第232页。
② 见吴元迈编:《20世纪外国文学史第五卷》,南京:译林出版社,2004年,第491页。
③ Yvette Sánchez, "*La fiesta del chivo*, el dictador dominicano como pantalla de proyecciones peruanas". Ed. Janett Reinstädler. *Escribir después de la dictadura. La producción literaria y cultural en las posdictaduras de Europa e Hispanoamérica*. Madrid: Iberoamericana Vervuert, 2011, p. 319.

清了它的实质。① 总之,"特鲁希略"不仅仅是特鲁希略。

略萨的创作目标既不在于忠实还原历史人物,也不在于塑造一个丰满的、令人印象深刻的人物形象。在个人与权力的合体中,他更为关注的是权力,以及权力所维系的整个社会-政治体制。唐纳德·L.肖在分析略萨的成名之作《城市与狗》时就指出,略萨在创作中最感兴趣的不是"人性",而是社会制度。② 在《公羊的节日》中,我们同样可以发现这一点。对权力结构的描绘,并不止步于对独裁者的艺术塑造,强权的有效实施是由压迫者和被压迫者共同完成的。葛兰西(Antonio Gramsci)的国家理论指出,政权的维持不仅依赖统治阶级通过国家机器实施的强制性力量,也依赖人民大众对统治集团强加于社会生活的基本导向做出"自发"赞同。"国家"渗透到市民社会的深处,以至于大众文化也成为统治权力的同谋。③ 在拉丁美洲的语境中,由独裁者主导的民众主义风气盛行的社会尤其具备这样的特点。在《公羊的节日》中,我们不仅能看到对独裁者的刻画,也能看到对普通民众的生活和心理的描绘。独裁者和民众的关系,表现为一种父亲与儿子的关系:

> 人们完全被剥夺了自由思想、自主意识甚至好奇心理,人们一感到恐惧就逆来顺受,最后导致对特鲁希略的个人崇拜。实际上,人们一方面怕他,另外一方面又敬爱他,如同儿子既怕专制的老子又爱他一样,因为儿子心里信服:无论父

---

① Luis Esteban G. Manrique, "Mario Vargas Llosa y el Perú: el poder de la literatura", *Política Exterior*, enero/febrero 2011, p. 184.
② Donald L. Shaw, *Nueva narrativa hispanoamericana*. Madrid: Ediciones Cátedra, 1983, p. 119.
③ 朱刚:《二十世纪西方文论》,北京:北京大学出版社,2006 年,第 490 页至第 491 页。

亲如何拳打脚踢,他都是为了你好啊!①

独裁导致闭塞,闭塞导致反智,反智导致盲目的崇拜之情。这种感情建立在恐惧的基础之上,存在于占据着绝对优势的压迫者与没有话语权的被压迫者之间。若说这是一种"父子情",那也是畸形的父子情。前文提到,略萨对独裁者的特别关注,与他跟父亲之间的紧张关系有关。有人将略萨的人生和创作解释为同一件事,那就是持续不断的对父权的反抗——这个"父亲"既是他儿时记忆中的亲生父亲,也是所有拉丁美洲人象征意义上的父亲——掌握所有权力的独裁者们。②这种"父子情"就是独裁者国家社会的政治文化,是权力结构在精神层面的对应。权力结构正是依赖这种变态关系来维持平衡局面。在作者的叙述中,拉美天主教文化中独特的教父教母关系,也被独裁者利用来控制民众。每年特鲁希略过生日,都有老百姓自发涌来为元首祝寿,而他要花上几千万乃至上亿比索买礼物送给教子、教女和他们的父母亲。作者点破了这种统治策略:

> 他太了解多米尼加人的心理特征了。与一个工人、农民、手工艺者、商人家庭建立教父教母的关系,可以确保这些可怜的男女对元首的忠诚,而元首只要在命名洗礼之后送给孩子的父母两千比索,再来个拥抱祝贺就可以完事大吉。③

由此可见,统治者与被统治者之间的这种"亲情"不仅源自大

---

① 马里奥·巴尔加斯·略萨:《公羊的节日》,赵德明译,上海:上海译文出版社,2009年,第69页。
② Edmundo Paz Soldán, "Deconstructing Dictators", *Foreign Policy*, 130(May/June. 2002), p. 90.
③ 马里奥·巴尔加斯·略萨:《公羊的节日》,赵德明译,上海:上海译文出版社,2009年,第164页。

棒——暴力,也来自胡萝卜——由绝对权力施与的小恩小惠。

另一方面,无所不在的告密文化将统治者之下的所有人紧紧捆缚在一起。小说同样浓墨重彩地塑造了情报局长乔尼·阿贝斯这一角色。独裁者靠他来监视任何可能对自己发出反对声音的人。在阿贝斯的安排下,多米尼加共和国社会的各个角落都布满密探,人人都有可能成为告密者或是被告密者出卖。事实上,阿贝斯代理特鲁希略实行权力统治中最见不得人的肮脏勾当,一方面享受"一人之下、万人之上"的权力快感,一方面也为独裁者分担了集体的仇恨。正如小说中所言:

> 为了让政府连续执政三十年,就需要这样一个双手沾满屎尿的乔尼·阿贝斯。如果需要,他得连脑袋加身体也沾满屎尿。让他越热越好!让他把敌人,甚至朋友的仇恨全都吸引住才好!元首明白这个道理,所以每天都离不开他。[①]

情报局长、密探、告密者,都是暴政的不可或缺的帮凶。在这种氛围里,多米尼加国民就像身处在一个巨大的监狱中,互相监视,不允许有个人的隐私,一切必须服从专制者的号令。如前文所述,统治者和被统治者情同父子,那么大家就仿佛生活在同一个大家庭里,而家庭成员之间理应是亲密无间的,是不允许有个人的小秘密的。这样一个权力结构表面上露出天伦之乐般的微笑,内里则充斥着暴力和恐惧。从这个意义上说,略萨对独裁制度的权力结构的揭露是全方位的,对独裁者的统治策略也是有深入了解的。若非有亲历独裁统治的经验以及与政敌斗争的经历,恐怕是难以如此细致地再现一个他未曾生活过的社会的。

[①] 马里奥·巴尔加斯·略萨:《公羊的节日》,赵德明译,上海:上海译文出版社,2009年,第48页。

如果说在《公羊的节日》中，特鲁希略与普通民众的关系表现为一种父子关系的话，那么独裁者与其属下的关系，则更多地呈现出一种夫君与妻妾关系的特征，带有耐人寻味的色情意味。有评论者注意到作者对特鲁希略荒淫无度生活的细致描写，将其解释为独裁者与其权威一同扩张的非常态欲望①。这种解释并没有揭示出权力结构之中的深层关系。特鲁希略的好色在小说中是显而易见的。他虽年事已高，却性欲不减，以玩弄属下的妻眷为乐。如果他看上了哪位属下的漂亮妻子，他就会给那位官员安排一次出国任务，然后趁机登门"拜访"他的猎物。自然，对属下妻子的占有，是一种对最高权力的宣示——在独裁者的领地内，没有不可以被他征服和拥有的东西，哪怕是高官的夫人。与独裁者的荒淫无度相配合的，是他的属下所表现出的色情受虐狂情结。部下们为了得到元首的宠幸而明争暗斗，如一众妻妾般争风吃醋，虽然时不时就遭到元首的羞辱痛骂，他们却争着享受如此殊荣，正如作者借虚构人物乌拉尼娅之口发出的批判："特鲁希略把你们心中的受虐情结给发掘出来了，你们属于那种喜欢受人唾弃和虐待的人，只有感到卑鄙下流，你们才能实现自我。"②这句话虽没有明白地点到性关系，却与"越虐越开心"的变态性心理紧密相连。这种色情受虐狂情结意味着奴颜屈膝、无耻谄媚，对应的是以失去尊严为荣的病态心理。在中国古典文学中，我们可以找出不少以男女关系来暗指君臣关系的诗句，可见在文学上，政治与性的隐喻关系由来已久。凯特·米利特（Kate Millett）在她的《性政治》（*Sexual Politics*）一书中将两性关系与政治关系联系起来，发现二者在本质上的共通之处。在男权制文化中，权力的定义不仅包括统治女人的能力，也延伸到优越男性对劣等男性的控制："作为受优越男性支配的人，劣等男性和女性一样，

---

① 周鸣之：《被遮蔽的痛苦》，《书城》2010年第1期，第17页。
② 马里奥·巴尔加斯·略萨：《公羊的节日》，赵德明译，上海：上海译文出版社，2009年，第71页。

也必定是臣服者。"①在略萨的描述中,特鲁希略带着色情的眼光统摄着臣服于他的男人们,以及这些男人的女人们,而这些人也或主动或被动地任其摆布。独裁者在乎自己的性能力,不仅因为性给他带来生理上的快感,满足他的超出常态的欲望,更因为性能力意味着掌控他人的能力——在床上野蛮征服一个弱女子和迫使一个人向他俯首称臣并以贱为荣,在本质上是一回事。性能力的强大和持久代表着权力的强大和持久。整个多米尼加共和国都在被这个极权者蹂躏、羞辱,还必须表现出心甘情愿的样子。小说印证了《性政治》揭示的一个秘密:统治的本质就是色情的。

  然而,正如男人的性能力终有衰弱之时,个人的权力也并非永恒的。从没有老而不死的当权者。作者设计了独裁者在性事上的一次失败,作为预示元首大限将至的一个凶兆。被打入冷宫的参议员卡布拉尔为了恢复元首对自己的宠爱,不惜将亲生女儿乌拉尼娅送给元首"享用"。这一举动被说成一种献祭仪式:"难道参议员阿古斯丁·卡布拉尔能把她当成活祭品献给伟大领袖、祖国的大救星和大恩人?是的!这是毫无疑问的:她父亲和曼努埃尔·阿方索早就策划多时了。"②在美洲先民的献祭仪式中,活人被牺牲用来换取太阳的照常升起,维持自然运行的秩序,这种不断重复的群体行为实际上是对政治秩序的肯定和宣示。在小说中,被献祭的是谋求权力者的女儿。被冷落的臣子以亲生女儿的贞操、以其全家人的人格和尊严被褫夺为代价,来换取权力地位的恢复。独裁者则乐于在对少女的"享用"中确立自己的无上权威。作家让这一野蛮而血腥的行动成为小说的高潮,对独裁者进行了无情的嘲讽。小说的书名即来源于这一情节:所谓"公羊的节日"(La fiesta del chivo),"公羊"(el chivo)是特鲁希略的绰号,

---

① 凯特·米利特:《性政治》,宋文伟译,南京:江苏人民出版社,2000 年,第 363 页。
② 马里奥·巴尔加斯·略萨:《公羊的节日》,赵德明译,上海:上海译文出版社,2009 年,第 519 页。

"节日"(fiesta)一词也可译为"欢会"或是"派对"。这场仅有两个人的派对在独裁者的私密行宫中举行,当事人双方一个70岁,另一个14岁——不仅有年龄的悬殊,也有权力地位的悬殊。在行事之前,特鲁希略对面前的害羞少女又是诵诗又是邀舞,表现为一个经验丰富的情场高手。作者精心营造的铺垫,为的是加重对性征服失败的讽刺。小说通过被奸污的少女的眼睛瞥见了独裁者最后的丑相:"她极力不去看他的身体,可是有时她的目光还是会迅速扫过他那有些发胖的肚子、发白的阴毛、死气沉沉的小小阳物和汗毛稀少的大腿。"[1]在床上卸去了最后一块遮羞布、与嫖客无异的独裁者形象是丑陋、野蛮的,与之前穿着挂满勋章的帅服、发表激情爱国演说的元首形象形成巨大反差,这本已构成强烈的讽刺;更具讽刺意味的是床上征服的失败:面对这个骨瘦如柴的少女,无往不胜的元首没能成功勃起,恼羞成怒,只得用手拙劣地实现了当晚"破处"的雄心,留下一摊污血。从性与政治关系的角度来看,特鲁希略在性征服上的失败不仅象征着他个人生命的衰颓,也象征着权力的衰颓。纵观全书,作者对这一情节的设置表现出高超的叙事技巧:小说的叙述是从年近五十的乌拉尼娅返回故乡开始的,她为什么对风烛残年的父亲态度冷淡,成为贯穿小说的一大悬念,这一悬念直到最后章节的野蛮"献祭"才得以破解;之前交织进行的两条叙事线——一条是乌拉尼娅重返祖国的经历和她的回忆,另一条是特鲁希略遇刺之前短暂的时日之内的所有活动,在此合而为一;已经在前几章中遇刺身亡的独裁者在最后一章中重新出现,展现出人生尽头处最为丑恶的残暴和嚣张——最后的野蛮。

---

[1] 马里奥·巴尔加斯·略萨:《公羊的节日》,赵德明译,上海:上海译文出版社,2009年,第529页。

四、对西方文明的批判

在欠发达国家的语境中,西方文明往往是与现代文明画等号的,"走向现代"这个理念的最激进版本,就是"全盘西化"。这种激进的想法已经被历史经验证明是错误的。斯图亚特·霍尔(Stuart Hall)批判过那种20世纪50年代在第三世界国家中盛行的"现代化理论":"它倾向于认为只有一条社会发展的路径——就是西方社会所走的那条——并认为这就是所有社会都必须遵循的普遍模式,所有社会经过特定阶段将到达同一目的地。"[1]现代化的路径并不应只有一条,西方现代文明也并非完美无缺,一个理智的第三世界作家即使充分享受了西方现代文明的种种好处,也不应放弃批判的态度。

巴尔加斯·略萨的西化倾向,在拉美作家中无疑是明显的,但这并不意味着他是一个彻头彻尾的"全盘西化"论者。在略萨小说中,我们既可以看到他对西方文明的认可,同样也能看到他对西方文明的批判。

继长篇小说《公羊的节日》之后,2003年,略萨出版了进入21世纪后的第二部叙事作品:《天堂在另外那个街角》(*El paraíso en la otra esquina*),采用他惯用的"连通管"式手法讲述了19世纪法国社会活动家弗洛拉·特里斯坦(Flora Tristán)和她的外孙、画家保罗·高更(Paul Gauguin)各自为追求崇高理想而奋斗的故事。在新世纪世界文学的发展趋势中,历史拟写与历史题材文学的复兴是一个值得关注的潮流,作家们借观照历史的机会反思当下现实,[2]《公羊的节日》和《天

---

[1] 斯图亚特·霍尔:《现代性的多重建构》,吴志杰译,见周宪主编:《文化现代性读本》,南京:南京大学出版社,2012年,第59页。
[2] 杨金才:《关于21世纪外国文学发展趋势研究的几点认识》,《当代外国文学》2013年第4期,第163页。

堂在另外那个街角》都属于这样的作品。如果说《公羊的节日》是在拉美国家普遍实行民主化后,对寿终正寝的拉美独裁体制的一次回顾和再现,那么在《天堂在另外那个街角》中,为什么略萨要选择两个19世纪的历史人物进行想象性重塑呢?

拉富恩特(Fernando Lafuente)指出,这部小说写的是19世纪的故事、19世纪的人物,面向20世纪,使用的是21世纪的小说诗学手法。① 在马林(Paco Marín)看来,这部小说选择的是大写的"天堂"的主题,却没有很好地将这一主题贯彻始终。② 古铁雷斯(Ricardo Gutiérrez)认为,小说书写的是世界主义——弗洛拉·特里斯坦追求人人平等的世界主义和高更追求文化差异的世界主义。③ 也有人从略萨的小说谱系出发,更为敏锐地指出,《天堂在另外那个街角》重新探讨了略萨小说中常见的"乌托邦"主题,但这一次不再是像《世界末日之战》或《狂人玛伊塔》中那样的被强加给民众,从而造成迫害和灾祸的乌托邦,而是去除了暴力因素的乌托邦。④

本书认为,在《天堂在另外那个街角》中,略萨实际上是通过对乌托邦主题的重新书写,展开了一次对西方文明的反思和批判。乌托邦是西方文明发展史上的一个挥之不去的情结。西班牙哲学家玛利亚·桑布拉诺(María Zambrano)曾断言说:"乌托邦的历史才是我们西方文化最为真实的历史。"⑤乌托邦这种替代性的虚拟现实,既是指向未来的理想,也是指向当下现实的深刻批判。21世纪之初,"9·11"

---

① Fernando Lafuente, "¿Es aquí el paraíso?". *Revista de libros de la Fundación Caja Madrid*, No. 78 (Jun., 2003), p. 50.
② Paco Marín, "*El paraíso en la otra esquina* by Mario Vargas Llosa", *Guaraguao*, No. 16 (Summer, 2003), p. 220.
③ Ricardo Gutiérrez, "Cosmopolitismo y hospitalidad en *El paraíso en la otra esquina*", *MLN*, Vol. 123, No. 2, Hispanic Issue (Mar., 2008), p. 398.
④ F. I. C., "El fauno y la flora", *Renacimiento*, No. 39/40(2003), p. 84.
⑤ María Zambrano, *Hacia un saber sobre el alma*. Buenos Aires: Losada, 2005, p. 142.

之后,"文明冲突"之声四起,西方文明亟须反思自身,从而得到可能的救赎。略萨不失时机地以两个19世纪的历史人物寻找乌托邦的故事,来观照一个尚处于青春期的西方现代文明,指出其种种弊病。拉美作家能写好西方文化的题材吗?用博尔赫斯的话说,拉美作家完全可以洒脱地、不带迷信地处理一切欧洲题材,因为"整个西方文化就是我们的传统,我们比这一个或那一个西方国家的人民更有权利继承这一传统"。① 在《天堂在另外那个街角》中,略萨表现出一个拉美作家的自信,其批判性的目光深入西方文明的不同层面。

性爱与性别

在《公羊的节日》里,略萨将一个独裁政权权力结构中的等级关系与性关系联系在一起,用独裁者性能力的衰竭来暗示权力的终结。在《天堂在另外那个街角》中,性主题更为频繁地得以呈现,并且发生了多重变调。通过弗洛拉·特里斯坦的女性视角所看到的性与通过保罗·高更的男性视角所看到的性互为映衬,共同揭示了西方文明传统的性爱价值观的残酷、虚伪,而祖孙二人性观念的转变则具有了打破旧文明枷锁、求得解放的乌托邦意味。

在弗洛拉眼中,性体验几乎全然意味着受苦受难,是侮辱和压迫。对于她来说,性与爱是完全分离的,她最初的性体验"既不浪漫,也不美好,更没有感情。有的只是疼痛加恶心。她身体上方那散发着汗臭的肉体、那满嘴的烟酒气味包围的黏糊糊的舌头、那大腿和腹部之间被撕裂的感觉,都让她感到恶心"。② 在她的观念中,性交等同于对女性的戕害:"就是男人扑到女人身上,分开女人的大腿,放入阴茎,射

---

① 豪尔赫·路易斯·博尔赫斯:《讨论集》,徐鹤林、王永年译,上海:上海译文出版社,2017年,第190页。
② 马里奥·巴尔加斯·略萨:《天堂在另外那个街角》,赵德明译,上海:上海译文出版社,2009年,第39页。

精,让女人怀孕,让女人的子宫破裂。"①比这更糟糕的,是由性交导致的怀孕:"就是你感觉到了自己在发胖、变形、心神不定,感觉到干渴、眩晕、沉重,一个小小的动作就要比正常情况下花费两到三倍的力气。……发胖,分娩,给孩子们当奴隶,仿佛仅仅给丈夫当奴隶还不够似的?"②

在这里,小说的批判指向的是西方文明传统中建立在暴力征服基础上的男女性关系,以及由这种性关系所维系的婚恋制度。在这种制度中,女性失去了自我,经历身体的发胖变形,既沦为丈夫的奴隶,也沦为孩子的奴隶。值得注意的是,在对这种暴力性爱的批判中,作者关注的焦点始终是女性的身体——如何受痛,如何变形。在弗洛拉成为独立女性之前,她不曾拥有过身体的自主权,正如朱迪斯·巴特勒(Judith Butler)所指出的:"身体从一开始就被给予了他人,打上了他们的印记,并在社会生活的严峻考验中得以形成。"③根据故事的叙事逻辑,正是因为年轻时性虐待造成的创伤,弗洛拉后来才在私生活领域弃绝肉体快感,追求纯粹的精神之爱,直至与一位年轻女性发展出同性之爱。尽管这样的行为在19世纪的欧洲人看来是荒诞的、反常的、违背基督教教义和社会伦理的,但用21世纪的目光来看,弗洛拉无疑是妇女解放和性人权的先驱了。

在作者笔下,高更在获得个人解放之前的性生活同样是乏善可陈的。弗洛拉作为人妻的性爱充满暴力压迫,高更作为人夫的性爱则充满无聊和虚伪。"结婚初期,他毫不困难地尊重妻子的假正经,毫不困难地按照路德派的道德观教诲的方式做爱:梅泰身穿带扣子的长睡

---

① 马里奥·巴尔加斯·略萨:《天堂在另外那个街角》,赵德明译,上海:上海译文出版社,2009年,第42页。
② 马里奥·巴尔加斯·略萨:《天堂在另外那个街角》,赵德明译,上海:上海译文出版社,2009年,第43页。
③ 朱迪斯·巴特勒:《身不由己:关于性自主权的界限》,王华译,见伊丽莎白·韦德、何成洲主编:《当代美国女性主义经典理论选读》,南京:南京大学出版社,2014年,第28页至第29页。

袍,处于完全的被动状态,绝对不允许半点大胆、活泼、美妙的动作,好像让丈夫爱抚是她应该履行的职责,如同便秘患者不得不服用蓖麻油一样。"① 在这里,作者对新教的性道德观做了辛辣的讽刺。如果说在弗洛拉的情况中,性行为滑向最粗鄙的兽性的话,那么在高更这里,性行为又偏向另一个极端,以至于在生理上正常的性欲望被压制,应有的感官享乐屈从于清教徒的禁欲观。与这种新教伦理联系在一起的是高更的资产阶级身份——走出家庭生活之前的他是一个工作勤奋的证券经纪人。在中产生活的光鲜表面之下,是被压抑的性欲望。当他要求妻子在床上更放纵一些时,遭到了断然拒绝。尽管"日益增强的性欲冲击着他",②他仍然忠于妻子,维持这稳定而又乏味的家庭生活。作者在此讽刺的不仅是新教伦理,也是与之紧密维系的新兴资产阶级的生活方式,此时的高更的生活就是典型的19世纪西方中产阶级的生活。

而当高更来到南太平洋的岛屿上时,他的性观念发生了彻底的转变。在促成这种转变的一系列事件中,高更与一个当地年轻樵夫的身体接触是作者着墨较多的情节之一。在极为细致地描绘了两人完全出于自发的性交过程之后,作者写道:"保罗,真是美妙啊!对不对?他在你身上干的这件事情,如果发生在基督教统治的欧洲,肯定会引起焦虑不安和悔恨的心理,一种自责和羞愧的感觉。但是,对于樵夫这位自由人来说,这纯粹是游戏,是一种消遣、娱乐。臭名昭著的欧洲文明破坏了自由和幸福,剥夺了人类享受身体快乐的权利,这难道不是最好的证明吗?"③ 在这里,作者明确指出基督教对身体享乐权利的

---

① 马里奥·巴尔加斯·略萨:《天堂在另外那个街角》,赵德明译,上海:上海译文出版社,2009年,第67页。
② 马里奥·巴尔加斯·略萨:《天堂在另外那个街角》,赵德明译,上海:上海译文出版社,2009年,第68页。
③ 马里奥·巴尔加斯·略萨:《天堂在另外那个街角》,赵德明译,上海:上海译文出版社,2009年,第62页至第63页。

限制和对同性交欢行为的打压。这个故事也是对高更画作《神秘的水》的阐释:"明天,你要马上开始动手画一幅双性人的作品,画一幅还没有被基督教义的宦官道德腐蚀的塔希提人和异教徒的画,画一幅关于这类性别模糊的神秘作品。"①用21世纪的更为宽容的眼光来看,高更与樵夫之间发生的亲密接触,以及性别身份的模棱两可,都是可以理解的,并没有违背人性。用一种更为激进的眼光来看,性别身份并不是本体性的,而是被强行建构的。从这个意义上说,高更的南太平洋之行有去蔽、启发之效,使得他发现了人的本真、原始的状态,发现诸如男女性别之分这样的原先不容置疑的边界乃是人为设置的——是所谓"臭名昭著的欧洲文明"对性和性别做的不容反驳的界定。在此,我们仍然可以想到朱迪斯·巴特勒的著名论断:"'性'是一个规范性的理念,其物质化是强制性的,这种物质化通过某些高度规范化的实践来发生(或被压制)。换句话说,'性'是一种在历史进程中被强行物质化的理念建构。"②来到"野蛮人"的岛屿上,一旦欧洲文明的束缚被解除,固有的理念建构不再起作用,墨守成规的一夫一妻制性爱生活和男女之别也就开始松动和模糊了。

对于西方文明来说,南太平洋岛屿上的土著人是"他者"。正是对他者的生活方式和理念的接受、认同,让高更认识到西方文明反人性的一面,也对人的本质有了新的认识,由此脱胎换骨,在将土著文明精神渗入绘画创作从而成为艺术大师的同时,也成为人性解放的先驱。在略萨笔下,西方的"文明"被质疑、被否定,高更的"野蛮"则被诗化、被肯定。与其说这是一种文化相对主义的立场,不如说是一种文化交流、文化翻译的立场。巴特勒指出,

---

① 马里奥·巴尔加斯·略萨:《天堂在另外那个街角》,赵德明译,上海:上海译文出版社,2009年,第63页。
② 朱迪斯·巴特勒:《身体事关重大》,徐艳蕊译,见陶东风主编:《文化研究读本》,南京:南京大学出版社,2013年,第433页。

> 我们只有把自己置于文化的翻译过程之中,才能重新表达或重新定义关于本体论、人、性别和性的基本范畴。……人的概念是随着时间的变化在文化翻译的过程中和通过文化翻译过程建立起来的。①

通过对高更人生经历的创造性再现,略萨触及了新世纪西方文明面对的一个重要问题:如何面对他者?不仅包括性别、性取向方面的他者,也包括民族、种族意义上的他者。他给出的是倾向于宽容和包容的解答。这一解答也指向对人、人性的不断更新的思考。

基督教与权力机制

在《天堂在另外那个街角》中,对基督教——包括新教与天主教——的批判不仅限于对其道德伦理观的批判,也指向西方文明特有的与基督教纠缠在一起的权力机制。身为秘鲁人,略萨对基督教文化、基督教体系自不陌生。一个拉丁美洲人是不可能不受到天主教的影响的。正如前文已经指出的,在恩里克·杜塞尔看来,拉丁美洲文化价值观最根本的核心就是有千年历史的犹太-基督教文化。因此,拉美作家并不会把基督教看成外在于自己文化的价值体系,而是一种耳熟能详的文化,要对其展开批判也就无须跨越太多的文化障碍了。事实上,略萨之所以对基督教反感,批判起来不留情面,与他少时的经历不无关系。在他的回忆录《水中鱼——巴尔加斯·略萨回忆录》中,略萨提到自己就读于教会学校时,曾遭受过一位成年教友的猥亵,尽管性侵未遂,却给他造成了心理阴影:"从此以后,我逐渐对宗教信仰和上帝失去了兴趣……直到有一天我意识到自己已经不相信什么上

---

① 朱迪斯·巴特勒:《身不由己:关于性自主权的界限》,王华译,见伊丽莎白·韦德、何成洲主编:《当代美国女性主义经典理论选读》,南京:南京大学出版社,2014年,第42页至第43页。

帝了。"①

在弗洛拉的故事里,通过弗洛拉的视角呈现的是一种虽然已经步入19世纪,却仍笼罩着中世纪气息的欧洲基督教形象。

> 里昂既是革命工人之城,也是散发着香火和圣器气味的教堂之地。她进过许多教堂,里面挤满了狂热的穷人,他们跪在地上,祈祷或者恭顺地倾听一些布道神父灌输给他们对掌权者要忍耐和顺从的歪理邪说。……穿教士服的和穿军装的肩并肩,为的是把穷人从小抓到老,目的是教育他们好好祷告,天天听话,否则的话就是武力镇压。②

在这里,批判意味是很明显的:宗教是人民的鸦片;基督教是统治者用来麻痹底层民众、掩盖社会矛盾和阶级斗争的意识形态,这种看似以慈悲为怀的意识形态和总是以暴力形象示人的国家机器一同发挥作用,维护不公正的社会等级秩序。在拉丁美洲,西方人带来的基督教不也是如此吗?

高更看到的则是法国海外殖民地上的基督教。在这些需要被"开化"的岛屿上,基督教传教士与殖民当局一同发挥作用,为的是确立和强化宗主国的统治。正是因为高更深入当地原住民的生活中去,与他们同住同吃,乃至与他们发生肌肤之亲,他才深刻地认识到他们并不是野蛮人,他们的文明中有许多19世纪的欧洲文明已经缺失了的东西;也正因为此,他才对欧洲传教士毁灭当地文明的行为大加鞭挞:"他指责天主教灭绝土著人的阿里奥里众神,毒害和腐蚀土著人健康、自由、无偏见的风俗习惯,把心理偏见、刁难和恶习强加给土著人,而

---

① 马里奥·巴尔加斯·略萨:《水中鱼——巴尔加斯·略萨回忆录》,赵德明译,上海:华东师范大学出版社,2016年,第62页。
② 马里奥·巴尔加斯·略萨:《天堂在另外那个街角》,赵德明译,上海:上海译文出版社,2009年,第91页。

这些恶习已经把欧洲拖进了今天的衰落。"①这种批判是对殖民主义官方话语的颠覆:殖民者毁灭原住民文化的说辞往往是,"我们给你们带来文明,让你们得到教化",而在高更的话语里,殖民者带去的是一系列负面的、不健康的价值观,强行取代了那种本来与生命、自然紧密联系在一起的健康文化,让当地人走向衰落,不是被"教化",而是被"异化"。这种情况同样发生在拉丁美洲被欧洲殖民的历史中。

在《天堂在另外那个街角》中,通过高更的艺术家之眼对传教士-殖民主义所展开的批判,更多是集中在视觉的、美学的层面上。高更想了解马克萨斯群岛人的文身图案,却没料到当地人的文身术已经在天主教教士和新教教士联合打击"野蛮表现"的运动中失传了;他想绘出毛利人的裸体像,不得不借助想象的力量,因为现实中毛利人已经被"教化"了。高更因此抱怨传教士们毁灭了这些宝贵的视觉资源:

> 传教士们给土著人古铜色的肉体套上了类似圣袍的长衫。真是造孽!几千年来那古铜色、灰色、白色或者蓝色的美丽身躯,自豪、纯真地暴露在光天化日之下,传教士们却要将它掩盖起来,这岂不是犯罪!强加在土著人身上的长衫遮蔽了优美的线条和活力,打上了可耻的奴隶印记。②

对于艺术家的目光来说,土著人身体的颜色和线条是极富美学价值的;对于西方艺术源远流长的裸像传统来说,既是有启发性的参照,也可以成为有益的补充。被强加在他们身躯上的长衫使得这种审美价值荡然无存,而"奴隶印记"的说法则清楚地揭示了这种"传播文明"行径的真实意图——施行殖民统治,使隐藏在传教行为背后的权力关

---

① 马里奥·巴尔加斯·略萨:《天堂在另外那个街角》,赵德明译,上海:上海译文出版社,2009年,第184页。
② 马里奥·巴尔加斯·略萨:《天堂在另外那个街角》,赵德明译,上海:上海译文出版社,2009年,第226页。

系赤裸裸地暴露出来。

不过,在高更的艺术家之眼里,基督教并不是在任何情况下都是敌人。只要是符合他的艺术理想的文化,他都迷恋之、向往之。高更的故事也包含了他在法国布列塔尼地区生活的经历。

> 正如你向善良的舒芬纳克解释的那样,你去寻找你觉得适合发展伟大艺术的野性和原始性。布列塔尼地区老早就吸引了你的注意,因为那里是乡下,人们迷信,死抱住祖先的风俗习惯不放,那里是一块快活的、不理睬政府现代化努力的土地,那里用大量的宗教游行、到处建设教堂、随时随地庆祝圣母的出现来回击政府的信仰世俗化工程。①

法兰西第三共和政府在全国境内推进激进的世俗化运动,布列塔尼人对此进行了坚决的抵制,以保留传统的生活方式。当高更意识到迅速发展的现代资本主义文明对人性的束缚与异化时,他便向往像布列塔尼这样的仍然停留在中世纪的地方。在布列塔尼的基督教文化中,他看到的不是宗教对个人自由的压迫,而是个人激情借由宗教形式的自由表达。正是在这点上,布列塔尼与他后来远去的那些南太平洋的岛屿是相通的,它们一个属于欧洲的过去,一个属于欧洲的异域,在高更的眼里都具有乌托邦色彩,都启发了他的艺术创作。

现实主义美学

在略萨笔下,高更时时表现为西方文明的叛逆者。不仅是在性观念和宗教观念上,高更在美学观念上也向西方传统发起强有力的挑战。作为一个深谙西方艺术史知识的作家,略萨为作为小说人物的艺

---

① 马里奥·巴尔加斯·略萨:《天堂在另外那个街角》,赵德明译,上海:上海译文出版社,2009年,第256页。

术家高更精准地设置了批判目标:现实主义美学。

现实主义可以被视为自文艺复兴以来西方艺术的一大标志性特色,这种特色在跨文化的眼光中更为明显。宗白华先生在比较中西绘画的空间意识时曾有意引用清代画家邹一桂关于西画的一段评述:

> 西洋人善勾股法,故其绘画于阴阳远近,不差锱黍,所画人物、屋树,皆有日影。其所用颜色与笔,与中华绝异。布影由阔而狭,以三角量之。画宫室于墙壁,令人几欲走进。①

这段文字所描述的,实为西方近代绘画逐渐发展成熟的透视法与明暗对比法,而与这两种再现方法紧密相连的就是现实主义美学——将人的肉眼看到的物理世界的景象如实呈现出来,这种美学又能在古希腊诗学的"摹仿"说中找到源头。在高更所处的19世纪的西方,现实主义无论在艺术上还是在文学上都已经发展到了登峰造极的地步,而这同时也意味着现实主义美学的危机。在西方艺术走向现代主义的过程中,对现实主义的摈弃是一个关键,略萨很敏锐地看到了这一点,将高更描绘为一个向现实主义美学发起挑战的斗士。

小说一是以再现创作过程的方式发出对现实主义美学的批判。在叙述高更创作《死亡的幽灵看着她》《神秘的水》《永不·啊·塔希提》等作品的过程时,小说一再强调,高更是凭着记忆和直觉来描画那些形象的,并不是让模特摆好造型后再在画布上做机械的描摹。比如在叙述高更如何画《死亡的幽灵看着她》时,"他叫来泰阿曼娜,脱光她的衣裳,命她趴在床垫上,摆出那天夜里她把他当成土帕包时被他发现的姿势。但他立刻就明白了:这是荒唐的。这姑娘再也不可能表现

---

① 宗白华:《中国美学史论集》,合肥:安徽教育出版社,2006年,第61页至第62页。

出他想宣泄到画上的那种东西,那来自遥远过去的宗教恐惧"。① 这一情节宣告了西方传统肖像画画法的失败——对着保持静止姿态的模特绘出实眼所见的形象,已经无法达到艺术家心中预设的目标了。作者接下来指出:"要求她摆姿势是愚蠢的。素材就在他的记忆中,他一闭上眼睛,就看见那个形象,欲望也油然而生。"②高更的一个伟大之处,正在于突破了传统的现实主义技法,将自己心中的欲望和幻象涂抹在画布上,而这种突破又是与他主动脱离西方文明的生活体验密不可分的。

二是以阐释画作的方式对现实主义美学加以批判。略萨尝试了一种将艺术评论融入故事情节的叙事方式,文中穿插了大量以第二人称发出的对高更画作的评论。比如对《我们来自何处?我们是什么?我们向何处去?》的评论:

> 你在这两个人物身上要表现什么?他们不知道。你永远也不会知道的。这是个好兆头。你不仅用自己的双手、自己的思想、自己的想象力、自己旧有的技巧画出了你最好的作品,而且使用了自己来自内心深处不可捉摸的力量、那爆发的激情、那愤怒的本能、那宣泄在优秀作品里的冲动。③

这种写法看似以观者和艺术家之间或叙事者与小说人物之间对话的方式展开,实则是小说人物内心的声音,也就是说,是高更在和自己对话。"正统"的艺术评论往往是外化的、理性的、以第三人称叙事

---

① 马里奥·巴尔加斯·略萨:《天堂在另外那个街角》,赵德明译,上海:上海译文出版社,2009年,第23页。
② 马里奥·巴尔加斯·略萨:《天堂在另外那个街角》,赵德明译,上海:上海译文出版社,2009年,第24页。
③ 马里奥·巴尔加斯·略萨:《天堂在另外那个街角》,赵德明译,上海:上海译文出版社,2009年,第227页。

的,略萨独创的这种第二人称式艺术评论则采用了一种内化的、感性的视角,更具主观色彩。如果说现实主义美学是强调客观的,与之匹配的是不带感情色彩的、貌似客观公正的第三人称评论风格,那么略萨独创的这种艺术评论恰恰构成了对现实主义美学的挑战。另一方面,这段评论的内容也是反现实主义的,强调的是创作者的内心表达、感情宣泄,而非艺术作品对客观世界的忠实摹仿。这种激进的主体性,正是现代艺术借以打破古典传统的利器。在小说的其他地方,作者也频频借高更之口发出更为彻底的反现实主义美学论断,如"这就是艺术家的责任:创造,而不是摹仿",[①]"艺术不是对大自然的摹仿,而是掌握一种技巧和创造区别于现实的别样世界"。[②] 这些论断发出的背景,都发生在高更远离巴黎城市生活、反思西方文明之时:前者发生在他为布列塔尼着迷的时候,后者发生在他在波利尼西亚想象日本的时候。

  这些论断正是 20 世纪西方现代主义艺术的主导思想。西班牙哲学家奥尔特加·伊·加塞特就在探讨绘画的现实主义时发出过类似的论断:"艺术不是对事物的复制,而是创造形式。……现实主义就是对艺术的否定。"[③]在他著名的美学论著《艺术的去人性化》(*La deshumanización del arte*)中,奥尔特加对在 19 世纪西方艺术中达到巅峰的现实主义展开进一步的批判。他以贝多芬、瓦格纳等艺术大师的作品为例指出,19 世纪艺术将可以亲身感受的现实作为核心,使得大多数人在艺术作品这扇窗户中只能看到丰富多彩的人类生活,而看不到艺术作品的形式层面,"这种左右着上世纪艺术趣味的非现实主

[①] 马里奥·巴尔加斯·略萨:《天堂在另外那个街角》,赵德明译,上海:上海译文出版社,2009 年,第 261 页。
[②] 马里奥·巴尔加斯·略萨:《天堂在另外那个街角》,赵德明译,上海:上海译文出版社,2009 年,第 430 页。
[③] José Ortega y Gasset, *La deshumanización del arte y otros ensayos de estética*. Madrid: Alianza Editorial, 2006, p. 150.

义不取的强硬态度,正是美学史上一次绝无仅有的荒腔走板"。① 在奥尔特加看来,只有扭曲现实、淡化现实,抛弃掉所有非艺术的因素,艺术才能回到其真正的轨道上来。奥尔特加的这种美学思想实际上蕴含着对自19世纪以来发展成熟的资产阶级大众文化、庸俗文化的批判——降低审美难度就是为了迎合尽可能多的庸众的口味,从而赢得更大的市场、赚取更多的利润,反现实主义也就意味着反对那种以艺术品交易市场、文化消费为导向的资本主义艺术体制。现代主义艺术家往往在挑战现实主义艺术传统的同时也对资本主义社会加以批判,并且主动背离现行的艺术体制,正如格林伯格(Clement Greenberg)在论述前卫文化与庸俗文化之别时所指出的:"波希米亚人对资产阶级社会的前卫性离异也意味着对资本主义市场的离异,艺术家和作家正是被衰败的贵族赞助人抛弃在这个市场。"②巴尔加斯·略萨自己也在杂文写作中发出了对西方现代艺术机制导致艺术庸俗化的批判,并主张国家的介入。他承认,在艺术欣赏方面,老百姓最喜欢的还是那些文化垃圾,大众趣味注定是平庸的、埋没天才的,因此,

> 在现代社会,国家应当履行文化赞助人的职能,就像中世纪和文艺复兴时代的教会和贵族们所做的那样,让如此多的艺术家创作出直到今天还令人类自豪的作品,而这些艺术家当年若是完全依靠大众消费,恐怕就不会有那些杰作了。……自由应是不受限制的,但仅仅是在文化的创造上;一旦涉及消费,如果要保持质量水准的话,就无法一视同仁了(这

---

① 奥尔特加·伊·加塞特:《艺术的去人性化》,莫娅妮译,南京:译林出版社,2010年,第23页。
② 克莱门特·格林伯格:《前卫艺术与庸俗文化》,沅柳译,《世界美术》1993年第2期,第2页。

就是政府补贴发挥作用的地方)。①

在《天堂在另外那个街角》中,作为一个主动远离西方文明、寻找乌托邦的波希米亚式的艺术家,高更的先锋性、革命性同时体现在艺术层面和社会层面,他在美学上的革命与对资本主义艺术体制的背弃同时展开。"如果垄断艺术市场的那些可恶的赶时髦的家伙不理解你、拒绝你的作品,那你就没钱,永远没钱。"②在19世纪的欧洲,艺术商人取代王公贵族,成了艺术家的主要赞助人,垄断了艺术市场。他们不以美学趣味的擢升为主要目标,而是唯利是图,只接受能迎合更多受众的趣味的艺术作品,因此,高更的美学选择必然导致他的贫穷。小说展示了高更坚持自己的美学信条,克服物质上的匮乏,终于接近自己的艺术理想的过程。

总之,《天堂在另外那个街角》在各个层面上实现了对西方文明的批判:不仅是在性爱关系的道德伦理层面,也在教会-权力体制的社会政治层面,并且还包括美学层面。与这些批判紧密联系的,是摆脱对人性的各种束缚、充分发展个性自由、实现个人解放的乌托邦式的理想。如果我们看一看略萨在文学以外的场合发出的言论,不难发现,诸如"个人""自由"之类的字眼是频繁出现的,略萨一直将个人自由的充分、完全的实现视为西方文明乃至人类文明发展的终极目标。在《天堂在另外那个街角》中,他描画的两个人物既是西方文明的批判者、背叛者,也是西方文明的先驱者和建设者,他们的思想和行为虽则

---

① Mario Vargas Llosa, *Desafíos a la libertad*. Méxoco D. F.: Aguilar, 1994, p.32.略萨的这番思考针对的是20世纪末经历政治剧变之后的波兰。波兰的作家和艺术家们几乎在一夜之间失去了国家庇护下的稳定收入,对"自由"的未来忧心忡忡。在略萨看来,文化不能完全交由市场,否则会造成高雅文化的死亡、庸俗文化的泛滥;国家的力量应当介入文化市场,让文化精英免于生计之虞,从而确保高水平文化作品的产出。
② 马里奥·巴尔加斯·略萨:《天堂在另外那个街角》,赵德明译,上海:上海译文出版社,2009年,第31页。

不能为同时代的同胞所接受,却能在21世纪对差异——无论是性取向差异还是文化差异——更为宽容、对宗教制度和资本主义制度之恶的了解更为透彻的今天得到充分的理解。同时也应指出,《天堂在另外那个街角》对西方文明的批判并不是彻底的,尚有可以深入的空间。比如,高更能在法国海外殖民地上创作出带有"野性""原始性"的画作,不正是拜殖民主义所赐吗?高更的画作是不是有剽窃甚至掠夺土著文化的嫌疑呢?这些在后殖民主义的目光看来无法回避的问题,在略萨那里似乎是不成问题的。

五、巴尔加斯·略萨与秘鲁民族主义

民族主义(nacionalismo,或曰"国族主义")是现代文明的一个产物,或者说,是与现代文明相伴而生的。本尼迪克特·安德森(Benedict Anderson)关于民族国家(nación)的本质的说法是在西方最广为人知的观念之一——"一种想象的政治共同体"。他认为,

> 民族被想象为拥有主权,因为这个概念诞生时,启蒙运动与大革命正在毁坏神谕的、阶层制的皇朝的合法性。民族发展臻于成熟之时,人类史刚好步入一个阶段,在这个阶段里,即使是普遍宗教最虔诚的追随者,也不可避免地被迫要面对生机勃勃的宗教多元主义,并且要面对每一个信仰的本体论主张与它所支配和领土范围之间也有不一致的现实。民族于是梦想着成为自由的,并且,如果是在上帝管辖下,直接的自由。衡量这个自由的尺度与象征的就是主权国家。[1]

---

[1] 本尼迪克特·安德森:《想象的共同体》,吴叡人译,上海:上海人民出版社,2003年,第7页。

安德森为论证他的理论,选择的经典案例恰恰就是西班牙语美洲国家的诞生。

在拉丁美洲的现代思潮中,民族主义是最重要的思潮之一。威亚尔达总结了拉丁美洲民族主义的发展轨迹:从19世纪80年代开始,民族主义成为拉美主要的社会势力和意识形态,其中右派势力的影响最为深远。这种民族主义强调纪律、秩序、等级、权威和精英主义甚至种族主义。第二次世界大战之后,拉美民族主义的表达更多偏向左派,尤其是1959年的古巴革命加速了拉美民族主义的向左转向,但在全球化的影响下,这种左倾形式的民族主义日渐衰落。[①] 无论是右倾的民族主义,还是左倾的民族主义,都不受巴尔加斯·略萨的支持。

在巴尔加斯·略萨的小说中,我们可以看到,秘鲁作为一个民族国家,一个表面上拥有确定的疆界、统一的政治制度的共同体,实际上是四分五裂的。一个本来不了解秘鲁的人在读过略萨的小说后,很容易对秘鲁这个民族国家的"合法性"提出很多质疑。在《城市与狗》中,秘鲁就像一座把不同民族、不同文化传统的人强行关押在一起的大监狱。在《绿房子》中,读者会发现,雨林地区的秘鲁人和沿海城市的秘鲁人生活在几乎完全不同的世界、完全不同的时代里——空间上相隔离,时间上也是相隔离的。在《狂人玛依塔》中,利马人到了安第斯山区,会发现自己完全听不懂当地人的语言,也会惊异于自己在到来之前对当地人的真实生活状况一无所知。在《继母颂》中,读者会觉得利马中产阶级在生活方式、价值观念等方面与欧美人而不是本国贫民更像同一个国家的人……略萨的小说并非从来不离开秘鲁。从2000年的《公羊的节日》开始,他的小说的故事往往发生在秘鲁以外的土地上,似乎成为一种无国界文学、全球化文学,但秘鲁元素总是或多或少地出现在他的作品中,如《天堂在另外那个街角》中弗洛拉·特里斯坦

---

① 霍华德·J.威亚尔达,《拉丁美洲的精神:文化与政治传统》,郭存海、邓与评、叶健辉译,杭州:浙江大学出版社,2019年,第253页至第254页。

在秘鲁的历险,《凯尔特人之梦》的主人公同样有在秘鲁的经历。看起来,略萨对秘鲁有诸多不满,却又无论如何不会决然地抛下秘鲁与之永别。那么,略萨本人对秘鲁这个国家有明确的认同吗?

批判民族主义

略萨在回忆录《水中鱼——巴尔加斯·略萨回忆录》中谈到了自己对祖国秘鲁的复杂情感,以及对民族主义的看法:

> 虽然我出生在秘鲁,我的禀赋是属于那种世界主义、那种不讲国籍的人,我一向讨厌民族主义,从年轻时就认为,如果没有办法取消国界和扔掉国籍的标签,那么就应该选择国籍,而不是被迫接受。[①]

略萨的这种观念是比较典型的拉丁美洲克里奥约(criollo,即美洲土生白人)知识精英的观念。他们成长在富贵之家,若非有自发的意愿,是很少能看到本国的"深层"现实的,也就是说,他们与本国的地理意义上的腹地和文化意义上的腹地都是缺乏深入接触的。他们不缺出国游历特别是去欧美旅行、求学或工作的机会,他们的居住环境中充斥着舶来品,以至于他们与世界(这个世界事实上是欧美发达国家的世界,而非包括了第三世界的广义世界)而非本土更能达到文化心理上的认同。归根到底,是财富上的自由使得他们有选择文化身份和政治国籍的自由。他们甚至在语言的使用上也倾向于抬高英语的地位、贬低西班牙语的地位,智利作家伊莎贝尔·阿连德(Isabel Allende)的小说《幽灵之家》(*La casa de los espíritus*)中的一段话就很能代表拉丁美洲精英阶层对语言的看法:"他坚信,英语要比西班牙语

[①] 马里奥·巴尔加斯·略萨:《水中鱼——巴尔加斯·略萨回忆录》,赵德明译,上海:华东师范大学出版社,2016年,第34页。

更高级,他认为后者是一种二流语言,适用于家务、魔法、不可控制的激情和无用的事业,不适用于科学和技术的世界。"① 很多拉丁美洲知识精英即使没有在语言问题上表现出这样的态度,在思想上还是更倾向于与英美主流意识形态相认同。

略萨同时也承认,他对秘鲁有割舍不下的情感:

> 我在国外生活了很久,在任何地方,我都没有觉得自己是个外来户。尽管如此,我同自己出生的国家的关系总比其他国家亲密得多,甚至包括那些我觉得就像在自己家里一样的国家,比如西班牙、法国和英国。我不知道为什么会这样,但无论如何,总不是个原则问题。可是,秘鲁发生的事要比其他地方的事让我更激动,更容易生气,而且是一种无法说明白的方式;我觉得在我和秘鲁人之间有某种无论好坏——特别是坏——似乎把我和他们以一种难以割断的方式捆在一起的东西。……从年轻时起,我几百次发誓要远远地离开秘鲁生活,再也不写有关秘鲁的事了,要永远忘掉秘鲁的落后,但实际上,我时时刻刻都把秘鲁记在心头,无论我在国内还是国外,它都是折磨我的常在原因。我无法摆脱秘鲁:它不是叫我生气,就是让我伤心;往往是既生气又伤心。②

略萨选择了真正的爱国方式:爱它,念它,希望它更好,所以才批判它的不足,正如博尔赫斯批判阿根廷,伯恩哈德痛贬奥地利,保持对它的关切,又不陷入爱国主义的狂热。对于引燃爱国激情的最重要的现代思潮之一——民族主义,略萨是坚决反对的。他在《水中鱼——

---

① Isabel Allende, *La casa de los espíritus*. Madrid: Biblioteca El Mundo, 2001, p. 181.
② 马里奥·巴尔加斯·略萨:《水中鱼——巴尔加斯·略萨回忆录》,赵德明译,上海:华东师范大学出版社,2016年,第34页至第35页。

巴尔加斯·略萨回忆录》中写道:"我现在依然讨厌民族主义,我觉得它是造成流血最多的一种人类愚蠢思想;我还明白:爱国主义,正如约翰逊博士写的那样,可能是'政治流氓的最后掩体'。"①

在略萨的成名作《城市与狗》中,我们就能看到他对秘鲁民族主义的不屑。这种不屑是通过对秘鲁民族国家的一些象征符号的嘲弄表现出来的。阿尔贝托去妓院寻欢时,

> 穿过人群拥挤的巨大的维多利亚广场,那个手指向前方的石雕印加国王,使他想起了这位英雄,也想起了巴亚诺的话,他说:"曼可·卡巴克是个嫖客,他指引着通向瓦底卡的道路。"②

曼可·卡巴克(Manco Cápac)是秘鲁古代君主,他于13世纪初在库斯科城创立了印加帝国。虽然印加帝国在16世纪的西班牙征服中覆灭,在秘鲁挣脱西班牙殖民统治获得独立后,印加帝国的历史和文化成了秘鲁国族认同的重要标识,于是,曼可·卡巴克在某种程度上被塑造成秘鲁的创建者。在小说中,这么一位重要的英雄人物竟被认为是在给红灯区指路,讽刺意味非常明显。其背后的寓意或许是:秘鲁的民族主义本就是建立在虚妄的神话的基础上的,曼可·卡巴克只是一个传说中的先贤,他建立的那个早已毁灭的印加帝国和今天的混血秘鲁并不是一回事(正如在这段引文之前,阿尔贝托在街头看到的利马市民:"有头发平直的白人和印第安人的混血人,有走起路来摇摇晃晃好像跳舞似的黑人和印第安人的混血儿,有古铜肤色的印第安人,有满面笑容的黑白混血儿。"这种复杂的状况是300年殖民统治的

---

① 马里奥·巴尔加斯·略萨:《水中鱼——巴尔加斯·略萨回忆录》,赵德明译,上海:华东师范大学出版社,2016年,第34页。
② 马里奥·巴尔加斯·略萨:《城市与狗》,赵德明译,上海:上海译文出版社,2009年,第119页。

结果,秘鲁正是在这样的现实而非殖民统治之前的现实中诞生的),因此,他的手指指向的根本不是秘鲁的光辉未来,而是肮脏的妓院,或者说,他指向的是虚无。

在小说的另一处:

> 它因为总在墙上摩擦,全身的毛几乎脱光了。由于满身烂疮,简直就像一条到处寻食的癞皮狗。它一定觉得身上很痒,总是在摩擦,特别是在寝室那凹凸不平的墙壁上。它的腰身好像是一面秘鲁国旗:红白相间,鲜血加石膏。①

此处描绘的是一条供军校学员们取乐的母狗,是从军校学员的视角出发进行叙述的。军校学员作为未来的军人,作为秘鲁民族国家未来的捍卫者,必然在军校里接受了各种爱国主义、民族主义信念的灌输(如在食堂里进餐时,广播持续播放具有秘鲁特色的音乐),熟识秘鲁国族认同的各种标识:国旗、国徽、国歌、历史上的英雄人物……于是,当一团红白相间的东西映入军校学员的眼帘时,他首先联想到的就是秘鲁国旗。军校里残暴野蛮的等级制度,复杂的人际关系,令他对军校生活心生厌恶,也厌恶在军校里被灌输的一切。于是在他眼中,几乎是下意识的,秘鲁国旗的神圣形象与这只狗令人作呕的丑陋外表重合在了一起。这种写出来令人发笑的个人印象,同样是对秘鲁民族主义的辛辣讽刺。

在《酒吧长谈》中,作为一个民族国家的秘鲁更是被描绘得丑陋不堪。小说的开头就描绘了一个令人沮丧的秘鲁:

> 圣地亚哥站在《纪事》报社的门口,漠然地向塔克纳路望

---

① 马里奥·巴尔加斯·略萨:《城市与狗》,赵德明译,上海:上海译文出版社,2009年,第232页。

去：一辆接一辆的小汽车、参差错落的褪了色的建筑物，仿佛在浓雾中飘荡的霓虹灯广告架。这是一个灰蒙蒙的中午。秘鲁是什么时候倒霉的？①

这部小说呈现的秘鲁，很大一部分是经历了幻灭的青年圣地亚哥眼里看到的秘鲁。圣地亚哥的经历与略萨年轻时的经历多有重合之处，所以在某种程度上说，圣地亚哥看到的秘鲁也正是略萨眼中的秘鲁。他望向这个看似繁华的秘鲁的目光是不带感情的：所谓"漠然地"，即"没有一丝爱意"（sin amor）②，是失望的、沮丧的，哀莫大于心死。汽车、建筑物、霓虹灯广告架构成了一个现代秘鲁的景观，这种景观是差强人意的：城市建筑不仅缺乏统一的美感（其原因在于城市规划的缺失，这是秘鲁现代化不充分的表现），而且尽显老态，后面的霓虹灯广告架更加重了老朽不堪的感觉——"广告架"在原文中对应的词是 esqueleto，这个词兼有人体骨骼的意思。"在浓雾中飘荡"意味着它仿佛很轻、没有重量。这样看来，这些广告架仿佛行将就木的干瘦老人。作为这种景观的底色的，是沿海城市利马特有的灰雾，当这种灰雾笼罩着一座样貌衰老的城市时，更凸显出死气沉沉、没有希望的感觉。之后的一句，几乎已经成了略萨作品最常被提及和引用的名句："秘鲁是什么时候倒霉的？"（¿En qué momento se había jodido el Perú?）这句话对于不允许以任何方式诋毁秘鲁的民族主义者来说，是杀伤力极大的。这里使用的动词是一个在粗话中才会使用的动词：joderse，原意为性交，在口语中可以表示毁灭、破产、失败的意思。虽是问句，却明确了秘鲁已经破败的现实，不明确的仅在于：秘鲁是什么时候开始每况愈下的？在这里，作者使用了西班牙语过去完成时的时

---

① 马里奥·巴尔加斯·略萨：《酒吧长谈》，孙家孟译，昆明：云南人民出版社，1993年，第7页。
② 此处参考的原著版本为 Mario Vargas Llosa, *Conversación en La Catedral*, Barcelona: Seix Barral, 1995.

第一章　略萨小说与拉丁美洲现代性　　101

态(se había jodido),指向一个相当遥远的过去。按照秘鲁民族主义的看法,在西班牙人到来之前,秘鲁就已经存在了,那么或许秘鲁是从西班牙征服者到达安第斯山的那一天起开始倒霉的。当然,秘鲁也可能是从摆脱西班牙殖民统治的那一天开始倒霉的。又或者,是从独立后数不清的内乱中的某一次开始倒霉的。总之,小说没有给这个问题明确的答案,可以确定的就是认为秘鲁一直在倒霉,秘鲁是一个失败的国家。joderse(倒霉)成了这部小说的一个关键词,在全书中一共出现多达 39 次。倒霉的不仅包括秘鲁,也包括圣地亚哥以及其他在小说中被提及的秘鲁人。

对民族主义的认识

略萨是全球化的坚定支持者。他在他的杂文写作中频频提及民族主义,视之为全球化面临的最大挑战。他信奉的是以赛亚·伯林的观点:民族主义,称其为一种学说也好,一种情绪也好,它的出现是针对世界大同的乌托邦理想的回应,是浪漫主义对抗启蒙思想的产物,而民族主义作为一种对虚假的、排他性的群体身份的信仰,也是一种乌托邦。① 对于略萨来说,民族主义和小说都是虚构,前者是政治虚构,后者是文学虚构,文学虚构是有趣而无害的,政治虚构则有着巨大的破坏性。② 民族主义在既往造成了无数血腥战争,在全球化时代则成为自由贸易、跨国合作、区域一体化进程的障碍,同时也引发新的战争,如前南斯拉夫内战。在展望国界最终消失、自由与公平皆能实现的全球化纪元的美好未来时,略萨表达了自己对民族主义浪潮再次兴起的忧虑。

不过,略萨并没有考虑到的是,20 世纪末民族主义浪潮的兴起与

---

① Mario Vargas Llosa, *Desafíos a la libertad*. México D. F.: Aguilar, 1994, pp. 53－54.
② 马里奥·巴尔加斯·略萨:《谎言中的真实:巴尔加斯·略萨谈创作》,赵德明译,昆明:云南人民出版社,1997 年,第 30 页。

其说是全球化的一个障碍,不如说是全球化的一个后果。许兰德·埃里克森就认为,各种形式的认同政治的兴起或复燃,是全球化的典型后果,因为"我们越相似,就越会试图变得与众不同"。① 无论如何,略萨坚定地支持全球化。如果说在其他一些拉美作家如爱德华多·加莱亚诺看来,全球化等同于新殖民主义扩张,只会令拉丁美洲更加贫困,略萨则把全球化视为拉丁美洲摆脱不发达状态的希望,对"自由贸易"和"比较优势"深信不疑。

略萨也看到了民族主义长期以来对拉丁美洲的危害。他在杂文中写道:

> 民族主义让拉丁美洲保持着殖民时期的巴尔干化状态,各国之间血腥战争不断,只为保留或调整那些毫无族群或地理划分上的依据、纯粹是人为制造的国界线。"②

或许,秘鲁人要比其他拉美国家的人更为深刻地认识到这一点。与秘鲁交界的拉美国家多达五个,为了应对与厄瓜多尔之间时有发生的边境战争,或是与其他邻国可能发生的边境冲突,秘鲁不得不保持一支时刻做好战斗准备的武装部队。在略萨小说中,我们可以看到他对秘鲁军队文化极尽讽刺之能事。秘鲁军队中的那种建立在暴力、服从、丛林法则、大男子气概之上的制度,是他抨击的重点。诸如《城市与狗》《潘达雷昂上尉与劳军女郎》这样的小说一次次惹恼秘鲁军方。国界消失、军队解散,才符合略萨的理想。

略萨还写道:

---

① 托马斯·许兰德·埃里克森:《全球化的关键概念》,周云水等译,南京:译林出版社,2012年,第161页。
② Mario Vargas Llosa, *Desafíos a la libertad*. Méxoco D. F.: Aguilar, 1994, p. 53.

没有哪种思想烟火像民族主义这样有效地让民众忽视他们真正的问题,让他们看不到自己真正的剥削者,制造一种他们与奴隶主和刽子手同属一体的幻象。民族主义能成为所谓第三世界最坚实、传播最广泛的意识形态,并不是偶然的。①

略萨基于拉丁美洲的经验看到,民族主义之所以是自由的挑战,一大原因在于它可以为当权者所利用,蒙蔽国内的社会政治矛盾,使受压迫者与压迫者相认同,从而丧失摆脱奴役、解放自己的意志。不过,略萨并没有提到,在拉丁美洲的历史上,民族主义在反对外国强权干涉的斗争中还是起过积极作用的。他也没有提到,在拉美思想史上,数次有人提出让拉丁美洲成为一个统一民族国家的理想。将这种理想与区域一体化理念结合起来,取代各自为政的民族主义,实际上也是顺应全球化的历史潮流的。

民族主义之所以遭略萨痛恨,最深沉的原因在于,略萨一直对集体主义的观念保持警惕。在略萨看来,个人从群体中解放出来,才真正是进步的体现。他曾在杂文中描述人的进化史:

文明可以有多种定义的方式,而最有说服力的方式是将文明视为一种人逐渐个人化、从部落中解放出来的进程,在这一进程中,人通过意愿、劳动和创造,成为一个有能力克服自然和社会限制、勾画自己的历史轨迹的个体。在人的这一漫长变化史中,自18世纪开始出现的民族国家是一个倒退,它阻碍、打乱了个人向着全面掌控自身主权——也就是说,个人自由——前进上升的步伐,让他退回到部落人的状态,

---

① Mario Vargas Llosa, *Desafíos a la libertad*. Méxoco D. F.: Aguilar, 1994, p. 55.

让他成为一个群体中的普通一员,使他必须依赖所属群体才能存在和获得意义。①

略萨描述的是一个抽象的"人",是普世价值观体系中的"人"的概念。反对这一观点的人可以说,人不仅是生物的,也是文化的、历史的,人一旦脱离了具体的文化、历史语境,则不成其为"人"了。略萨将个人自由视为最高价值,而在不同的文化里,个人自由被赋予的地位并不相同。比如在东亚人的观念里,家庭的完整和稳定就要比个人自由更为重要。略萨对个人自由的理解,实际上还是西方式的、欧洲中心论的。

略萨关于全球化和民族主义之矛盾的见解,在西班牙语世界招致很多批评。如有人指出,略萨在对待民族主义问题时采用不同的标准,仿佛存在着受欢迎的民族主义和不受欢迎的民族主义。对略萨的政治观点的激烈批判也延伸到他的作品上。埃弗拉因·克里斯陀(Efrain Kristal)曾指出,在拉丁美洲的文学评论界,略萨小说的接受主要依循的不是美学标准,而是政治标准;当略萨发表的政治观点令拉美文学批评界恼怒时,先前说他的小说"革命"的人给同样的作品加上了"反动"的罪名。② 在拉丁美洲的文学评论界,民族主义一直是强有力的思潮,略萨对民族主义的抨击难免引起本土评论家的反感。

六、文学的现代化

拉美文学"爆炸"被称为"爆炸",一大原因在于,在此之前,拉美文

---

① Mario Vargas Llosa, *Desafíos a la libertad*. Méxoco D. F.: Aguilar, 1994, p. 246.
② Efrain Kristal, "La política y la crítica literaria. El caso Vargas Llosa", *Perspectivas*, N°2 (2001), pp. 339-351.

学在世界文学的版图上是沉默的、鲜少受到关注的。在文学界看来，拉丁美洲的不发达，也体现在文学的不发达上。换言之，在"爆炸"之前，拉美文学还不是一种"现代"的文学。作为文学"爆炸"的代表性人物，巴尔加斯·略萨与加西亚·马尔克斯、卡洛斯·富恩特斯、胡里奥·科塔萨尔等作家一同塑造了拉美现代小说的基本面貌，使拉美文学终于在世界文学的版图上大放光彩。从略萨在小说以外的著述来看，他对小说的现代性是非常关切的。何为现代文学，一部真正"现代"的小说该怎么写，一直是他念念不忘的议题；将拉美文学带向"现代化"，也成了他赋予自身的使命。

拒绝"乡土"

略萨在他的回忆录中讲述了自己真正走上文学之路前、从事文化记者工作时了解到的秘鲁文学的状况。他采访的大多数秘鲁作家都令他失望，这些文学前辈的美学偏好表现为重题材、轻形式，尤其是对"乡土"(lo telúrico)题材的重视压倒了在形式创新方面的追求。略萨对这种倾向发出了强烈的批判：

> 从此，我就恨起"乡土"这个词来，因为那时有许多作家和评论家常常把这个词挂在嘴巴上，作为每个秘鲁作家的最大文学美德和责任。写"乡土"题材的意思就是写扎根于大地深处、自然风光、风土人情，特别是安第斯山的风情，就是谴责山区、森林和海边的权贵政治和封建主义，运用白人强奸农妇、花天酒地的地方当局的偷盗行径、布道时让印第安人忍耐的狂热而堕落的神甫等等可怕的故事。从事和提倡这个"乡土"文学的人们，没有意识到这一文学刚好与自己的初衷相反，是世界上最为常规和听话的东西，是一系列用机械方式重复制造的老俗套，里面的民间语言既过分修饰又过分讽刺，加上结构故事的懒散，便完全扭曲了他们试图伸张

正义所运用的历史——批评证据。作为文学作品，它们的可读性很差，作为社会文献来看，它们又是骗人的；因为实际上，它们是用粉饰、空洞和奉承的话语对复杂现实的歪曲。①

所谓"乡土"，telúrico 这个词指的是和土地有关的，或者说，地域影响论（telurismo）的，这种倾向强调土地对人的影响，所谓"一方水土养育一方人"，一个地域对居于其中的人来说，在他们的风俗习惯、性格特点、文化艺术等方面都会产生决定性的影响。在传统的观点看来，文学的根本，就是要书写人的生活。既然不同地区的人具有不同样式的生活，那么不同地区的文学就可以各具独特的面貌。对于一个落后国家的作家来说，本土题材的特殊性可以成为一种可靠的文学资源，本土文化在外人的眼中越是"独特"，越是"奇妙"，这种资源就越为可取。相比于本国的城市，本国的乡村和旷野现代化程度更低，保留了更多不受外来文明"污染"的东西，从而也更为"独特"。对本国乡土题材的过分依赖，从某种程度上说是一种懒惰的表现，不但阻碍了形式的创新，也歪曲了文学的价值，形成一种程式化的、自闭的、虚假的文学。这就是青年略萨眼里的他那个时代的秘鲁文学和拉美文学：

> 大学里学习的和在文学杂志以及副刊上看到的唯一的现代拉丁美洲文学，就是土著文学或者风俗主义文学，比如像阿尔西德斯·阿格达斯的《青铜种族》、霍尔赫·伊卡萨的《养身地》、埃乌塔西奥·里维拉的《旋涡》、罗慕洛·加列戈斯的《堂娜芭芭拉》，或者里卡多·吉拉尔德斯的《堂塞贡多·松布拉》，甚至包括米盖尔·安赫尔·阿斯图里亚斯的小说。②

---

① 马里奥·巴尔加斯·略萨：《水中鱼——巴尔加斯·略萨回忆录》，赵德明译，上海：华东师范大学出版社，2016 年，第 290 页至第 291 页。
② 马里奥·巴尔加斯·略萨：《水中鱼——巴尔加斯·略萨回忆录》，赵德明译，上海：华东师范大学出版社，2016 年，第 249 页。

这些作为文学课堂必读书目的拉美小说，令略萨深恶痛绝。他欣赏的是另一种拉美文学："路易斯·罗阿伊萨让我看到了另外一种拉丁美洲文学，更有城市味道，更有世界性，也更优美，主要出现在墨西哥和阿根廷。"[1]更确切地说，应该是出现在墨西哥城和布宜诺斯艾利斯，拉丁美洲一北一南的这两座大都市，它们相比于其他拉美国家的首都要更为国际化，从而也更容易接收西方现代文艺潮流的影响，出产更为"现代"的文学。作为西班牙语文学"现代主义"开创者的尼加拉瓜诗人鲁文·达里奥（Rubén Darío）就曾直言：布宜诺斯艾利斯就是世界之城（Cosmópolis）。[2] 事实上，墨西哥和阿根廷也不乏执迷于乡土题材的作家，乡土题材也并非不可以写成现代小说，如墨西哥作家胡安·鲁尔福（Juan Rulfo）出版于1955年的中篇小说《佩德罗·巴拉莫》就是用现代主义的技法写墨西哥农村故事的经典之作，无论是语言的塑造，还是叙事时间的安排，或是叙事人称的变换，都大大地超越了传统。此外，略萨在走上写作之路后也未曾对乡土题材完全绝缘，如《绿房子》《叙事人》中有雨林生活，《狂人玛依塔》中有山区生活。青年略萨表现出的拒绝"乡土"文学的姿态，是一种文学理想，更是一种"弑父"情结的表达。

我们可以从"代际"的视角来看"弑父"问题。在西班牙语文化的传统中，"代际"是一种在人文学科中广为采纳的重要研究方法。比如考察西班牙现代文学时，无论哪一本西班牙文学史都会使用"九八代"（Generación del 98）作家、"二七代"（Generación del 27）作家的概念，以此来标识西班牙现代文学史上两个重要的阶段。奥尔特加·伊·加塞特在他的《我们时代的主题》（*El tema de nuestro tiempo*）一书的开始就重点阐释了"代际"的概念。他认为，在历史上，人的感知每每

---

[1] 马里奥·巴尔加斯·略萨：《水中鱼——巴尔加斯·略萨回忆录》，赵德明译，上海：华东师范大学出版社，2016年，第249页。
[2] Rubén Darío, *Páginas escogidas*. Madrid: Ediciones Cátedra, 2009, p. 59.

发生的重大变化，都是以代际的形式来体现的；代际是最为重要的历史概念，是历史运动起承转折所依赖的铰链。具体来说，每一代人都拥有一些典型的特点，因此具有共同的面貌，以此跟上一代人相区别。① 奥尔特加的弟子、西班牙哲学家胡里安·马利亚斯（Julián Marías）在他的《代际的历史方法》（*El método histórico de las generaciones*）一书中深化了"代际"的理论，他确认了可以15年作为代际的单位，并指出，在同一个时间段内，有四代人共存：第一代人是前一个时代的"幸存者"，他们已经淡出历史舞台的中心了；第二代人当家作主，正在把自己的理想付诸实践，对现实世界产生实际效用；第三代人是第二代人的反对者，正在积蓄力量，准备取代第二代人、进行革新；第四代人则是年轻人，正在开始酝酿新的理想。② 在中国传统文化中，新一代人与上一代人的关系更多体现为前者传承、延续或发扬后者的文化，而非反叛或超越。在西方文化中，特别是自文艺复兴开始，新老两代艺术家或作家之间的关系往往显得更为紧张，因而不断有激烈的论战，有新风格的不断涌现。在拉丁美洲文学史上，引领文学"爆炸"的青年作家们无疑是上一辈作家的挑战者、反叛者，而等到马尔克斯、略萨、富恩特斯等"爆炸"作家老去时，像罗贝托·波拉尼奥（Roberto Bolaño）这样的更年轻一辈的作家又代表了新一代的反叛者，显现出与"爆炸"文学迥异的写作风格。马利亚斯所谓的第二代人与第三代人之间的斗争，正体现在拉丁美洲现当代文学的演变历程中。

略萨在回忆录中提到了他为《商报》周末副刊做采访时亲身见到的那些秘鲁作家：何塞·马里亚·阿格达斯（José María Arguedas，1911—1969）、恩里克·洛佩斯·阿尔布哈尔（Enrique López Albújar，

---

① José Ortega y Gasset, *Obras completas*（Tomo Ⅲ）. Madrid: Santillana Ediciones Generales y Fundación José Ortega y Gasset, 2005, p. 563.
② Julián Marías, *El método histórico de las generaciones*. Madrid: Revista de Occidente, 1949, p. 181.

1872—1966)、埃雷奥多洛·巴尔加斯·毕古尼亚(Eleodoro Vargas Vicuña,1924—1997)、弗朗西斯科·贝加斯·塞米纳里奥(Francisco Vegas Seminario,1899—1988)以及阿尔杜罗·埃尔南德斯(Arturo Hernández,1903—1970)。在这些作家中,从出生年龄上看,大部分人算是略萨的父辈,尤其是这其中名气最大的何塞·马里亚·阿格达斯。在之前提到的略萨列举的拉美著名作家中,厄瓜多尔作家霍尔赫·伊卡萨(Jorge Icaza,1906—1978)和危地马拉作家米盖尔·安赫尔·阿斯图里亚斯(Miguel Ángel Asturias,1899—1974)也可算作何塞·马里亚·阿格达斯的同辈人——略萨的父辈。如果把1936年出生的略萨与1924年出生的何塞·多诺索、1927年出生的加西亚·马尔克斯、1928年出生的卡洛斯·富恩特斯这几位"爆炸"文学的代表作家算作同一代人的话,那么可以见出,20世纪初前后出生的那一代拉美作家宣告成熟时,"爆炸"一代作家刚刚出生;前者是后者的父辈,把那种表现拉丁美洲蛮荒乡野和土著人、"野蛮人"生活的小说发展到最鼎盛的阶段,而鼎盛也就意味着没落,新一代的作家已经厌倦了父辈作家的陈旧套路,他们亟欲摆脱父辈,"杀死"父辈,站到拉美文学舞台的中心位置上来。略萨在谈到对他采访的秘鲁前辈作家的看法时,有一句话是耐人寻味的:"从写作技巧上看,特别是从结构故事的角度看,这些小说是太老了(不是古老,而是陈旧)。"[1]在这里,"古老"对应的是 antiguo 一词[2],此词大多数情况下指物而非指人;"太老"和"陈旧"是同一个词:viejísima,作为 viejo 这个形容词的绝对最高级形式。此词在更多情况下是指人而不是指物的衰老的。因此,这句评论含有两个意思:第一,这些小说总是使用同样的程式,在叙事技巧上没有突破;第二,写这些小说的人已然是一群老人,必然要被年轻人取代了。

---

[1] 马里奥·巴尔加斯·略萨:《水中鱼——巴尔加斯·略萨回忆录》,赵德明译,上海:华东师范大学出版社,2016年,第290页。
[2] 参考的原著版本为 Mario Vargas Llosa, *El pez en el agua: memorias*, Barcelona: Editorial Seix Barral, 1993.

向外国文学学习

略萨在厌恶本国"乡土"作家的同时,又积极地阅读外国文学。前文提到,青年时代的略萨欣赏"另一种拉美文学"——在墨西哥和阿根廷的大城市出产的更为"现代"的文学。而他更为欣赏的外国文学,则主要是法国文学和美国文学。他在回忆录中提到了福克纳:

> 我被他的小说技巧给迷住了,他的作品凡是能够弄到手的,我都用一种诊断的眼光去阅读,去观察作者的视角如何转换、如何组织时间、叙述者的作用是否连贯、技巧上不连贯或者笨拙之处——例如,形容词修饰过多——是否破坏真实性。[1]

他也提到自己对法国文学的热爱,青年略萨的心仪作家是萨德、安德列亚·德·内西亚特、雷斯蒂夫·德·拉·布勒东以及萨特等法国作家。略萨的小说创作离不开法国文学和美国文学的影响。

拉美文学本就是一种国际化的文学。安赫尔·拉马指出,拉美文学的原创性本就包含着拉美文学特有的一种不安于现状的、求新的国际化倾向。[2] 拉美文学的这种特性,与拉丁美洲的历史有关:诞生于殖民征服及由此带来的异质文化的融合;19世纪初独立之后,在确立自我身份的进程中急欲学习、吸收最先进、最"现代"的文明的成果。在对不同文明的接触和碰撞的研究中,"文化适应"(aculturación)是经常被提及、被使用的一个概念。这个词指的是一个人类群体在接收了另一个人类群体的文化元素之后,丧失了其原有的、最本质的文化习俗。

---

[1] 马里奥·巴尔加斯·略萨:《水中鱼——巴尔加斯·略萨回忆录》,赵德明译,上海:华东师范大学出版社,2016年,第290页。
[2] Ángel Rama, "Literatura y cultura en América Latina", *Revista de Crítica Literaria Latinoamericana*, Año 9, No. 18(1983), p. 8.

这种情况多发生在说英语的殖民地。"文化适应"的概念如果用在拉丁美洲，则不大符合现实，因为在拉丁美洲发生的是另一种情况：土著居民被迫接收了殖民者的文化，同时也保留了自身文化的不少元素；在接受殖民者文化的同时，土著居民也对这种文化进行了改造。在拉美研究中，古巴学者费尔南多·奥尔蒂斯（Fernando Ortiz）发明的transculturación（跨文化，或译"文化互化"）一词是更广为接受的概念。这个概念更关注殖民地上的原住民对殖民宗主国强加给他们的文化进行的选择性吸收和自主创新，而非被动的接受。安赫尔·拉马将这种方法用于拉美文学的研究中，他指出，作为拉丁美洲文化进程主导的倾向，是独立的倾向，这种倾向总是选择欧洲和美国文化中的那些抗议性、反叛性的成分，将它们剥离出原有的语境，转化为自己的。[1] 这在略萨身上就表现得特别明显。对青年略萨产生决定性影响的，正是一批对西方主流文化唱反调的边缘作家或左派作家，尤其是萨特。略萨承认，"我当时贪婪地、以不断增强着的敬佩之情阅读着一系列被当时马克思主义者称之为'西方文化的掘墓人'的作家们的作品"。[2] 他也在回忆录中提道：

> 卡洛斯·内伊对我文学方面的教诲，远远超过军校的老师，也远远超过我在大学里的多数老师。通过他的帮助，我了解了一些作家和作品，这些作家用火焰给我的青年时期留下了印记——比如，安德烈·马尔罗的《人的状况》和《希望》，美国的"迷惘的一代"的小说家们，以及尤其是萨特，一天下午，卡洛斯送给我一本萨特的题为《墙》的中篇小说集，罗萨达出版社出版，吉列尔莫·德·托尔作序。从这本书开

---

[1] Ángel Rama, "Literatura y cultura en América Latina", *Revista de Crítica Literaria Latinoamericana*, Año 9, No.18(1983), p.25.
[2] 马里奥·巴尔加斯·略萨：《酒吧长谈》，孙家孟译，昆明：云南人民出版社，1993年，序言第13页。

始，我就同萨特的作品和思想建立了一种对我的爱好产生决定性影响的关系。①

在他前往巴黎生活后，"我买全了一套《现代》杂志，从第一期开始，那里有萨特主张承诺的最早宣言，我几乎可以背诵出来"。② 萨特关于作家的"承诺"（compromiso）的主张，文学"介入"现实的理论，无疑影响了略萨早期的小说创作。略萨也曾发出过这样的宣言："文学是一团火，文学意味着不妥协和反抗。作家存在的理由就是要抗议，要唱反调，要批评。"③《城市与狗》《绿房子》和《酒吧长谈》这几部小说都是略萨向秘鲁的政治-社会现实发出的强烈批判和抗议。

略萨对萨特的尊崇并不是宗教式的。他会随着自己生活、思想的变化，在打算学习的外国作家中做出自主的新的选择。在略萨的政治思想发生转向后，萨特不再是他的崇拜对象。1975 年，略萨出版了《永远的狂欢：福楼拜与〈包法利夫人〉》（*La orgía perpetua: Flaubert y ⟪Madame Bovary⟫*）一书，宣称福楼拜才是他最推崇的作家。他写道：

> 对福楼拜的嗜好，不仅促使我阅读了福楼拜所有的著作，还促使我把能找到的所有与福楼拜有关的文字都一览为快。在很多时候，福楼拜是我用来测量其他作家的温度计，决定我的好恶。因此，我可以肯定，我之所以讨厌巴尔贝·多尔维利，是因为他攻击过福楼拜，我对瓦莱里和克洛代尔少有好感，也是出于同样的原因。之前我读起亨利·詹姆斯的小说来极没有耐心，但我读到他关于福楼拜的睿智评论

---

① 马里奥·巴尔加斯·略萨：《水中鱼——巴尔加斯·略萨回忆录》，赵德明译，上海：华东师范大学出版社，2016 年，第 124 页。
② 马里奥·巴尔加斯·略萨：《水中鱼——巴尔加斯·略萨回忆录》，赵德明译，上海：华东师范大学出版社，2016 年，第 385 页。
③ 赵德明：《〈世界末日之战〉的"一团火"》，《书城》2011 年第 8 期，第 50 页。

后,我对他的看法就大为改变了。①

在这里,略萨表现为福楼拜的一个狂热粉丝,对自己的偶像进行非理性的捍卫。这其中或许有夸张的、戏谑的成分。从这本书可以见出,福楼拜令略萨崇拜的,不是他的政治宣言或意识形态立场,而是他的小说技巧和美学观念。略萨在与拉丁美洲左派决裂后,需要让自己远离意识形态斗争的漩涡,需要与政治保持距离,同时回到小说本身。在这个时候,作为现代小说开创者并且去政治化的法国作家福楼拜就成了他的学习对象。

从文学的"外省"到文学的"首都"

对于青年略萨来说,他看到的当代拉美文学一方面是"陈旧"的、前现代的,另一方面是闭塞的、仅属于小地方的。他在回忆录中写道:"'乡土'这个词,对我来说,就是文学领域不发达和乡土观念的标志。"②此处的"乡土观念",即 provincialismo,指的是那种眷恋于本土的一切、着力于彰显本土特色的倾向,这个词的词根是 provincia,即外省。"外省"意味着远离中心,意味着边缘、从属、依附性的地位。在略萨看来,拉美文学的这种地处边缘的状况是与文学的不发达相一致的,正如拉美经济、拉美政治在世界上的边缘位置是与其落后、欠发达相一致的。从这个意义上说,拉美文学的现代化,与拉美文学走向世界文学的中心地带的努力是一致的。"外省"(provincia)是与"首都"(capital)相对的。既然拉丁美洲属于文学的外省,那么文学的首都在哪里呢?

在法国学者帕斯卡尔·卡萨诺瓦(Pascale Casanova)看来,文学

---

① Mario Vargas Llosa, *La orgía perpetua: Flaubert y 《Madame Bovary》*. Barcelona: Editorial Seix Barral, 1975, pp. 46 – 47.
② 马里奥·巴尔加斯·略萨:《水中鱼——巴尔加斯·略萨回忆录》,赵德明译,上海:华东师范大学出版社,2016 年,第 291 页。

世界版图的力场不同于政治世界版图的力场,文学世界的"中心"的变化有其自身的规律。拉美文学传统上依附的那个世界文学的首都,就是法国巴黎。怀揣着文学梦前往巴黎的,既有略萨的拉美文学前辈,如米盖尔·安赫尔·阿斯图里亚斯或塞萨尔·巴列霍,也有他的同辈,如加西亚·马尔克斯。拉美文学"爆炸"的四位主将:略萨、马尔克斯、富恩特斯和科塔萨尔都有在巴黎生活的经历。卡萨诺瓦指出:

> 巴黎最终成为文学世界的首都,是全世界最有文学威望的城市。……她离奇地集中了自由的所有历史表现形式。她象征着法国大革命、王朝的覆灭、人权的产生——人权产生地的形象给法国带来了宽容外国人的很高的声誉,被视为政治难民的避风港。但她同时也是文学、艺术、奢侈品及时尚之都。巴黎因此一方面是知识之都,评判作品的好坏,另一方面也是政治民主的发源地,一个艺术自由的理想之乡。[①]

略萨回忆说,他定居巴黎之后,曾与长居此地的阿根廷作家胡里奥·科塔萨尔谈起这座城市。巴黎在略萨眼中原本是神话一般的存在,真的来到此地后,他也没有失望。科塔萨尔也觉得,

> 巴黎给他的生活提供了某种深刻和难以支付的东西:一种人类体验中最美好的感觉,一种对美的可触摸的感觉。一种与历史的神秘联系,文学上的创新,技术上的娴熟,科学知识的丰富,建筑与造型艺术上的智慧,都是这个城市创造的;当然它也在许多方面制造了不幸;但是,沿着塞纳河散步,走过一个又一个码头和一座又一座桥梁,或者长时间地观察巴

[①] 帕斯卡尔·卡萨诺瓦:《文学世界共和国》,罗国祥、陈新丽、赵妮译,北京:北京大学出版社,2015年,第21页。

黎圣母院滴水嘴上的螺状物,或者冒险到马拉依斯区阴森可怖的小巷迷宫里走一遭,或者在这个区的某个小广场上坐一坐,都是令人激动的精神享受和艺术享受,有一种沉浸在一部巨著中的感觉。①

这种印象的背后,是当时的拉美青年作家共同持有的一种观念:巴黎是文学和艺术典范的所在地,是文学和艺术神话的诞生地。要成为伟大作家,就得去巴黎。所以青年略萨在秘鲁开始其文学生涯时已经下定决心,当时他已经拿到了去西班牙读博的奖学金,"在西班牙待上一年之后,看看如何转到法国去,我要在那里定居。我要在巴黎当作家,即使回秘鲁,也是探亲性质的;因为如果要留在利马,我永远不会超出目前这种末流作家的水平"。②

正是在巴黎,略萨才在西班牙语文学的世界里为人所知,尤其是在1962年,他凭借小说《城市与狗》获得了西班牙塞克斯巴拉尔(Seix Barral)出版社颁发的简明图书奖(Premio Biblioteca Breve),成为一颗冉冉升起的文学新星。这家出版社位于巴塞罗那。从文学地理学的角度来看,巴塞罗那可以说是当时西班牙文学的首都。它在某种程度上扮演着对西班牙官方文化发起反抗的中心的角色,一方面是因为加泰罗尼亚地区的经济相对西班牙其他地区更为发达,可以支撑一个实力雄厚的出版产业;另一方面,则是因为当时的西班牙独裁者弗朗西斯科·佛朗哥对像加泰罗尼亚这样的少数民族地区的打压。像《城市与狗》这样的对专制统治发出批判的小说,若是要在略萨攻读博士学位时所在的西班牙首都马德里出版,很可能就困难重重了。无论如何,对于略萨来说,离开秘鲁前往欧洲是正确的选择,而在佛朗哥专制

---

① 马里奥·巴尔加斯·略萨:《水中鱼——巴尔加斯·略萨回忆录》,赵德明译,上海:华东师范大学出版社,2016年,第386页。
② 马里奥·巴尔加斯·略萨:《水中鱼——巴尔加斯·略萨回忆录》,赵德明译,上海:华东师范大学出版社,2016年,第391页。

统治下的西班牙马德里和风气更为自由的巴黎之间,略萨坚决选择了后者。

卡萨诺瓦认为,在文学世界的边缘地带会产生这样的现象:如果说最早的民族知识分子为了构建民族本位主义而参照文学的政治观念,那么新一代知识分子则会为了另一种类型的文学和文学资源的存在而参照国际和自主的文学法则。她认为,拉美文学就是如此,文学"爆炸"意味着拉美作家的自主的开始,从20世纪70年代开始,这个跨国文学界的内部就展开了论战,一方是为民族和政治事业(在这个时代往往是亲古巴政权的)服务的文学信徒,另一方是文学自主的支持者。[①] 文学的自主,也就是文学的现代化,文学艺术的自主性正是现代性的题中应有之义。略萨就站到了后面这一方的阵营里去。总体上说,他的文学主张越来越偏向于国际化,强调文学的自主性、文学本身的价值,这和他在"文学之都"巴黎的生活、对巴黎的强烈认可是不无关系的。在巴黎,略萨圆了他的作家梦,创作出真正的拉美现代文学。

[①] 帕斯卡尔·卡萨诺瓦:《文学世界共和国》,罗国祥、陈新丽、赵妮译,北京:北京大学出版社,2015年,第370页。

第二章 略萨的"西班牙性"

拉美作家身上的"西班牙性"(españolidad),他们在作品中表现出的"西班牙性",似乎应是不言自明的,因为他们从西班牙传承了一整套语言和文化的遗产。然而,从脱离殖民统治的独立开始,他们往往极力否认这种西班牙传承,在用西班牙语写作的同时,将西班牙的文化遗产视为落后的东西,转而对法国、美国、英国的先进文化大加膜拜和模仿。在被视为西语美洲文学现代主义开创者的鲁文·达里奥的诗歌中,可以很明显地看到作者对法国诗歌的模仿痕迹。到了马尔克斯这一代作家,则能明显看到美国文学的影响。但无论如何,西班牙文化的特征仍然或隐或显地出现在拉美现当代文学之中。在《百年孤独》的第一章,何塞·阿尔卡蒂奥·布恩迪亚为了开辟一条将马孔多与文明世界相连的通道,率领村民们进行了一场最终徒劳无获的远征。远征中令人印象深刻的一个场景是,一天清晨,当探索者们在热带雨林中醒来时,看到"在蕨类和棕榈科植物中间,静静的晨光下,赫然停着一艘覆满尘埃的白色西班牙大帆船。……整艘船仿佛占据着一个独特的空间,属于孤独和遗忘的空间,远离时光的侵蚀,避开飞鸟的骚扰"。[①] 根据詹姆斯·希金斯(James Higgins)的解读,这艘西班牙大帆船是殖民遗产的象征——一种老朽的、脱离时代的、始终无法与

[①] 加西亚·马尔克斯,《百年孤独》,范晔译,海口:南海出版公司,2011年,第10页至第11页。

美洲自然环境相适应的殖民遗产。①事实上,与其说伊比利亚留给拉丁美洲的是遗产,毋宁说西班牙/葡萄牙文化已成为拉丁美洲精神源流最为重要的一部分,构成了拉丁美洲最主要的血脉,换句话说,西班牙/葡萄牙是拉丁美洲之父。威亚尔达指出,拉丁美洲继承了西葡的文化和政治传统,西班牙和葡萄牙移植到新世界的制度反映并延伸了1500年伊比利亚的诸多制度:古罗马、摩尔人和天主教的传统与影响,"再征服"及其军事化的封建制度,斐迪南和伊莎贝拉及哈布斯堡王朝的集权倾向,以及16世纪西班牙大作家贡献的新经院哲学政治理论和论辩。拉美不得不被视作中世纪西班牙和葡萄牙历史的延续——但在新世界环境下被重塑和改造。②奥克塔维奥·帕斯在谈到自己的文学传承时就承认,他奉为典范作家的是他所使用语言的经典作家,也就是说,是西班牙语文学的经典作家,他觉得自己是洛佩·德·维加(Lope de Vega)、弗朗西斯科·德·克维多(Francisco de Quevedo)等西班牙黄金世纪作家的传人。③

巴尔加斯·略萨则对西班牙文化表现出更为积极、更为包容的态度。他不仅对《堂吉诃德》《白骑士蒂朗》等西班牙经典小说大加赞赏,在文学创作中毫不讳言自己的西班牙传承,更是加入了西班牙国籍。在他公开发表的文字和演讲中,对西班牙文化遗产和血统的承认与欣赏明显要多于对西班牙殖民统治的批判,尽管他亲西班牙的态度或多或少会引起一部分秘鲁同胞以及拉美读者的反感,毕竟西班牙的300年殖民统治在拉美人的历史记忆中总是与暴力、压迫、愚昧、文化专制

---

① James Higgins, "Gabriel García Márquez: *Cien años de soledad*". Ed. Philip Swanson. *Landmarks in modern Latin American fiction*. London: Routledge, 1990, p.149.
② 霍华德·J.威亚尔达:《拉丁美洲的精神:文化与政治传统》,郭存海、邓与评、叶健辉译,杭州:浙江大学出版社,2019年,第121页。
③ Octavio Paz, "*Nobel Lecture.*" NobelPrize. org. 8 Dec. 1990. Web. 5 Jan. 2021. ⟨ https://www. nobelprize. org/prizes/literature/1990/paz/25350-octavio-paz-nobel-lecture-1990/⟩[查询日期:2018年3月17日].

联系在一起的。略萨在获诺贝尔文学奖时的演讲中坦言：

>我从来没有在做秘鲁人和拥有一本西班牙护照之间感觉到任何的不可兼容性，因为我总是感觉，西班牙和秘鲁是同一个东西的正面和反面，不仅是我个人的正面和反面，也是如历史、语言、文化这样的本质现实的正面和反面。①

那么,在略萨的小说中,事实上有没有隐藏的西班牙遗产和血脉呢？他的"西班牙性"也体现在他的小说创作中吗？我们将从生命的悲剧意识、现实主义、游戏性这几个方面来进行分析。

一、生命的悲剧意识

从"生命的悲剧意识"到"个人拯救的美学"

西班牙哲学家米盖尔·德·乌纳穆诺在1913年出版了他的代表作《生命的悲剧意识》(*Del sentimiento trágico de la vida*)一书,此书体现了西班牙人在本民族文化传统与现代文明发生冲突时陷入的矛盾心态,在一定程度上阐释了西班牙民族特有的精神气质。这本书在开篇提出了"血肉之人"(el hombre de carne y hueso)的概念,所谓"血肉之人",就是"出生、受苦、死去——特别是终会死去的人,吃饭、饮水、玩乐、睡觉、思考、想望的人,其形象被看到、其声音被听到的人,就是兄弟,真正的兄弟"。② 对于乌纳穆诺来说,这才是真正存在的人,才是真正鲜活的生命；称之为"兄弟",可见"血肉之人"所蕴含的基督教意

---

① Mario Vargas Llosa, *Elogio de la lectura y la ficción: discurso ante la Academia Sueca*. Madrid: Santillana Ediciones Generales, S. L., 2011, p. 26.
② Miguel de Unamuno, *Del sentimiento trágico de la vida*. Barcelona: Espasa Libros, 2015, p. 49.

味,并不完全等同于存在主义者的"存在"。与"血肉之人"相对的,是被科学定义的人,抽象的人,"既不在这里,也不在那里,不属于今天这个时代,也不属于另外哪个时代,没有性别,没有祖国,没有观念,总之,是一个'非人'"①。

乌纳穆诺认为,人与动物最大的区别不在于人有理性、动物没有理性,而在于人有感情(sentimiento)、动物没有感情。感情是先于理性的,人首先有了感知情绪,然后才有观念想法。人活在世上,面对有限的尘世之生以及不可知的身后,必然感到生命是一出戏剧、一出悲剧,是幻梦,是荒诞,是永恒的矛盾。"我们只是靠着矛盾也为了矛盾而活着;生命是一出悲剧,悲剧就是永恒的斗争,没有胜利也没有胜利的希望;人生就是矛盾。"②感到生命的悲剧意味,这才是人生最大的问题。因此,人不是手段(medio),而是目的(fin)。人生不是为某一门科学、某一种事业、某一个理念服务的,不是摆渡的工具,而正是摆渡所通达的彼岸。每一个个人都渴望自己的永恒不朽。乌纳穆诺写道:

> 人在宗教中、在宗教信仰中所寻找的,就是拯救他自己的个体,使其永恒,这是不能通过科学、艺术或是道德来获得的。……我们需要上帝,不是为了让上帝教我们认识真理,或是美,或是让上帝用酷刑或惩罚来保证道德,而是为了让上帝拯救我们,让我们不会死于空无。③

正是在这里,乌纳穆诺提出,世界上除了"真、善、美"这三大价值,

---

① Miguel de Unamuno, *Del sentimiento trágico de la vida*. Barcelona: Espasa Libros, 2015, p. 49.
② Miguel de Unamuno, *Del sentimiento trágico de la vida*. Barcelona: Espasa Libros, 2015, p. 60.
③ Miguel de Unamuno, *Del sentimiento trágico de la vida*. Barcelona: Espasa Libros, 2015, pp. 320–321.

还有一个重要价值,那就是"个人的拯救"。

西班牙艺术史家拉富恩特·费拉里(Enrique Lafuente Ferrari)据此创造了一个概念:个人拯救的美学(la estética de la salvación del individuo)。被拯救的不是抽象意义上的人或者说人类(el hombre),也不是人的集合体——群众或是大众,而是具体的、单个的人(individuo)。这单个的人,不是均质的、无差异的、彼此相似的个体,不是启蒙理想中的那个看似指代所有人的抽象概念,而是实实在在的、作为人生个案的人——"血肉之人"。

拉富恩特与乌纳穆诺一样,把"生命的悲剧意识"看成西班牙民族性的表现。他解释说:

> 西班牙人深刻地意识到,人是目的,不是手段;生命中唯一的真正的问题、最能深入我们的肺腑的问题,是我们个人的命运的问题,是灵魂不朽的问题。这种宗教性的情感,这种对超自然现象的意识,只有人在大地上才能体会得到,也只有通过与神性相通的血肉之人才能表达出来。个人不再是用于塑造范型的材料,而是带着他的血肉、带着他的意识与激情,成为人生最大问题的支撑,这个问题就是对不朽与救赎的渴望。①

在拉富恩特看来,西班牙巴洛克画家把人作为最重要的表现题材,在对人物形象的刻画中触及灵魂永恒的终极问题;他们不像意大利画家那样把所有的入画之人都画成尽善尽美、符合古典理想的人物形象,而是画每个人本来的、被造物主赋予的样子,不论是美是丑。如

---

① Enrique Lafuente Ferrari, "(Ensayo preliminar) La interpretación del barroco y sus valores españoles", en Werner Weisbach, *El barroco*, *arte de la contrarreforma*, Madrid: Espasa-Calpe, S. A., 1948, p. 33.

果说文艺复兴画家追问的是人如何面对自然,那么西班牙巴洛克画家追问的则是:人如何面对永恒。在意大利文艺复兴画作中,个人是英雄主义、古典理想的投射,世界是有待分析、有待探索的自然,而在西班牙巴洛克画作中,个人则是宗教情感、永恒之问的投射,世界仅仅是人生之旅的道路、用以通达彼岸的航船而已。只有理解了这种"生命的悲剧意识",才能深刻理解"个人拯救的美学"贯穿于其中的西班牙文学和艺术的经典作品。

《绿房子》中的堂安塞尔莫和伏屋

在巴尔加斯·略萨的《绿房子》中,堂安塞尔莫这个人物身上就被赋予了一层"生命的悲剧意识"的色彩,从而成为这部小说最令人难忘的人物形象之一。

堂安塞尔莫首先是一个成功的创业者。他在一个几乎不可能开展建筑工程的地方建起了"绿房子"。在作者笔下,堂安塞尔莫建造绿房子的工作具有一种西西弗神话的意味,仿佛是人类在天地间艰苦奋斗谋生存的象征:

> 工程持续了好几个星期。木板、房椽、砖坯都得从城市的另一端拖来,安塞尔莫先生租来的驴子在沙地上可怜巴巴地行走着。工程只能在早晨尘雨停止的时候才能进行,到了热风加剧的时候就得停工。每天下午和晚上沙漠就吞没了地基,掩埋了墙壁;蜥蜴啃啮着木料,兀鹰在刚刚开始形成的房屋中筑巢。所以每天早晨总得把开始了的工程重新搞过,改动图纸,增添木料。[①]

[①] 马里奥·巴尔加斯·略萨:《绿房子》,孙家孟译,上海:上海文艺出版社,2014年,第84页。

在茫茫沙地上建造房屋,正如在人生的虚无中创造意义。自然条件的恶劣,各种破坏性因素的阻拦,使得建筑工程成为一场屡败屡战的斗争。在乌纳穆诺的思想里,斗争正是生命悲剧的题中应有之义,正如我们在前文中引用的那句:"我们只是靠着矛盾也为了矛盾而活着;生命是一出悲剧,悲剧就是永恒的斗争,没有胜利也没有胜利的希望;人生就是矛盾。"不过,堂安塞尔莫为了建造"绿房子"而与自然条件进行的斗争还是胜利了的,他的顽强感化了当地居民:"一天,皮乌拉人远远望见河对岸,面临着城市,有一个结结实实纹丝不动的木架子耸立起来了,就像城市的使者跨入了荒漠地带的门槛。皮乌拉人这才对安塞尔莫先生定将取胜这一点深信不疑。从此,工程的进展就快了起来。"①

这种孤注一掷斗争的精神,延续到安塞尔莫潦倒之后的生涯中。当时,他整个的身体形象已经衰颓了:

> 自从火烧之后他衰老了,双肩下垂,胸部深陷,皮肤有了皱纹,肚皮膨胀起来,腰也弯曲了。人变得脏糊糊的,不修边幅,拖拉着他那双美好岁月穿的靴子,上面满是尘土,已经磨得破旧不堪,裤子撕得一缕一缕的,衬衣上一个扣子也不剩,帽子千疮百孔,指甲又黑又长,双眼布满红丝和眼屎,声音也嘶哑了,动作也迟缓了。②

这种几乎是乞丐一般的形象,与之前他初来皮乌拉时的开拓者、创业者形象一对比,显出明显的悲剧意味,那时候,

---

① 马里奥·巴尔加斯·略萨:《绿房子》,孙家孟译,上海:上海文艺出版社,2014年,第84页。
② 马里奥·巴尔加斯·略萨:《绿房子》,孙家孟译,上海:上海文艺出版社,2014年,第220页。

这个人年轻,健壮,宽宽的肩膀,卷曲的胡子遮盖了面孔,衬衣没扣,露出肌肉结实的满是细毛的胸部。他张着嘴在酣睡,发出轻微的鼾声。干裂的双唇间露出猛犬般的牙齿,又黄又大又尖利。①

可以见出,作者在描述潦倒之后的安塞尔莫时,有意地选取特定的细节,与他之前描述的那个年轻的安塞尔莫做了对比:肩膀、胸部、肌肤。潦倒之后的安塞尔莫尽管外表衰颓,却保持着内心的、人格的尊严,这一点作者有数笔着墨:"他饮酒极多,但是醉了却很有节制,从不打架斗殴,也不高声喧哗,人们只要一看见他的步履就知道他是醉了,但既不蹒跚也不笨拙,而是有礼貌地,庄严地跨着大步,双臂笔直,表情严肃,双眼直视前方。"②再如,"不过大家对他这种样子也习以为常,交臂而过,看到他那种镇静自若,神情严肃的样子……"③安塞尔莫没有被命运击倒,而是挺起胸膛,摆出一种继续斗争的姿态。这种不屈服于逆境的精神,使他的衰老肉体获得了崇高的美学气质,使这个"血肉之人"得到了周围之人的尊重,成为曼加切利亚区的一个传奇人物,也成为一尊不朽的艺术形象。不朽,正是生命的悲剧意识的崇高目标。这尊艺术形象,尤其是其破落而又庄严的特征,令人想起堂吉诃德。乌纳穆诺正是在这个西班牙文学最著名的人物的身上看到了西班牙民族精神的浓烈体现。他认为,堂吉诃德正是在绝望的斗争中获得了永恒性,"对于一个人或一个民族来说,最高尚的英雄主义,就表现为知道如何直面荒诞,更确切地说,知道将自己置于荒诞的境地,

---

① 马里奥·巴尔加斯·略萨:《绿房子》,孙家孟译,上海:上海文艺出版社,2014年,第43页。
② 马里奥·巴尔加斯·略萨:《绿房子》,孙家孟译,上海:上海文艺出版社,2014年,第220页至第221页。
③ 马里奥·巴尔加斯·略萨:《绿房子》,孙家孟译,上海:上海文艺出版社,2014年,第222页。

并且拒绝懦弱"。① 安塞尔莫就如堂吉诃德一样勇于直面荒诞的人生，在逆境中仍然高昂着头颅，以一种悲剧英雄的形象令人难忘。

在"生命的悲剧意识"中，爱与美也是重要的因素，因为它们关乎永恒、不朽。乌纳穆诺写道：

> 如果说，精神在美的事物中能获得片刻的宁静，得以休憩和放松，那是因为，美是不朽的显现，因为美显露了事物的神圣性，美不是别的，就是瞬息的永恒。……作为永恒性的根源，美是通过爱向我们显现的。爱，标志着我们终将战胜时间。爱揭示了我们的不朽和我们身边的人的不朽。……爱是苦痛，所以爱是怜悯，是怜悯寻求的暂时的慰藉。这慰藉是悲剧性的。而最高级的美是悲剧之美。②

在《绿房子》中，安塞尔莫的悲剧命运中也不乏爱与美的成分。盲女安东妮娅是安塞尔莫的命运中最关键的人物。他对她的喜爱和占有，是他的命运悲剧的起源。书中不乏大段的表现安塞尔莫对安东妮娅的眷恋的意识流描写。我们在上一章提到，卡洛斯·富恩特斯把安塞尔莫和佩德罗·巴拉莫并列，将他们诠释为创造了拉丁美洲的负有原罪的"父亲"。在胡安·鲁尔福的《佩德罗·巴拉莫》中，同样有大段的表现这个残暴的"父亲"思念情人的意识流描写。试比较：

> 我是在想念你，苏萨娜，也想念那一座座绿色的山岭。……你的嘴唇十分湿润，好像被朝露亲吻过一般。……我老

---

① Miguel de Unamuno, *Del sentimiento trágico de la vida*. Barcelona: Espasa Libros, 2015, p. 317.
② Miguel de Unamuno, *Del sentimiento trágico de la vida*. Barcelona: Espasa Libros, 2015, pp. 224-225.

是想起你,想起你用那双海水一样蓝的眼睛注视着我的情景。①

不要害怕,你美极了,我爱你,不要哭了。你的嘴印在她的面颊上,你瞧,她的激动慢慢过去了,她的姿态又柔顺起来,你唇下的面颊犹如炎夏芬芳的雨水,天际的彩虹。②

在佩德罗·巴拉莫和安塞尔莫的念想中,情人都呈现为美丽、温柔、可爱的模样,都有关于触觉的想象——这使得他们各自的念想在纯美之外,也带有了性爱的意味。当他们想起各自的情人时,她们都已经不在人世,因而她们的形象也罩上了一层生命的悲剧意识的色彩,是凝固在往昔的时间中的,不会受岁月流逝的影响而发生丝毫的变化,是绝美的,也是不朽的。佩德罗·巴拉莫和安塞尔莫在平日的生活里都扮演着族长式的角色,从某种程度上说,他们是拉丁美洲独裁者的原型。他们外在示人的形象都是强势的、专断的、狡诈的,只有在思念故去的情人时,他们才展现出自己埋藏得很深的温柔一面。这也是他们最真实的一面,因为大男子气概只是面具,最深层的内心是面向苦苦思念的情人的,是充满生命的悲剧意识的。外表是强烈的男性气质,内里则是生命的悲剧意识,这种特质与西班牙文化传统有着密切的联系。西班牙式的男性气质,所谓 macho,是在长年的"再征服"运动的军事斗争中,在征服广袤的殖民地的探险进程中逐渐塑造成型的,具有坚韧、不妥协、独断专行的特点,兼有武士、探险家和族长的特质。生命的悲剧意识,则在很大程度上来自天主教的思想。佩德罗·巴拉莫和安塞尔莫既像西班牙黄金世纪的征服者,又像西班牙黄金世纪的抒情诗人和神秘主义僧侣。

---

① 胡安·鲁尔福:《佩德罗·巴拉莫》,屠孟超译,南京:译林出版社,2021年,第15页至第16页。
② 马里奥·巴尔加斯·略萨:《绿房子》,孙家孟译,上海:上海文艺出版社,2014年,第320页。

在安塞尔莫对安东妮娅的思念中,柔情、痛苦和疑惑交织在一起。他自问,对安东妮娅所做的一切是不是一场梦:

你最后一遍再问问自己,这到底是好事还是坏事,生活是不是理应如此,如果她当时不愿意,如果你和她未发生关系,事情又会是什么样子,这是不是一场梦,事情是不是总和梦想背道而驰。你再作最后一次努力,扪心自问你是不是甘心情愿,是不是由于她已经死去,或是由于自己已经年老,所以你逆来顺受,产生了宁可自己死去的想法。[1]

这段关于梦的言说,充满哀伤和绝望,有着"人生如梦"的慨叹。"人生如梦"(La vida es sueño)是西班牙文学中的一个重要母题,乌纳穆诺的《生命的悲剧意识》一书有五次重复这句话,或是探讨人的存在,或是提及西班牙文学经典《人生如梦》(*La vida es sueño*)——西班牙剧作家卡尔德隆·德拉巴尔卡(Pedro Calderón de la Barca)创作于1635年的戏剧作品。该剧的大致情节是,波兰国王在得到一子后,听信了巫师的关于王子会背叛父王的预言,将王子囚于牢中。王子长大成人后,国王想试探一下当年的预言是否准确,就把王子带到宫中。王子见识了人间繁华,以为自己是在做梦。当国王把王子重新送入牢内后,人民起义,拥戴王子为王。王子在战胜了老国王、成为新国王后,仍然以为在经历一场梦,时时担心自己会从梦中醒来。这部戏剧带有浓厚的哲学意味,传达了这样的具有反宗教改革意味的价值观:人生就是一场幻梦,俗世之人不管是人生得意、飞黄腾达,还是遭受苦难、饥寒交迫,最终都有梦醒之时——结局是一样的,就是化为一堆尘土。因此,人生是幻觉、激情、谎言,是没有意义的,只有坚持信仰,才

---

[1] 马里奥·巴尔加斯·略萨:《绿房子》,孙家孟译,上海:上海文艺出版社,2014年,第342页。

能得到救赎,享受身后的荣光。《堂吉诃德》最后的章节也蕴含着类似的思想,这种思想用另一种方式来表述,就是 desengaño(意为幡然醒悟,此词从字面上看,有不再受欺骗之意)。堂吉诃德在经历失败回到家中后,大病了一场,在一次昏睡之后醒来时,宣布自己恢复了理智:

  我现在清醒了,心里亮堂了,摆脱了愚昧无知的昏暗阴影,那都是我以前不分日夜苦读荒谬的骑士小说所造成的。现在我看清了这些小说的荒诞无稽,明白自己上了当。我感到痛心的是,我觉悟得太晚了,没有时间阅读一些启迪灵魂的书籍,加以补救了。①

  堂吉诃德嗜读骑士小说,以至于到了走火入魔的地步,把现实世界当成骑士小说的世界,做出了一系列常人难以理解的荒诞行为。堂吉诃德的"执迷不悟",恰似在做梦。他把人生当成游侠骑士的历险,当成一场梦,最终还是从这场梦中醒过来了。安塞尔莫对安东妮娅的几乎是一厢情愿的苦恋和占有,经历了大喜和大悲,有着戏剧性的转折和悲剧性的体验,也仿佛一场幻梦,在梦醒之后,才是真正的生活——安塞尔莫从一个成功的商人变成了潦倒的琴师。命运前后的这种剧烈转换,也正如《人生如梦》中的主人公在王子和囚徒这两种对比强烈的境遇之间的切换。这种戏剧性的变换揭示了人生的无常本质。对"人生如梦"这一母题的运用,再一次强化了小说中的"生命的悲剧意识"。

  堂安塞尔莫在建造、经营绿房子之前和之后一段时间的生涯,在很大程度上是流浪汉式的,不过略萨对他的流浪汉生涯着墨并不多,更多展现的是其精明商人、悲情英雄和潦倒艺人的形象。《绿房子》中

---

① 米盖尔·德·塞万提斯:《奇想联翩的绅士堂吉诃德·德·拉曼恰》,孙家孟译,北京:十月文艺出版社,2001年,第808页。

还有一个命运起伏和安塞尔莫类似的人物,这个人物是一个更加彻底的流浪汉,也更具西班牙流浪汉小说(novela picaresca)中的典型人物的特征:伏屋。西班牙流浪汉小说塑造了一种流浪汉(pícaro)的典型。西班牙语里的 pícaro 一词指的是这样一种人:寡廉鲜耻、居心不良、狡猾、顽皮,善于投机取巧,出身卑微,靠着欺骗、诈取的手段过活。① 伏屋具有上述所有的特征,他在文学史上的先辈,可以追溯到西班牙黄金世纪文学中的那些流浪汉小说里的人物。他是日本移民的后代,坐过牢,从巴西流窜到秘鲁,通过欺骗和偷盗赚取了一些本金,深入雨林中的土著人部落,用廉价的小商品换取土著人的橡胶球。在当时,正值第二次世界大战期间,橡胶是交战国急需的战略物资。伏屋把他以暴力威胁和低成本手段获得的橡胶偷偷放在装烟草的包裹中出售给卖家,干着一本万利的走私勾当。

伏屋命运的大起和大落,更多是通过他的男性气质的鼎盛和衰颓来体现的。在他的走私事业渐入佳境的时候,他能装扮成一身华服的商人去勾引白种女人,他会从土著人部落劫掠来一打少女,过上一夫多妻的生活,也会在需要发泄情绪时随意殴打自己的女人。在他染上麻风病、生意破败、沦为通缉犯之后,他的身边也没有了女人。他之所以失去女人,主要的原因还是因为失去了性能力:

> 他把双腿一曲一伸,毯子落在地上,这时阿基里诺全看清楚了,大腿又瘦又黄,鼠蹊惨白,下身毛都脱落,那东西变成了一个肉钩子,只有肚皮的肉还完好。老人赶忙弯腰把毯子拾起盖在吊床上。
>
> "你看到了吧,你看到了吧,"伏屋抽噎道,"你看,我再也

---

① *Diccionario de uso del español actual*. Madrid:Ediciones SM, 2003, p.1500.

不算个男子汉了,阿基里诺,你看到了吧。"①

小说在这里通过阿基里诺的目光描写了伏屋的生殖器官因为麻风病而破烂不堪的惨状。阿基里诺长期跟随伏屋,是见证过他的"巅峰时刻"的人。通过性能力的衰竭来表现小说人物的命运的一蹶不振,暗示其生命的行将终结,这种手段在略萨的《公羊的节日》中也使用过,正如我们在上一章提到的,特鲁希略在床头向少女发起的进攻以失败告终,预示了其大限将至。《绿房子》关于伏屋的最后的文字,隐含着死亡的信息:

老人低下眼偷偷一看:伏屋待在那里,仿佛一只大死螃蟹。②

伏屋比刚才蜷缩得更厉害了,驼着背缩成一团,他不回答,只是用那只脚拨弄着散在河沙上的鹅卵石……阿基里诺向前走了两步,眼光一直盯着伏屋发红的脊背,被雨水冲刷着的骨骼。他向后退了退,已经分不清哪里是溃疮,哪里是皮肤,一片红红紫紫闪烁变幻。③

老人一面低声讲话,一面向后退去,到了小路上。两旁高地上种着庄稼,空气中充满了强烈的植物气息,是树汁、橡胶和植物发芽的气息,一片温暖而稀薄的蒸气袅袅升起。老人继续向后退去,从远处,他还能看见那堆血红的活肉待在那里,一动不动,最后消失在羊齿草的后面。阿基里诺一转

---

① 马里奥·巴尔加斯·略萨:《绿房子》,孙家孟译,上海:上海文艺出版社,2014年,第337页。
② 马里奥·巴尔加斯·略萨:《绿房子》,孙家孟译,上海:上海文艺出版社,2014年,第358页。
③ 马里奥·巴尔加斯·略萨:《绿房子》,孙家孟译,上海:上海文艺出版社,2014年,第360页。

身向茅屋的方向跑去,一面低声说道:伏屋,我明年一定来,你别伤心。这时,大雨瓢泼而下。①

我们可以看到,随着阿基里诺渐行渐远,伏屋的形象越来越模糊,从"一只大死螃蟹"变成了一堆"血红的活肉",最终消失不见。伏屋最后的动作,是用尚有气力的脚拨动河沙上的鹅卵石,仿佛是他向大自然发起的最后进攻。伏屋的发迹史,就是对大自然的征服:他在雨林中开辟道路,在荒岛上建立居所,从土著人手中巧取豪夺大自然的天然产物——橡胶,自以为可以成为这片蛮荒之地的主宰,最终还是被大自然的隐秘力量——病菌所打败。最后一段中的景物描写暗示了大自然的反噬:空气中强烈的植物气息,袅袅升起的蒸气,是雨林死而复生的强大力量的宣示,伏屋的身体"消失在羊齿草的后面",意味着他最终被大自然吞噬。最后瓢泼而下的大雨宣示了大自然反攻的完胜。

阿里埃尔·多弗曼(Ariel Dorfman)指出,在略萨作品里,尤其是在《绿房子》里,没有一个永恒的真理,有的只是偶然的真理,变幻无常的前景:

> 在他的小说中,人从来不可能知道他所生活的世界的全部面目;现在,是瞬息即逝的,是无数以前的、同时的、将来的偶然因素的产物。任何瞬间都是一个偶然,然而一旦发生,又都成为绝对的必然。作品中的人物被一种业已过去化的未来的废墟所支配,被嘲弄,被包含着各种不同观点的非实体化的语言所支配,被同时的时间所支配,一个个就像是被他们所身受的,然而又与之格格不入的事件不断冲击的实

---

① 马里奥·巴尔加斯·略萨:《绿房子》,孙家孟译,上海:上海文艺出版社,2014年,第360页至第361页。

体。人对略萨来说不是个仅仅一次失足的悲剧性生灵,而是被一个由一连串不可觉察的错误所组成的神秘的齿轮所紧紧攫住的生灵,动辄会在莫名其妙的、致命的、不可救药的决定中自我毁灭。①

从"生命的悲剧意识"的视角来看,略萨小说中的人物往往自以为可以掌握自己的命运,却最终发现自己被强大的外在力量所束缚和奴役,其命运的起伏带有"人生如戏"或"人生如梦"的意味:伏屋以为热带雨林的大自然就像土著女人一样可以被轻易征服,最终还是被大自然所征服;堂安塞尔莫克服了恶劣的自然条件建起了绿房子妓院,最终被旧有的传统道德、古老宗教的力量所打败;在《酒吧长谈》中,圣地亚哥·萨瓦拉改变不公正社会的理想灰飞烟灭,最终屈服于那个腐败的社会机制;在《城市与狗》中,甘博亚中尉维护纯洁军纪的军人理想遭到了无情的嘲弄。所有这些人物的身上都富有悲剧意味,作家仿佛对改变秘鲁现状的理想没有信心,仿佛在告诫人们:人生是虚空,是梦幻,一切的改善自身境况的努力和改变周围环境的努力都注定是徒劳的。

埃里希·奥尔巴赫(Erich Auerbach)对西班牙黄金世纪文学持有尖锐的批判态度,他认为,在这些作品里,虽然有许多历险和奇迹的成分,然而占主导地位的依旧是一个固定的秩序;在这世界里虽然万事皆梦,但什么也不是必解之谜;这世上有激情和冲突,但却不存在问题;神、国王、荣誉和爱情、社会等级和社会等级立场,都是不可动摇和不可怀疑的,无论是悲剧人物还是喜剧人物,都没有向我们说明什么难以回答的问题,换句话说,人们在西班牙的作品中丝毫感受不到生

---

① 阿里埃尔·多弗曼:《略萨与阿格达斯——一个美洲,两种看法》,沈根发译,见陈光孚编:《拉丁美洲当代文学论评》,桂林:漓江出版社,1988年,第404页至第405页。

活深处的运动,或是一点感受不到彻底探索它或具体描述它的意愿,虽然作品里的事物丰富多彩,生动活泼,在这些作品中,人的行动的主要目的是清楚地证明和显示道德立场,这世界的秩序后来还是和以前一样稳固而不可动摇,道德立场和思想要比成就重要得多。① 对照一下略萨的小说,我们能发现,虽然略萨延续了西班牙黄金世纪文学中像"人生如梦"这样的母题,虽然在略萨的小说中也能感受到西班牙式的"生命的悲剧意识",但略萨的小说在对现实的再现方面已经超越了西班牙黄金世纪的小说。无论是《城市与狗》,还是后来的《绿房子》或是《酒吧长谈》,略萨通过这些结构复杂、画面丰富的小说揭示了秘鲁社会存在的种种深层问题,描绘了一个矛盾重重、正在经历或者即将经历巨大转型的社会。略萨笔下的那些悲剧性人物虽然一个个都品尝到失败的苦果,但他们之前和之后的世界或多或少已经不一样了:堂安塞尔莫见证了皮乌拉的沧桑巨变,伏屋闯入的雨林世界已经不再单纯闭塞如初,令圣地亚哥·萨瓦拉失望透顶的那个秘鲁,在其内部已有社会革命的种子被埋下,甘博亚中尉离去后的莱昂西奥·普拉多军校已经不再是原来的那个军校了,士官生们已经学会了反抗……总之,略萨展现的不是秩序稳固、从未有本质改变的世界,而是动荡不安、变幻无常、经历深刻变化的世界,这个世界不一定变得更好,也不一定变得更糟,"既是最好的时代,也是最坏的时代",一切都有可能发生,世界沿着无限多的可能的路径扩张进展。略萨在书写这些故事时,也并没有预设道德立场,他摒弃了道德说教,只是致力于尽可能真实地再现秘鲁现实。他提出问题,但并不提供解决方案。他展现矛盾,但并不附上权威性的解说。他期待着人们在小说中读出问题,发现矛盾,进而行动起来去改变不公正的现实。他不像西班牙作家那样去劝人信仰上帝,他已经与天主教思想决裂,因此,略萨并不把宗教信

---

① 埃里希·奥尔巴赫:《摹仿论——西方文学中现实的再现》,吴麟绶、周新建、高艳婷译,北京:商务印书馆,2018年,第394页。

仰当成拯救个人灵魂的手段。他编织的这些悲剧不是让人退回自己的内心,不是让人放弃对现世的希望,不是要灌输"万事皆空"的观念,而是呼唤斗争;这斗争也不是抽象意义上的斗争,而是现实的、脚踏实地的、撸起袖子用双手去反抗这个不合理的世界的斗争。

二、西班牙式现实主义

西班牙文学和西班牙艺术具有极为强大的现实主义传统。作为西班牙黄金世纪文学代表作的流浪汉小说和《堂吉诃德》都细致而生动地再现了西班牙民间社会的现实。直到20世纪,西班牙文学都还保留着现实主义美学的生命力,体现在米盖尔·德里维斯(Miguel Delibes)、卡米洛·何塞·塞拉(Camilo José Cela)等小说家的作品中。最杰出的西班牙画家往往都是描摹现实、对视觉再现的方法有深入研究的大师,如委拉斯开兹、苏尔巴朗、戈雅等人。西班牙哲学家何塞·奥尔特加·伊·加塞特曾批判说,"西班牙现实主义"(el realismo español)像一道灰色的土墙,限制了西班牙艺术家的发展空间,[1]这恰恰说明了现实主义在西班牙人的美学观念中占据的主导性的地位。

不过,奥尔特加也承认,西班牙美学的现实主义倾向是可以令西班牙人引以为傲的,是民族性的体现。他区分了几种文化类型的人:原始人、古典人、东方人、地中海人和哥特人。在他看来,地中海人最为纯粹的代表,就是西班牙人;西班牙人的特点,在于对一切超验的东西反感,西班牙人是最极端的唯物主义者。西班牙人热爱的不是抽象的理念,而是具体的事物,是世间万物粗糙的质感、独立的个性、简陋污浊的性质。在西班牙艺术中,一直存在着一股追寻凡俗和琐碎的暗

---

[1] José Ortega y Gasset, *La deshumanización del arte y otros ensayos de estética*. Madrid: Alianza Editorial, 2006, p.150.

流,它要让事物保留其作为事物的原貌,保留其个性化的实质。① 他在更早的著述中也指出,拉丁文化——更确切地说是地中海文化——是注重表象的文化,与注重深度真实的日耳曼文化形成对比,它们是构成欧洲文化整体的两个不同的层面。② 我们可以在《堂吉诃德》第一章的第一段就看出奥尔特加所指出的这种现实主义美学倾向。作为一本戏仿骑士小说的虚构作品,《堂吉诃德》的开篇显得与骑士小说如此不同,作者絮絮叨叨地讲述主人公的生活,包括他星期天吃什么,星期六吃什么,星期五吃什么,平日里穿什么,有什么样的生活习惯……对于典型的骑士小说来说,这些琐碎的细节都是多余的,因为它们属于凡俗平庸的日常生活。而这正是《堂吉诃德》超越骑士小说、成为现代小说典范的创举之一。深受西班牙文学经典熏陶的西班牙语美洲作家,或多或少也会受到这种现实主义美学的影响。

另一方面,考虑到天主教对西班牙文化的深刻影响,西班牙文学的现实主义倾向与基督教文学也脱不开关系。埃里希·奥尔巴赫发现,主张文体高低之分的古典文学的原则,并不是直到19世纪才被现代现实主义小说打破的,古典时代晚期及中世纪的基督教文学已经打破了这一规则——耶稣基督的故事毫无顾忌地将日常的真实与最高级、最崇高的悲剧混在一起,从而超越了古典文体规则。具体说来,

> 基督不是以英雄和国王的身份,而是以社会地位最卑微的平民身份出现的。他最初的弟子是渔夫和工匠,他的活动范围是巴勒斯坦平民百姓的平凡世界,他和税吏、使女、穷人、病人和儿童谈话;他的每个动作和每句话依然比别人更高贵,更庄重,也更有意义;描述的文体并没有,或只有很少

---

① José Ortega y Gasset, *La deshumanización del arte y otros ensayos de estética*. Madrid: Alianza Editorial, 2006, p. 108.
② 何塞·奥尔特加·伊·加塞特,《堂吉诃德沉思录》,王军、蔡潇洁译,北京:商务印书馆,2021年,第49页。

古典意义的演说艺术，只是"渔夫的语言"，但它比最讲究的修辞和最高等级的悲剧艺术作品更感人，更有影响。那些作品中最令人感动的是基督受难的故事。王中之王竟然像罪犯一样被嘲弄，被唾弃，被鞭笞并被钉死在十字架上——这个故事一旦被人领悟，便彻底消除了文体分用的美学观。它创造了一种全新的高雅文体，这种文体决不轻视日常事物，对感官性的现实，对丑陋、不体面、身材猥琐，它统统纳而不拒，或者可以说出现了一种新的"低级表达方式"，一种低级的、本来只用于喜剧和讽刺剧的文体，它现在大大超出了最初的应用范围，进入了深邃和高雅，进入了崇高和永恒。①

许多已成为经典的西班牙文学作品，不正是以"低俗"的表达和崇高的意蕴而令后世读者回味无穷吗？如果我们把《堂吉诃德》看成一个失败的英雄的悲剧，它的种种特色不正与奥尔巴赫的描述相符吗？

现实主义，是略萨作品最为显见的特色。略萨曾在不同的场合多次坦言，自己是属于现实主义这个流派或传统的，②他具有一种现实主义的癖好。③ 略萨也曾承认，他创作现实主义巨著的雄心正是来自他对西班牙小说的阅读鉴赏。他分别在中学时代、大学时代和约三十岁时阅读《堂吉诃德》，最后一次阅读时终于被这部作品的丰富性所深深吸引。更吸引他的是西班牙骑士小说，尤其是《白骑士蒂朗》，这些作品让他形成了关于"完全小说"(total novel)的理念，也就是说，一种意图涵盖所有现实的小说，这种小说能描述生活的各个不同的层面、各

---

① 埃里希·奥尔巴赫：《摹仿论——西方文学中现实的再现》，吴麟绶、周新建、高艳婷译，北京：商务印书馆，2018 年，第 86 页。
② 马里奥·巴尔加斯·略萨：《谎言中的真实：巴尔加斯·略萨谈创作》，赵德明译，昆明：云南人民出版社，1997 年，第 73 页。
③ 马里奥·巴尔加斯·略萨：《谎言中的真实：巴尔加斯·略萨谈创作》，赵德明译，昆明：云南人民出版社，1997 年，第 34 页。

种不同类型的经验,描述一个时时在发展变化的世界,让读者感受到一个真实的、完全的世界。① 既然如此,西班牙现实主义美学传统是如何体现在略萨的现实主义小说中的呢?

审丑的美学

我们已经在前文中分析过《绿房子》的开篇第一段。现在我们从现实主义再现方法的角度再来回味一下这个片段:

> 警长扫了帕特罗西纽嬷嬷一眼,肉蝇还停在她的额上。汽艇在混浊的河水上颠簸不已,两岸墙一般的树木散发出黏糊糊炙人的蒸气。警察们光着上身,被中午黄绿色的太阳照射着,蜷缩在船篷下呼呼大睡。小个子的头枕在讨厌鬼的肚子上;黄毛汗出如雨;黑鬼张着嘴在打鼾。一群蚊蚋紧跟着汽艇;蝴蝶、蜜蜂、肉蝇在人体之间飞来飞去;马达均匀地咕嘟着,打了哽噎,接着又咕嘟起来。领水员聂威斯左手掌舵,右手拿烟,脸上亮油油的,头戴草帽,毫无表情。这些森林地区的人跟常人不一样,不那么汗淋淋的。②

小说的第一句就再现了一个有点令人反胃的场景:在修女的额头上停着一只虫子。修女的形象往往是圣洁的、崇高的,她们生活在远高于常人的精神世界里,而肉蝇这种生物,则往往与粪便为伴,与微生物共生,生活在物质世界的最肮脏、最低级的层面。在小说的开篇,略萨就以一只停在修女额头上的大煞风景的肉蝇预示了一个污浊破坏圣洁、粗俗挑衅高雅的世界,一个丑陋不堪、污水横流的世界。接下

---

① Elzbieta Sklodowska, "An interview with Mario Vargas Llosa", *The Missouri Review*, Volume 16, Number 3 (1993), pp. 113 – 136.
② 马里奥·巴尔加斯·略萨:《绿房子》,孙家孟译,上海:上海文艺出版社,2014年,第3页。

来,西班牙式现实主义的那种"追寻凡俗和琐碎"的倾向继续体现在小说对各个人物的描画中:赤裸的上身、大量渗出的汗液、打鼾时张大的嘴巴、在这些"赤膊佬"之间飞动的虫子……安赫利卡嬷嬷的形象不比这些粗俗的警察要体面多少,在作者不放过任何一个微小细节的细致描摹中,她同样粗俗而丑陋:

> 安赫利卡嬷嬷闭着眼,直挺挺地坐在船尾,脸上至少有一千条皱纹,她不时地伸出舌尖舔舔胡髭上的汗水,再吐出来。①

安赫利卡嬷嬷之所以是直挺挺地坐着,很可能是为了保持修女固有的那种坐怀不乱、镇定自若的形象,但接下来的描写对于这样的形象构成了一种反讽。脸上的多条皱纹说明了她的年老体衰,伸出舌尖舔胡髭上的汗水再吐出来的动作,完全不符合修女的端庄形象,反倒更像某种生活在热带地区的爬行动物,于是,修女的高贵形象再次被一下子拉低,低到与虫豸平齐的地步。"胡髭"(bigote,小胡子,即嘴唇上方的毛须)是男性的体貌特征,却被安在了修女的唇上,只有放大镜式的视觉聚焦才能发现这种特征。在这里,作者再次描摹了再现对象表面的那种琐碎卑微的细节,展示出人的丑态——无论如何,长胡子的女人是一种丑陋、怪诞、滑稽的形象,与此同时,也展示出一个真实的、毫无理想化的物理世界。

《绿房子》开篇讲述的事件,是一帮警察和修女深入丛林里抓捕和"拯救"土著人。如果我们把这个事件放到拉丁美洲历史的背景上来看,把它看成一个具有象征意味的故事的话,那么不难联想到,正如前文已经指出的,它重现的是西班牙殖民者对美洲的征服。《百年孤独》

---

① 马里奥·巴尔加斯·略萨:《绿房子》,孙家孟译,上海:上海文艺出版社,2014年,第3页。

当中也有类似的故事。在《百年孤独》的第一章,为了找到一条"将马孔多与新兴发明相连的捷径",何塞·阿尔卡蒂奥·布恩迪亚带领村民们进行了一场深入丛林的远征。远征队在丛林里发现的西班牙大帆船的残骸,暗示了这是一场回到往昔的旅行,是16世纪西班牙征服者在丛林中披荆斩棘的探险行动的再现(只不过,何塞·阿尔卡蒂奥·布恩迪亚的行进路线与西班牙征服者是相反的)。我们可以将《绿房子》开篇的"征服纪事"和《百年孤独》开篇的"征服纪事"做一个比较。这是后者中的片段:

> 最初几日,没有遇到什么值得一提的阻碍。他们沿着乱石遍布的河岸下到数年前找到盔甲的地方,从那里经野生橘林中的一条小径进入森林。走了快一个星期的时候,他们打了一头鹿来烤熟,决定只吃一半,把另一半腌好留待后日,希望借此尽量推迟拿金刚鹦鹉充饥的日子,因为那蓝色的鸟肉有股浓烈的麝香味。此后的十多天,他们从未见到太阳。地面变得柔软潮湿如火山灰,林莽日益险恶,鸟儿的啼叫和猿猴的喧闹渐行渐远,天地间一片永恒的幽暗。在这潮湿静寂、远在原罪之先就已存在的天堂里,远征队的人们被最古老的回忆压得喘不过气来,他们的靴子陷进雾气腾腾的油窟,砍刀斩碎猩红的百合与金黄的蝾螈。整整一个星期,他们几乎没有说话,只借着某些昆虫发出的微弱光亮,像梦游人一般穿过阴惨的世界,肺叶间满溢令人窒息的鲜血味道。他们无法返回,因为辟出的道路转瞬就被新生的植物再次封闭,其生长速度几乎肉眼可见。①

我们可以看到,相比于《绿房子》的"征服纪事",《百年孤独》表现

---

① 加西亚·马尔克斯,《百年孤独》,范晔译,海口:南海出版公司,2011年,第10页。

出如下的特点：第一，叙事节奏更快。《绿房子》中事件进行的速度是缓慢的，读者的目光一步步地逐渐深入丛林，很难看出时间的变化，仿佛时间一直凝滞在这个"黄绿色的太阳照射着"的中午，而《百年孤独》中，从"最初几日"，到"走了快一个星期的时候"，再到"此后的十多天"，几句之间时间就跳跃了数日。第二，《百年孤独》中多有魔幻的、非同寻常的、超自然的现象出现，无论是蓝色的鸟肉，还是能以肉眼可见的速度生长的植物，都不是日常生活中寻常可见的，故事笼罩在一种神话般的奇幻氛围里，而《绿房子》展现的则是合理的日常现实，或者说，是放大镜的视角看到的有一点陌生却完全合情合理的现实。第三，在《百年孤独》中，个人的视觉形象是模糊的，英勇的行动压倒了个人的光辉，而在《绿房子》中，个人的视觉形象得到了细致的描绘，行动与身体形象是并重的。第四，《百年孤独》叙述的事件，仿佛发生在遥远的过去，而《绿房子》叙述的事件，仿佛就发生在当下。第五，《百年孤独》的语调是庄重的，如同在讲述创世神话，而《绿房子》的语调具有某种滑稽的意味。

由此我们可以看出，相比而言，《百年孤独》更接近史诗，而《绿房子》才更像是小说。奥尔特加·伊·加塞特曾论证过小说与史诗的不同。他指出，小说是和史诗相反的体裁，史诗讲述的是一个终结了的往昔世界，一个神话时代，史诗的过去不是读者们的过去，史诗的过去逃避所有的现时，不是记忆的过去，而是一种理想的过去。[1]《百年孤独》正具有奥尔特加提到的这些史诗的特征。奥尔特加认为，史诗是叙述，叙述曾经发生的、现在已经不再是的东西；小说是描写，描写当下、现时的东西。[2] 在《绿房子》中，我们就能看到，作者把笔墨更多集中在描写日常生活的细节上。奥尔特加还指出：

---

[1] 何塞·奥尔特加·伊·加塞特，《堂吉诃德沉思录》，王军、蔡潇洁译，北京：商务印书馆，2021年，第93页至第94页。

[2] 何塞·奥尔特加·伊·加塞特，《堂吉诃德沉思录》，王军、蔡潇洁译，北京：商务印书馆，2021年，第105页。

在小说中我们对描写感兴趣，恰好是因为严格地说，我们对所描写的事物不感兴趣。我们不关心呈现在自己面前的东西，而是关注它们向我们呈现的方式。无论桑丘、神父、理发师和绿衣骑士，还是包法利夫人、她丈夫或郝麦这个蠢人，他们都很无趣。我们不会付两个雷亚尔去看这些人物。相反，为了看到他们在两部名著中被体现的乐趣，我们会放弃一个王国作为酬谢。①

《绿房子》里额头上停着肉蝇的嬷嬷，赤裸上身臭汗淋漓的警察，或是一脸皱纹并且还长着小胡子的嬷嬷，都实在不能令人愉悦，我们之所以在阅读时感到愉悦，是因为作者再现这些对象的方式。略萨在细致描写这些令人讨厌的人物的时候，不但展现出小说的精神，也展现出一种现实主义的"审丑"的美学精神。

西班牙艺术史家拉富恩特在研究委拉斯开兹的画作时注意到，这位17世纪的西班牙绘画大师很喜欢描绘丑角——大多是有身体缺陷的宫廷小丑，他们给人造成的视觉印象绝不是符合传统审美习惯的"美"的，却不因此而缺乏视觉震撼力。由此，他指出了这样一个现象：

西班牙人在他们的日常用语中，甚至是在文学语言中，都对"美"(bello)这个词的使用有一种发自内心的厌恶。……对于西班牙人来说，所谓"美的"(lo bello)听上去要么是装模作样，要么是卖弄学识的感觉。hermoso 或者 hermosa

---

① 何塞·奥尔特加·伊·加塞特，《堂吉诃德沉思录》，王军、蔡潇洁译，北京：商务印书馆，2021年，第106页。

还行,guapa 或者 bonita① 才是更常用的词。②

如果说这样的说法还停留在日常生活的层面的话,拉富恩特进一步在美学上指出:"我对西班牙人的艺术直觉还是很有信心的。西班牙人极少在评价艺术作品时使用'美'这个词。注意,这并不意味着缺乏艺术欣赏的能力,这是一种美学态度。"对比与西班牙语言相近的意大利,他发现意大利人就很喜欢使用 bello 这个词。③

西班牙诗人塞尔努达(Luis Cernuda)也曾在一篇散文诗中感叹过,作为希腊之美的代表的海伦未曾真正打动过西班牙人。他写道:

> 实在痛惜希腊从来没能打动西班牙的心灵与头脑,这里有全欧洲距离"那个叫做希腊的荣光"最遥远、对它最无知的心灵与头脑。只要看看我们的生活、历史和文学就知道了。……例外的情况下,当一个西班牙人去寻找美,他显得多么笨拙没经验。……我们当中没有人有能力拥有《浮士德》里那种对认识美的渴望。④

---

① 在西班牙语中,bello/a、hermoso/a、guapo/a 和 bonito/a 这几个形容词都可以译为"美的",但含义不尽相同。bello/a 指的是事物拥有招人喜爱、给人带来精神愉悦的品质,这种品质存在于自然和文学艺术作品中。此形容词的名词形式 belleza 即是抽象意义上的、与真(verdad)和善(bondad)相并列的美。hermoso/a 指的是事物拥有令人在视觉和听觉上感到愉悦的品质。guapo/a 指的是人长相好看,多用于口语。bonito/a 来源于 bueno(好的,善的)一词,指的是在视觉上令人愉悦,多用于口语。参见西班牙皇家语言学院第 22 版字典(Real Academia Española, *Diccionario de la lengua española*, Edición 22°. Madrid: Editorial Espasa Calpe, S. A., 2001)。由此可见,bello/a 一词在西班牙语中更偏重于美学意义的"美"。
② Enrique Lafuente Ferrari, *Velázquez o la salvación de la circunstancia*. Madrid: Centro de Estudios Europa Hispánica, 2013, p. 93.
③ Enrique Lafuente Ferrari, *Velázquez o la salvación de la circunstancia*. Madrid: Centro de Estudios Europa Hispánica, 2013, p. 94.
④ 路易斯·塞尔努达:《奥克诺斯》,汪天艾译,北京:人民文学出版社,2015 年版,第 131 页至第 132 页。

由此看来，西班牙人似乎在文明的源头上就未曾亲近过"美"。有不少西方哲学家都探讨过"美"的概念。"美"，或者说"优美"的概念，往往与西方文明的重要源头之一——希腊文明相联系，与之在美学上形成对照的是来自西方文明另一重要源头——希伯来文明的"崇高"的概念。塞尔努达就感叹海伦"无论怎样努力，你都无法让希伯来-基督教的神性与希腊-异教的美和解"。[①]虽则拉富恩特和塞尔努达都没有提及西班牙人更喜欢"崇高"，但他们都很肯定地指出，西班牙人是拒斥"美"的。

意大利文艺复兴艺术是对希腊之"美"的再次发扬，是"优美"的美学标准的复活。当文艺复兴之"美"走向衰落时，与其对立的美学理念则走向高峰。拉富恩特所指的为西班牙人所拒斥的"美"，这种文艺复兴意义上的"美"，事实上更多的是意味着完美、和谐、静态，意味着遵循固定的程式，意味着在对"理想"的追逐中远离真实，也就是说，成为僵化的"类型"，从而流于平庸。为画家所描摹的自然界，事实上是不完美的。为文艺复兴所推崇的几何式对称，并不存在于自然界中；人类群体中事实上也不存在完美的个体，每一个个体都有缺陷，身体乃至生理功能不健全的人大量存在。然而，不对称、不完美不正是真实的自然吗？对于拉富恩特来说，西班牙人对"美"的拒斥，表现为一种抛弃先验范型、致力于如实描绘的"现实主义"，委拉斯开兹的高明之处即在于此：画眼前所见，展现最真的真实，不论所见的对象美不美；而将不美的对象画得生动，正见出艺术家的功力。早在古希腊时期，就有亚里士多德认识到，在生活中令人厌恶的物体，比如最讨人嫌的动物形体和尸体，一旦进入逼真的艺术再现，也能让人产生快感。[②]"美"并不是艺术的全部，而当"美"实现了全部的可能性之后而不再有

---

① 路易斯·塞尔努达：《奥克诺斯》，汪天艾译，北京：人民文学出版社，2015年，第132页。
② 亚里士多德：《诗学》，陈中梅译，北京：商务印书馆，1996年，第47页。

吸引力时,当"理想"成为阻碍艺术更新的教条时,对普通现实、平凡之物的展现则成为艺术家新的竞技场。拉富恩特曾用奥尔特加发明的"散文冲动"(el ansia de prosa)这个概念来对应"美的倦怠"(el cansancio de la belleza):当文艺复兴的美的表现不再有新意时,西班牙艺术家的"散文冲动"就展示出独到的魅力了。① 西班牙民族仿佛怀有一种独特的审美意志和表现意志,倾向于欣赏和表现日常生活的现实,不管眼前的现实是否符合"美"的标准。委拉斯开兹对平民生活的描绘,戈雅对残酷血腥战争场面的记录,都可以作为例证。

另一方面,"美"在某种意义上意味着没有生命力。西班牙艺术家不但不喜欢表现美,反而更喜欢表现"丑"。那些在日常生活中其形象给人们造成视觉不适的人,一旦在艺术中显现出来,则往往个性鲜明、展示出独特的气质。拉富恩特发现,不独委拉斯开兹,近代的戈雅和现代的苏洛亚加也喜欢表现丑陋的人物——戈雅的巫婆和梦中怪物、苏洛亚加的《侏儒堂娜梅塞德斯》和《酒桶匠格雷高里奥》都体现了西班牙的这一独特的审丑不审美的美学传统。拉富恩特将之定义为"丑的美学"(la estética de lo feo)。② 不在虚无缥缈的理想类型中,而在日常生活的"负面价值"中得到审美的愉悦。如果我们仔细去感受的话,这种审美愉悦与"优美"所造成的愉悦是不同的,它更多与生命冲动相关,是主体克服了客体所造成的最初的视觉不适后而体味到的震撼,是对客体投射的生命之光的肃然起敬,而非那种主体被客体所吸引、趋向于与客体相交融的状态。"审丑"与"散文冲动"也是紧密联系的,它也体现在充斥着各种现实丑角的西班牙文学当中——拉富恩特指出,西班牙正是西班牙流浪汉小说所表现的那个国度,黄金世纪的大诗人克维多(Francisco de Quevedo)就是以有力的讽刺和对畸形之

---

① Enrique Lafuente Ferrari, *Ortega y las artes visuales*. Madrid: Revista de Occidente, 1970, p. 172.
② Enrique Lafuente Ferrari, *La vida y el arte de Ignacio Zuloaga*. Madrid: Revista de Occidente, 1972, pp. 193-194.

物的描摹为能事,而其文字又包含着激情与深刻的思考。① 这种文学传统,西班牙语美洲的作家应当不会感到陌生。在略萨小说中,我们就能看到大量的丑态尽显而满含生命力的人物形象,我们已经在前文中详细分析过这些人物形象了:《绿房子》中的警察和修女,《公羊的节日》中的特鲁希略,《城市与狗》中的士官生,等等。

启示性的现实主义

在《酒吧长谈》中,略萨同样使用了这种审丑的现实主义笔调来书写秘鲁的城市。我们可以看一看他是如何描绘酒吧的。在小说开头出现的名为"大教堂"的酒吧,是城市底层平民光顾的酒吧:

> 酒吧里,铅皮的天花板下,一群乱嗡嗡的贪吃的人挤坐在桌旁的板凳上。柜台后面有两个只穿衬衣的华人在监视着那些正在大嚼大饮的人们,这都是些棱角分明、古铜色面孔的人。一个歪系着围裙的矮小的山区佬正在给顾客端上热气腾腾的汤、啤酒和米饭。一个五颜六色的落地式电唱机正在轰轰作响,发出"亲爱的"呀、"热烈的吻"呀、"亲热"呀等字眼。透过烟雾、噪声、菜味、酒味和一群群苍蝇的嗡嗡声,可以看到酒吧尽头有一堵千疮百孔的墙,透过孔隙可以看到外面的石块、茅屋、一段河流和那铅灰色的天空。一个肥胖的女人汗流浃背地在噼啪作响的炉火前当灶掌勺。②

在这段描写中,这个贫民区的酒吧的一切都是丑陋的,令人不适的:房子是用简易材料搭起来的,老旧残破的,声音环境是嘈杂不堪

---

① Enrique Lafuente Ferrari, *Ortega y las artes visuales*. Madrid: Revista de Occidente, 1970, p. 223.
② 马里奥·巴尔加斯·略萨:《酒吧长谈》,孙家孟译,昆明:云南人民出版社,1993年,第20页至第21页。

的,气味是混杂的,令人作呕。作者在视觉、听觉和嗅觉上都再现了这个地方的丑态。所谓"棱角分明、古铜色面孔的人"是秘鲁山区印第安人的典型特征,略萨将他们表现为一群麻木的国民,他们只顾着填饱肚子,满足于粗劣的饭食和聒噪的音乐,满足于垃圾堆一样的生存环境,在他们身上看不到追求更好的生活的意志。这种群体形象与小说的主题是契合的,小说要展现的就是一个看不到希望的、从上至下都已经烂透的国家。对这群人的不留情面的描绘,并不是一种种族主义的居高临下的嘲讽,而是指向整个秘鲁社会的批判,是"哀其不幸,怒其不争",因为从上下文来判断,这段描写显然是采用了小说人物圣地亚哥的视角,他是一个多少还保留了一点理想主义和对变革的希望的城市青年。就像《城市与狗》中的莱昂西奥·普拉多军校那样,这间小小的酒吧也成了秘鲁的一个隐喻——一个丑陋不堪、不可救药的国家。

  圣地亚哥和他的同事卡利托斯常去的"黑黑"酒吧,则要比"大教堂"酒吧高几个档次。这座酒吧供应价格不菲的罐装德国啤酒,墙壁上糊着《纽约客》杂志的封面,"一排栅杆把大厅分为两半,形成两种气氛。栅杆的另一边传来了嗡嗡的人声,酒吧处一个只穿衬衣的男人在喝啤酒,还有一个人在暗处弹着钢琴"。[1] 显然,这是一个符合中产阶级品味的酒吧。这里环境比较安静,有高雅音乐,消费水平比较高,但离"高档""豪华"还是有差距的。卡利托斯说自己当初"一走进这个地方,就像置身于巴黎",[2]可见这间酒吧很好地模仿了"欧洲风格",让秘鲁的中产者有一种置身欧洲的错觉,但它毕竟不是欧洲。酒吧用《纽约客》杂志的封面糊墙,标志着一种对高级生活的向往,同时带有讽刺的意味:这只是一种表面的、装饰性的东西,这间酒吧和这间酒吧的常

---

[1] 马里奥·巴尔加斯·略萨:《酒吧长谈》,孙家孟译,昆明:云南人民出版社,1993年,第276页。
[2] 马里奥·巴尔加斯·略萨:《酒吧长谈》,孙家孟译,昆明:云南人民出版社,1993年,第277页。

客都仿佛是在滑稽地模仿欧洲人、美国人的格调。在秘鲁的西班牙语里有一个比较特别的词——huachafería,指附庸风雅、假冒高级品味的行为,这个词往往是和城市中产阶级绑定在一起的。进一步说,这个词指涉的也是一种拉丁美洲状况:一直在仰慕和模仿西方发达国家的"文明"生活,而这种模仿往往是蹩脚的,值得耻笑的。略萨对这间酒吧的细致描绘同样展现了秘鲁社会的丑恶,批判了同样麻木的、不愿对生活做出实质性改变的秘鲁中产阶级。

如果说略萨在继承了西班牙式现实主义传统的同时,对这种传统加以改变、加以超越的话,那么他的一大创举,即在于为现实主义赋予了强有力的批判现实、改变现实的力量。他对秘鲁社会现实的细致描摹,对其丑态的展现,并不是纯粹的文学游戏,而是对现实的介入——他不仅继承了西班牙文学的遗产,更是从法国文学中吸取了营养,从巴尔扎克那里学到了如何用小说再造一个典型的环境,从福楼拜那里学到了如何不动声色地对现实加以细致的观察和描绘,从萨特那里学到了如何以文学介入改造社会现实的斗争。他的现实主义,是"授命作家"(escritor comprometido)的现实主义,他在描摹现实时怀揣着崇高的使命感:为人民大众写作,将自己的命运与人民大众的命运紧密联系在一起,揭示那个表面繁荣的、为官方话语所粉饰的秘鲁社会的丑陋本质,给人们以启示,让他们觉悟到改变这个丑恶社会的必要。因此,我们不妨把他的现实主义称为"启示性的现实主义"。在这里,"启示"意味着发现和揭露被隐藏在表象之下的东西,意味着促人觉醒。我们应当意识到,"现实主义"(realismo)中的"现实"(realidad,或曰真实),在深受柏拉图思想影响的西方美学的语境里是一个和"表象"(superficie)相对立的概念,也就是说,"真正"的现实主义,再现的是被表象所遮蔽的真实。略萨用小说告诉秘鲁人:秘鲁的现实就是如此肮脏、丑恶、臭不可闻的,让我们来推翻它。他在阐述自己的创作理念时指出,小说一方面是谎言,一方面是在撒谎的同时道出某种引人注目的真情;写小说不是为了讲述生活,而是为了改造生活,给生活补充一些东西。① 因此,他的《城市与狗》《绿房子》或是《酒吧长谈》中虽然有很多故事基于他自己真实的生活经历,但这些生活经历都经过艺术的加工,成了"谎言",这些谎言具有揭露真实、发人深省的力量,它们告诉秘鲁人:秘鲁的政客和军人宣称在他们的治下,秘鲁秩序井然、人人满意,但真相并非如此。

西班牙流浪汉小说与拉丁美洲

同时,我们又能看到,略萨对西班牙现实主义小说传统的继承,在古老的西班牙流浪汉小说和拉美现代文学之间建立了联系,进而让我们认识到16、17世纪的西班牙社会和20世纪的拉丁美洲社会之间的种种相似。前文已经提到,《绿房子》中的安塞尔莫和伏屋都具有西班牙流浪汉小说中的主人公的特征。此外,《城市与狗》中的那些好勇斗狠的士官生们也是如此。虽然他们的活动局限在军校内,但军校就像是一个供他们冒险闯荡的世界,也是一个复杂的社会,为了在这个险恶的社会中生存下来,他们不得不像流浪汉那般练就出生存的智慧——投靠最强者、拉帮结派、欺诈和偷窃。在《酒吧长谈》《世界末日之战》《狂人玛依塔》中,我们同样能找到这种出身底层、浪迹天涯、靠着狡诈和无耻之心过活的流浪汉式人物。

人物和环境之间必然存在着深层的联系。关于现实主义文学,恩格斯在他致玛格丽特·哈克奈斯的信中提出了一句经典论断:"现实主义的意思是,除细节的真实外,还要真实地再现典型环境中的典型人物。"②在略萨刻画的这些流浪汉式人物的背后,是秘鲁、拉丁美洲的社会环境,正是这样的环境塑造了具有以上所述诸多特征的人物,也正是这样的人物构成了这样的社会环境。这些人物和西班牙流浪汉

---

① 马里奥·巴尔加斯·略萨:《谎言中的真实:巴尔加斯·略萨谈创作》,赵德明译,昆明:云南人民出版社,1997年,第71页至第72页。
② 《马克思恩格斯文集》第十卷,中央编译局编译,北京:人民出版社,2009年,第570页。

小说中的人物是类似的,那么这是不是意味着,16、17世纪的西班牙社会和20世纪的拉丁美洲社会是类似的呢?

沈石岩的《西班牙文学史》是这样介绍西班牙流浪汉小说的背景的:16世纪中叶,在西班牙出现了与当时人们熟悉的小说截然不同的、以流浪汉生活及其遭遇为题材的流浪汉小说。当时西班牙经济开始衰败,大批抛弃土地、盲目流入城市的农民和破产的手工业者沦为无业游民,此外还有众多的从战场上伤残而归的贫穷的士兵,这些人很难靠劳动糊口和安分守己地生活。他们养就了游手好闲、好吃懒做的毛病。而且当时社会上冒险的风气盛行,在这种背景下流浪汉小说应运而生。① 一个出现大量"流浪汉"的社会,其背后是一个不利于生产和财富增加的经济结构。无论是16、17世纪的西班牙,还是略萨笔下的秘鲁或拉丁美洲,都没有建立起完备的现代工商业发展体系。后者在很大程度上继承了前者的制度遗产并且没有做实质性的改革。拉丁美洲经历了从旧殖民主义到新殖民主义的苦难,其经济形态是外向性的、依附性的,寡头阶级没有向内发展的动力,更愿意维持现行的秩序,正如加莱亚诺所揭示的:

> 权力集中在少数人手中,他们把金属和食品运到欧洲,从欧洲得到奢侈品,耗费不断增长的财富。统治阶级对国内经济多样化和提高人民的技术与文化水平毫无兴趣。他们在为之而运转的国际大齿轮中起另外的作用。按统治者的观点来看,人民极大的贫困对他们十分有利,但是这种贫困阻碍了国内消费市场的发展。②

---

① 沈石岩:《西班牙文学史》,北京:北京大学出版社,2006年,第58页。
② 爱德华多·加莱亚诺:《拉丁美洲被切开的血管》,王玫等译,南京:南京大学出版社,2018年,第35页。

16、17世纪的西班牙,同样是这种状况,统治阶级将从美洲掠夺来的金银大部分用于维持奢侈生活,不愿改善民生,这就使得西班牙社会一方面出现了大量的流浪汉,一方面让不事生产的教士阶层越发壮大,一方面逼迫大量穷苦人移民美洲。加莱亚诺还指出,拉美国家获得独立后,很快就诞生了具有浓厚自由主义色彩的资产阶级宪法,却缺乏像欧洲或美国那样有开拓性的资产阶级,缺乏一个把发展强有力的民族资本主义作为其历史使命的资产阶级。① 此外,畸形的社会-政治-经济制度,也使得拉丁美洲社会的内部缺乏创业的充分条件和有利氛围。缺乏民族资产阶级,却不缺"流浪汉"。略萨小说中的那些流浪汉式的人物,很多人本是有能力成为开拓性的资产阶级的,但不发达的经济结构使他们注定无法通过正当的途径致富,而要在一些"非正式"的领域寻找机会:安塞尔莫虽然不乏资本家的能力和雄心壮志,但说到底还是一个从事"地下产业"的创业者,并且没有把生意持续下去;伏屋是一个走私贩子;《酒吧长谈》中的安布罗修给有钱人家做家丁,后来沦落为街头打狗队的成员,干着朝不保夕的差事……如果我们从这些人物的行为和话语来推测其内心世界,他们的内心恰如何塞·加西亚·洛佩兹(José García López)对西班牙流浪汉小说中的典型人物的描述:

> 流浪汉的心理源于其周遭的可怕环境。一切都在密谋害他,造就了他的生存状况:他的出身是不光彩的,他居住在卑贱的氛围里,他的同路人会背叛他,他从他们那里得来的只有毒打。这就形成了他的苦涩的悲观主义和对身边之人的极度不信任。然而,他从来不会反抗厄运,他只是默默忍

---

① 爱德华多·加莱亚诺:《拉丁美洲被切开的血管》,王玫等译,南京:南京大学出版社,2018年,第134页。

受一切不幸,等待着复仇的合适时机。①

16、17世纪的西班牙同样缺乏强有力的民族资产阶级,这一方面和社会结构有关,一方面也和西班牙人的宗教信仰有关——如果我们联想到韦伯的《新教伦理与资本主义精神》的话。总之,西班牙流浪汉小说所描绘的那个世界,虽然在西班牙已经成为历史,但很大程度上在拉丁美洲保留了下来。西班牙殖民主义遗留下来的落后的、前现代的经济结构,如僵尸一般限制了拉丁美洲的充分发展,使得拉丁美洲仍然存在大量的游走在非正式经济或地下经济灰色地带的人。略萨的现实主义笔法不但继承了西班牙文学的现实主义传统,也揭示了西班牙留下的落后制度在拉丁美洲所具有的冥顽不化的"生命力"。当拉丁美洲的读者们在略萨的小说中意识到,这不合理的社会现实在很大程度上承自一套极为陈腐、极为反动的制度,他们必然会更加憎恶这个旧世界。

三、游戏的母题与叙事的游戏

如果我们从游戏的视角来审视西班牙文化,我们就会发现,游戏在西班牙文化中占据着举足轻重的地位。西班牙的身份标识中最为显著者,就是一种游戏:斗牛。西班牙文学中也大量出现游戏的母题。《堂吉诃德》中,堂吉诃德的种种疯癫举动可以说就是一种游戏:一种以骑士小说故事为题材的角色扮演游戏。在《堂吉诃德》下半部,堂吉诃德的历险中更是充斥着种种游戏,尤其是公爵夫妇捉弄他,让他骑上木马,给桑丘安排海岛总督的差事,使得故事愈加妙趣横生。西班

---

① José García López, *Historia de la literatura española*. Barcelona: Ediciones Vicens-Vives S. A., 1983, p. 292.

牙人的游戏也传到了拉丁美洲,拉美文学经典中也经常出现游戏的母题。在阿根廷民族史诗《马丁·菲耶罗》中,第二部《马丁·菲耶罗归来》的第 22 章就是关于牌戏的细致讲述,牌戏正是由西班牙人带到美洲的。《百年孤独》的第二章中,出现了西班牙人传到美洲的一个经典娱乐项目:斗鸡。这场斗鸡成了推动故事情节进展的关键节点,因为正是何塞·阿尔卡蒂奥·布恩迪亚在斗鸡比赛中赢了他的邻居普鲁邓希奥·阿基拉尔,才导致后者对他进行羞辱,迫使他为捍卫荣誉而刺死邻居,之后,布恩迪亚又受死者亡灵困扰,这才走上了一条终点为马孔多的不归路。

另一方面,游戏性是西班牙文学富有特色的一面。西班牙作家往往善于在叙事方式上进行游戏式的创新,《堂吉诃德》就是一部戏仿骑士小说的叙事游戏。拉美作家也或多或少地继承了这种游戏性。我们将在后文中详述这种特点。

掷骰子、轮盘赌及其他游戏

《城市与狗》就是以游戏的场景开篇的。故事中的那个士官生团伙在进行掷骰子游戏:

"四!""美洲豹"说道。

在摇曳不定的灯光下,几个人的脸色都缓和下来。一盏电灯,灯泡上较为干净的部分洒下光芒,照射着这个房间。除去波菲里奥·卡瓦之外,对其他的人来说,危险已经过去。两个骰子已经停住不动,上面露出"三"和"幺"。雪白的骰子和肮脏的地面形成鲜明的对照。

"四!""美洲豹"又重复了一遍,"谁?"

"是我。"卡瓦低声说,"我说的是'四'。"

"那就行动吧!""美洲豹"下令道,"要记住,是左边第二块。"①

他们进行这个游戏的主要目的,不是追求刺激或快感,而是为了决定谁去教师办公室偷抄化学试卷——一项极为危险的行动,因为一旦被发现,就会遭到极为严厉的处罚。这事关命运。在这个由军校男生组成的小圈子里,游戏的规则一旦定下,所有人必须服从,否则,被踢出圈子,就会沦落为任人欺负的"狗崽子"。于是,当他们决定用掷骰子的方式决定执行这项冒险行动的人选,听由偶然性的发配时,一个个都非常紧张。"摇曳不定"的灯光营造出这种令人提心吊胆的氛围,对话极为短促,更增添了紧张的气氛,与叙事的主题相契合——命运的裁决。波菲里奥·卡瓦,这个不幸被抽中的人,迟疑了一下,直到团伙头目"美洲豹"第二次说出被抽中的数字,并且询问究竟是哪个人当初选择的这个数字时,才开口承认被抽中的是自己。我们可以设想一下,假如在这场掷骰子游戏中被抽中的是另一个人——这是完全有可能的,那个人在执行行动时就不一定会像卡瓦那样犯错,那么故事的因果链就会被改变。由此可见,这场游戏对于推动情节的发展是至关重要的。

在《绿房子》中,出现了一个更为紧张刺激的游戏:俄式轮盘赌(la ruleta rusa)。这场决定生死的游戏是在酒吧中进行的,参加这场游戏的两个人轮流拿一把左轮手枪对准自己开枪,枪膛里只有一颗子弹。进行这场游戏的起因是捍卫男子汉的荣誉——这是一种中世纪式的观念,男性为了捍卫个人荣誉可以赌上性命。这是西班牙式的大男子主义价值观。"咱们来一场俄式轮盘赌怎么样?看看谁是男子汉大丈

---

① 马里奥·巴尔加斯·略萨:《城市与狗》,赵德明译,上海:上海译文出版社,2009年,第3页。

夫。"①后面一句对应的原文是"a ver quién es más hombre",hombre(男人)这个名词在此作形容词用,意思是具有男性的种种特质,也就是说,世俗认为的男性气概:勇敢、强悍、敢作敢当,等等。所以,这场游戏是为了比拼男性气概,而在小说展现的这个传统价值观仍然根深蒂固的社会中,一个男人面对比拼男性气概的约请,必须接受挑战,否则就会被认为缺乏男性气概,从而失去荣誉。在游戏开始时,作为接受挑战的一方的塞米纳里奥的表现,已经预示了他的失败:"塞米纳里奥面孔伸向桌子,哑口无言,全身僵直,连他那双好斗的眼睛也似乎露出不知所措的神色。"②在对这场游戏的叙述中,略萨通过对当事双方以及围观者们的神色和动作的描绘,凸显出紧张刺激的氛围:"利杜马的手离开转轮:还得抓阄看谁先开枪,不过谁先来倒也没什么关系。他举起枪说了一声:好吧,我先来。他把枪口顶在自己的太阳穴上。人们闭上了眼睛,他眼睛一闭就扳动了枪机,啪的一声,牙齿一打战,他的脸色发白了,众人的脸色也发白了。他一张嘴,大家也跟着把嘴一张。"③在第一轮,利杜马逃过一劫,"警长把手枪放在桌上,拿起一只空杯子就慢慢喝了起来,但是没有人笑他;他满脸是汗,仿佛刚从水里出来"。④ 喝水是为了释放压力,而极度的紧张让他没有顾得上杯子里有没有水,充满危险的氛围也让人们失去了看笑话的兴趣,所有人都神经绷紧。利杜马"仿佛刚从水里出来",象征着他刚刚捡回一条命,就像海难的幸存者爬上了岸。最终,那颗子弹打穿了他对手的脑袋,利杜马也因此遭受牢狱之灾。这场游戏也成了推动情节进展的

---

① 马里奥·巴尔加斯·略萨:《绿房子》,孙家孟译,上海:上海文艺出版社,2014年,第254页。
② 马里奥·巴尔加斯·略萨:《绿房子》,孙家孟译,上海:上海文艺出版社,2014年,第267页。
③ 马里奥·巴尔加斯·略萨:《绿房子》,孙家孟译,上海:上海文艺出版社,2014年,第269页。
④ 马里奥·巴尔加斯·略萨:《绿房子》,孙家孟译,上海:上海文艺出版社,2014年,第270页。

关键。

无论是《城市与狗》中的掷骰子,还是《绿房子》中的俄式轮盘赌,这样的游戏都是残酷的意味盖过了娱乐的趣味。它们涉及命运,甚至是生死。这些性命攸关的游戏折射的是一个险象环生、丛林世界般的秘鲁社会,在这个世界里,人人生活在不确定之中,受命运的偶然之手的摆布。同时,这些游戏也折射出一个大男子主义社会的现实,男人们必须昂起头颅接受挑战,接受命运的安排,捍卫自己的尊严,只是在这样的肮脏世界里,即使护住了尊严,也没有什么美妙的结局,于是,这些把自己的命运交付游戏的男性就显得荒唐可笑了。

略萨小说惯于对秘鲁社会的种种弊端发出批判,这个社会,是一个弱肉强食的、由暴力作为主导的社会。小说中出现的这些游戏,不但可以成为个人悲惨命运的折射,也可以直接构成暴力压迫的一部分,或是作为暴力压迫的产物。

在《城市与狗》中,新入学的低年级学生会受到高年级学生的霸凌,霸凌往往采取强迫做游戏的形式:学鸭子走路、在足球场跑道上模仿"仰泳"动作绕圈、模仿电影演员做动作……略萨着墨最多的,还是跟小说题目有关的一个模仿游戏:模仿狗的行为。

"你是狗还是人?"那个声音问道。

"报告士官生,是狗。"

"那你站着干什么?狗是四只脚走路的。"

当他弯下身子双手触地的时候,立刻感到胳膊上火辣辣地疼。忽然,他发现身边另外一个小伙子也四肢着地趴在那里。

这时只听得那个声音说道:"好啦,两条狗在街上相遇的时候,它们会怎么样?士官生,你回答!我是在跟你说话呐。"

"奴隶"的屁股上挨了一脚。他立即回答说:"报告士官生,我不知道。"

"狗咬狗。"那个声音说,"它们会互相狂叫、扑打、撕咬。"

"奴隶"不记得那个和他一起接受新生"洗礼"的少年的面庞。大概是八、九、十班中的某个新生,因为他身材矮小。由于恐惧,那张脸已经变了形。那个声音刚一停,小伙子便朝他扑过来,一面狂叫着,一面喷吐着白沫。突然,"奴隶"感到肩膀上被疯狗咬了一口,这时,他的身体才有了反应。他在边叫边咬的同时,以为自己真的长了一身皮毛,嘴巴也是既长又尖的,好像真的有条尾巴像皮鞭一样在背上甩来甩去。①

"你是狗还是人"的问题,事实上不是一个问题,而是言语上的欺凌,逼迫对方自行放弃人的尊严。先是在话语上放弃人的尊严,接着是在动作、姿态上放弃人的尊严,像狗那样四肢着地。再接下来,让两个新生学狗叫,逼迫他们像狗一样互相撕咬。在施暴者的眼中,这是一个有趣的游戏,就像古罗马贵族看着奴隶们在斗兽场中展开角斗,而在无法反抗、无法拒绝这场游戏的被欺凌者那里,则是痛苦的折磨。更可悲的是,"奴隶"在听从指令模仿狗崽子的同时也"入戏"了,感觉自己真的成了一条狗,长出了狗毛、狗嘴和狗尾巴。这就是所谓的"洗礼",这场游戏具有仪式的意义,仪式之后,人就变成狗了,这就意味着新生接受了暴力统治的法则。"奴隶"感到自己变成狗的这一处描写看似魔幻,实是对秘鲁社会的暗喻:在暴力胁迫下,被压迫者"变形"了,异化了,不再是一个正常的人了。但无论如何,这是一场游戏。在游戏过后,"奴隶"还原了人的身份。小说在后面展示了他的反抗,而这种反抗也间接导致了悲剧的发生。

---

① 马里奥·巴尔加斯·略萨:《城市与狗》,赵德明译,上海:上海译文出版社,2009年,第54页。

在小说《五个街角》的开头,两个女性人物进行了一场出乎她们意料的游戏。当时,恰贝拉在闺蜜玛丽萨家中聊天聊到很晚,结果抬腕看表时才发现已经到了宵禁开始的时间,只能留宿在闺蜜家中了。作者用极为细致的笔调描述了两个女人之间进行的肢体游戏。她们是一步步地缩短距离的,先是试探性的,到后面越来越没有忌惮了:

玛丽萨晃动着脑袋,拨开了恰贝拉的长发,开始亲吻她的后颈和耳根,然后是舔,继而是咬。玛丽萨感到无比快活,大脑一片空白,放任自己被欲望和喜悦牵引到了空无之中。过了几秒钟,又也许是过了几分钟,恰贝拉转过身来用自己的唇寻觅着玛丽萨的唇。①

因为都是第一次尝试,两个女人沉浸在一种类似偷尝禁果式的欢欣中。她们在这场游戏中忘却了道德伦理、社会规则,成了两个只懂得享受肌肤快感的赤裸裸的身体。这个故事的背景,是秘鲁的藤森当政时期,左翼极端组织和贩毒集团不断采取暴力行动破坏社会秩序,秘鲁政府则以暴制暴,做出了很多逾越民主社会法律底线的行为,秘鲁人生活在人人自危的独裁社会中。宵禁的执行、压抑的空气,让这两个上流社会的女性不得不在一起过夜,通过同性互相抚慰的游戏来逃避社会压力。由此可见,这个带着香艳味道的游戏既是以暴力维持的社会秩序导致的怪象,又是对这种秩序的一种嘲弄。两个本没有女同倾向的女性竟然因为被迫在一起过夜,就玩起了这种游戏,这个情节是荒诞的。这起荒诞事件折射出一个荒诞的社会。小说开篇的荒诞游戏,为整部小说对乱象丛生的秘鲁社会的再现定下了一个基调。

---

① 马里奥·巴尔加斯·略萨:《五个街角》,侯健译,北京:人民文学出版社,2018年,第4页至第5页。

套盒游戏

我们可以把作家在小说叙事艺术层面展开的有意识的探索也看成一种叙事的游戏。艺术与游戏本就有诸多的共通之处。席勒在美学上提出了艺术与游戏之间的深层联系。他认为,游戏冲动是感性冲动与形式冲动之间的集合体,而美与游戏冲动是相称的,

> 如果一个人在为满足他的游戏冲动而走的路上去寻求他的美的理想,那是绝不会错的。希腊各民族在奥林匹斯赛会上寻欢,是通过不流血的力量、速度、灵巧的比赛以及更高尚的智力竞赛,而罗马民族则是通过一个倒在地上的格斗士或他的利比亚对手的垂死挣扎得到满足的。根据这一点我们可以理解,为什么我们不在罗马而在希腊寻找维纳斯、尤诺、阿波罗的理想形象。可是理性说:美的事物不应该是纯粹的生活,不应该是纯粹的形象,而应是活的形象,这就是说,所以美,是因为美强迫人接受绝对的形式性与绝对的实在性这双重的法则。因而理性作出了断言:人同美只应是游戏,人只应同美游戏。说到底,只有当人是完全意义上的人,他才游戏;只有当人游戏时,他才完全是人。……这个道理将承担起审美艺术以及更为艰难的生活艺术的整个大厦。[①]

朱光潜指出了艺术和游戏的几个共同之处:都是意象的客观化;都是在现实世界之外另创意造世界;都是创造和模仿的活动,既沾挂现实又超脱现实;都把物我的分别暂时忘却;都是无实用目的的自由

[①] 弗里德里希·席勒:《审美教育书简》,冯至译,见《冯至全集》第十一卷,石家庄:河北教育出版社,1999年,第89页至第90页。

活动等。① 从游戏的角度来说，小说就是语言的游戏、讲故事的游戏。

作为西方叙事文学史上里程碑式的作品、西班牙语叙事文学最重要的经典，塞万提斯的《堂吉诃德》就表现出明显的游戏性。除了混用骑士小说的语言和流浪汉小说的语言、多次使用语带双关的语言游戏之外，《堂吉诃德》游戏性的一大体现，在于采用了一种故事之中套故事的讲述方式。在上卷第八章末，堂吉诃德冒险的故事戛然而止，到了第九章，原先一直隐身的叙事者现身，交代了自己寻找堂吉诃德传记的经历，告诉读者这本书原为阿拉伯文，出自阿拉伯历史学家西德·阿麦特·贝嫩赫里之手，然后堂吉诃德冒险的故事从断裂处继续。在堂吉诃德的旅途中，随着他碰到各色人等，故事中不断穿插进别人的故事：多洛苔娅的遭遇、一位俘虏的坎坷经历等等，这些故事就像一棵大树上旁逸斜出的枝丫。到了下卷，堂吉诃德竟读到了《堂吉诃德》的上卷并且对之加以评论。这种游戏式的叙事手法为塞万提斯之后的很多西班牙语作家所继承。如在米盖尔·德·乌纳穆诺的小说《迷雾》(Niebla)中，故事中的人物竟跑来找作者讨论存在的问题，再如在加西亚·马尔克斯的《百年孤独》的最后部分，出现了一个羊皮卷手稿，手稿上记录了小说讲述的布恩迪亚家族的百年传奇。

略萨曾在分析《百年孤独》时提出了"中国套盒"的叙事理论：

> 中国套盒的方法，就是在讲述一个故事时，把它变成一系列的故事，这些故事互相包含，有作为主干的故事，有作为分支的故事，有主要的现实，有次要的现实。②

这是在西班牙语文学中常见的叙事方法。所谓"中国套盒"(cajas

---

① 朱光潜：《艺术的起源与游戏》，见李健、周计武编：《艺术理论基本文献·中国近现代卷》，北京：生活·读书·新知三联书店，2014年，第129页。
② Mario Vargas Llosa, *Gabriel García Márquez: historia de un deicidio*. Barcelona: Seix Barral Editores, 1971, p.543.

chinas），大概是一种被认为来自中国的工艺品，大盒子中含有小盒子，小盒子中含有更小的盒子……或许对于中国人来说，"俄罗斯套娃"更能准确地代指这种故事之中套故事的叙事方法。奥尔特加·伊·加塞特则使用了一个医学名词来指称这种叙事结构：肠套叠（intususcepción）。他在分析《堂吉诃德》时指出，《堂吉诃德》不仅是一部反骑士小说，它内部也包含着骑士小说，而从本质上说，小说这个文学体裁就是一种"肠套叠"。[①] 当然，那些使用了"肠套叠"手法的西班牙语小说更能体现奥尔特加所谓的这种小说的本质特点。

美国学者约翰·克罗（John Crow）就认为，这种手法的使用是西班牙语小说——包括现代西班牙小说和西班牙语美洲小说——的一大特色。他指出，对于西班牙文学"黄金世纪"的作家洛佩·德·维加和塞万提斯以及19世纪的杰出小说家加尔多斯来说，写戏剧或小说就是无限地增加故事情节及相关内容。塞万提斯在《堂吉诃德》中收集和使用了他所经历的一切：田园故事、骑士故事、言情故事等。加尔多斯也是如此，他以一个行动作为小说的中心轴，但这个行动的进展几乎总是缓慢到令人厌烦的地步，在每一个转折处都会被打断，并朝着每个可以想象的方向延伸和分岔。[②]

还有学者认为，这种被认为是西班牙特色的叙事方式，实际上受到了阿拉伯文学的影响。这种叙事方式自14世纪初始现于伊比利亚半岛上长期为摩尔人所占据的安达卢斯，并迅速影响了当地的叙事文学。西班牙中世纪文学的杰出作品《卢卡诺尔伯爵》的叙事架构和文学灵感就是源于阿拉伯语文学作品《卡里来和笛木乃》，反映了西方文学受到的东方影响。《卡里来和笛木乃》故事套故事、环环相扣的叙事

[①] 何塞·奥尔特加·伊·加塞特：《堂吉诃德沉思录》，王军、蔡潇洁译，北京：商务印书馆，2021年，第115页。

[②] 约翰·克罗：《西班牙的灵魂：一个文明的哀伤与荣光》，庄安祺译，北京：中信出版社，2021年，第318页。

模式对于西方文学来说是前所未见的。①

博尔赫斯也着迷于这种叙事方式。他在他的《吉诃德的部分魔术》("Magias parciales del Quijote")一文中指出,塞万提斯在《堂吉诃德》中故意混淆客观和主观,混淆读者的世界和书的天地,从而以这种微妙的方式获得了奇幻的效果,而

> 《一千零一夜》中也有相似之处。这个怪异故事的集子从一个中心故事衍生出许多偶然的小故事,枝叶纷披,使人眼花缭乱,但不是逐渐深入、层次分明,原应深刻的效果像波斯地毯一样成为浮光掠影。……最令人困惑的是那个神奇的第六百零二夜的穿插。那夜,国王从王后嘴里听到她自己的故事。他听到那个包括所有故事的总故事的开头,也不可思议地听到故事的本身。读者是否已经清楚地觉察到这一穿插的无穷无尽的可能性和奇怪的危险?王后不断讲下去,静止的国王将永远听那周而复始、没完没了、不完整的《一千零一夜》的故事。②

博尔赫斯的思考涉及了"中国套盒"叙事方式可能达到的两种效果:一方面,这种在故事之中指涉故事自身的手段让读者一时间无法分清虚构与现实之间的界限,甚至会迷失在文学虚构的无穷迷宫之中,以真为幻,以幻为真;另一方面,这种叙事方式消解了读者本应在虚构故事中获得的沉浸式体验,因为读者的阅读进程会不断地被忽然现身的叙事者所打断,从而意识到,刚刚读到的只是虚构的故事,不是一个完整的现实,于是,不论那些故事有多精彩,读者能始终与故事本

---

① 陈众议、宗笑飞:《西班牙与西班牙语美洲文学通史》,南京:译林出版社,2017年,第457页。
② 豪尔赫·路易斯·博尔赫斯:《探讨别集》,王永年、黄锦炎等译,上海:上海译文出版社,2017年,第71页。

身保持一段审美距离,能以局外人的姿态对虚构的故事做出客观的评价。

接下来,我们来看看略萨是怎样在他的小说中使用这种套盒游戏的。我们选取两部作品为例:《叙事人》和《继母颂》。

《叙事人》中的故事套盒

作为《叙事人》主线的故事,是"我"讲述的萨乌尔·苏拉塔斯的人生经历。他原本是生活在秘鲁城市里的犹太人,因为偶然的机会了解到亚马孙雨林里的原住民的生活,毅然决然地抛弃了原有的生活方式,深入雨林中与玛奇根加人同吃同住,成为他们中的一员,并且担当了部落中的"叙事人"的角色。作为副线的故事,或者说被包含在上述故事之中的故事,就是萨乌尔·苏拉塔斯讲述的神话传说。这些神话传说是如此开篇的:

> 后来,定居的人们开始流浪了,向着下坠的太阳流浪而去。在以前他们也是定居的,太阳是他们在天上的眼睛,固定不动,永远睁着,不眠不睡,看着我们,给世界以温暖。太阳的光芒极为强烈,但塔苏林奇却能禁得住。那时,没有疾病,没有狂风,没有暴雨,妇女们生的孩子极为纯真。塔苏林奇想吃饭了,就把手伸进河里,捞出一条摇头摆尾的鲟鱼,要么就不紧不慢地射出箭头,然后在山中走上一段路,很快就能找到被箭射中的一只吐绶鸡、一只石鸡,或是一只喇叭鸟。他从不缺少食物。那时也没有战争,河流里充满了各种鱼类,森林里充满各种兽类。①

---

① 马里奥·巴尔加斯·略萨:《叙事人》,孙家孟译,长春:时代文艺出版社,1996年,第175页。

这段语言质朴的讲述,展现的是一种伊甸园般的生活。在所有民族的神话里,都存在这样一种人人无忧无虑的远古黄金时代。这个安宁祥和的近乎神话的世界与主线故事展现的那个问题重重、麻烦不断的现代世界形成了鲜明的对比。讲述这个故事的声音与其说是萨乌尔·苏拉塔斯的声音,不如说是常年生活在秘鲁亚马孙雨林里的原住民的声音,他们的声音在大多数情况下是不会被"文明社会"听到的,只会作为人类学家的记录或是博物馆的展品存在。从某种程度上说,作为边缘人的他们是"失语"的,是"沉默"的。在主线故事里嵌入他们的声音,宣示了他们不可被忽略的存在。

让·弗兰科(Jean Franco)认为,略萨在《叙事人》中使用的是一种后现代的叙事方法,即詹明信所谓的"拼凑"(pastiche)。这种方法的使用,表明略萨将自己摆在了一个美洲原住民的教化者、"拯救者"的姿态上。[1] 詹明信提出的"拼凑",指的是这样一种方法:它跟戏仿(parody)一样,都要摹仿及抄袭一个独特的假面,用僵死的文字来编织假话,所不同者,拼凑法采取中立的态度,在仿效原作时绝不做价值的增删,是一种空心的摹仿。它属于后现代,在这样一个个人特征瓦解脱落的时代,文化创作者在无可依赖之余,只好旧事重提,凭借一些昔日的形式,仿效一些僵死的风格,通过种种借来的面具说话,假借种种别人的声音发言。这种艺术手法从世界文化中取材,向偌大的、充满想象生命的博物馆吸收养料,把里面所藏的历史大杂烩七拼八凑地炮制成为今天的文化产品[2]。事实上,在《叙事人》里,萨乌尔·苏拉塔斯讲述的神话并非僵死的、纯粹属于往昔时代的话音,他的故事也包含对秘鲁现实的指涉,而这种指涉采用的是原住民的视角:

---

[1] Jean Franco, "¿La historia de quién? La piratería postmoderna", *Revista de Crítica Literaria Latinoamericana*, No. 33(1er semestre, 1991), p. 14.
[2] 詹明信:《晚期资本主义的文化逻辑》,张旭东编,陈清侨等译,北京:生活·读书·新知三联书店,2013年,第371页至第372页。

后来人们就不能上山了，后来人们就没有盐吃了，后来，凡是上山的人都会被白人捕捉而去，被捆绑着押到白人的宿营地。这就是"割树出血时期"发生的事。使劲干，他妈的！后来，土地上充满了白人，他们到处寻找、捕捉着人们，白人把人们捉去，让他们割树胶、扛胶球使劲干，他妈的！看起来白人比黑暗和暴雨还要坏，比天灾和玛斯柯人还坏。我们这些人很走运，因为我们不是在到处流浪吗？人们说白人很狡猾，他们了解到人们经常带着篮子和渔网上山采盐，他们就设下圈套，备好猎枪等着……塔苏林奇说道："白人也有魔法，我们正在受难，恐怕是我们干了某些坏事，精灵在帮助白人，而抛弃了我们。"[1]

在原文中，指称"白人"所用的词是viracocha[2]，这个词来自克丘亚语，原是印加神话中的一个神的名字，被征服的印加人用这个词来指代西班牙人。这再次显示出作者刻意使用原住民视角的用心。所谓"割树出血时期"，指的应该是现代资本主义侵入秘鲁亚马孙雨林、大肆开发橡胶资源的时期。资本的入侵伴随着暴力，原住民们不仅生存空间被剥夺，更是被迫沦为几乎免费的劳动力，受到残酷的剥削。在原住民们看来，这些白皮肤的"神"跟多年前身着铠甲的西班牙征服者是同一群人，这些人拥有威力巨大的魔法，并且得到精灵的护佑。由此可见，《叙事人》的叙事手法并不算"拼凑"的方法。略萨通过在主线故事中嵌入原住民视角的讲述，让亚马孙雨林被遗忘的部族来表达自己，来诉说他们的苦难，从而发出对秘鲁社会的批判。略萨的小说执着于展现秘鲁的完整现实，揭露秘鲁社会的种种问题，唤起人们改

---

[1] 马里奥·巴尔加斯·略萨：《叙事人》，孙家孟译，长春：时代文艺出版社，1996年，第181页至第182页。
[2] 参考的原著版本为Mario Vargas Llosa, *El hablador*, Barcelona：Editorial Seix Barral，1995.

变这种现实的意图和能动性。从这个意义上说,在对秘鲁雨林地区现实的再现方面,《叙事人》比《绿房子》更进一步,因为后者虽然也写到了秘鲁雨林的原住民,但还没有采用从原住民出发的叙述视角,没有深入原住民独特的文化世界中。

在把玛奇根加人的故事嵌入主线故事的同时,略萨也拉开了一段审美距离,让故事本身成为一个被观察、被思考的对象,也就是说,在文学作品之中反观文学自身,探讨文学之用。在拉美作家中,略萨是在小说艺术的美学思考上表现得最为积极的作家之一,在虚构作品之外,他有大量的关于小说叙事技巧和文学理论的著述。这种精神也体现在《叙事人》的故事套盒中。在小说的最后,"我"意识到,萨乌尔·苏拉塔斯"在我国的大森林中跑来跑去,把故事、谎言、寓言、传言和笑话传来传去,而正是这一切才得以把分散居住的民族联系在一起,使之永远感到大家是生活在一起的,并构成兄弟般紧密团结的一个整体"。① 这就是故事,或者说文学的一个作用:建构身份认同,塑造一个拥有共同起源、共同生活和共同价值观的人类共同体。在交织着幻想和事实的故事中,不管是虚构的小说,还是神话传说,都隐藏着某种文化的密码。略萨不也是一个以讲故事为业的人吗?他不也是一个奔走各地、讲述秘鲁的故事,从而让秘鲁人意识到他们的共同生活并自觉为秘鲁民族共同体一员的叙事人吗?于是,"我"——巴尔加斯·略萨和他的大学同学萨乌尔·苏拉塔斯说到底是同一个人,萨乌尔·苏拉塔斯这个虚构人物或许可以看成巴尔加斯·略萨在秘鲁亚马孙雨林中的分身。这样说来,略萨在《叙事人》中完成了一个一人分饰两角的游戏。

《继母颂》中的故事套盒

《继母颂》的故事内含了更多的"套盒"。小说的主线故事是:生活

---

① 马里奥·巴尔加斯·略萨:《叙事人》,孙家孟译,长春:时代文艺出版社,1996年,第339页。

在秘鲁首都利马的保险公司经理里戈韦托在妻子亡故后续弦,娶了卢克莱西娅为妻,里戈韦托之子阿方索与继母卢克莱西娅发生了乱伦关系,并故意将个中细节透露给父亲,导致父亲愤而将卢克莱西娅逐出家门。在这个主线故事中,略萨嵌入了六个互相独立的小故事,每一个小故事都围绕一幅画作展开。这些小故事又无一不与主线故事有所呼应。

小故事与主线故事的衔接也是自然的,有一种精心安排的过渡。比如,在第一章末尾,里戈韦托和卢克莱西娅一起睡下时,前者在入眠时说了句梦话。

"我是谁?"她在黑暗中问道,"你说我是谁来着?"

"吕底亚王的妻子,亲爱的。"堂里戈韦托说,他迷失在他的梦里了①。

第一章在此结束。为什么里戈韦托会提起一个与他们的现实生活毫不相干的传说里的人物呢?这构成了一个悬念。接着第二章开始:

我是坎道列斯,吕底亚的国王。吕底亚是地处爱奥尼亚和卡利亚之间的一个小国,位于那片好多年后叫土耳其的地域的中心地带。我的王国最令我感到骄傲的,不是它的因干旱而裂开的群山,也不是它的牧羊人,这些牧羊人能在需要他们的时候挺身而出,对抗弗里吉亚和伊奥利亚侵略者以及从亚洲来的多利安人,把他们打败,抵挡那些前来骚扰我们边境的腓尼基人、斯巴达人和游牧的锡西厄人。我最引以为

---

① Mario Vargas Llosa, *Elogio de la madrastra*. Barcelona: Tusquets Editores, 1988, p. 23.

豪的,是我的妻子卢克莱西娅的臀部①。

这一段解决了上一章留下的悬念,同时又独立于上一章的主线故事。在第一句就出现了第一人称的叙事声音,有别于主线故事的第三人称叙事,就这样切换到另一个故事。其他的五个小故事也都是以第一人称叙述的。从 20 世纪的秘鲁到公元前的吕底亚,时空跨度极大,而且吕底亚更带有一种神话色彩,于是这个插入的故事在背景和叙述风格上都迥异于主线故事。讲述者显然不是真正的吕底亚王,因为他知晓千年以后的事情——这片地域后来成了土耳其。因此,这并不是历史人物的声音,而是神话传说讲述者的声音。对牧羊人以及各个古老民族的提及,逐渐增加了故事的神话传说的色彩——这是一个极为遥远的时代。如果从东方主义的角度来看,土耳其正属于西方人想象中的那个被他们造出来的"东方"。在西方人有意识的编码中,东方往往与色情纠缠在一起,如 19 世纪的西方画家就喜欢以土耳其苏丹的充斥着众多佳丽的后宫作为创作题材。略萨在这里插入的这个小故事正符合了西方人传统的关于"东方"的想象。吕底亚国王不爱江山爱美人,并且在首次提及爱妻时,就涉及情色。在这里,"卢克莱西娅"的名字与主线故事中的卢克莱西娅重合,这意味着她们是同一个人,或者说这是两个平行对应的故事,由此推理,那么这个假扮吕底亚王的叙述者就是里戈韦托了。联系上一章的末尾,我们可以推断出一种可能:这个无缝插入的小故事,是里戈韦托的一个幻梦。这个故事同时又是对第二章插入的油画《吕底亚王坎道列斯向首相巨吉斯展示他的妻子》(*Candaules, rey de Lidia, muestra su mujer al primer ministro Giges*, 1648)的阐释。于是,在这一章,传说、梦境、绘画交织在一起,共同构成一个虚幻的故事,与第一章的现实相映成趣。《继母

---

① Mario Vargas Llosa, *Elogio de la madrastra*. Barcelona: Tusquets Editores, 1988, p. 27.

颂》的整个故事结构就这样显现出虚虚实实的特征。第四章至第五章的转换同样如此:在第四章末尾,卢克莱西娅睡着了,做了一个奇怪的梦,这个梦和她跟丈夫每晚就寝前一同欣赏的画作中的一幅有关。第五章则是围绕油画《浴后的狄安娜》(*Diana después de su baño*,1742)展开,开头的讲述是:"左边的那个女人,是我,狄安娜·卢克莱西娅。是的,正是我,栎木与森林之神,多产与分娩之神,狩猎之神。"[1]在这个从主线故事到小故事的过渡中,同样发生了从第三人称到第一人称的叙事声音的转换,同样是小说人物的梦境的展开,也同样是梦、画与神话传说交织。狄安娜·卢克莱西娅的名字暗示着梦中人或画中人与主线故事中的人物是重合的或者说平行的。

《继母颂》的故事套盒游戏相比于《叙事人》,在媒介的使用上更为复杂,因为嵌套的不单单是故事了,还有绘画作品。这些小故事嵌在主线故事中,正如作为插图的绘画夹在小说文本中。然而,相比于《叙事人》,《继母颂》里不见明显的社会批判色彩。《叙事人》以嵌套的故事呼唤人们去关注秘鲁的复杂现实,而内含六个小故事和六幅彩图的《继母颂》则更像是一个供贵族赏玩的精巧套盒,显现出更为明显的游戏、娱乐、追求快感的特征。小说中还有一处显现出更浓厚的游戏意味和故事套盒意味:阿方索告诉他的父亲里戈韦托,他正在写一篇作文,题目就叫《继母颂》。这是《百年孤独》使用过的叙事游戏——自我指涉,在一部小说中提及该小说自身。也和《百年孤独》一样,这一自我指涉的出现是灾难的预兆。在《百年孤独》中,记载布恩迪亚家族故事的羊皮卷手稿的出现意味着家族的终结,《继母颂》中出现的《继母颂》成了引发家庭分裂悲剧的导火索。小说的自我指涉的出现,意味着所有的秘密都已道出或者即将全部道出,小说由此也将从高潮走向尾声。

---

[1] Mario Vargas Llosa, *Elogio de la madrastra*. Barcelona: Tusquets Editores, 1988, p. 69.

略萨在小说中使用"中国套盒"的叙事技巧，一方面，可以克服单调，使得小说故事显现出环环相扣、虚虚实实的特点，从而具备更高的审美价值；另一方面，则可以尽可能全面地展现现实，把现实的不同层次、不同境界一一和盘托出，实践他的"完全小说"（novela total/total novel）的理念。他继承并且发展了西班牙文学独具特色的叙事方法，并且给它起了"中国套盒"的名字，这意味着他不仅掌握了这种叙事方法，更是把它变成了自己的，并且在借鉴同时代其他作家的基础上自成一家。文学家不单单是传统创作程式的继承者，更应当是传统创作程式的革新者。略萨为所有面对如何继承和发展文化传统这一难题的作家们树立了榜样。

第三章　略萨小说的跨媒介书写

在詹明信看来，后现代主义美学风格的一大特征，是浅薄，是缺乏深度，是对历史资源的随意挪用；从现代主义到后现代主义的转变，就是从"蒙太奇"(montage)到"东拼西凑的大杂烩"(collage)的过渡。① 所谓"东拼西凑的大杂烩"，collage 原指一种现代艺术创作方法，或者说是一种独特的艺术门类，根据《牛津英语词典》的解释，是"通过将照片、纸片或布料等各种不同的材料粘在底板上而制成的艺术作品"。② 用艺术理论的眼光来看，collage 艺术所体现的，在后现代主义艺术之中频频现身的，是"跨媒介性"(intermediality)。根据周宪的研究，"跨媒介"(intermedia)概念 1966 年出现在美国艺术家希金斯的一篇文章中，"跨媒介性"概念则源自德国学者汉森-洛夫，他在 1983 年用这个概念来和"互文性"概念类比，以此把握俄国象征主义文学、视觉艺术和音乐的复杂关系。③ 在这些概念出现之前，文学的跨媒介现象、文学的跨媒介问题事实上很早就有人发现和提出，如不论是在中国还是西方，诗与画的关系就是一个古老的论题。文学作品中出现绘画、音乐、

---

① 詹明信：《晚期资本主义的文化逻辑》，张旭东编，陈清侨等译，北京：生活·读书·新知三联书店，2013 年，第 238 页。
② 《牛津英语词典》网络版 https://www.lexico.com/definition/collage［查询日期：2021 年 12 月 16 日］。
③ 周宪：《艺术跨媒介性与艺术统一性——艺术理论学科知识建构的方法论》，《文艺研究》2019 年第 12 期，第 20 页。

建筑等各种门类艺术的元素，或是对经典艺术作品的指涉，文学创作对绘画、电影、音乐等各种艺术表现手法的借用，在文学史上屡见不鲜，在后现代的时代更是随着媒介之间边界的日益消融而越趋频繁。在略萨小说中，我们同样可以看到跨媒介现象，尤其是在他后期创作的小说中。

韦勒克与沃伦的《文学理论》中有专门一章探讨"文学和其他艺术"。韦勒克举了几个文艺创作跨媒介失败的例子，或是文学家给自己的作品画插图，或是造型艺术家写诗，进而说明，每一种艺术有其自身的媒介、自身的媒介发展史，跨媒介的尝试往往要比预想的难得多：

> 一件艺术品的媒介不仅是艺术家要表现自己的个性必须克服的一个技术障碍，而且是由传统预先形成的一个因素，具有强大而有决定性的作用，可以形成和调节艺术家个人的创作方式和表现手法。艺术家在创作想象中不是采用一般抽象的方式，而是要采用具体的材料；这个具体的媒介有它自己的历史，与别的任何媒介的历史往往有很大的差别。[1]

在韦勒克看来，造型艺术、音乐和文学各有各的进化历程，有着自己不同的发展速度与包含各种因素的不同的内在结构，它们之间相互渗透、相互影响的关系，应当被看成一种具有辩证关系的复杂结构。[2] 略萨小说跨媒介的尝试，可以看成作家开拓小说再现的领域、描绘更"完全"（total）的现实的一种尝试。他所做的并不是拿起画笔来给文本画插图，或是尝试操练其他自己不熟悉的艺术媒介，而更多是从其

---

[1] 勒内·韦勒克、奥斯汀·沃伦：《文学理论》，刘象愚、邢培明、陈圣生等译，杭州：浙江人民出版社，2017年，第120页。
[2] 勒内·韦勒克、奥斯汀·沃伦：《文学理论》，刘象愚、邢培明、陈圣生等译，杭州：浙江人民出版社，2017年，第125页。

他艺术中汲取灵感,丰富小说文字的表现技巧,让其他艺术特别是绘画为小说服务。他的跨媒介书写的最终目的还是更全面地展现拉丁美洲的多维现实,只是这些小说中的拉丁美洲现实与他其他作品中的拉丁美洲现实看起来不大"一致"。不可否认的是,梦想也是一种现实,艺术作品也构成现实的一部分,城市中产家庭里的内部生活与城市之外广袤的蛮荒世界同为拉丁美洲的现实。

已经有多位学者探讨过略萨小说与其他艺术的关系,如卡洛斯·奥萨(Carlos Ossa)研究了略萨小说与电影之间的美学-政治关系,[1]马蒂亚斯·雷沃耶多(Matías Rebolledo)探讨了《城市与狗》《潘达雷昂上尉与劳军女郎》和《公羊的节日》这三部略萨小说的电影改编,[2]《巴尔加斯·略萨的替代艺术世界》(*Mundos alternos y artísticos en Vargas Llosa*, Hedy Habra, Madrid：Iberoamericana, 2012)一书探讨了《酒吧长谈》《叙事人》《公羊的节日》等多部略萨小说是如何运用视觉形象、绘画手法建构现实的。在本章中,我们将聚焦略萨的两部小说的跨媒介书写,《继母颂》(*Elogio de la madrastra*, 1988)和《情爱笔记》(*Los cuadernos de don Rigoberto*, 1997),尤其是这两部小说对于绘画艺术、绘画作品的指涉和借用。

一、另一种现实

我们已经在上一章中介绍过《继母颂》的故事情节。《情爱笔记》是《继母颂》的续篇,故事继续在利马展开:卢克莱西娅和里戈韦托分

---

[1] Carlos Ossa, "Las películas de Vargas llosa", *Revista Chilena de Literatura*, No. 80 (Noviembre 2011), pp. 135 – 142.
[2] Matías Rebolledo, "La palabra, la imagen y el mundo：las novelas de Vargas Llosa en el cine", *Revista Chilena de Literatura*, No. 80 (Noviembre 2011), pp. 143 – 170.

居后,阿方索试图弥补自己的过错,让父亲和继母和解,经常在放学后跑来探访卢克莱西娅,给她介绍他喜爱的画家的作品。他还暗中翻阅父亲记录自己内心生活的笔记本,由此得以了解父亲的私人趣味。他模仿父亲和卢克莱西娅的口吻分别给两人写匿名信,让他们都以为是对方抛出了和解的橄榄枝,最终他们成功复合,家庭破镜重圆。

《继母颂》和《情爱笔记》对现实的再现,与略萨之前的小说作品相比,的确有很大的不同。1988年出版的《继母颂》频繁地运用图像资源来书写性爱主题,性爱主题也几乎成了它唯一的主题,这似乎预示着某种耐人寻味的转向——在一些学者看来是"色情转向",在另一些学者看来则是"图像转向"。比较早出现的一些评论多将《继母颂》视为色情文学,有人对略萨在色情文学体裁方面的新尝试做了肯定,"略萨从色情文学的学徒成为这一高难度艺术的大师",[1]"拉丁美洲对色情文学的贡献并不为世人所知,而《继母颂》将略萨带到了这一体裁的当代实践者的最前沿",[2]也有人认为《继母颂》追求色情性的完满表现而未得,是略萨的一次失败尝试。[3] 里德评价这部小说"格调低下,趣味不高,对性爱、性行为的心理感受写得过露过细,缺乏审美的观照"。[4] 陈众议指出,《继母颂》是"指向形而下的下半身写作",这部作品的发表表明略萨"在后现代思潮的裹挟下'淡化'了意识形态和社会批判色彩"。[5] 也有学者注意到《继母颂》文本形态上的特色:将文学叙事与视觉艺术相结合。费尔(Rosemary Geisdorfer Feal)从"欲望结构"的角

---

[1] Earl L. Rees, "Review:*Elogio de la madrastra* by Mario Vargas Llosa", *Hispamérica*, 53/54(1989), p. 216.
[2] George R. McMurray. "Review:*Elogio de la madrastra* by Mario Vargas Llosa", *World Literature Today*, 1(1990), p. 80.
[3] Ilán Stavans, "Review:*Elogio de la madrastra* by Mario Vargas Llosa", *Chasqui:revista de literatura latinoamericana*, 1(1989), p. 103.
[4] 里德:《写性是为情还是为淫——评略萨的新作〈继母的赞扬〉》,《外国文学》1989年第4期,第94页。
[5] 陈众议:《来自巴尔加斯·略萨的启示》,《当代作家评论》2011年第1期,第136页。

度分析了小说是如何运用绘画作品来表现情欲的。① 斯皮尔曼(Ellen Spielmann)亦注意到《继母颂》中的图文关系,认为略萨将视觉图像处理为文字文本的附庸,从而与以视觉文化为主导的当代潮流背道而驰。② 希拉尔多(Efrén Giraldo)则指出,《继母颂》以艺术史名作推动故事情节的展开,实现了图像与文字文本的紧密合作③;作家力求从绘画与文学的表现可能性中汲取养料,是一种瓦格纳意义上的"整体艺术"(Gesamtkunstwerk)的尝试。④ 关于《情爱笔记》的评论也主要聚焦于情欲的主题和作家对各种艺术表现方法和艺术名作的混合运用。尤苏克·基姆(Euisuk Kim)聚焦于该小说展现的多重欲望,指出小说中的主人公是通过幻想来建构欲望、制造快感,而这些幻想是遵循事先定好的程式的。⑤ 海迪·哈布拉(Hedy Habra)分析了《情爱笔记》的后现代特征:精英艺术和大众文化的混合、对其他作家风格的戏仿、艺术体裁的混用,并且指出,通过与文学作品和绘画作品之间展开的批判性对话,小说人物以一种自反的方式进行了自我重建,⑥还在另一篇文章中研究了这部小说所涉及的艺术作品,指出艺术创造打破时空界限的高超力量,并利用拉康的镜像理论,诠释了阿方索与埃贡·席

---

① Rosemary Geisdorfer Feal, "The Painting of Desire: Representations of Eroticism in Mario Vargas Llosa's 'Elogio de la madrastra'", *Revista de Estudios Hispánicos*, 24.3(1990), pp. 87–106.

② Ellen Spielmann, "Los costos de una huachafería limeña: Boucher, Tiziano y Bacon en manos de Vargas Llosa", *Revista de Crítica Literaria Latinoamericana*, 56(2002), pp. 53–67.

③ Efrén Giraldo, "*Elogio de la madrastra* de Mario Vargas Llosa, obra de arte total, límites y vecindades", *Revista Co-herencia*, 15(2011), p. 240.

④ Efrén Giraldo, "*Elogio de la madrastra* de Mario Vargas Llosa, obra de arte total, límites y vecindades", *Revista Co-herencia*, 15(2011), p. 247.

⑤ Euisuk Kim, "Deseo, fantasía y masoquismo en Los cuadernos de don Rigoberto de Mario Vargas Llosa", *Confluencia*, Vol. 26, No. 2 (Spring 2011), pp. 13–20.

⑥ Hedy Habra, "Postmodernidad y Reflexividad Estética en *Los Cuadernos de Don Rigoberto*", *Chasqui*, Vol. 30, No. 1 (May, 2001), pp. 81–93.

勒之间的平行对应关系,将艺术视为一种用于自我认知的镜像。①马蒂-佩尼亚(Martí-Peña)研究了该作品对戏剧艺术的借鉴,探究了作者是如何使用对话、场景塑造、人物定型等手段,把小说叙事变为戏剧表演、把小说读者变为参与集体偷窥的观众的。②

《继母颂》和《情爱笔记》的情欲主题,以及小说创作对图像资源、视觉艺术的借用,是不是意味着略萨抛弃了他惯于在小说中携带的社会批判呢?他在跨媒介书写方面的新尝试,他的"转向"背后,是否有社会政治的意义呢?

私密空间

这两部小说与略萨之前创作的小说相比,在叙事展开的空间方面有很大不同。之前的小说,展现的是秘鲁乃至拉丁美洲社会的广阔图景:沿海或内陆的大小城市、酷热或苦寒的内陆腹地、险恶或浪漫的热带雨林……在这些地方总是存在残酷的压迫和激烈的反抗,有史诗般或戏剧般的斗争;《继母颂》和《情爱笔记》则退回到私宅之内,并时时进入梦幻的、想象的、艺术虚拟的世界里。简言之,在这两部小说中,叙事展开的空间在很大程度上是个人的私密空间。

私密性在《继母颂》的第一句话就体现了出来:"年满40周岁的那一天,堂娜卢克莱西娅在她的枕头上发现了一封书信……"③枕头无疑是属于私密生活空间的个人物品,书信也是用于私密交流的文本。这两个物件放在整个故事中来看,又具有很重要的预示意义:枕头与贯

---

① Hedy Habra, "El arte como espejo: función y trascendencia de la creación artística en *Los cuadernos de don Rigoberto*", *Confluencia*, Vol. 18, No. 2 (Spring 2003), pp. 160 – 170.

② Guadalupe Martí-Peña, "El teatro del ser: dualidad y desdoblamiento en la escenificación narrativa de *Los cuadernosde don Rigoberto*", *Revista Canadiense de Estudios Hispánicos*, Vol. 28, No. 2 (Invierno 2004), pp. 355 – 375.

③ Mario Vargas Llosa, *Elogio de la madrastra*. Barcelona: Tusquets Editores, 1988, p. 15.

穿整部作品的情色意味紧密相连，阿方索的书信则与小说最后阿方索创作的引发冲突的作文遥相呼应，甚至可以说与《情爱笔记》中起到推动情节戏剧性转换作用的那些匿名信有所对应。在这两部小说中频繁出现的、作为重要物件的里戈韦托的笔记本，以及他收藏的艺术作品，也都是属于私人空间的东西。

在展示过枕上书信的内容后，小说的另一位主要人物里戈韦托就出场了：

> 已经过了午夜，堂里戈韦托在卫生间里，全身心地投入入睡前的复杂而缓慢的清洁仪式中（观赏过色情画之后，清洁身体是他最喜欢的消遣方式，这要比清洁精神还要令他兴奋）。①

私人住宅中的卫生间，可以说是私密空间中的私密空间，它让个人最为彻底地退缩到独处的状态中。它一方面屏蔽了个人的身体，使之避开其他家庭成员的目光，保证了个人身体的私密，一方面是个人从事一切净化身体、保持卫生的活动的场所。里戈韦托的净化身体的活动则要比普通人更为高级，更为彻底。文中所谓的"清洁仪式"（abluciones），并不是一般的盥洗清洁的行为。在西班牙语中，ablución 一词（abluciones 为其复数形式）除了指盥洗，还是一个用于宗教场合的词，指天主教的一种仪式，在此仪式中，神甫在完成授圣餐活动之后，清洗圣杯和自己的手指。从小说的后文我们可以了解到，里戈韦托在年轻时是一个狂热的天主教徒，后来放弃了为理想而战的激进姿态，转而拥抱享乐主义的世俗生活。由此看来，在这里出现的 abluciones 既暗示了里戈韦托的天主教教育背景，又具有某种讽刺意

---

① Mario Vargas Llosa, *Elogio de la madrastra*. Barcelona: Tusquets Editores, 1988, p. 15.

味——如此庄重、带有神圣意味的仪式,不再是为了宗教的目的,而是为了个人享乐的目的了,而且天主教的传统并没有把清洁身体摆在特别重要的位置,甚至是羞于触碰躯体的,因为天主教更为在意的,不是身体的洁净,而是精神/灵魂的洁净。里戈韦托却对身体的洁净更为重视,并且是个不折不扣的享乐主义者,可见他是天主教的叛徒。这里提到的"色情画"(la pintura erótica),相当于中国人的私密空间里压箱底的春宫图,具有提高性爱生活质量之用,无疑也是属于极为私密的个人生活的物品。这是小说中第一次出现的对视觉艺术的指涉。色情画的欣赏,是在里戈韦托的私人空间中进行的,为的是促进更为快适的私密活动——性爱。在小说的后文我们可以看到,色情画本身也成为里戈韦托的私密空间,成了他可以遁入其中的梦幻世界,这个世界或是他独享的,或是他仅仅和爱妻共享的。

比如,当夫妇二人同床共枕时,"她终于睡着了,做了一个极乐的梦,这个梦似乎让堂里戈韦托秘密收藏的那些画作中的某一幅有了生气,活跃起来。他们俩喜欢在夜间一道品评这些画作,为他们的爱寻找灵感[1]"。小说接下来的一章,就是围绕布歇(François Boucher)的名画《浴后的狄安娜》(*Diana después de su baño*,1742)展开的一段梦幻书写,在其中卢克莱西娅成了画中的女神。由此可见,在夫妇二人寝室之内、枕席之间的私密生活中,绘画是为他们的床笫之欢服务的。他们对画作的品评,带有感官刺激的目的,因而不能算是严格意义上的审美活动。康德区分了快适和美这两种不同特性的愉悦,指出前者具有对欲求能力的关系,带有以病理学上的东西(通过刺激)为条件的愉悦,对于无理性的动物也适用,而后者只适用于人类,对美的鉴赏的愉悦是一种无利害的和自由的愉悦。[2] 当观赏画作的活动与性欲的需

---

[1] Mario Vargas Llosa, *Elogio de la madrastra*. Barcelona:Tusquets Editores,1988,p. 65.
[2] 康德:《判断力批判》,邓晓芒译,北京:人民出版社,2002年版,第44页至第45页。

要联系在一起时,心灵成为受感官和欲望支配的奴隶,因而这样的活动不属于审美鉴赏的活动。

在《情爱笔记》中,我们可以注意到,里戈韦托关于自己收藏画作、欣赏画作活动的自述,相比于《继母颂》关于赏画目的的说明,有了微妙的变化。他在他的笔记本中写道:"这样的消遣令我快乐,但它绝对不是作催情剂之用的,因此,我让我的消遣活动保持有限的、低调的状态,仅限于精神层面,不在身体上产生影响。"①在这里,里戈韦托的私密娱乐活动屏蔽了性欲,摆脱了感官刺激,更接近于纯粹的审美活动了。不过,我们也可以认为,这是里戈韦托表达的一种理想,他试图让自己的娱乐活动超越世俗水平,具有崇高的审美品位。这段话是他写给他的住宅建造师的,他在文中说明自己需要怎样的一间宅子,无疑是在阐述自己关于私人生活的理想。在他的理想中,不再是艺术作品服务于人,而是人服务于艺术作品,美在他的私人空间中具有至高无上的地位:

> 我感兴趣的,不是包括您与我在内的这个凡夫俗子的世界,这个让我开心也让我痛苦的世界,而是那些被想象、欲望和艺术技巧赋予了生命的万千生灵,它们存在于我多年来苦心收集的绘画、书籍和版画当中。我要在巴兰科建起的这栋房子,这栋您必须从头至尾根据定好的方案进行设计的房子,就是为这些生灵建造的,其次才是为我、我新娶的太太、我的爱子建造的。我们这一家三口是为这些物品服务的,我这么说可不是在亵渎家人。等您读完这些文字,埋头修改设计图时,也得做这些物品的仆人。
>
> 我刚刚写下的这些,是切切实实的真理,不是什么神秘

---

① Mario Vargas Llosa, *Los cuadernos de don Rigoberto*. Madrid: Santillana, S. A., 1997, p.8.

的比喻。我造这栋房子,为的就是与它们一同经历苦与乐,为的是为它们而喜,为它们而悲。请在为我工作的这段时间里,尽力按我说的去做。①

由此可见,在《情爱笔记》中,里戈韦托的私密空间具有了更为崇高的美学意味。他给建筑设计师下达了苛刻的指令,要求房屋的设计以他的艺术品收藏为中心,唯其如此,他才能在物理的私密空间中更为便捷地遁入精神的私密空间。他收藏的视觉艺术作品不再是地位卑微的催情剂,而是成了被供奉在祭坛上的神灵,这些神灵构成了超越凡庸的高尚世界,比收藏者及收藏者的家人都更有资格享受这栋苦心营造的私宅。里戈韦托使用西班牙语命令式时态第二人称单数的礼貌式来给建筑设计师提要求,这里很清楚地体现出资本主义的雇佣关系。里戈韦托不仅仅是一个追求高尚品位的艺术爱好者,也是一个积累了一定财富、具有财力建造私宅的资产阶级的一员。他要为他神圣不可侵犯的私产建起一座城堡。

《情爱笔记》中也有关于这栋私宅的内部装饰和家具的描写。这些物质细节和里戈韦托关于其私密空间的美学理想是一致的。当卢克莱西娅为了安抚刚刚遭受了惊吓的女佣胡斯蒂尼安娜,把她带到自己和里戈韦托的卧房时,

> 堂娜卢克莱西娅打开落地灯,灯光照亮了宽敞的、带鹰爪造型椅脚的石榴红躺椅,摆放着杂志、中国瓷器和小抱枕的床头柜,以及散落在地毯上的厚圆椅垫。宽大的床、立柜、挂满波斯画、密宗画和日本画的墙壁仍处在阴影中。②

---

① Mario Vargas Llosa, *Los cuadernos de don Rigoberto*. Madrid: Santillana, S. A., 1997, p. 8.
② Mario Vargas Llosa, *Los cuadernos de don Rigoberto*. Madrid: Santillana, S. A., 1997, p. 45.

在文中，"躺椅"一词用的是法语 chaise longue，"厚圆椅垫"一词亦是法语 pouf。这些家具，加上充满东方元素的墙面装饰和中国瓷器，凸显了主人高级（或自认为高级）的美学品位和强大的经济实力。躺椅和床是"宽敞""宽大"的，暗示了在其上可能进行的活动，它们能保证自由的、高质量的性爱活动，是私密空间中占据核心地位的私密空间。里戈韦托的"城堡"保护着的，是他的私密生活，他的艺术藏品，以及与这种生活和这些艺术品紧密联系着的价格不菲的家居用品。

《继母颂》第 12 章围绕一幅画作展开的评析和论述，清楚地展现了这种私密生活的"意识形态"。这一章名为"爱情迷宫"，可以视为对秘鲁画家费尔南多·德·西斯洛（Fernando de Szyszlo,1925—2017）的画作《门迭塔之路 10 号》（*Camino a Mendieta* 10, 1977）的一次"艺格敷词"。[①] 其中有一段如是说道：

> 利他主义的情感，形而上学和历史，中立的推断，善的冲动，慈善的行为，对人类的关怀，市民的理想主义，对同类的同情，所有这些也统统没有了；除了你和我，所有的人类都被抹除了。在最高级的自私主义的时刻，也就是爱的时刻，一切有可能让我们分心的或使我们贫困的东西都消失了。在这里，没有任何东西能阻止我们、抑制我们。[②]

在对这幅画中难以理解的形象进行阐释时，作者使用第一人称和第二人称讲述了两个人之间的缠绵和交媾，这种叙述策略正与上面的

---

① 此词源自希腊语ἔκφρασις，西班牙文为 écfrasis（根据《西班牙皇家语言学院词典》的释义，指对一件艺术品的准确而详细的描述），英文为 ekphrasis 或 ecphrasis（根据《牛津英语词典》的解释，指作为一种文学手段的对一件视觉艺术作品的详细描述）。ekphrasis 一词的汉语译名众多，有"图说""造型描述""艺术转换再创作""艺格符换"等，此处取"艺格敷词"这一在艺术理论界相对使用更多的译法。

② Mario Vargas Llosa, *Elogio de la madrastra*. Barcelona: Tusquets Editores, 1988, p. 160.

那段宣言一致:在这个私密空间里,只有"你"和"我",单数的第二人称和单数的第一人称。所有理性的意识形态,所有的宏大叙事,所有的属于集体的、利他的情感都被这两个人的私密空间拒之在外,这里只能容纳非理性的个人情感,个人激情在这里自由释放。鉴于《门迭塔之路 10 号》这幅画作的抽象性,略萨给出的是极为个人化的解读,这种解读也很难令人信服,因为画家本就没有打算展示多么具体的形象。略萨在描述中使用的诸如"三只腿的厚皮兽"这样的语词,不过是对画中暧昧不明的色块的一种牵强附会的看法。

在《继母颂》和《情爱笔记》提及的众多艺术家中,《门迭塔之路 10 号》的作者费尔南多·德·西斯洛几乎是唯一一个拉丁美洲艺术家。事实上,他和略萨有着不错的私交。略萨开始投身秘鲁政治运动时,他依靠的自由运动组织(el Movimiento Libertad)就是在西斯洛的画室中策划出来的:"1987 年 9 月底,组织过争自由大会的一些人跟我在一起开会,召集人是弗雷迪·科贝,地点在费尔南多·德·西斯洛家里。我们在画稿、面具和印第安人的羽毛披饰的包围下,就秘鲁的前途交换看法。"①在略萨的政治活动中,费尔南多·德·西斯洛也是他坚定的战友。这位生于秘鲁的画家,其父为波兰人,其母为秘鲁人,曾在欧洲长期游历和学习。纽约大学艺术史教授爱德华·沙利文(Edward J. Sullivan)评论他的作品说:"20 世纪 50 年代,西斯洛形成了自己的独特风格,他创作的生物形态似乎漂浮在一个非特定的虚空世界。"②沙利文还引用了略萨对西斯洛的评论,并指出略萨的矛盾之处,

秘鲁小说家马里奥·巴尔加斯·略萨评论道:"西斯洛

---

① 马里奥·巴尔加斯·略萨:《水中鱼——巴尔加斯·略萨回忆录》,赵德明译,上海:华东师范大学出版社,2016 年,第 132 页。
② 爱德华·沙利文:《美洲现代艺术之路:1910—1960 年西半球艺术》,钟萍译,北京:中国画报出版社,第 219 页。

最受称道之处在于他将古代与现代融合在一起,弥合了欧洲抽象主义和前西班牙工艺学之间的鸿沟。这些痕迹犹如古老的记忆或怀旧之情,在他的画中挥之不去。"但巴尔加斯·略萨拒绝接受图像本身的任何传统土著主义或历史特殊性的说明。①

一方面,略萨肯定了西斯洛对秘鲁土著艺术传统的传承,另一方面,他又不愿进一步阐释西斯洛是如何再现这种传统的,或许是因为,略萨拒绝把西斯洛诠释成一个类似秘鲁土著主义作家那样的"土著主义"(indigenista)艺术家。我们在前文中已经提到,略萨对"乡土"题材是深恶痛绝的。在他的美学信条中,秘鲁文学、秘鲁艺术不应以单纯地复制土著文化传统、虚假地炫耀"民族文化"为能事。在爱德华·沙利文看来,西斯洛确实如略萨所说是"将古代与现代融合在一起,弥合了欧洲抽象主义和前西班牙工艺学之间的鸿沟"。沙利文以画家创作于1959年的《卡哈马卡》为例,说明了这种二元性是如何共存于西斯洛的诸多作品之中:

> 画面是由深浅不一的红色、橙色和黑色组成的漩涡。画面基本上由两部分组成:上部是隐隐约约的圆形,下部则是更无定形的盒子状图形。它们被黑色带子固定在画布边缘,起到约束作用,将主要部分固定在适当位置,限制了元素的移动。这些元素似乎体现了自然的力量,渴望打破眼前图像的边界。几块策略性的蓝色斑块缓解了猩红色的主色调。一方面,这幅画是对纯形式的研究,是一篇几乎不包含质量和反对停滞的视觉论文。不过,他总是很注意作品的标题。

---

① 爱德华·沙利文:《美洲现代艺术之路:1910—1960年西半球艺术》,钟萍译,北京:中国画报出版社,第219页。

标题往往是关键,至少暗示了一些地方和事件。这幅画的标题是安第斯高地秘鲁北部的一个城市名称。卡哈马卡因其保存完好的殖民地遗迹而闻名。它是前西班牙时代的重要遗址,也是导致印加帝国在以弗朗西斯科·皮萨罗为首的西班牙侵略军手中灭亡的最具决定性的血腥事件的发生地。正是在卡哈马卡,皮萨罗的部队俘虏并谋杀了印加帝国的皇帝——阿塔瓦尔帕,这帮助西班牙占领了广袤的安第斯地区,建立了包括现代南美洲南部大部分西语国家的秘鲁总督辖区。因此,人们可以从多个层面理解西斯洛的画。他的艺术为安第斯艺术家开辟了一条道路,以避免土著主义的社会意识象征传统的限制。但西斯洛也坚持一种历史感,而没有落入本质主义或文化民族主义的文字形式的陷阱。①

爱德华·沙利文对西斯洛画作的解读,明显比巴尔加斯·略萨更具专业艺术批评的水准,揭示了这些抽象色块的两重意义:一方面展示了暗含在静止之中的运动,以及色彩之间的力量关系;另一方面联系画作标题,引出了"卡哈马卡"所代表的宏大叙事。略萨解读的《门迭塔之路10号》(Camino a Mendieta 10)这幅作品,其标题同样可能如沙利文所说,"暗示了一些地方和事件",因为门迭塔(Mendieta)是秘鲁的一处海湾的名称,是一个确切的地名。在《继母颂》中,这幅画作可能隐含的对秘鲁历史或现实的指涉被隐去了。在略萨的艺格敷词中,没有秘鲁社会过去的和现在的苦难,没有剧烈血腥的武装冲突,只有超脱了一切历史、远离了一切矛盾的两个相爱的魂灵。我们在前文中提到,沙利文引用了略萨对西斯洛的评论,略萨并不认为他的这位艺术家同胞是拒绝秘鲁土著文化传统的。略萨也曾撰文盛赞西斯

---

① 爱德华·沙利文:《美洲现代艺术之路:1910—1960年西半球艺术》,钟萍译,北京:中国画报出版社,第219至第221页。

洛的画作,并且把他的画作和宏大叙事联系起来。就在距离出版《继母颂》并不久的 1991 年,略萨发表了一篇题为《迷宫中的西斯洛》("Szyszlo en el laberinto")的评论文章,将西斯洛的画作与博尔赫斯的小说、巴列霍和帕斯的诗相提并论,认为西斯洛同样是拉丁美洲文化身份的缔造者之一:"在西斯洛的画中,我们同样能发现,这就是拉丁美洲最为高超的表达,其中包含着我们最好的状态,以及我们拥有的最为珍贵的东西。"①他试图辨认出西斯洛画作中的暧昧形象:

  在他的画中,总是有点什么东西。不仅仅是形状和色彩。是一种难以描述却并非难以感受的演出。是一种仪式,有时候,像是在一尊原始的祭坛上进行的献祭。是一场野蛮残暴的祭礼,一个人在其中流血、解体、献出自己,并且或许也感受到欢欣。无论如何,在他的画中有某种不能一眼就懂的东西,需要通过意念、噩梦、幻觉才能抓住。我的记忆中常常浮现出那个怪异的图腾,也可能是内脏器官,或是覆盖着令人不安的祭品的纪念碑,它是西斯洛的画中从很早开始就一直存在的一个人物。我无数次地自问:它是从哪里来的?它是谁?它是什么?
  我知道,这些问题是没有答案的。但是,对于那些走进他的世界的人来说,能提出这些问题,能在记忆中让这些问题保持活力,则是真正了解费尔南多·德·西斯洛的艺术的最好的证明。他的艺术,正如拉丁美洲一样,深入已经消亡的文明的暗夜里,和世界上任何一个角落里新出现的文明展开交流。②

---

① Mario Vargas Llosa, "Szyszlo en el laberinto", *Arts d'Amérique Latine: Marges et Traverses*, (Juin 2003), p. 207.
② Mario Vargas Llosa, "Szyszlo en el laberinto", *Arts d'Amérique Latine: Marges et Traverses*, (Juin 2003), pp. 208 – 209.

由此可见，在这篇艺术评论中，略萨肯定了西斯洛画作的开放性，也就是说，画面中的形象可以有多种解读，也肯定了在理解这些画作的过程中，梦幻、想象、非理性的感悟起着至关重要的作用。这两点和他在小说中对西斯洛画作展开的艺格敷词是一致的。但在小说中，略萨没有使用"拉丁美洲文明"或"拉丁美洲身份"之类的宏大字眼，西斯洛的画作的意义，仅在于可以缔造一个只容相爱的一男一女在其中的私密空间，或者说仅在于可以讲述一个关于男女之间私人情感的故事。画作流露出的原始性——形似祭坛的色块、类似表意符号的难以名状的图形，与小说文字表达的最纯粹、最原始的人类情感相契合。巴尔加斯·略萨和费尔南多·德·西斯洛，一为秘鲁现代文学在世界文学舞台上的代表，一为秘鲁现代绘画在世界艺术舞台上的代表，在美学追求上是有着一致之处的：用现代的、国际化的艺术手段来讲述秘鲁故事，再现秘鲁的历史和现实。只不过，在《继母颂》和《情爱笔记》里，略萨要讲的秘鲁故事不在保存着大量前哥伦布时代文化遗迹的安第斯山区，而是在秘鲁最现代化的都市中的最现代化的私宅中。

不独在绘画中，里戈韦托在音乐中也能建立起他的私密空间。在《情爱笔记》中，他有这样的宣言：

> 对于我来说，音乐的义务就是让我浸没于一种由纯粹感觉构成的迷狂中，让我忘掉生命中最为无聊的那部分，也就是说，属于城市的那一部分，清空我的种种忧虑，让我置身于一块和周遭的肮脏现实没有接触的飞地，使我因而能旁无杂念地展开幻想（经常是色情幻想，主角永远是我的妻子），有了这些幻想，我的人生就还算可以忍受了。如果是太具现场感的音乐，让我一下子喜欢得不得了，或是声响过大，让我分心，需要我去关注它并且也成功地吸引了我的关注的话——比如加德尔、佩雷斯·普拉多、马勒，所有的默朗格（merengue）舞曲和五分之四的歌剧，那就是糟糕的音乐，会

被我驱逐出我的书房。正是因为这一原则,我喜欢瓦格纳(虽然他的大号小号很烦人),尊重勋伯格[1]。

我们在前文中引用过《公羊的节日》里小说人物对音乐的评价:"这是她熟悉的气氛:叫喊声、马达声、高音喇叭的广播声、默朗格舞曲、萨尔萨舞曲、丹松舞曲、博莱罗舞曲、摇滚舞曲、说唱乐,一切都混杂在一起,尖叫着互相攻击,吵闹地向她袭来。"和《公羊的节日》中的乌拉尼亚一样,里戈韦托也不喜欢过于吵闹的音乐。乌拉尼亚对这种音乐的痛恨,与故土在她心中留下的苦痛回忆有关,而里戈韦托之所以也讨厌过于喧闹的音乐,只是因为这样的音乐会喧宾夺主——我们可以在他的这段宣言中看到,在他精神的私密空间中,音乐只是起一种辅助的作用,或者说,音乐只是引导他去往精神飞地的一种过渡工具。在他珍视的个人精神生活中,他并不专注于欣赏音乐,正如在赏画时,他往往并不关心画作的美学内涵(所谓"有意味的形式")或艺术史意义,而是要借助画中的形象展开性幻想。

里戈韦托在这段宣言中提到,音乐能让他"忘掉生命中最为无聊的那部分,也就是说,属于城市的那一部分"。这指的应是他按部就班、朝九晚五的职业工作,这样的工作每天在城市的写字楼里进行,周而复始。这就是韦伯的"铁笼",是现代人难以逃避的去人性化的秩序。在文学史上,我们可以找到很多为个人精神自由构筑的空间。英国浪漫主义诗人的湖畔,"久在樊笼里,复得返自然"的陶渊明在南山下开辟的田园,都是这样的"和周遭的肮脏现实没有接触的飞地"。从小说中我们可以推断,里戈韦托虽生活富足,却还得做一份他并不全心喜欢的工作,算是一个高级中产。他的积蓄还不足以支撑他过上贵族式的隐居生活。于是,他只好在艺术作品的包围中构筑一个为时有

---

[1] Mario Vargas Llosa, *Los cuadernos de don Rigoberto*. Madrid: Santillana, S. A., 1997, p. 123.

限的私密空间,短暂地逃避一下现实。

个人主义的乌托邦

里戈韦托苦心营造的私密空间,换句话说,就是一种个人主义的乌托邦。正如《情爱笔记》中所说:"当里戈韦托时时受着甜蜜畅想的驱使,将自己抛却在这些乌托邦之中时,它们是个人化的乌托邦,是不会与其他人的自由意志缠绕在一起的。这些个人化的乌托邦,不也是合理的吗?它们和集体主义的乌托邦大不一样。后者是自由的顽敌,总是携带着一场灾祸的种子。"[1]"乌托邦"的概念,从它在托马斯·莫尔的那部名著的源起来说,是与集体联系在一起的,寄托了生活在不公社会中的人对于人人平等、公平正义的社会秩序和纯洁道德风尚的梦想。19 世纪的空想社会主义再一次丰富了乌托邦的理念。随着近现代人类的一次次社会集体乌托邦计划的失败,在文学中越来越多地出现了关于乌托邦的反思,并且形成了一种"反乌托邦"的幻想叙事。在这些叙事中,人类群体的美妙梦想往往最终成为噩梦,对进步、自由、解放的追求最终悖论般地演变成对个人的奴役。正因为"乌托邦"已经承载了过多的负面含义,略萨才在提到这个概念时,坚持区分个人的乌托邦和集体的乌托邦,对前者不吝赞美之词,对后者大加贬斥。

在《情爱笔记》中,略萨就借里戈韦托的私人笔记鼓吹个人主义、反对群体空想。在里戈韦托对女权主义运动展开批判的文字中,我们可以读到:

> 我想告诉您的是,一切试图超越为个人主权而做的斗争(或是把这种斗争放到次要的层面)、将集体(种族的、性别的、宗教的、嗜好的或是职业的)利益放在个人之前的运动,

---

[1] Mario Vargas Llosa, *Los cuadernos de don Rigoberto*. Madrid: Santillana, S. A., 1997, p.129.

在我看来都是一种阴谋,这种阴谋为的是进一步控制本就已经深受迫害的人类自由。这种自由只有在个人的层面,只有在这温暖的、不可分割的国度里,才能获得它最全面的意义。①

在20世纪下半叶的西方社会,各个长期受歧视或迫害的群体发起了平权运动,并且得到了很多知识分子的支持。在创作《继母颂》和《情爱笔记》时,略萨大部分时间都不在秘鲁,而是在西方发达国家的大城市,对这些浪潮、呼声和思想耳濡目染。他保持了批判的姿态,将个人自由的不可侵犯视为比群体利益更高的原则。作为略萨思想在小说中的化身,里戈韦托就表现为一个不热心参加任何社会运动、把工作以外的精力和激情都投入家庭生活和个人享受之中的利马市民。对群体空想的否定、批判和嘲讽,让个人主义的乌托邦显得更为合理、崇高,并且带上了一点孤傲的气质。在艺术收藏的衬托之下,里戈韦托的个人主义乌托邦更是熠熠生辉。

略萨在他的杂文写作中也阐发过这种捍卫个人自由的观点。在一篇批判民族主义的文章中,他以个人自由为标准描述了人类的进化史,把人类文明的演进看成一个个人从原始部落中解放出来的进程:

出生在阿姆布丹的群山间是一种偶然,而非命定;出生在天主教社区、无神论者家庭或穆斯林家庭,出生在吃素的人家或是食人族部落里,出生在讲西班牙语的家庭或讲加泰罗尼亚语的家庭,也是一样。这些信息对于判定一个男人或者女人的身份都是非常重要的,但也不是能预示一切的,不是本质的,除非是在极端原始、野蛮的社会当中,在这样的社

---

① Mario Vargas Llosa, *Los cuadernos de don Rigoberto*. Madrid: Santillana, S. A., 1997, p. 39.

会里,个人和自由还未曾开始存在,人的命运从摇篮开始就不可避免地被盖戳论定了,就像鱼、鸟、兽的命运那样。

　　文明可以用很多种方式来定义,但最有说服力的定义,肯定是将它解释为一个人类从部落当中解放出来、成为独立个体的进程,在这个进程中,通过意志的举动、劳动和创造,人渐渐地具有了超越自然条件和社会条件限制的能力,可以走出自己的一条路,书写自己的历史。在人类的这一漫长的变化史中,18世纪开始陆续出现的民族国家是一种倒退,一次失足,使得个人向着全面获得其主权——也就是说,自由——的目标而进行的远征中止了,退回到部落的状态,个人沦为群体中的一个小角色,要是离开了群体,就无法定义自己,也无法存在于世。[①]

　　这段文字集中体现了略萨关于身份政治的思考。他否认命定式的、本质意义的身份的存在,把民族主义的出现看成历史的倒退。按照他的文明进化观,凡是阻碍个人自由实现的思想,就是野蛮的、保守的、落后的;凡是促进个人自由实现的思想,就是文明的、进步的、先进的。从这个意义上说,醉心于个人私密空间中的精神享受的里戈韦托是一个具有"先进"理念的秘鲁人——当然,这里的"先进",是相对而言的。

　　关于里戈韦托这个小说人物的生平,《继母颂》偶有提及。我们可以从中窥见略萨本人的一点模糊身影:

　　　　年轻的时候,他曾是天主教行动组织的狂热斗士,梦想着改变世界。他很快就明白,和一切的集体理想一样,那也

[①] Mario Vargas Llosa, *Desafíos a la libertad*. Méxoco D. F.: Aguilar, 1994, p. 246.

是一个不可能实现的、注定要失败的梦。他的实干主义精神让他不再在早晚要输掉的战役中浪费时间。他想,也许,只有对于退缩到有限空间中(个人清洁或者性爱)和有限时间中(每晚睡前的净身活动)与世隔绝的个人来说,完美的理想才是可能的。①

原来,青年时代的里戈韦托是一个保守主义者——天主教行动组织的活跃一员。他和《酒吧长谈》中的青年圣地亚哥相映成趣。前者偏右,后者偏左,但在本质上是同一类人——满怀青春激情和改变世界的理想,加入以改变世界为目标的组织,投身于社会运动之中,在梦想破碎、经历了幡然醒悟(desengaño)之后放弃了理想的人。

《酒吧长谈》中的圣地亚哥的原型就是青年略萨。作家在自传中承认:"在这部长篇小说里,经过改头换面之后,表现了我们在圣马尔科斯大学里的一些故事。"②略萨在这所大学里念书时,曾加入过一个叫"卡魏德"(Cahuide)的学生组织:"从我们进大学以后不到一个月,我们就成立了一个研究小组,这是卡魏德(处于地下秘密状态的共产党试图重建的名称,几年前由于镇压、脱党和内部分裂,这个名称已经销声匿迹了)的成员必须步入的第一阶段。③"这个组织也曾积极地展开活动(略萨在其中化名为"阿尔贝托同志"),但最终并没有在多大程度上改变世界。略萨回忆道:

在我参加卡魏德一年多的时间里,我们的革命业绩是微

---

① Mario Vargas Llosa, *Elogio de la madrastra*. Barcelona: Tusquets Editores, 1988, p.80.
② 马里奥·巴尔加斯·略萨:《水中鱼——巴尔加斯·略萨回忆录》,赵德明译,上海:华东师范大学出版社,2016年,第209页。
③ 马里奥·巴尔加斯·略萨:《水中鱼——巴尔加斯·略萨回忆录》,赵德明译,上海:华东师范大学出版社,2016年,第202页至第203页。

乎其微的:企图轰走一个教师(没有成功),给系学生会办了一份小报(只维持了两三期),在圣马尔科斯内组织了一次声援电车工人的罢课。另外,还为报考圣马尔科斯的学生组织了一期免费系列讲座,这样我们就可以为团体招募新兵了,我讲了一次文学。①

由此可见,这个由一批怀揣梦想的年轻人组成的团体,基本上还只是在校园范围之内活动,而且非但没有改变世界,连校园之内的世界也没能改变得了。"卡魏德"的行动与失败,也被略萨写进了《酒吧长谈》中。在《继母颂》里,里戈韦托青年时代的"壮举"则是一笔带过了。

不过,在梦想破碎之后,里戈韦托的生活无疑比圣地亚哥要幸福得多。如果我们把这两个小说人物都看成略萨的化身,那么他们可以说代表了略萨在人生不同阶段的两种心境:在写作《酒吧长谈》时,他想起自己破灭的梦想,感到更多的是无望、灰心、愤懑;在写作《继母颂》和《情爱笔记》时,他已经完完全全拥有了新的理想,对实干的企业家精神、丰裕的物质生活、个人精神的完满大加赞赏,也流露出一种个人成功之后的志得意满。

在个人私密空间里享受生活的里戈韦托,是不是完全没有改变现实世界的想法了呢?他是不是一个去政治化的人物?在《情爱笔记》中,我们却也能发现里戈韦托间或冒出的一些改变世界的荒诞想法,比如,

> 堂里戈韦托在狂怒中抓起笔写道:"虽然我憎恶乌托邦,明知乌托邦对于人类生活来说意味着灾难,现在我期待这样

---

① 马里奥·巴尔加斯·略萨:《水中鱼——巴尔加斯·略萨回忆录》,赵德明译,上海:华东师范大学出版社,2016年,第207页。

一种乌托邦的出现:城市里所有的男孩儿在年满十周岁时,由三十多岁的已婚妇女来终结他们的处男状态,这项工作最好是由他们的姑姨、女老师或教母来完成"。①

当然,这样的梦想是不可能实现的。这只是里戈韦托个人享乐主义的某种极端化、怪诞化的表达,像是疯人呓语,或者说是一个与现实脱节的人放出的狂言。沉浸在个人精神生活里的里戈韦托,从某种程度上说,是一个隐士。

我们可以在中国古典文学当中看到隐士的大量存在。许多留下千古名句的文学家,都是在政治生活之外构筑起一个物质上和精神上的私人空间,通过诗文阐发隐逸出世的主题。他们要么是在政治理想幻灭之后隐匿于山林之中、田园之间,要么是在出仕入世的同时,在业余生活的空间中建一方园林,在诗文里暂时逃避一下凡尘。日本学者谷口高志指出:

中唐以降,重视人为的思想中缺少对抗现实世界以创造出新理想乡的热情,相反这种思想明确地和与公相对的私人领域紧密联系在一起,其结果便形成了在密闭的个人世界中,创造出仅属于自己的理想乡,派生出趣味化的生活意识。即忘却世事,投入诗文或琴棋书画等私人活动之中,以图精神世界的安定,产生出被称为文人趣味的生活方式。②

这段话也适用在里戈韦托身上,他也是在创造乌托邦的梦想破灭之后,遁入私人空间中,追求高尚趣味,构筑一方闲适的精神世界。谷

---

① Mario Vargas Llosa, *Los cuadernos de don Rigoberto*. Madrid: Santillana, S. A., 1997, p. 126.
② 浅见洋二、高桥文治、谷口高志:《有皇帝的文学史——中国文学概说》,黄小珠、曹逸梅译,南京:凤凰出版社,2021年,第278页。

第三章 略萨小说的跨媒介书写

口高志在谈到魏晋文学时认为,像嵇康这样的隐士,其拒绝出仕、隐于山野的行为并不是个人的行为,而是包含了对当权者及其政治机构的强烈批判,因此可以说,隐逸是一种不参与政治策划、对抗当权者的行为,换言之,隐逸是与政治权力关系紧张的产物,隐士是一种极端的政治人物。① 如果我们联想到略萨出入秘鲁政坛的经历,则可以推断,他在《继母颂》和《情爱笔记》中精心营造的充满艺术和幻想意味的个人主义乌托邦与其说是逃避政治的,不如说是代表了他与秘鲁现实政治之间的紧张关系——他要借小说来寄托他终未实现的政治理想。

根据略萨在自传《水中鱼——巴尔加斯·略萨回忆录》中的回忆,在创作《继母颂》时,他已经投入秘鲁反国有化政治运动中,在写作时"经常走神,从《继母颂》中的里戈韦托和卢克莱西娅的性爱场面跳到秘鲁正在发生的事上去"。② 略萨从文坛走到了政坛,从作家成为秘鲁总统候选人。在《水中鱼——巴尔加斯·略萨回忆录》中,略萨阐述了当年他的竞选团队一再向秘鲁民众宣传的政治纲领:"开放市场,鼓励竞争和个人积极性,不反对私有制而是尽量发展,让我们的经济和心态非国有化……"③在他看来,秘鲁推行多年的国家干预市场、主导生产活动的经济体制严重抑制了个体经济充分发展的可能,挫伤了私营企业主的积极性,需要深刻改革。略萨在文学上对个人享乐的重点关注、对个人私密空间和个人自由的肯定与在政坛上发表的这种鼓励私有经济、带有鲜明新自由主义色彩的宣言正相合拍。在创作《情爱笔记》时,他已经品尝了竞选总统失败的苦果,却并没有放弃他的政治理想,继续在虚构和非虚构写作中阐发他的"先进"思想,同时不断对

---

① 浅见洋二、高桥文治、谷口高志:《有皇帝的文学史——中国文学概说》,黄小珠、曹逸梅译,南京:凤凰出版社,2021年,第257页。
② 马里奥·巴尔加斯·略萨:《水中鱼——巴尔加斯·略萨回忆录》,赵德明译,上海:华东师范大学出版社,2016年,第65页。
③ 马里奥·巴尔加斯·略萨:《水中鱼——巴尔加斯·略萨回忆录》,赵德明译,上海:华东师范大学出版社,2016年,第33页。

秘鲁当局的种种作为发出批判,尤其是不放过在竞选中击败他、成功当选秘鲁总统的阿尔贝托·藤森。恩里克·克劳泽在回顾略萨的创作历程时写道:

> 对于巴尔加斯·略萨来说,这场巨大的政治探险已经结束了①。虽然他依然持续强调自己的政治立场,但从那一刻起他还是回到了文学创作中。文学并不是他的避难所,而是他自己的一个清静空间,最重要的是他在那里拥有自由。在回归到小说之前,他选择了一种过渡的仪式,那就是驱魔般地撰写一部自传。②

克劳泽并没有指出略萨在他的"清静空间"里编织的政治理念,也没有提到,在《公羊的节日》代表的"回归"之前,略萨实际上还创作了小说《情爱笔记》。在《情爱笔记》里,在里戈韦托隔绝于世的个人隐秘空间里,实际上潜藏着略萨未竟的政治野心。

消失的阶层差距

《继母颂》和《情爱笔记》这两部小说的故事发生在利马的高档住宅和高级会所之中,很少展现略萨小说曾惯于表现的秘鲁社会巨大的阶层矛盾和社会冲突。在《情爱笔记》里,当卢克莱西娅身处喜来登(Sheraton)酒店的豪华套房时,

> 她来到客厅,发现那个男孩儿已经把房间里所有的灯都关上了,只留了远处角落里的一盏小灯。在巨大的落地窗外

---

① 指竞选秘鲁总统。
② 恩里克·克劳泽:《救赎者:拉丁美洲的面孔与思想》,万戴译,北京:北京日报出版社,2020年,第467页。

的下方,万千只萤火虫闪烁在一个倒转过来的天空中。利马像是被装点成一个大城市;黑暗抹去了它的破烂外表,它的满身油污,甚至也抹去了它难闻的气味。一阵由竖琴和小提琴奏出的带着颤音的柔和乐声笼罩了房间中整个的阴影部分①。

此处对利马的描述,有一丝讽刺的意味。它"像是被装点成一个大城市",意味着它不是大城市。在一个外资酒店的豪华套房的视角下,它位居下方,暗示了其落后和欠发达。那"万千只萤火虫"不仅包括城市中的公共照明,也包括了面积巨大的贫民窟发出的灯光。这些灯光在黑夜中组成的壮观景象,构成了一种现代化发达都市的幻觉。这种隐去了种种丑陋和肮脏的景象,只有身居高位才能看到——在豪华酒店的高高在上的套房里,或是在飞机上。艺术进一步起到了遮蔽破烂表象、美化现实之用——柔和的乐声在这间豪华套房中回荡,让落地窗中虚幻的利马景象更为可人。在整部小说中,我们能看到的利马城始终是一个被抹去了种种令人不适的外观、令人赏心悦目的极乐之地。频频被注入的艺术元素,掩盖了这座城市本来存在的社会矛盾。

在卢克莱西娅面前,长期跟随她的女佣胡斯蒂尼安娜既能做好自己的本分工作,又能时时承担闺蜜的角色。在《情爱笔记》的第二章,有一段卢克莱西娅和阿方索的对话提到胡斯蒂尼安娜。阿方索先问卢克莱西娅,她是不是很喜欢胡斯蒂尼安娜? 卢克莱西娅说:

是的,我很喜欢她。对于我来说,她不仅仅是一个雇工。
这几个月以来,我再一次要适应独居的生活,要是没有胡斯

---

① Mario Vargas Llosa, *Los cuadernos de don Rigoberto*. Madrid: Santillana, S. A., 1997, p. 136.

蒂尼安娜,我就不知道怎么办了。她一直是我的朋友,我的死党。我就是这么看她的。利马人关于女佣的那些愚蠢的偏见,我是没有的。

阿方索又问卢克莱西娅,在她看来,胡斯蒂尼安娜漂亮吗?卢克莱西娅给予了肯定的回答:"是的。她很有秘鲁人的特点,肉桂色的皮肤,浑身透着一股机灵劲儿。"①

卢克莱西娅一直是利马富裕阶层的一员。《情爱笔记》中有一个她和她曾经的一个追求者曼努埃尔之间的故事。她和曼努埃尔聊到了他们共同的成长环境——在米拉弗洛雷斯区(Miraflores,或译观花埠)度过童年,在圣伊西德罗区(San Isidro)度过青年时代。② 这两个区都是利马的高档社区。曼努埃尔掌握的语言非常有限,他"只会西班牙语的秘鲁用法,更确切地说,他只会米拉弗洛雷斯和圣伊西德罗这两个社区的西班牙语"。③ 尽管曼努埃尔是里戈韦托想象出来的一个人物,但这个人物的种种特征也正是他和卢克莱西娅所属的那个阶层的真实写照。他们的生活范围,在很大程度上是有限的、封闭的。他们在大部分时间里只跟与自己同一阶层的人来往,除了家里的佣人。他们绝少走到自己生活的社区之外的世界,对那个真实的、深层的秘鲁缺乏了解。而胡斯蒂尼安娜则来自那个真实的、深层的秘鲁。她的皮肤是"肉桂色",这是秘鲁印第安人或印第安人与非洲裔混血的肤色。在利马高档社区的一栋栋私宅中,有成千上万个和她同样肤色的女佣,她们往往来自安第斯山区,为了更好的生活,来到与山区判若

---

① Mario Vargas Llosa, *Los cuadernos de don Rigoberto*. Madrid: Santillana, S. A., 1997, p. 15.
② Mario Vargas Llosa, *Los cuadernos de don Rigoberto*. Madrid: Santillana, S. A., 1997, p. 77.
③ Mario Vargas Llosa, *Los cuadernos de don Rigoberto*. Madrid: Santillana, S. A., 1997, p. 78.

两个世界的利马,常常因为肤色、出生地、口音或生活习俗而受到主人的歧视。她们的主人多是秘鲁的土生白人,是欧洲移民的后代。这种主仆关系复制了殖民地时代的权力结构:欧洲殖民者或欧洲殖民者的后代统治着印第安人以及肤色较深的混血人,肤色的深浅决定了社会地位的低与高。略萨也在非虚构写作中承认秘鲁的种族偏见的存在:

> 一说起种族偏见,人们立刻会想到处于特权地位的人对于被压迫、被剥削阶层的歧视,具体到秘鲁,就是白人对印第安人、黑人和其他混血种人(印欧、黑白混血)的歧视;如果简而言之,实际情况是经济大权往往集中在一小撮欧洲后裔手中;贫困毫无例外地压在秘鲁土著和非洲后裔身上。这少数白种人以及由于金钱和地位的高升而变成的白人,从来不掩饰他们对另一种肤色和文化的秘鲁人的歧视。……1990年,中产阶级的力量十分弱小,无力缓和经济金字塔尖上——大部分是白人——与数百万社会地位低下、贫困之极的秘鲁人之间的严重紧张状态。[①]

在《继母颂》和《情爱笔记》中,这种紧张的权力-社会关系被消弭了,或者说,被粉饰、美化了。在卢克莱西娅的话语里,胡斯蒂尼安娜首先是一个"雇工"(empleada)。在《情爱笔记》中,里戈韦托公司的一个叫费托·塞波亚的员工在老板的私宅参加一个聚会时见到胡斯蒂尼安娜。出于玩弄底层阶级妇女的本能式的恶癖,他对胡斯蒂尼安娜动起了心思。他带着猥亵的腔调说:"多漂亮的女仆哪!"卢克莱西娅当场教训他说:"'女仆'(sirvienta)这个词很难听,是表示轻蔑的,而且还有点儿种族主义。费托,胡斯蒂尼安娜是一个雇员(empleada),和

---

① 马里奥·巴尔加斯·略萨:《水中鱼——巴尔加斯·略萨回忆录》,赵德明译,上海:华东师范大学出版社,2016年,第418页至第419页。

你一样。里戈韦托、阿方索和我都很喜欢她。"①在这里,卢克莱西娅用雇员(empleada)这个词取代了女仆(sirvienta),表明胡斯蒂尼安娜的地位和费托是平等的。后者似乎还停留在殖民地时代的封建观念里,把一个深肤色的女佣看成可以被上等人随意玩弄的奴隶。卢克莱西娅用现代资本主义的观念来纠正他,把她一家人和胡斯蒂尼安娜的关系定性为雇佣关系。《继母颂》交代过卢克莱西娅和胡斯蒂尼安娜关系的源起。卢克莱西娅刚刚被里戈韦托娶进门时,家中的仆人们都跟她处得不错,尤其是胡斯蒂尼安娜。卢克莱西娅把她提到了侍女(doncella)的级别——由此可见家仆之中亦有等级结构,胡斯蒂尼安娜也借此证明了自己的能力:"效率高、机灵、十分爱干净、无可置疑地忠顺。"②很难否认,胡斯蒂尼安娜就是一个传统意义上的女仆。无论如何,"雇员"的观念更为"进步",无疑也是略萨赞同的理念。根据略萨的政治经济理念,要改变秘鲁延续自殖民地时代的社会不平等的状况,正确的做法不是用再分配的手段补贴深肤色的穷苦人——那也是一种种族主义的做法,而是让全民获得在自由市场竞争的机会,用他的话说,"繁荣的到来,不是靠对现有财富的再分配——这意味着传播贫困——而是通过制度,一种人人能有机会进入市场经济、进入企业管理、进入私人合法占有的制度",③"改革计划不是把私有化看成消灭国库赤字、为空虚的国库提供财源的纯粹手段,而是看作为创造大批新股东、发展大众化的资本主义、给几百万受唯利是图的制度排斥和歧视的秘鲁人打开市场和生产财富的快速通道。"④可是,如何让那许

---

① Mario Vargas Llosa, *Los cuadernos de don Rigoberto*. Madrid:Santillana, S. A., 1997, p. 41.
② Mario Vargas Llosa, *Elogio de la madrastra*. Barcelona:Tusquets Editores, 1988, p. 52.
③ 马里奥·巴尔加斯·略萨:《水中鱼——巴尔加斯·略萨回忆录》,赵德明译,上海:华东师范大学出版社,2016年,第355页。
④ 马里奥·巴尔加斯·略萨:《水中鱼——巴尔加斯·略萨回忆录》,赵德明译,上海:华东师范大学出版社,2016年,第441页。

多既没有受过基础教育,又没有本金的贫民成为创业者呢?略萨的理念是脱离现实的,他最终也没有被选上总统。但这并不妨碍他继续在小说里宣扬他的资本主义促进社会平等和经济繁荣的理念。卢克莱西娅不但把胡斯蒂尼安娜看成一个拿工资的有尊严的雇员,更是把她当成须臾不离的密友。从小说描绘的种种细节,我们可以清楚地看到,她们的关系已经超越了简单的雇佣关系,也超越了朋友关系——在里戈韦托的幻梦、臆想和阿方索的仿画游戏中,在这些跨媒介书写中,她们之间的阶级差距仿佛没有了,她们成了一对恋人。

《继母颂》的第五章是围绕名画《浴后的狄安娜》展开的一段艺格敷词。在这些带有浓厚的梦幻气息的文字中,卢克莱西娅成了画中的女神狄安娜,胡斯蒂尼安娜成了画中的另一个美女形象,是狄安娜的女亲信(favorita):"在我右边,是我的女亲信胡斯蒂尼安娜,她正弯着身子凝视我的一只脚。我们刚刚洗浴完,现在我们要互相爱抚了。"[①]布歇的画展示的静态形象,正是一个裸体女性在侧着身子凝视另一个裸体女性伸出的左脚,至于她们下一步要干什么,则是作家的想象了。女神与其女亲信的关系,符合卢克莱西娅与胡斯蒂尼安娜之间的主仆关系。她们之间是不平等的,这种关系不可能发生倒转——端坐着把脚伸出来给女伴看的,必然是二者中地位更高者;弓着身子以仰慕的姿态欣赏同伴的美足的,必然是二者中地位更低者。这种不平等关系被随后想象出来的二人之间的爱抚之举抹平了:

> 他看到我抚摸自己、痛饮泉水,看到我抚摸我的女亲信、喂水给她喝,也看到我和胡斯蒂尼安娜两人浸入水流之中,相互饮着对方口中的亮晶晶的泉水,品味着我们的体液。……她会挪动身体,会弯下身来,会用她红红的小嘴亲吻我

[①] Mario Vargas Llosa, *Elogio de la madrastra*. Barcelona: Tusquets Editores, 1988, p. 69.

的脚,会像在炎热的夏天午后吮吸酸橙和柠檬那样吮吸我的每一根脚趾。我们很快就会交织在一起,在光滑的蓝色丝绸被面上嬉戏,沉浸在这生机盎然的醉态中。①

在布歇的画中,女神狄安娜的背后的确有大块的蓝色绸缎,这就为画中美人可能要进行的举动提供了想象的素材。当胡斯蒂尼安娜和卢克莱西娅互相饮用对方口中的泉水时,当她们的身体交织在一起时,她们实现了暂时的、完全的平等。

在略萨小说中可以见出,女同(lesbianas)主题是频频出现的。我们在前文中已经看到,《五个街角》的开篇就涉及了这一主题。在《酒吧长谈》中,卡约·贝尔穆德斯的一个不为人知的癖好,就是现场观看两女之间的亲密举动,让他的情妇和一个妓女为他进行表演。在描述这些场景时,略萨使用了极为细致的笔调:

他听到了奥登希娅咔咔的笑声,看到她也搂住了凯妲。他想,老一套又来了:嬉笑。玩耍,玩耍过后的无所顾忌,两个女人在互相拥抱,紧紧贴在一起,两个肉体挤满了沙发。他看着两个女人的嘴唇在互相不停地啄着,压着,边狂吻边荡笑,四只脚也缠在了一起。②

《五个街角》和《酒吧长谈》都带有强烈的社会批判现实主义的色彩,在其中出现的女同举动都是实实在在地发生的,而非作品中的某个人物幻想出来的。《五个街角》涉及这一主题,是为了对秘鲁当局荒唐的宵禁管制进行嘲讽和抗议。《酒吧长谈》涉及这一主题,则是为了

---

① Mario Vargas Llosa, *Elogio de la madrastra*. Barcelona: Tusquets Editores, 1988, pp. 74 - 75.
② 马里奥·巴尔加斯·略萨:《酒吧长谈》,孙家孟译,昆明:云南人民出版社,1993年,第382页。

进一步表现卡约·贝尔穆德斯这个人物的荒淫无耻，以及秘鲁整个社会全方位的腐败堕落。当《继母颂》涉及同样的主题时，一方面加上了围绕艺术作品展开的想象，一方面没有了社会批判，女主和女仆在爱抚之中没有了阶级差异，沉浸在梦幻的极乐世界中。

  在《情爱笔记》中，阿方索恶作剧式的仿画游戏再一次拉近了卢克莱西娅和胡斯蒂尼安娜的距离，让她们用身体再现绘画中的女同主题。在"仿画游戏"这一章中，阿方索登门拜访已经与其父分居的卢克莱西娅，提议她来做一个游戏：模仿奥地利画家埃贡·席勒（Egon Schiele）的一幅肖像画，摆出跟画中人一样的姿势。在卢克莱西娅犹豫不决时，胡斯蒂尼安娜出现在他们面前，一方面怂恿卢克莱西娅加入这个游戏，一方面又揭穿阿方索的小心思："你就承认吧，你是想欣赏一下太太的脚，你知道她的脚很好看。"在说这句话的同时，"她把他们向她要的可口可乐和矿泉水摆放在茶几上①"。此时，胡斯蒂尼安娜仍然保持着女佣的身份，对卢克莱西娅保持尊敬，在鼓励她答应阿方索的同时对她做善意的提醒，并且做好自己端茶倒水的本职服务工作。卢克莱西娅顺着阿方索的意思摆弄身姿，但后者仍觉得不满意，于是他把手中作为参考的埃贡·席勒的画册交给胡斯蒂尼安娜，走到卢克莱西娅身旁来亲手调教，与她发生了身体接触。此时，从阿方索手中接过画册的胡斯蒂尼安娜从单纯的旁观者成为阿方索的助手，从某种程度上说，已经介入这个游戏之中了。当阿方索的手在卢克莱西娅的大腿上动来动去以矫正姿势的时候，卢克莱西娅注意到了胡斯蒂尼安娜的目光，"在那张黑黑的小脸上，一双眸子闪闪发光，仿佛有很多话要说②"。阿方索还让站在一旁的胡斯蒂尼安娜发表意见，让她判断卢克莱西娅的姿势经过矫正是否已经到位。主人成了胡斯蒂尼安

---

① Mario Vargas Llosa, *Los cuadernos de don Rigoberto*. Madrid：Santillana, S. A., 1997, p. 35.
② Mario Vargas Llosa, *Los cuadernos de don Rigoberto*. Madrid：Santillana, S. A., 1997, p. 35.

娜凝视的对象,胡斯蒂尼安娜与阿方索成了玩弄卢克莱西娅的同谋,权力关系在此时已经发生了倒转。完成第一个仿画游戏后,仿佛是要进行报复,卢克莱西娅让阿方索和胡斯蒂尼安娜也来模仿画中人。选定了要模仿的画作后,胡斯蒂尼安娜半推半就地答应了:"'这对母与子的姿势可真吓人',她装作很吃惊的样子说,'你不会要我脱下衣服的吧,小混蛋。'"①她只是"装作"吃惊,"装作"不情愿,最终还是很投入地加入了这场游戏。在卢克莱西娅看来,"胡斯蒂尼安娜这是怎么了啊,在她和她共度的这些年里,她从未看到过她如此的装模作样②"。此处的"装模做样"(disforzada),意味着胡斯蒂尼安娜在仿画游戏中摆脱了原先刻板的、被动的自我设定,获得了主体意识。"装模作样"本来是像卢克莱西娅这样的贵妇才能有的权利,如今女佣也获得了这样的权利。胡斯蒂尼安娜从一开始的游戏的被动旁观者成为游戏的主动参与者。到了最后,阿方索让卢克莱西娅和胡斯蒂尼安娜来模仿埃贡·席勒的另一幅画作:《两个躺在一起的女郎》(*Dos jovencitas yaciendo entreveradas*)。当女主和女佣的身体交织在一起时,她们在物理空间上的距离消失了,她们在社会地位上的差距也随之终于完全消弭了:

> 她们在沉默中听从阿方索的指令,蜷缩身子或是舒展身体,把身体转向这一侧或那一侧,收放着腿、胳膊和脖颈。……卢克莱西娅的脑袋靠在胡斯蒂尼安娜的大腿上,右手搂着她的腰。她不时地把对方搂得更紧,感受到对方身上散发出的热气;为了回应她,胡斯蒂尼安娜的手指深深地陷入了她的右腿,让她知道她已经感受到了她施加的压力。她活

---

① Mario Vargas Llosa, *Los cuadernos de don Rigoberto*. Madrid: Santillana, S. A., 1997, p. 36.
② Mario Vargas Llosa, *Los cuadernos de don Rigoberto*. Madrid: Santillana, S. A., 1997, p. 36.

着。她当然活着,她吸进身体里的这强烈、浓郁、令人迷乱的气息,要不是来自胡斯蒂尼安娜的身体,还能来自哪里?也可能是她自己身体散发出来的?她们是怎么走到这个地步的?这个小男孩儿是用了什么法子让她们乖乖就范地进行这个游戏的?现在,这已经不重要了。她在画中感到非常惬意。她自己,她的身体,胡斯蒂尼安娜,现在感受的氛围,这一切都令她心旷神怡。①

与原画比照,卢克莱西娅扮演的是画中背对观者的黑发女子,胡斯蒂尼安娜扮演的是平躺着的红发女子。当卢克莱西娅沉浸在游戏中时,她已经从现实世界进入了幻想世界。她和胡斯蒂尼安娜都成了画中的形象,享受着极致的快乐。艺术能在摹仿现实的同时超越现实。在艺术的世界中,不再有女主和女佣之分,只有两个具有同等审美价值的形象——她们是美的,同时也是虚假的。

在《情爱笔记》中,卢克莱西娅和胡斯蒂尼安娜还有一次亲密接触。在赶跑了意欲侵犯她们的费托之后,已是深夜,两人在躺椅上休息,聊天,饮酒,身体缠绕在一起。在这个带有梦幻意味的场景里,胡斯蒂尼安娜的美学价值又一次凸显出来。"她的奶咖一般的肤色和白色的丝绸形成了鲜明的对比……'我真想看到她俩此时此刻在一起的样子,为此我情愿少活一年',堂里戈韦托想了好一阵,终于找到了参照:居斯塔夫·库尔贝(Gustave Courbet)的《慵懒与情欲》(*Pereza y lujuria*)(又名《梦》[*El sueño*])"。② 在库尔贝的这幅画里,两个女子赤身裸体交织在一起,在一张铺着白色绸缎的床上酣睡。其中的那个金发白肤的女子采用了侧卧的睡姿,另一个黑发女子肤色较深,整个背

---

① Mario Vargas Llosa, *Los cuadernos de don Rigoberto*. Madrid: Santillana, S. A., 1997, p. 37.
② Mario Vargas Llosa, *Los cuadernos de don Rigoberto*. Madrid: Santillana, S. A., 1997, p. 47.

部都陷在了床里,其肤色与白色绸缎以及其女伴的肤色形成反差,恰似小说中描述的场景。在胡斯蒂尼安娜起身去倒酒时,

> 堂娜卢克莱西娅开动了唱片机;房间里开始飘荡起巴拉圭竖琴的乐声和瓜拉尼人合唱队的歌声,此时,堂娜卢克莱西娅已经回到了躺椅上,恢复了原先的姿势,眯缝着双眼,等着胡斯蒂尼安娜回来,她的热切之情,堂里戈韦托能闻到也能听到。她的中国睡袍露出了她雪白的腿和裸露的双臂。她的头发凌乱散开,柔软的睫毛后面,一双眼睛在暗中窥探。"豹猫在观察着它的猎物,等待出击",堂里戈韦托心想。当胡斯蒂尼安娜一手拿着一杯酒回来时,她笑盈盈地走着,轻松地摆动身躯,已经接受了这种默契,习惯了和她的女主人不保持应有的距离。
>
> "你喜欢这段巴拉圭音乐吗?我不知道叫什么名字。"堂娜卢克莱西娅喃喃道。
>
> "很喜欢,很好听,不过,这不是一段舞曲吗?"胡斯蒂尼安娜说,她在躺椅的边缘坐下,把酒杯递给堂娜卢克莱西娅,"这样刚刚好,还是还得兑点儿水?"
>
> 她不敢靠到她身上去,堂娜卢克莱西娅便朝着胡斯蒂尼安娜原先占据的那个角落靠过来,示意她躺过来。胡斯蒂尼安娜照做了。在她躺倒在堂娜卢克莱西娅一侧的时候,她的睡袍拉开了,她的右腿便也暴露在外了,与堂娜卢克莱西娅同样赤裸的腿仅距离几毫米。[1]

这一段文字,可以说是库尔贝的画所展示的静态场景的延伸。文

---

[1] Mario Vargas Llosa, *Los cuadernos de don Rigoberto*. Madrid: Santillana, S. A., 1997, pp. 47-48.

中出现的酒杯,复刻了库尔贝画中摆放在床头的高脚杯。由竖琴的乐声和瓜拉尼人的歌声组成的巴拉圭音乐是南美洲土著文化的代表,与胡斯蒂尼安娜的文化身份相契合。这是卢克莱西娅放出的"诱饵",她像是"豹猫在观察着它的猎物,等待出击"。略萨小说中出现的动物,往往和人的原始情感、野蛮本能相关。在这里,豹猫之喻关联着卢克莱西娅的情欲。在这个梦幻的场景里,人的社会属性消失了,女主和女佣之别消弭了,那么剩下的就是两个完全由本能情欲支配的人。胡斯蒂尼安娜此时已经"习惯了和她的女主人不保持应有的距离",但还是有一点拘谨,只敢坐在躺椅的边缘,并且不忘女佣的本分,还要问女主人这杯威士忌是否调得合适。于是,卢克莱西娅发起了进攻,让她的"猎物"乖乖就范,女主和女佣的距离一下子又消失了。她们沉浸在音乐的、绘画的、梦幻的、情色的极乐世界里。

　　但是,这样的虚幻世界终究是为时短暂的,并且也不会对现实的世界产生本质上的影响。胡斯蒂尼安娜没有因为跟女主人在幻想世界中亲密无间而摆脱女佣、雇工的地位。在小说的最后,里戈韦托和卢克莱西娅重归于好,一家三口在一个周日去野外游玩,却在旅途中不慎丢失了备好的干粮,只好打道回府。回到家中后,"堂里戈韦托冲澡、换衣服的同时,堂娜卢克莱西娅在胡斯蒂尼安娜的帮助下制作包含鸡肉、牛油果、番茄和鸡蛋的三明治。后者刚刚过完周末假期归来,而管家和女厨要到晚上才回来"。[1] 由此可见,胡斯蒂尼安娜到最后也还只是个勤快的女佣,能急主人之所需,填补同事的空缺,做好家政服务。她在现实世界中虽然与主人关系很好,但说到底只是一个"帮忙"的角色。里戈韦托、卢克莱西娅和阿方索的的确确组成了一个幸福之家,而胡斯蒂尼安娜在自己家里是否幸福,我们不得而知。《继母颂》曾一笔带过地提到胡斯蒂尼安娜的丈夫:一家餐馆的看门人,是个又

---

[1] Mario Vargas Llosa, *Los cuadernos de don Rigoberto*. Madrid: Santillana, S. A., 1997, p.151.

高又壮的黑人,每天早上送她来上班。卢克莱西娅劝她不要"因为这么年轻就生一堆孩子从而把生活变复杂",带她去看自己的私人医生,医生给她开了避孕药。① 我们完全可以推测,卢克莱西娅此举的真实目的,与其说是为了胡斯蒂尼安娜家庭生活的幸福,不如说是为了自己的利益:她要胡斯蒂尼安娜尽可能多地留在自己身边,全心全意地陪伴自己。说到底,她支配着胡斯蒂尼安娜。

"为自身而存在的景观"

无论如何,我们在《继母颂》和《情爱笔记》当中看到的世界,和我们在诸如《绿房子》《酒吧长谈》《世界末日之战》这些作品中看到的世界迥然不同。在2001年的一次访谈中,略萨谈及写作《继母颂》的动机:

> 对我来说,写这部小说是一次有趣的试验,让我可以运用一种在之前的创作中从未使用过的非常丰富的、过于雕琢的语言。……在《继母颂》里有一种形式游戏,让我可以用一种精工细作的、极少现实主义的语言来讲故事。……在《继母颂》中,语言几乎就是一种为自身而存在的景观,一种横亘于读者和历史之间的存在。②

作为现实主义叙事的杰出继承者和创新者的略萨,在此仿佛是要发出一番形式主义宣言,对自己的美学风格来一个180度的转向。诸如"形式游戏""为自身而存在的景观"(un espectáculo por sí mismo)

---

① Mario Vargas Llosa, *Elogio de la madrastra*. Barcelona:Tusquets Editores, 1988, p. 56.
② Javier Rodríguez Marcos, "*Mario Vargas Llosa: sin erotismo no hay gran literatura*", 4 Aug. 2001. *El país*. 〈http://cultura.elpais.com/cultura/2016/10/27/babelia/1477562715_786318.html〉[查询日期:2017年4月20日]。

的说辞令人想起形式主义者"为艺术而艺术"的陈词滥调。按照略萨的思路,正如现代主义(而非现实主义)美学所倡导的那样,每一门艺术通过对自身媒介的关注追求纯粹性——绘画重返平面性,文学关注语言形式,等等,《继母颂》欲图通过一种精致的、考究的、纯粹的语言达到小说美学的新境界。这种语言截然不同于略萨之前在《城市与狗》《酒吧长谈》等小说中使用的语言,它"横亘于读者和历史之间"——如果说现实主义的文学语言像一面透明的窗户一样,让读者透过它看到真实发生的历史,看到社会现实,那么略萨希望《继母颂》的语言做到"极少现实主义",成为一堵不透明的墙,让读者只看到墙自身,而看不到墙后面的历史或现实。略萨并没有提到小说对视觉艺术的运用,以及小说语言与艺术图像之间的紧密关系。事实上,无论是在《继母颂》中还是在《情爱笔记》中,略萨都显然是尝试着用文字和图像共同筑起一堵屏蔽社会现实的墙。充斥于这堵艺术之墙中的,是男欢女爱,是关于身体、感官、快感的最细致入微的描写。图像运用与享乐主题的结合,在这里或许并不是偶然的。研究视觉文化的学者已经指出,较之于话语文化,图像文化明显趋向于感性,它摒弃了理性主义的说教,转向感性快乐,用"快乐原则"取代了话语文化的"现实原则"。[①]

在《继母颂》之前,略萨小说中总能看到宏大的历史现实,正如孙家孟在评述"结构现实主义"时所说,略萨"在技巧上的实验不是沙上筑堡,不是为技巧而技巧,而是有着深刻的现实主义基础的。尽管他使用了许多现代文学的写作技巧,但读者一看便知这是一部真正的拉丁美洲作品"。[②]《继母颂》和《情爱笔记》的故事则远离了复杂的社会冲突,退回到一个家庭内部,间或在艺术的想象性空间中展开,秉持的

[①] 周宪:《从文学规训到文化批判》,南京:译林出版社,2014年,第119页。
[②] 孙家孟:《结构革命的先锋——论巴尔加斯·略萨及其作品〈酒吧长谈〉》,《世界文学》1987年第1期,第236页。

是一种反现实主义的美学观念。对形式的痴迷——对文字形式和图像细节的痴迷,与略萨小说惯有的社会批判锋芒的退隐同时发生。

这种反现实主义的美学观念,还体现为将艺术置于生活之上的态度,这在《情爱笔记》中尤为突出。我们在前文已经提到,里戈韦托在他的私宅的空间设计中要求以他收藏的艺术品为先。他以名画为图式来想象妻子与女佣交缠在一起的场景,阿方索在游戏中要参与者们模仿埃贡·席勒画中的人物摆出各种姿势,这些举动都是让人屈从于艺术,让生活模仿艺术。现代主义美学对现实主义美学的一大超越,正在于认识到,艺术不是生活的附庸、自然的奴隶,艺术有其自主性,艺术有自己的规律和法则。王尔德阐述了这种美学原理:第一,艺术除了表现它自身,不表现任何东西,它和思想一样,有独立的生命,而且纯粹按自己的路线发展;第二,一切坏的艺术都是返归生活和自然造成的,并且是将生活和自然上升为理想的结果;第三,生活模仿艺术远甚于艺术模仿生活,生活的自觉目的在于寻求表现,艺术则为它提供了某些美的形式,通过这些形式,它才可以实行它那种积极的活动;第四,艺术的真正目的,就是撒谎——讲述美而不真实的故事。[①]《继母颂》和《情爱笔记》中关于艺术的指涉,处处体现出王尔德的这几条美学原则。

在这两部作品中,略萨惯有的事关大社会、大历史的宏大叙事转为了事关小家庭、小时代的微观叙事,原有的现实主义理性变成了理想主义感性,小说关怀的焦点从社会群体移向了个人,其调性也从民族性的悲剧转为个人性的轻喜剧。个人、个人主义、个人自由,正是略萨经历了思想转变后在他的杂文写作中所竭力鼓吹的重要概念。略萨在《继母颂》和《情爱笔记》中实验的反社会现实主义的微观叙事、崇

[①] 王尔德:《谎言的衰朽(对话录)》,杨恒达译,见殷曼楟主编:《艺术理论基本文献:西方古代-近现代卷》,北京:生活·读书·新知三联书店,2014年,第293页至第294页。

尚感官享乐的个人化叙事，与他的反民族主义、反民粹主义、倡导个人自由的政治思想观念是一致的。

二、里戈韦托的审美趣味

在《继母颂》和《情爱笔记》中，里戈韦托的内心世界或者说想象世界占了很大的篇幅，以至于读者会觉得，其精神生活之丰富，精神追求之高雅，远超略萨在之前的小说中塑造的一切文学人物。他兼有充足的财富和"高尚"的品位，这不仅把他和略萨创造的其他那些落魄者或粗鄙之人区隔开来，也把他和 20 世纪末秘鲁问题重重的社会现实区隔开来。在小说的跨媒介书写中，我们可以看到，他的审美情趣是精英式的，从某种角度上看，又是可笑的。

裸像

在这两部小说中都出现了女性裸体的形象，这些形象往往是与艺术名作联系在一起的，后者为前者提供理想化的图式。从色情文学的角度来说，这样的写法或许是一种创新。但或许也因为此，小说的色情描写的表现力受到了一定程度的限制。有人认为，《继母颂》在色情主题的表现上力度不够，是因为"正人君子的名声在略萨身上压得太重"。①

描摹裸体并非定然意味着"格调低下"，因为虽则我们无法否定裸体会引起色情联想，它仍不失为高雅艺术的重要题材。在小说第 13 章的开头，当阿方索向父亲询问卢克莱西娅在哪里时，里戈韦托慌忙合上膝盖上的肯尼斯·克拉克爵士的《裸像》。当时他正沉浸在这本

---

① Ilán Stavans, "Review: *Elogio de la madrastra* by Mario Vargas Llosa", *Chasqui: revista de literatura latinoamericana*, 1(1989), p. 103.

书中的一幅画的世界里：安格尔的"满是湿漉漉的蒸汽和女人"的《土耳其浴》①。《裸像》(*The Nude—A Study of Ideal Art*，又译《裸体艺术》)确系英国著名艺术史家肯尼斯·克拉克(Kenneth Clark)的经典著作，克拉克在书中区分了"裸体"(naked)和"裸像"(nude)，将赤裸的人体视为一个独立的艺术题材，指出其理想形式的古希腊渊源：赋予抽象的观念以一种感性的、可触摸的、多半是人的形态。在古希腊的雕像中，

> 有人的躯体，有对于诸神的信仰，有对于合理的比例的热爱。是希腊人对于想象的综合能力将它们联系在一起了。于是，裸像将一些相反的状态互相协调，这使它获得了永久的价值。它将一个最能引起情欲、最使人直接关心的对象——人体，置于时间和欲念的范围之外。它使得人所擅长的最纯粹的理性概念——数学，能够取悦于感官。它向人展示：诸神与人相像，膜拜他们是由于他们赋予生命之美而不是由于掌握死亡的权力，从而，缓解了人们对于"未知"的朦胧恐惧。②

裸像并不单纯是性欲的指涉，而更多是与永恒、理性、崇高理想紧密联系在一起。对于里戈韦托来说，《裸像》这本书兼具提升品位和提供快感的功能，而不是庸俗的春宫图册。一方面，他能在书中读到艺术理论，了解艺术史知识；另一方面，他能在其中欣赏如安格尔、提香、库尔贝等绘画大师的名作，它们是画得最成功的裸像，可以为他的色情想象提供最完美的范本。在里戈韦托的身上，形而上的追求与形而

---

① Mario Vargas Llosa, *Elogio de la madrastra*. Barcelona：Tusquets Editores, 1988, p. 165.
② 肯尼斯·克拉克：《裸体艺术——理想形式的研究》，吴玫、宁延明译，北京：中国青年出版社，1988年，第18页至第19页。

下的享受同时存在。

在《裸像》中,肯尼斯·克拉克为西方造型艺术中的女性裸像勾勒了一部演化史,由此可以看到,并不是所有时代的女性裸像都是适于刺激性欲的。略萨选择写入书中的经典裸像,无一例外都是肉体丰腴的、以开放姿态示人的裸像。一手护胸、一手挡住私处的卡皮托利维纳斯和梅迪契维纳斯,委拉斯开兹的身形偏瘦、背对观者在镜中欣赏自己的维纳斯,或是身形细长、略呈尖卵形的哥特式裸像,都没有出现在里戈韦托的梦幻世界中。

我们可以看《继母颂》中的一段艺格敷词。第 7 章是围绕提香的《沉醉在爱与音乐中的维纳斯》(*Venus recreándose con el Amor y la Música*, 1555)展开的。这幅画展示的是一个斜卧着面向观者的裸体维纳斯,左右各有一个琴师和一个小天使陪伴。自然,这里的维纳斯还是卢克莱西娅的化身。在略萨的艺格敷词中,琴师投向维纳斯的目光代表了里戈韦托欣赏自己爱妻胴体的目光:

> 年轻的乐师在维纳斯的那个角落里寻找什么?他的纯净目光在窥探什么?在这个由溪流一般的青筋环绕着的、被阴部的那处修剪过的小树林蒙上一层阴影的、由透明的肌肤构成的三角地带中,是什么如此地令他入迷?我不知道是什么,我想他也不知道。但在那里的确有某种东西,带着宿命的权威或是魔法的力量,在每一天的黄昏都吸引着他的目光。也许,令他着迷的是这样的猜测:在维纳斯的那个被阳光照亮的小山包之下,在那道被她两条优美立柱一般的大腿保护着的柔软的裂口之中,流淌着生命与欢愉的泉水。[①]

---

① Mario Vargas Llosa, *Elogio de la madrastra*. Barcelona: Tusquets Editores, 1988, pp. 101-102.

这道目光既是审美的，又是充满色欲的。它聚焦于女性胴体的私处。作者用溪流来比喻细小的静脉血管，用树林来比喻耻毛，用小山包来比喻阴阜（"维纳斯的小山包"语带双关，因为在西班牙语中，"维纳斯之山"即monte de Venus是阴阜的委婉说法），把人体化成了自然。我们可以看到，在这幅画的背景中，也出现了上述的自然形象：树林、山、泉水。这道目光把女性的私处变成了一个审美的自然，与画中的自然风景相呼应。同时，这道目光无视维纳斯胴体上的其他美妙之处，单单着迷于那个与性爱联系最紧密的部分，并且把这部分在想象中放大、美化。肯尼斯·克拉克在《裸像》中专门分析了提香描绘的和琴师在一起的维纳斯裸像系列，对这种系列的风格进行了总结：一种盛开的玫瑰的风格，丰满、沉甸甸，略有一点粗俗，这是一朵正面朝着我们的玫瑰。[①] 提香风格裸像的这种丰满性、开放性，正适于情欲的联想与表现。《裸像》中在此引以为例的提香的画作，与《继母颂》中的提香画作同属一个系列：两幅画中维纳斯的卧姿、手臂的摆放姿势是一样的，也都有一个回头望向维纳斯下腹的琴师，画面的自然背景也几乎没有区别，但前者之中并没有小天使存在。略萨之所以会使用带有小天使的这一幅，即西班牙普拉多博物馆收藏的这一幅提香的维纳斯，主要还是因为它与小说的人物设定更为一致，因为在环绕卢克莱西娅的情欲世界里，除了成年男子里戈韦托，还有小男孩阿方索的存在。

在《情爱笔记》中，在里戈韦托的想象里，卢克莱西娅有一回化身为一个被他的老师偶然撞见其裸体状态的美国女教师。这里亦有一段关于女性裸体的描绘：

她脸朝下，头靠在交叉的双臂上，这样的姿势将她拉长了些许。吸引了慌乱中的堂奈波穆塞诺的目光的，不是她的

[①] 肯尼斯·克拉克：《裸体艺术——理想形式的研究》，吴玫、宁延明译，北京：中国青年出版社，1988年，第101页。

肩膀,也不是她柔软的胳膊,也不是她有着优美弧线的背部,也不是她宽大的、奶白的大腿,也不是有着粉红脚掌的那双小脚,而是那一对结实的球体,它们欢快地、不知羞耻地耸立在那里,发出光芒,像一座山的双峰。仿佛是鲁本斯、提香、库尔贝、安格尔、乌尔库洛还有半打的善于描绘女性臀部的大师联手合作,为这个在阴影中闪着白光的臀部赋予了真实度、坚实度和丰度,同时又使它不失精致、柔软、神采和感性的震颤。①

这段细腻至极的文字,看似是突出裸体的一部分而否定其他,实际上是对女性裸体进行了全方位的描画:肩膀、背部、胳膊、腿脚,以及臀部。堂奈波穆塞诺的目光——也是里戈韦托的目光,依然是混合了审美和色欲的。它依然聚焦于女性身体上的一个和性爱活动联系紧密的部位,依然将这个部位放大、想象、美化为自然风景的元素——高耸的双峰。这个臀部综合了鲁本斯、提香、库尔贝等大师笔下的女性臀部的一切优点,既坚实又柔软,既丰满又雅致,可谓是完美的。既然是完美的,博采众家之长的,那么它就是理想的,现实当中不存在的,只能存在于想象、梦幻之中——里戈韦托的白日梦之中。《情爱笔记》中的女性裸体,往往是用来填补里戈韦托空虚的性爱生活的,它们承载了他对与他分居的爱妻的思念,尤其是对她的身体的思念。正如海迪·哈布拉(Hedy Habra)指出的,在《情爱笔记》中,里戈韦托调用了一切艺术资源来充实他的内心生活,将他喜爱的所有艺术家都拿来召唤与他分居的妻子。② 于是,在《情爱笔记》中,卢克莱西娅的裸体相比于在《继母颂》中既是更为完美的,也是更为虚幻的。

---

① Mario Vargas Llosa, *Los cuadernos de don Rigoberto*. Madrid: Santillana, S. A., 1997, p. 97.
② Hedy Habra, "Postmodernidad y Reflexividad Estética en *Los Cuadernos de Don Rigoberto*", *Chasqui*, Vol. 30, No. 1 (May, 2001), p. 85.

以西方艺术为典范

肯尼斯·克拉克的《裸像》以及《裸像》提及的一系列西方艺术名作,既为里戈韦托提供了刺激性欲的参照,又塑造了他的审美感知、审美趣味。在《情爱笔记》中,当里戈韦托想象卢克莱西娅和阿尔及利亚大使夫人光着身子在一起时,他觉得她们的身体都没有屈服于以瘦为美的现代时尚,而是像文艺复兴风格的裸像那样丰满结实,他暗暗地赞许道:"这就是古典范,伟大的传统。"[1]这里的典范和传统,是西方艺术、西方文化的传统,而不是秘鲁的、拉丁美洲的传统,尽管里戈韦托和卢克莱西娅都是百分百的秘鲁人。可以说,里戈韦托的趣味完全是西方文明的趣味。

他的审美趣味,也是与他的财富水平和生活品味相匹配的,都属于秘鲁的特定阶层。在《继母颂》和《情爱笔记》中,略萨集中呈现里戈韦托的闲暇时间,为这个秘鲁高级中产设计了一种"高雅"的趣味,一种"高尚"的生活方式。如果我们从这个虚构人物身上努力去透视社会现实,或能读出一些讽刺意味:里戈韦托只是在模仿西式生活。他欣赏西方名画(实为复制品,而非博物馆中陈列的原作,更非价值连城的私人收藏),在研究西方艺术传统的名著中培养自己的审美趣味,却与秘鲁本土文化相隔膜。拉丁美洲的社会现实即是如此,虽则各个民族国家在名义上获得独立,却长期保持着与殖民时期相似的社会结构;上层白人竭力模仿欧美发达国家的生活方式,包括饮食、穿着和审美习惯等等,正如斯塔夫里亚诺斯所提到的第三世界的一种普遍状况:"在社会关系上,新殖民主义的一种表现形式是,本地的上层人物对于宗主国的价值观念、社会风尚和物质产品,无不亦步亦趋。"[2]

---

[1] Mario Vargas Llosa, *Los cuadernos de don Rigoberto*. Madrid: Santillana, S. A., 1997, p. 113.
[2] 斯塔夫里亚诺斯:《全球分裂——第三世界的历史进程》,迟越等译,北京:商务印书馆,1995年,第71页。

不可否认,秘鲁,乃至拉丁美洲的文化同样有丰富的视觉文化资源,有独特的艺术传统。但在《继母颂》和《情爱笔记》引用的大量艺术作品中,绝大部分都是西方作品,除了略萨的好友、秘鲁艺术家费尔南多·德·西斯洛的一两幅画作,再没有其他的本土艺术作品。

里戈韦托不仅欣赏西方古典艺术,也欣赏西方现代艺术,尤其是19世纪末20世纪初的维也纳出产的引领西方现代主义潮流的作品,这种喜好也感染了他的儿子阿方索,使他成为埃贡·席勒的一个坚定而彻底的模仿者。当阿方索向卢克莱西娅讲起埃贡·席勒的故事时,在卢克莱西娅看来,这个孩子对如此多的精确细节了如指掌,仿佛是曾亲身在那个时代的维也纳生活过一样,

> 就好比他不是生在20世纪末的利马,而是埃贡·席勒本人,奥匈帝国的最后一代臣民,这一代人亲身见证了"美好年代"(Belle Époque),见证了帝国为第一次世界大战所葬送。里戈韦托是如此喜爱那个光彩照人的、世界主义的,文学、音乐和造型艺术全面开花的社会,在婚后的最初几年,他耐心地给堂娜卢克莱西娅讲解过很多与之相关的知识,现在则是阿方索继续给她做讲解。那是马勒、勋伯格、弗洛伊德、克里姆特和席勒的时代。①

克里姆特的作品也出现在《情爱笔记》中,如里戈韦托的笔记本中有一段就是关于克里姆特的《达娜厄》(*Danae*)的艺格敷词,画家笔下的裸女再一次成为卢克莱西娅的化身。②

海迪·哈布拉指出:

---

① Mario Vargas Llosa, *Los cuadernos de don Rigoberto*. Madrid: Santillana, S. A., 1997, p. 51.
② Mario Vargas Llosa, *Los cuadernos de don Rigoberto*. Madrid: Santillana, S. A., 1997, p. 22.

显然，克里姆特、库尔贝和席勒对这个利马家庭的生活产生了重要影响。维也纳、巴黎、利马、美好年代（La Belle Époque）、20世纪在他们的想象中连为一体，小说展示了视觉艺术的超越性，视觉艺术的语言是普世性的，对时间和空间的边界是不做区分的。①

但是，里戈韦托和阿方索显然是更偏爱维也纳的，"美好年代"的维也纳仿佛有一种独特的魔力吸引着他们。

维也纳无疑是现代主义艺术最重要的几个中心城市之一。与巴黎相比，它更为保守、守旧，天主教势力在19世纪末、20世纪初的维也纳仍然很强大。彼得·沃森（Peter Watson）认为，维也纳最能够代表20世纪初西欧的思想水平，同时，奥匈帝国在很大程度上是一个内向型的国家，德语居民的民族主义给他们的精神生活带来一种特别的风韵，在推动发展的同时也自我限制。② 埃弗德尔（William R. Everdell）指出，维也纳不同于巴黎和纽约的地方，在于它不能对新生事物感到欣喜，创新的意识从来不会在维也纳感到自在，因而许多伟大的现代主义者都在维也纳陷入麻烦，最后选择离开。③ 对于里戈韦托不是那么激进的艺术品味和相对业余的欣赏水平来说，尚未走到令人费解的地步的维也纳现代主义艺术是恰好合适的。另一方面，世纪之交的那个文艺繁荣的维也纳代表了奥匈帝国的余晖，如同一个美梦，这种在回忆中如梦如幻的气质与里戈韦托想念爱妻的幻梦正相契合。在卢克莱西娅回归之后，三人重新组成一个幸福家庭时，他们畅想的第一

---

① Hedy Habra, "El arte como espejo: función y trascendencia de la creación artística en *Los cuadernos de don Rigoberto*", *Confluencia*, Vol. 18, No. 2 (Spring 2003), p. 167.
② 彼得·沃森:《20世纪思想史:从弗洛伊德到互联网》,张凤、杨阳译,南京:译林出版社,2019年,第38页。
③ 威廉·R.埃弗德尔:《现代化的先驱:20世纪思潮里的群英谱》,张龙华、杨明辉、李宁等译,南京:南京大学出版社,2011年,第24页。

个未来计划就是游历维也纳,欣赏埃贡·席勒的画作,聆听莫扎特的音乐。① 这个中产之家关于未来的美好憧憬,仍是首先设置在一个西方的艺术之都而非拉丁美洲的。

里戈韦托一方面崇拜西方美术中的大师级作品,另一方面又讨厌一切"手工艺"作品。他在笔记中宣称:

> 我讨厌世界上的一切手工艺术,尤其是'我的国家'的手工艺术。现在我知道原因了。……当个人从群体中脱离出来,给他的作品打上只属于他个人的独特印记的时候,这样的作品才可能上升到艺术的高度,手工艺不过是它原始的、尚未定型的、胚胎阶段的表现而已。……手工艺的兴盛是落后、倒退的标志,意味着一种不愿在文明中进步的潜意识,而文明就是横扫一切的旋风,文明的旋风会抹掉边界、奇风异俗、地方特色、外省差异和乡土气质。②

这种美学观念,是与我们在前文中看到过的略萨关于身份政治的思想、从群体到个人的文明进步观念相一致的。按照这样的进步观,那些没有鲜明个人风格、只能体现群体风格的手工艺品算不上真正的艺术;个人创作的、有个人印记的艺术才是成熟的艺术。当然,并不是所有的美学理论都同意这样的观点。比如,克莱夫·贝尔(Clive Bell)就把波斯地毯、中国陶瓷和乔托、塞尚的作品放在一起讨论,总结出艺术品的共同特性:有意味的形式。每一件艺术品,线条和色彩以不同的方式组合而成,特定的形式以及这些形式之间的特定关系触动了我们艺术情感的神经。所有这些线条色彩的组合和它们之间的特殊关

---

① Mario Vargas Llosa, *Los cuadernos de don Rigoberto*. Madrid: Santillana, S. A., 1997, p. 159.
② Mario Vargas Llosa, *Los cuadernos de don Rigoberto*. Madrid: Santillana, S. A., 1997, pp. 107 – 108.

系,就是令人产生审美感动的形式,就是存在于所有视觉艺术品中的共性。① 而里戈韦托贬低手工艺的美学观,是一种带有社会学-政治学意味的美学观,同时也是一种站在大众艺术、民间艺术对立面的精英主义美学观。

艺术裁判所的法官

里戈韦托的精英主义美学观决定了哪些作品可以进入他的艺术收藏,哪些作品必须被挡在门外或是被清除出去。在给他的住宅的建筑设计师下达的指令中,他强调了壁炉的地位:

> 壁炉是必不可少的。在我看来多余的那些书和画,就送到这个焚烧炉中处理掉。所以,壁炉应当紧靠书柜,并且在我坐在椅子上伸手可及的位置。我喜欢充当对糟糕的文学和艺术作品进行判决的法官,而且我要坐着审判,而不是站着。我来详细解释一下。我的藏书有4 000册,我收藏的画作有100幅,这两个数字是固定的。我不会扩充我的收藏,以免藏品过多,堆放杂乱,但是,我的藏品不会一成不变,而是会持续地更新,直到我离开人世。这就意味着,我的图书收藏每增加一本新书,就会剔除掉一本旧书,我收藏的画——平版画、木版画、木刻画、素描、蚀刻画、粘液画、油画、水彩画等等——每增加一个新作品,就会排挤掉其他画作中我最不喜欢的一个。不瞒您说,选择哪一个作品被淘汰,是很艰难的,有时候,会让我非常痛苦,这种哈姆雷特式的困境会让我连续几天甚至几周都烦恼不已,会让我做噩梦。一开始,我把那些作为牺牲的书和画送给公立图书馆和博物馆。

---

① 克莱夫·贝尔:《艺术》(节选),见托马斯·E.沃特伯格编:《什么是艺术》,李奉栖、张云、胥全文等译,重庆:重庆大学出版社,2011年,第120页。

现在,我就选择直接烧掉,所以壁炉才如此重要。……我已经烧掉了好几打的浪漫主义和土著主义诗人,也烧掉了差不多数目的概念主义、抽象主义、无形式主义画作以及风景画、肖像画和宗教画,这样才能确保我的图书和绘画收藏的有限数目(numerus clausus)。我非但不感到痛苦,反而体会到一种兴奋,觉得自己在进行文学批评和艺术批评,觉得这才是真正的文学批评和艺术批评:以彻底的、不可逆的、付之一炬的方式。①

里戈韦托的审美趣味在此以否定的方式显现:拒绝浪漫主义文学、土著主义文学、现代主义美术中重观念而轻形象的作品,以及曾为20世纪之前的欧洲贵族偏爱的风景画、肖像画和宗教画。我们再一次看到,里戈韦托的审美趣味是比较折中的:鄙弃那些已经落为俗套的传统,具有一定的现代主义美学观念,但又拒绝过于激进的、放弃了具体形象的现代主义作品。他是文学艺术的爱好者,但并非文学艺术专业人士。他有自己的美学标准、美学判断,但远未达到鉴赏家的地步。他在审美趣味上的这种中庸状态,与他在经济状况上的中产状态互相对应。另一方面,我们可以推测,他之所以保持恒定的收藏数量,是与他的财富状况相关的,因为他的住宅空间的大小由他的财力决定。他的私宅中堆放书画的空间毕竟是有限的。倘若他是那种站在拉丁美洲社会金字塔顶层的财阀或庄园主,那么他就无需为存放空间的问题而烦忧了——他大可以像墨西哥富翁卡洛斯·斯利姆(Carlos Slim)那样,为自己的艺术收藏专门建一个博物馆。

里戈韦托自称是给那些糟糕的文艺作品做出判决的"法官"(inquisidor),这个词专指西班牙宗教裁判所(la Inquisición)的法官。

---

① Mario Vargas Llosa, *Los cuadernos de don Rigoberto*. Madrid: Santillana, S. A., 1997, pp. 7 – 8.

西班牙宗教裁判所是西班牙天主教双王(los Reyes Católicos)在15世纪设立的一个专门调查叛教之罪、惩治异教徒的宗教法庭。宗教裁判所实施的刑罚中最为臭名昭著的，就是火刑。里戈韦托把他不喜欢的书画投入火中，就像宗教裁判所的法官把异教徒送上火刑的烤架，他是一个"艺术裁判所"的法官。这个构思可以看成对《堂吉诃德》的一次戏仿。在《堂吉诃德》上卷第6章，堂吉诃德第一次出游后回到家中后，趁着堂吉诃德熟睡的时候，村里的神父和理发师来到他的书房，进行了一次大检查，把他们认为有害的书扔到后院去烧掉。这段情节可以有不同的解读：或是塞万提斯借此对西班牙宗教裁判所的思想文化钳制进行批判，或是塞万提斯借此对当时的西班牙文学展开批评，"惩罚"那些不合他口味的作品。里戈韦托的烧书之举，也可以有不同的解读：或是略萨借此讽刺那些曾经烧过他的书的人，对拉丁美洲当权者惯用的压制文化的政策进行批判——《城市与狗》在秘鲁出版普及本时，秘鲁当局震怒，在这本小说的故事发生地——莱昂西奥·普拉多军校举行集会，将一千册《城市与狗》当场焚毁；[①]或是略萨借此对现代文学和艺术市场的过于繁盛展开批判，因为在机械复制技术得到充分发展、大众文化充斥各个角落的时代，不可避免地出现了大量粗制滥造的、平庸低俗的文艺作品，它们为资本所驱使，投庸众所好，使真正优秀的文艺作品有被埋没的危险。尽管文学和艺术的历史规律会披沙拣金，一个有高雅趣味的人还是可以履行历史筛选的责任，自觉清除那些糟糕的作品，不让它们继续流通。这也是一种精英主义的美学观。

我们也可以认为，当里戈韦托秉持着他的精英式的趣味，对艺术作品做严苛的筛选时，他将自己的欣赏目光限定在特定的区间里，从而把自己关在了一个艺术趣味的茧房里。他的审美目光不是开放式

[①] 路易斯·哈斯：《论马里奥·巴尔加斯·略萨》，赵德明译，见陈光孚编：《拉丁美洲当代文学论评》，桂林：漓江出版社，1988年，第412页至第413页。

的,而是封闭式的。他为他的收藏设置"有限数目"——这是一个拉丁文法学术语,正如西班牙宗教裁判所为西班牙的思想和文化设置藩篱和海关。当然,在他个人精神享受的王国里,他拥有绝对的自由。

里戈韦托的放大镜

里戈韦托的美学趣味,是和他的生活方式紧密联系的。他的生活癖好、他的住宅中的家居、他的藏品和他的美学观、价值观、世界观,共同构成一个小世界。在《继母颂》中,我们可以注意到,里戈韦托经常使用一种与视觉密切相关的物品:放大镜。比如:

> 他左手拿着集邮爱好者专用、他自己用于观赏私藏色情画片和进行细微的个人清洁工作的放大镜,右手拿着指甲剪,开始清理那些难看的、黑头已然冒出鼻孔之外的鼻毛,虽然在七天之前他才刚刚清理过。这项工作要求全神贯注,就像一个东方细密画画家凝神作画一样,如此方能既感到愉悦,又不致误剪到自己的皮肉。此时堂里戈韦托感觉到精神平和宁静,几乎达到神秘主义者所描述的"虚空而完满"的状态了。①

放大镜有两个功用:第一,在赏画时提供更佳的视觉效果;第二,用于查找身体上可能有损于自身健康或视觉形象的污点。在前一种功用中,放大镜是娱乐、审美工具,在后一种功用中,放大镜是个人护理工具。无论是哪一种情况,使用放大镜的人必定是具有一定的财富积累、注重个人卫生与个人形象且拥有一定闲暇时间的人,也就是说,是属于特定社会阶层的人。放大镜不仅是小说中出现的物品,也可视

---

① Mario Vargas Llosa, *Elogio de la madrastra*. Barcelona: Tusquets Editores, 1988, pp. 130–131.

为小说叙事手法的一个隐喻。在小说中，略萨多次采用了一种放大镜式的视角描摹细节，或是围绕艺术名作展开艺格敷词，或是对里戈韦托每晚睡前进行的个人清洁行为进行极为细腻的描写，等等。在这段引文中，里戈韦托的剪鼻毛动作就被聚焦和放大，被描述为一种高雅的、精细的仪式，甚至被赋予了一种东方主义的色彩——我们可以由此再一次联想到，这位秘鲁高级中产在模仿西方贵族的生活方式。《情爱笔记》有一处提到，在卫生间里，里戈韦托离开浴盆、擦干净身子后，"抹上从伦敦寄来的佛罗瑞斯（Floris）古龙水，他在劳合社的一位同行朋友定期从那里给他寄香皂、剃须膏、除臭剂、爽身粉和香水。"[①]身处第三世界的里戈韦托用这些第一世界的舶来品，尤其是奢侈品牌的个人清洁用品维持自己的精致生活，努力接近西方上层生活的"品味"。

赏画、研究裸像、评判书画、手执放大镜进行个人清洁，以及对他生活癖好的放大镜式的描写，凡此种种，都揭示了里戈韦托的生活品质和个人趣味。他追求最"文明"的生活方式，或者说，西方文明的高级生活方式。这些趋向与其说是天生的，不如说是与他的社会地位密切相关的。布尔迪厄（Pierre Bourdieu）在他的《区分：判断力的社会批判》中指出："趣味作为对社会导向的一种意识（一个人的位置意识）发挥作用，它将社会空间中一个确定位置的占据者引向符合其属性的社会位置，引向对这个位置的占据者合适并与他们'匹配'的实践和财产。"[②]审美情趣也好，卫生习惯也好，都是里戈韦托所属的秘鲁中产阶级特有的生活方式。

在小说中，里戈韦托和卢克莱西娅的名字前常常分别冠以"堂"（don）和"堂娜"（doña），这是西班牙语里加在有一定社会地位的人的

[①] Mario Vargas Llosa, *Los cuadernos de don Rigoberto*. Madrid: Santillana, S. A., 1997, p.156.

[②] 皮埃尔·布尔迪厄:《区分：判断力的社会批判》，刘晖译，北京：商务印书馆，2015年，第738页。

名字前的尊称,由此可以见出,里戈韦托这一家人必定是有产阶级。里戈韦托曾在他的笔记本里写下他的履历和生活状态:以律师的身份进入一家保险公司,先是在法务部的一个不起眼的职位,在25年间不断往上爬,直至担任总经理,成为董事会成员,掌握公司的一部分股份。他自认为属于秘鲁社会少数的那群有房有车、每年去欧洲或美国玩一两次的人。① 也就是说,他自认为社会精英,并且享受自己靠奋斗成功而收获的果实。他和拉丁美洲特有的庄园主阶级不同,后者是拉丁美洲殖民经济畸形结构的残余,很大程度上算是不劳而获的地主阶级,里戈韦托则是一个靠个人奋斗积累了财富的资产阶级,相比于庄园主们具有历史进步性。在略萨的政治理想中,秘鲁的发展主要就得靠这批辛勤工作、有创业精神并且善于积累财富的人来推动。他们就是秘鲁总统候选人略萨最为认同的那一批秘鲁人,《继母颂》和《情爱笔记》就是他们的趣味和生活方式的生动画像。在他的回忆录中,略萨坦言,首先对他的政治宣讲表达支持的,就是秘鲁中产阶级:

> 参加这几次广场集会的人群属于中产阶级。……三十年来,他们已经看到自己的生活水平在不断下降,对各届政府不抱任何希望。……这一次,他们行动起来了,凭着本能他们知道,如果国有化占据上风,秘鲁就可能距离他们和全世界中产阶级所企盼的正派与安全、凭劳动与机遇生活的国家更遥远。②

在略萨看来,受秘鲁政府国有化政策打击最大的群体,也正是中产阶级。在他的自由主义反国有化运动中,中产阶级是他的天然盟

---

① Mario Vargas Llosa, *Los cuadernos de don Rigoberto*. Madrid: Santillana, S. A., 1997, p.139.
② 马里奥·巴尔加斯·略萨:《水中鱼——巴尔加斯·略萨回忆录》,赵德明译,上海:华东师范大学出版社,2016年,第33页。

友。在他的设想中，只有这个群体强大了，秘鲁才能真正摆脱经济崩溃、社会秩序混乱的困境。他的执政纲领将重心放在如何惠及中产阶级上，正如《继母颂》和《情爱笔记》的故事聚焦于一个中产阶级家庭。

三、图像与权力

被占有的"继母"

"继母颂"这个名字，本身就包含着张力，因为无论在西方还是东方的传统认知中，"继母"都绝非一个值得颂扬的角色，它是自古以来就背负罪名的。在西班牙语中，继母（madrastra）一词就是由"母亲（madre）"一词加上表示贬义的后缀"-astro/a"构成，可见这一身份在语言的层面上就背负了原罪。在文学作品中，继母往往是恶毒的女人，尤其是在童话故事里，继母一贯以反面形象出现，如著名的《白雪公主》中那个妄图害死公主的新皇后。卡尔维诺曾这样定义童话故事："对于弗洛伊德主义者而言，这就是一份记录人类共同的模糊梦境的目录，这些梦境被从梦醒后的遗忘中挽救回来，又被确定为标准模式，从而反映出人类最基本的恐惧心理。"[1]由此可见，子女对继母的恐惧古已有之，这种恐惧在人类的记忆中被标签化，以至在文艺作品中只要继母出场，我们就自动将她设置为反面形象。

可是在《继母颂》和《情爱笔记》中，我们看到的却是对传统的继母形象和继母-继子关系的颠覆：在艺术的幻境里，卢克莱西娅是光彩照人的绝美女子，并且成为她的继子阿方索的性启蒙导师；阿方索非但不憎恨她，反而爱恋她，甚至以艺术为手段来虚拟地占有她，实现了继子对继母的"反征服"，于是，传统的继母-继子的权力关系发生了倒转。

---

[1] 伊塔洛·卡尔维诺：《意大利童话（上）》，文铮译，南京：译林出版社，2012年，第7页。

卢克莱西娅在一开始试图树立自己的权威,并且也成功做到了。

  从最初一刻开始,她就以坚决的手腕接管了她的新家。她做的第一件事,是更换所有房间的装饰,不留任何一点能让人回想起里戈韦托的亡妻的东西,现在,她在这个家的统治宽松了一些,好像她一直是这个家的女主人一般。只有之前的厨娘对她表现出某种敌意,她不得不把她开掉,换了一个人。其他的仆人都跟她处得不错。①

这段文字使用了"接管""统治"等涉及权力的语词,清楚地描述了卢克莱西娅在里戈韦托的住宅里为确立女主人的地位而展开的权力斗争,不仅是和活着的人斗争,也跟死去的人——阿方索的生母——留下的记忆作斗争。她嫁给里戈韦托之前最大的担心,就是里戈韦托的亡妻生下的这个孩子,这可能成为他们夫妻感情中最大的一个不利因素。阿方索对她表示出的欢迎和喜爱,让她对自己确立女主人地位之战的战果感到十分满意,"最辉煌的成果就是她和这个孩子的关系"。②

  在这段亲密关系的初始,卢克莱西娅眼中的阿方索是一个洁白无瑕的形象:

  在床头柜小灯发出的淡黄的光晕里,从一本大仲马的书的后面探出了一张幼年基督的惊恐的小脸。散乱的金色卷发,嘴巴因为受惊而张开,露出两排极为洁白的牙齿,一双睁得大大的蓝眼睛试图从门槛处的阴影中辨认出她来。堂娜卢克莱西娅站在那里一动不动,温柔地审视着他。多漂亮的

---

① Mario Vargas Llosa, *Elogio de la madrastra*. Barcelona: Tusquets Editores, 1988, p. 52.

② Mario Vargas Llosa, *Elogio de la madrastra*. Barcelona: Tusquets Editores, 1988, p. 52.

小孩啊！①

显然，呈现在卢克莱西娅眼中的阿方索对应了西方绘画传统中的幼年基督的形象，阿方索的视觉形象被放入了幼年基督的图式中，就像那些宗教画中的小耶稣那样，金发蓝眼，牙齿皓白。"淡黄的光晕"作为这一视觉形象的背景也是非常合适的，因为在西方宗教画的传统中，画家往往为神圣人物形象设置一个纯金色的背景，或是加一个笼罩在头顶上的金色光圈，以增添其神圣性。在这些宗教画中，小耶稣往往是和其母——圣母玛利亚一同出现的，或是被她抱在怀中，或是在她的带领下嬉戏，从而构成圣母子的母题。达·芬奇、拉斐尔、委拉斯开兹、牟利罗等绘画大师都表现过这个传统母题。涉及这一母题的画作极为繁多，蔚为大观，以至于在其中还可以分出诸如"哺乳圣母"这样的类目。当卢克莱西娅在阿方索身上看到一个如画的小耶稣的同时，她自己就成了耶稣的母亲玛丽亚，这和故事情节的进展是一致的，因为在此时，继母和继子达成了融洽亲密的关系，卢克莱西娅作为家中女主人和孩子母亲的地位得到了阿方索的承认，他们情同真正的母与子。

但是随后，卢克莱西娅从胡斯蒂尼安娜口中得知，阿方索会在她洗澡时偷窥自己。一方面她非常生气，另一方面，在潜意识中，她又感到快慰，因为偷窥事件证明，她的四十岁年纪的身体还是有足够魅力的。这就是为什么随后在《浴后的狄安娜》这幅画的艺格敷词中，出现了牧羊男孩方辛（Foncín），"他在后面，躲在树林里偷看我们。他的眼睛很漂亮，是南方黎明的颜色，睁得大大的，他的圆脸因为急切的心情而烧得通红，他也许就在那儿，蹲着身子，入迷地仰慕着我"。② "方辛"

---

① Mario Vargas Llosa, *Elogio de la madrastra*. Barcelona：Tusquets Editores, 1988，pp. 16 - 17.
② Mario Vargas Llosa, *Elogio de la madrastra*. Barcelona：Tusquets Editores, 1988，p. 70.

(Foncín)是"阿方索"(Alfonso)的指小词形式之一。在画与梦的幻境里，阿方索化身为偷窥狄安娜和她女伴沐浴的牧羊男孩。这说明在卢克莱西娅的潜意识里，她不仅认可了继子的偷窥之举，还为此感到骄傲。与此同时，阿方索也在视觉上占有了继母。他们之间的权力关系开始倒转。

到了下一幅画、提香的《沉醉在爱与音乐中的维纳斯》中，阿方索更进一步，化身为小天使的他放肆地在维纳斯-卢克莱西娅的身体上嬉戏。在原画中，出现在画面右侧的小天使是以左臂环抱维纳斯的左肩，与维纳斯双目对视着的。小说的艺格敷词据此展开了想象：

> 她身体里的火焰已经被点燃，她的头发出闪闪的亮光，我会顺着她的背到她身上，在她光洁的身子上打滚，用我的翅膀在她身上适当的部位挠痒痒，我会像一只欢快的小狗那样在她的肚子上蹦跳，那块地方如同温热的枕头一般。我的这些放肆举动让她开怀大笑，让她的身体烧得更旺，直至变成火炭。①

这些举动是给维纳斯-卢克莱西娅"热身"，为接下来她和堂里戈韦托之间的性爱活动做准备。在画与梦的幻境中，阿方索已经从原先的在视觉上征服和占有卢克莱西娅，进展到与她的身体发生亲密接触的地步。这预示了他将和她在实际生活中发生的身体接触——乱伦行为，也意味着他和他的父亲展开了对卢克莱西娅的争夺，这就涉及一个古老的文学母题：恋母情结(Oedipus complex)，以及与之紧密联系的"弑父娶母"。弗洛伊德指出，那部著名的古希腊悲剧《俄狄浦斯王》之所以打动人，乃是因为它触及了人类心灵深处的一个秘密："也

---

① Mario Vargas Llosa, *Elogio de la madrastra*. Barcelona: Tusquets Editores, 1988, pp. 104–105.

许我们所有的人都命中注定要把我们的第一个性冲动指向母亲,而把我们第一个仇恨和屠杀的愿望指向父亲。……正是在俄狄浦斯王身上,我们童年时代的最初愿望实现了。"①卢克莱西娅的美貌,在艺术想象中更为光彩照人,不仅为她去除了继母的原罪,更是把她变成了一个在俄狄浦斯情结的三角结构中被父与子争夺的对象。当她和阿方索的乱伦关系被丈夫发现后,她被逐出家门。但故事并未在此终结。

在作为《继母颂》续集的《情爱笔记》中,阿方索在每天放学后跑来找卢克莱西娅,邀请她参加仿画游戏,以这种方式继续在视觉上占有她、支配她。尽管他们再未发生身体上的性爱关系,卢克莱西娅实际上在不知不觉中一步步走进了阿方索设下的圈套,直至与里戈韦托重归于好,回到那个家。从这个意义上说,她尽管与父子俩分开居住,但仍然处于这个继子的掌控之中。前文已经提到,阿方索喜欢让卢克莱西娅和胡斯蒂尼安娜模仿埃贡·席勒的画中女子摆弄身姿。一开始,卢克莱西娅是存有戒心的。在她认定阿方索没有非分之想后,她同意进行仿画游戏,此时阿方索表现得严肃而专制,要她一丝不差地复制画中人的姿势。"她试着模仿阿方索打开向她展示的画作复制品,他就像一个戏剧导演一样在指导即将登台表演的女明星。"②这个比喻清楚地显示了两人之间的权力关系:阿方索是导演,卢克莱西娅是演员,前者是发号施令者、支配他人者,后者是服从者、被支配者。

"这简直是世界上最严肃的游戏了。"堂娜卢克莱西娅心想。

"夫人,您已经跟画里一模一样了。"

"还差一点,"阿方索打断胡斯蒂尼安娜的话说,"后妈,

---

① 西格蒙德·弗洛伊德:《弗洛伊德论美文选》,张唤民、陈伟奇译,上海:知识出版社,1987年,第15页。
② Mario Vargas Llosa, *Los cuadernos de don Rigoberto*. Madrid: Santillana, S. A., 1997, p.35.

你得把膝盖再抬高一点。我来帮你吧。"

还没等卢克莱西娅表示拒绝，阿方索就已经把画册放到胡斯蒂尼安娜手中，走到沙发前来，把他的双手伸到她膝盖之下了。……他抬起她的腿，一边看着画，一边轻柔地挪动她的腿。他细长的手指碰到她裸露的腘窝，让堂娜卢克莱西娅有点迷乱。她的下半身开始颤抖起来。她感到一阵心悸，一阵眩晕，某种压制性的东西让她既痛苦又欢欣。①

当胡斯蒂尼安娜发表评价时，阿方索非常强势地表示了否定，并且未经当事人同意就亲自上前纠正卢克莱西娅的姿势，在这个场合中占据绝对的统治地位。发生肢体接触的时候，卢克莱西娅无疑是想起了他们之间曾经发生过的不快事件，但长久的独居生活又让她的身体对男性的亲近有了欢欣的反应，这种矛盾的感觉使她不知所措。"某种压制性的东西"（algo avasallante）代表了阿方索施加给她的力量，这种力量是双重性的：既是身体上的，又是意志上的。"avasallante"（压制性的）一词源自动词 avasallar，是压制、控制、使人屈服的意思，这个词明显意味着权力。在游戏中，阿方索已经牢牢控制了卢克莱西娅。之后她也会在不知不觉间顺从阿方索的意志，乖乖就范。

被凝视的卢克莱西娅

在《继母颂》中，作为重点描摹的对象的，始终是卢克莱西娅裸露的视觉形象。比如这样的描写：

她一边往身上抹香皂，一边抚摸自己坚实而硕大的胸部，尤其是高高翘起的乳头，摸着依然苗条的腰身，两道宽阔

---

① Mario Vargas Llosa, *Los cuadernos de don Rigoberto*. Madrid: Santillana, S. A., 1997, p. 35.

的弧线从那里出发,构成她的美臀,宛如一只水果的两半,还摸到自己的大腿,臀部,光滑的腋窝,高高的、纤细的颈部,那里点缀着一颗痣。①

这一段对卢克莱西娅裸体的描述犹如摄像机的慢镜头,从上扫到下,又从下扫到上,一一聚焦于构成女性之美的各个重点部位。紧密配合这些文字描写的,是小说文本中插入的六幅彩印绘画作品,特别是其中的三幅古典裸像作品直接在视觉上展示出女性的裸体。作为这些绘画中心的裸女都是卢克莱西娅的化身:在《吕底亚王坎道列斯向首相巨吉斯展示他的妻子》(*Candaules, rey de Lidia, muestra su mujer al primer ministro Giges*, 1648)中,女主角背对观者站立着,从脖颈到脚跟都一览无余;在《浴后的狄安娜》(*Diana después de su baño*, 1742)中,女神侧对观者而坐,翘起左腿放在右腿膝盖上;在《沉醉在爱与音乐中的维纳斯》(*Venus recreándose con el Amor y la Música*, 1555)中,女神则采用斜卧的姿势,将裸体的正面完全暴露给观者。可以看出,作者有意选取了三幅分别从背面-站姿、侧面-坐姿和正面-卧姿描绘女性裸体的经典绘画图像,全方位再现女性胴体之美。

在小说文本中,男性的目光始终与这种完满的女性裸体之美相伴随。在上文所引的卢克莱西娅沐浴的片段中,阿方索正趴在浴室屋顶上偷偷窥视继母。小说对绘画的运用则进一步丰富了"看"与"被看"的视觉游戏:在与这三幅裸像画分别相伴的章节中,叙事声音都被置换成画中人物发出的声音,邀请观者的目光一道分享偷窥女性胴体的视觉快感;女性裸体始终是作为被观看、被挑逗的客体而出现的,是被物化的尤物,它最终是要被献给男性主人享用的。阿方索先是以目光

---

① Mario Vargas Llosa, *Elogio de la madrastra*. Barcelona: Tusquets Editores, 1988, p. 60.

占有了继母,继而完成了肉体上的征服,成为一个现代版的俄狄浦斯。他与父亲在对卢克莱西娅的目光占有和肉体征服上既是竞争者,也是同谋。卢克莱西娅的目光除了看自己,是享受不到自由观看男性的权利的。波洛克(Griselda Pollock)在审视现代性的视觉体制时指出,女人对视觉的占有并不像男人那样享有特权,她们没有权利去看、去凝视、去细察,只是一个符号,一种虚构,是意义和幻象的绝妙结晶。① 约翰·伯格(John Berger)则说得更透彻:

> 在欧洲的裸像艺术中,画家、观赏者-收藏者通常是男性,而画作的对象往往是女性。这不平等的关系深深植根于我们的文化中,以致构成众多女性的心理状况。她们以男性对待她们的方式来对待自己。她们像男性般审视自己的女性气质。②

这就是暗藏在《继母颂》的目光关系之中的权力结构——男性肆意地、全面地观看和占有女性,女性则缩在狭小的空间内观看自己,任由自己被占有。女性是给男人提供视觉愉悦的藏品,是男性主人的私人财富。正如在作为《吕底亚王坎道列斯向首相巨吉斯展示他的妻子》的艺格敷词的那一章,作为里戈韦托化身的坎道列斯国王提起自己的爱妻时所说:"我爱护她,仰慕她,正如我王国里最精贵的财富。"③

我们已经在上一章中引用过《继母颂》这一章的部分文字。坎道列斯国王在介绍过他的王国吕底亚之后宣称:"我最引以为豪的,是我

---

① 葛雷西达·波洛克:《现代性和女性气质的空间》,阳敏译,见罗岗、顾铮编:《视觉文化读本》,桂林:广西师范大学出版社,2003年,第347页。
② 约翰·伯格:《观看之道》,戴行钺译,桂林:广西师范大学出版社,2005年,第65页。
③ Mario Vargas Llosa, *Elogio de la madrastra*. Barcelona: Tusquets Editores, 1988, p. 30.

的妻子卢克莱西娅的臀部。"他接下来对爱妻的臀部之美加以赞颂：

> 当我骑在它上面时，我的感觉就像是骑在一匹健壮的、覆盖着天鹅绒的母马上，它充满活力，又温顺听话。这个臀部很硬实，就像关于它的、在整个王国流传的传说中所说的那么大，这些传说让我的臣民们浮想联翩（这些传说都传到了我的耳朵里，不过我并不生气，我还挺高兴呢）。每当我命令她跪下来、用她的额头亲吻地毯的时候，我就可以随心所欲地审视她，此时，那个宝贝就达到了它最大的规模，好像施了魔法一样。它的每一个半球都是一个肉的天堂……它摸起来是硬邦邦的，吻起来是甜丝丝的；抱起来是宽硕的，在寒夜里则是热乎乎的；把头靠在上面，它是柔软的枕头；在爱的激情时刻，它是欢乐的源泉。①

我们可以注意到，在这一章文字所依据的画作《吕底亚王坎道列斯向首相巨吉斯展示他的妻子》中，吕底亚王后赤裸的臀部占据了画面的中心位置（黄金分割点的位置），并且从整个人体比例来看，这个部位是大得超乎寻常的。同时，这幅画的作者雅各布·约尔丹斯（Jacob Jordaens，1593—1678）也极为精细地描摹了这一部位，把肉体表面的细微起伏表现了出来，从而再造了触觉。略萨显然抓住了这幅画的重心所在，在这段艺格敷词中，文字描述的焦点就落在吕底亚王后的臀部上，并且有多处触觉描写：像骑在母马上、硬实、摸起来是硬的、怀抱、温热、把头靠上去、柔软的枕头……肯尼斯·克拉克拿约尔丹斯比较过与他生活在同一个时代、同为佛兰德斯画家的鲁本斯，他指出，同是表现裸体女人，约尔丹斯的健壮、田园风味的人体确实使人

---

① Mario Vargas Llosa, *Elogio de la madrastra*. Barcelona：Tusquets Editores，1988，pp. 27 - 28.

感到亲切可爱,至少比宗教改革以后的德国作品更为自由、更为自然,然而跟鲁本斯画的裸体女性并排放在一起,就显得愚蠢、粗俗了。[1] 约尔丹斯的这些"愚蠢粗俗"、身形壮硕的裸女,虽然在形式美上不及鲁本斯画的裸女,也比不上鲁本斯描绘的女神的高贵气质,却正适于里戈韦托的情欲想象——对于他的中庸品味来说,裸像画既要有一定美学水准,又要能激起色欲。在里戈韦托-吕底亚王坎道列斯的这段美臀之颂里,爱妻始终处在一种支配性的目光之下,她是被驾驭的马,她是安放疲惫头颅的枕头——她是丈夫的私人财产。无论是被丈夫骑在身下,还是跪在丈夫脚下亲吻地毯,她都是被俯视的,这也就意味着,她是被掌控的。在《继母颂》中,阿方索同样是趴在高处以俯视的目光偷窥卢克莱西娅沐浴。在《情爱笔记》的仿画游戏中,他同样是用支配性的目光凝视卢克莱西娅。他提到,他最崇拜的画家埃贡·席勒喜欢站在梯子上俯视着模特们作画。[2] 海迪·哈布拉认为,阿方索的偷窥视角与埃贡·席勒的作画视角相重合,揭示了艺术的特点:抹除物理意义上的边界,更新观看的视角。[3] 但是,如果我们把这种视角放在权力结构中去审视,它就是值得批判的了。

在《继母颂》和《情爱笔记》中,另一个经常被提到的女性身体部位,是脚。我们已经在前文中探讨过关于《浴后的狄安娜》的艺格敷词,小说写到了被凝视的美足。虽则看起来是一个女人投向另一个女人的美足的目光,实际上仍然是男性的目光——在情欲想象中端详卢克莱西娅的美足。在《情爱笔记》中,关于里戈韦托在想象中与卢克莱西娅亲热的一段描写揭示了里戈韦托对这一部位的嗜好:

---

[1] 肯尼斯·克拉克:《裸体艺术——理想形式的研究》,吴玫、宁延明译,北京:中国青年出版社,1988年,第110页。

[2] Mario Vargas Llosa, *Los cuadernos de don Rigoberto*. Madrid: Santillana, S. A., 1997, p. 68.

[3] Hedy Habra, "El arte como espejo: función y trascendencia de la creación artística en *Los cuadernos de don Rigoberto*", *Confluencia*, Vol. 18, No. 2 (Spring 2003), p. 161.

堂里戈韦托来到了床脚下，堂娜卢克莱西娅察觉到他来了，就坐到床边上，让丈夫亲吻她的脚背，呼吸她的脚踝上抹过的香膏和古龙水散发的芬芳，啃咬她的脚趾，舔舐脚趾间那一个个温热的小窝。①

由此可见，在里戈韦托独特的个人趣味里，妻子的美足和她的美臀一样是他珍视的玩物。当卢克莱西娅不在身边时，图像中的美足引发他的联想，使得卢克莱西娅的美足更加光彩四射、勾人魂魄。当他偶然在《时代》(Time)杂志上瞥见一页展示了女人脚的广告时，他的感觉就如同少女玛丽亚遇见了前来报喜的天使长加百列②。这一具有些许嘲讽意味的比喻说明里戈韦托的恋足癖是多么严重。接下来的一段描写围绕那幅匆匆瞥见的广告图像展开，是夹杂着里戈韦托内心活动的艺格敷词：

那是一只以侧面示人的小脚，半圆的后跟，优美的脚背傲娇地翘着，脚掌的极为细致的轮廓线最终落在几个形态精细的脚趾上。这只女人脚没有老茧，没有硬皮，没有水疱，更没有吓人的突出来的骨头。在这只脚上，没有一处败笔，没有什么是有损整体和局部的完美的，它像是被机敏的摄影师忽然发现，受惊抬起，然后才落在松软的地毯上。为什么是亚洲人的脚？也许是因为它装点的那个广告是一家亚洲航空公司的广告——新加坡航空，或者是因为，堂里戈韦托在那一瞬确信，亚洲女人的脚是全世界最好看的。他动情地想起，他曾亲吻着爱人的可人的双脚，用"菲律宾女人的脚""马

---

① Mario Vargas Llosa, *Los cuadernos de don Rigoberto*. Madrid: Santillana, S. A., 1997, p. 29.
② Mario Vargas Llosa, *Los cuadernos de don Rigoberto*. Madrid: Santillana, S. A., 1997, p. 126.

来女人的脚后跟""日本女人的脚背"来称呼它们。①

尽管是静态的画面，而且仅仅是瞬间看到的，里戈韦托却用欣赏绘画作品的审美眼光回味了这幅广告中的女人脚，想象了它被照相机镜头捕捉到的前后所有的动作。夸赞亚洲女人的脚好看，显露出一点东方主义的意味，这里面自然是幻想多于真实的。里戈韦托对这只女人脚的赞赏，是他对卢克莱西娅身体的思念的集中体现。

里戈韦托还在他的笔记本上发现了他曾写过的一段艺格敷词：

> 在《狄安娜和她的同伴》(Diana y sus compañeras)里，有着精微的恋物癖的约翰内斯·维米尔(Johannes Vermeer)用画笔向女人身体上的这个历来不被人重视的部位发出了赞美。画面上，一个仙女正拿着一块海绵专心地、充满爱意地清洗着——更确切地说，是抚摸着——狄安娜的脚，与此同时，另一个仙女自顾自地抚摸着自己的脚，一脸甜蜜。一切都是精细的、温柔的，精微的性感被掩饰在完美的形体之下，笼罩在朦胧的雾气里，画中的人物因而获得了一种非真实的、魔幻的性质，而你，卢克莱西娅，无论是你每天晚上的身体还是你出现在我梦里的幻影，都具有这样的性质。②

维米尔的这幅画，不会让人一眼看去就认为与情色有关。画中女子的身体都隐藏在厚实的衣裳里，给裸露出的脚让出了表现空间。前文中的广告图像里的美足很可能是从维米尔的这幅画获取了灵感，这幅画最重要的视觉焦点正是狄安娜的脚：一只侧面示人的、微微抬起

---

① Mario Vargas Llosa, *Los cuadernos de don Rigoberto*. Madrid: Santillana, S. A., 1997, p. 126.
② Mario Vargas Llosa, *Los cuadernos de don Rigoberto*. Madrid: Santillana, S. A., 1997, p. 130.

的光洁左脚,脚趾隐没在画面右侧的仙女的手里,后者正在清洗这只脚。这个仙女和另一个摸自己脚的仙女都可以被认为是里戈韦托的情感代入——能令他满足的,正是把美足握在手中细细抚摸,就像是抚摸着作为私人财产的珠宝一样。对女性美足的精湛表现,以及"美足在手"的场景,使得这幅画在里戈韦托的眼中充满诱惑,与他妻子的身体紧密关联。

  略萨很可能具有恋足癖的倾向。在他的性启蒙时代,他曾数次去一个被他和他的军校同学们唤作"金脚丫儿"(Pies Dorados)的妓女的家里。这个女人后来成为《城市与狗》中的一个同名人物。略萨在回忆录中提到她时,说到了她的绰号的由来:"她真的有一双小小的、白白的、保养得很好的脚丫子。"[1]他的欲望的成熟,是由一个拥有一双美足的女人开启的。他在回忆时并没有显露出过早尝试性生活的愧疚,反而视之为美好的开始,甚至对这个比他年长数十岁的女人表示感激:

  我认为,如果不承认在那逐渐走出儿童时期的岁月里,像"金脚丫儿"那样的一些女人教会了我肉体和感官的快乐,教会了我不要把性作为某种淫秽和侮辱性的东西加以排斥,而是把性作为生活和欢乐的源泉加以体验,还教会我在那神秘的性欲迷宫里迈出前几步,那么就是我对自己的记忆和少年时期的不忠诚。[2]

  在阿方索对继母这个年长数十岁的女人的迷恋中,在里戈韦托对爱妻美足的痴迷中,或许隐藏着作家本人对"金脚丫儿"的怀念。

  当这种怀念和恋物癖联系在一起时,则具有了性欲以外的意义。

---

[1] 马里奥·巴尔加斯·略萨:《水中鱼——巴尔加斯·略萨回忆录》,赵德明译,上海:华东师范大学出版社,2016年,第90页。
[2] 马里奥·巴尔加斯·略萨:《水中鱼——巴尔加斯·略萨回忆录》,赵德明译,上海:华东师范大学出版社,2016年,第91页。

里戈韦托恋足,也迷恋其他的物:书籍、艺术品、家私、住宅,总之是他拥有的一切财富。并且他用神圣的理由来捍卫恋物癖的合法性:"恋物癖不是如语言学院的词典所说的是什么'对物的崇拜',而是人的特殊性的一种卓越的表达,是男人和女人圈定各自的空间、标志自己与别人的不同之处、发挥自己的想象、实践反群体的自由精神的一种方式。"①我们已经在前文中探讨过,里戈韦托在他的个人家庭生活中建起了自己的私密空间,追求个人主义的乌托邦,他的恋物癖就是这种个人主义乌托邦精神的一部分。在里戈韦托的理念里,或者说,在略萨的理念里,这种恋物癖非但不是心理变态,反而是一种高尚的、绝世独立的精神,说到底,就是中产阶级人士爱护私产、精心呵护自己的财富的精神。在里戈韦托的目光里,他的艺术藏品、他的物质财富、他的娇妻以及娇妻的美足,都是他合理合情合法的占有物。在他的笔记本里,他带着自足、自豪的心态对这些财富加以夸赞,并宣示主权。

从小说中我们可以推断,卢克莱西娅是一个不从事生产的家庭妇女,其经济地位不是独立的。在《继母颂》的一章当中,我们可以看到她的日常生活:早上沐浴过后,"在一天当中剩下来的时光里,跟家里的佣人们交代事情,出门购物,拜访一个女友,吃午饭,打电话,接电话",②看似忙忙碌碌,实则无所事事。在与里戈韦托分居后,她也没有出门工作,因此阿方索才有机会在放学后过来拜访她。她的经济资源要么来自里戈韦托,要么来自父母,总之她并不会从劳动市场获得一份收入。恩格斯在他的《家庭、私有制和国家的起源》一书中考察了人类婚姻制度的演变,勾勒了从群婚制到对偶婚制再到专偶制的历程。他指出,专偶制的起源绝不是个人性爱的结果,同个人性爱绝对没有关系,因为婚姻和以前一样仍然是权衡利弊的婚姻;专偶制不以自然

---

① Mario Vargas Llosa, *Los cuadernos de don Rigoberto*. Madrid: Santillana, S. A., 1997, p. 91.
② Mario Vargas Llosa, *Elogio de la madrastra*. Barcelona: Tusquets Editores, 1988, p. 60.

条件为基础,而以经济条件为基础,即以私有制对原始的自然产生的公有制的胜利为基础的第一个家庭形式。①在恩格斯看来,个体婚制宣告了女性被男性所奴役,女性被限制在家里,被排斥在社会生产之外,而女性要获得解放,第一个先决条件就是一切女性重新回到公共的事业中去,而要达到这一点,又要求消除个体家庭作为社会的经济单位的属性。②在小说中,卢克莱西娅的美艳堪比画中人,但她自始至终是一个被男性凝视和支配的对象,说到底是男性的财产、占有物。在这个最终实现了团圆的幸福家庭中,存在着不平等的权力结构。里戈韦托可以有经济上独立的自我、精神上独立的自我,而卢克莱西娅并不拥有这些。在里戈韦托的情欲想象的目光中,她既是女神,又是女奴。里戈韦托的笔记本里有一段围绕克里姆特的《达娜厄》(*Danae*)展开的艺格敷词,画中的女性被等同于卢克莱西娅。文段的开头是:"爱人啊,这是你的奴隶向你发出的一道命令。"结尾是:"女奴啊,这是你的主人向你发出的一个请求。"③不管是女主还是女奴,卢克莱西娅始终是被里戈韦托按照自己的意愿加以想象、塑造或附会,供自己的丈夫——主人操纵,成为他的个人事业胜利和个人主义精神胜利的美艳标志。

油画-触觉

在为里戈韦托提供视觉愉悦、为他的爱妻赋形的艺术收藏品中可以见出,大部分画作都是油画(尽管它们是复制品),包括了布歇、提香、戈雅、库尔贝等一众西方绘画大师的裸像作品。我们不妨考虑一下这些画作原作的承载媒介,也即图像材料的物质性。约翰·伯格曾

---

① 《马克思恩格斯文集》第四卷,中央编译局编译,北京:人民出版社,2009年,第77页至第78页。
② 《马克思恩格斯文集》第四卷,中央编译局编译,北京:人民出版社,2009年,第88页。
③ Mario Vargas Llosa, *Los cuadernos de don Rigoberto*. Madrid: Santillana, S. A., 1997, pp. 22-23.

这样描述油画的特质：

> 油画有别于其他绘画形式的地方，在于它能表现所绘物品的质感、纹理、光泽和结实的感觉。它明确画出实物，使你觉得仿佛可以用手触摸。尽管画中形象仅是平面的，但其引起幻想的潜力，却远远超越雕塑。①

伯格指出了油画的一大特点：能营造出虚拟的触摸感，从而增强形象的逼真性。《继母颂》和《情爱笔记》的小说文本在描摹女性身体时，也具有类似的特点，即在细致的视觉描写中融入触觉联想。在上文已经引用过的《继母颂》里卢克莱西娅沐浴的片段和关于吕底亚王后的臀部的片段，就明显包含了对触觉的指涉。再如：

> 能最为贴切地概括她的身体的词就是：饱满。我讲述的情色故事让她兴奋起来，她的整个身形都变成了起伏有致的曲线，她的整个身体都化为柔软的一团。这就是一个品位卓越的人在爱的时刻希望他的女伴所拥有的那种坚实度：丰满、柔软，仿佛下一秒就要融化掉，但又保持坚挺，既松软又具弹性，就像成熟的水果，就像刚刚和好的面团。②

这一段来自《继母颂》中围绕提香画作《沉醉在爱与音乐中的维纳斯》展开的艺格敷词。这幅画作就是油画。所谓"饱满"（turgente），这个西班牙语形容词有"鼓胀、隆起"的意思，油画的物质属性（油彩本身能在二维平面上堆积成一定的形态）、画作形象引发的触觉联想（拜提

---

① 约翰·伯格：《观看之道》，戴行钺译，桂林：广西师范大学出版社，2005年，第93页。
② Mario Vargas Llosa, *Elogio de la madrastra*. Barcelona: Tusquets Editores, 1988, p. 104.

香的精湛技法所赐,维纳斯裸露的肌肤显示出既紧实又绵柔的感觉)以及为静态形象赋予动作的想象(画中的女神因受到刺激而加速血液循环,从而引发身体的细微变化),全部融合在这个词以及这个词所统领的描述中。这段艺格敷词不但展示了视觉形象的触觉意味,还将通感延伸到味觉上——把维纳斯的身体比作食物。同时,"成熟的水果""和好的面团"意味着一种万事俱备、只待实现的状态,暗示着接下来就要进行的性爱活动。

在《情爱笔记》里,在那段围绕克里姆特的《达娜厄》(*Danae*)展开的艺格敷词中,我们也能看到对触觉的指涉。这幅画作同样是油画,画家展现了一个盘着身子正在熟睡的裸体女性,突出表现了一条硕大无比的腿。那段文字是这样表达对画中女子的渴慕的:"今天我不提你坚挺的双乳,也不提你那骁勇善战的腰身,今天我只赞颂你坚实的双腿,它们是撑起圣殿的支柱,我愿被绑在上面,甘愿为自己的过错而遭受鞭打。"[1]里戈韦托赏画的目光不但想象了女性身体触摸起来的感觉,还想象了自己的身体可能获得的触觉——带有受虐狂意味的极致享受。

总之,在《继母颂》和《情爱笔记》中,我们可以看到,作者多次借用男性目光的凝视或油画作品的艺格敷词来摹仿触觉感受,使读者在想象中无限接近被描摹的对象,达到与油画相似的美学效果。可触摸意味着可接近乃至可拥有。事实上,从它诞生之时起,图像就与掌控的欲望相关。远古人类在洞穴的内壁上画出的动物形象,是他们的心理的投射——他们要在现实中捕获这些以他们当时掌握的技能还难以猎取的动物。丹尼尔·奥尔布赖特(Daniel Albright)指出,掌控是所有图像的默认语言,因为所有图像都是试图获得对所表征事物的控制权,或至少不成为该事物的奴隶。[2] 图像与控制权的紧密关系,在油画

---

[1] Mario Vargas Llosa, *Los cuadernos de don Rigoberto*. Madrid: Santillana, S. A., 1997, p. 22.
[2] 丹尼尔·奥尔布赖特:《缪斯之艺:泛美学研究》,徐长生、杨贤宗等译,南京:南京大学出版社,2021年,第114页。

上体现得更为明显。在西方文化传统中,油画逐渐成为私人财富的显赫象征。伯格曾指出:

> 油画是要炫耀一种新的财富——一种生机勃勃,并由金钱强大的购买力所认许的财富。因此,绘画本身必须能够表示,金钱可以买到的,都是物有所值的。而画作在视觉上之物有所值,原因在其实质感,在于其回报收藏者的触觉及接触的感觉。①

在伯格看来,油画作为16世纪至20世纪欧洲艺术的主导艺术,是最适合于在这几百年间崛起为统治势力的资产阶级的视觉表达形式。呈现在油画上的不论是肖像、静物还是风景,多为资产阶级自身及其所有财产的视觉象征。在我们探讨的这两部小说中,里戈韦托痴迷于观赏油画,除了满足情欲和审美需要的原因,还有一个深层心理动机——获得占有财富的满足感。作为一个公司高管,一个典型的秘鲁高级中产阶级,在他退回私人空间的私享时间中,对私有财富——女人和油画的赏玩几乎成了他全部的嗜好。捍卫既得利益,保护个人财产,使之不致被国家收走,正是作为秘鲁总统候选人的略萨所鼓吹的新自由主义价值观的一部分。他积极参与的反国有化运动的要旨即在于,阻止阿兰·加西亚政府将众多私人企业收为国有然后实行利益再分配的计划。当略萨与害怕失去产业的那部分秘鲁公民相认同时,守护私产的强烈意识也悄然渗入他的文学创作中,并持续存在。在他的小说中,男性的目光和那些精美的艺术图像共同塑造并且维护着一整套权力结构。

---

① 约翰·伯格:《观看之道》,戴行钺译,桂林:广西师范大学出版社,2005年,第95页。

第四章　略萨小说中的东亚人

在拉丁美洲，因其独特的历史，形成了一个把来自世界不同地区的移居者的文化熔于一炉的文化共同体。这种特征早在殖民地时期就显示出来了。高文·亚历山大·贝利（Gauvin Alexander Bailey）在他的《殖民地时期的拉丁美洲艺术》（*Art of Colonial Latin America*）一书中指出，殖民地时期的拉丁美洲是当时世界上国际化程度最高的区域，与今天的全球共同体惊人地相似。[①] 在该书探讨的那个时期的拉丁美洲艺术作品中，就有带中国式图案的毯子、带中国式装饰的私人祈祷台、日本漆器书桌等明显含有东亚文化元素、具备文化杂糅特征的例证。奥克塔维奥·帕斯曾在比较拉丁美洲和盎格鲁美洲（即北美洲）的异同时指出，这两个美洲一开始都是欧洲的映射，前者来自欧洲的一个半岛——伊比利亚半岛，后者来自欧洲的一个岛屿——英格兰。因此，拉丁美洲继承了西班牙的半岛性——不同的文明、不同的历史可以共存一处，是包容性的；盎格鲁美洲则继承了英格兰的岛屿性——排他的、自我隔绝的。[②] 拉丁美洲社会、拉丁美洲文化从本质上说是可以容纳来自东亚的移民以及他们从母国带来的文化传统与生

[①] 高文·亚历山大·贝利：《殖民地时期的拉丁美洲艺术》，姜珊译，长沙：湖南美术出版社，2019年，第5页。
[②] Octavio Paz. "Nobel Lecture", NobelPrize. org. 8 Dec. 1990. Web. 5 Jan. 2021. 〈https://www. nobelprize. org/prizes/literature/1990/paz/25350-octavio-paz-nobel-lecture-1990/〉[查询日期：2018年3月17日].

活习俗的,而这也是事实。在巴尔加斯·略萨的母国秘鲁,就存在着为数众多的东亚移民。他们不仅改变了秘鲁的人口构成,也在秘鲁文化中留下了鲜明的印记,成为秘鲁的复杂现实中不容忽视的一部分。略萨自己就承认,秘鲁是一个包含了世界一切文化身份的共同体:"如果我们稍作探究,就会发现,秘鲁就像博尔赫斯的阿莱夫那样,是全世界的一个微缩版本。一个国家不止有一种身份,因为它拥有所有的身份,这是多么奇妙的一个特质!"[1]略萨小说以全面再现秘鲁的复杂现实为美学追求,那么东亚人的形象或多或少也应出现在他的小说中。细数略萨各部小说中的人物形象,虽然并没有哪部作品以一个东亚人作为主要角色,但在几乎每一部小说中又都有亚裔移民出现。

本章我们将聚焦于《绿房子》中的日本人伏屋,相对来说,这是略萨小说中少有的得到浓墨重彩表现的东亚人之一。除此之外,我们还将探讨在他的其他小说中出现的面目模糊的中国移民或中国移民的后代。

一、《绿房子》中的日本人伏屋

伏屋是一个丑陋、暴虐、狠毒并且下场凄凉的小说角色,但我们不能据此认定,略萨对秘鲁的日裔移民带有偏见。虽然他在写完《绿房子》的数年后,与一个真正的日裔秘鲁人——阿尔贝托·藤森成了政敌,但他从没有在任何公开场合表达过对整个日裔群体的仇视。在略萨的思想里,种族主义是一个有待铲除的毒瘤,无论是哪一种形式的种族主义——或是仇视亚裔的,或是刻意拔高亚裔的种族优越性的。他在回忆录中坦言:

---

[1] Mario Vargas Llosa, *Elogio de la lectura y la ficción: discurso ante la Academia Sueca*. Madrid: Santillana Ediciones Generales, S. L., 2011, p. 24.

我对秘鲁的日本侨民一直怀有极大的好感，因为他们会理财又勤劳——早在二三十年代就把利马北部的农业发展起来——还因为他们在曼努埃尔·普拉多第一次执政期间（1939年至1945年）所受到的掠夺与欺侮，这位总统在向日本宣战之后，没收了日本侨民的财产并将已入秘鲁的第二、三代日侨驱逐出境。奥德里亚独裁时期，亚洲后裔的秘鲁人也受到敌视，其中许多人被吊销了护照并被迫流亡他国。①

　　略萨在此强调了日裔移民的优点，指出他们在勤奋工作、积累财富方面相较于其他秘鲁人的优势，承认他们在秘鲁农用土地的开发中做出的贡献，同时也表达了对曾经遭受不公待遇的日裔移民及其他亚裔移民的同情。回顾自己在总统竞选中败给藤森的经历时，略萨认为，藤森故意打种族主义牌，将自己包装成秘鲁混血人、印第安人、黑人和亚裔的代言人，狡猾地把虚假的种族主义问题连接到真实的社会不公问题上来，以此来操纵底层选民的情绪：

　　藤森赤裸裸地利用种族问题，面对新村中的贫苦混血人和印第安人把选举竞争说成是白人与有色人种的冲突，我感到遗憾，因为用这种方式煽动种族偏见就是在玩火，但我想他这样做会捞到好处。长期以来被剥削、被压迫的人们把白人看作有权有势的吸血鬼，他们的仇恨、不满和失望很可能被蛊惑人心的政客巧妙地利用。②

　　略萨在政治上反对这种挑动族群对立的种族主义手段，在小说创

---

① 马里奥·巴尔加斯·略萨：《水中鱼——巴尔加斯·略萨回忆录》，赵德明译，上海：华东师范大学出版社，2016年，第396页。
② 马里奥·巴尔加斯·略萨：《水中鱼——巴尔加斯·略萨回忆录》，赵德明译，上海：华东师范大学出版社，2016年，第421页。

作中也揭露和批判秘鲁社会存在已久的种族主义偏见,正如我们在前文中已经探讨过的。他痛恨的不是哪个特定的族群,而是操纵权力为所欲为的人。比起群体来,他更感兴趣的是单个的人。他在作品中提到亚裔,不是为了塑造某种群体身份,而是为了更全面地展现秘鲁乃至拉丁美洲复杂的、多维的现实。

亚裔群体在拉丁美洲遭遇的种族主义歧视,就是这复杂现实的一部分。在《绿房子》中,伏屋在和阿基里诺的漫长谈话中透露了自己的身世。他说:

> 我是上过学的,所以有个土耳其人在他的铺子里给了我一个小小的工作;我替土耳其人管账,就是算那种收付流水账,阿基里诺。虽说那时我很诚实,但也梦想发财。我是怎样地积蓄啊,老头,每天只吃一顿饭,烟酒不沾,一心想积蓄点本钱做买卖。事情就是这样,不知怎么的那土耳其人却异想天开地认为我偷了他,这完全是胡说八道,他叫警察局把我逮捕。没有人愿意相信我是诚实的,于是就把我跟两个土匪一起关进了牢房。这不是太不公道了吗,老头?[1]

显然,伏屋的家境不算宽裕,他只是一个普通的日裔居民,念了几年书后就出来找活儿干。他说自己那时候是个诚实的人,是被冤枉了所以才被关进监狱的。从小说后文中他干走私时犯下的种种勾当来看,他是个撒谎成性的人,因此我们有理由认为,他关于自己的辩解是不符合事实的。但我们同样有理由认为,他确实是被冤枉的;当时没有人愿意相信他是诚实的,只因为在社会上广泛存在着对亚裔的偏见。执法机关和司法机关并没有履行应有的程序,就把他这个老实人

---

[1] 马里奥·巴尔加斯·略萨:《绿房子》,孙家孟译,上海:上海文艺出版社,2014年,第20页。

跟真正的罪犯一同关进了牢房。正是这种缺乏公正、敌视亚裔的环境决定了他的不幸遭遇,牢房中的经历更使他从一个老实本分、想通过正当途径勤劳致富的人变成了一个狡诈狠毒、为了发财不择手段的人,他认识到世道的残酷之后,就丢掉了廉耻之心。这样看来,伏屋的命运折射出拉丁美洲不合理的社会机制,这种机制对一个长着亚洲人面孔、有合法致富理想的人极不友好,把一个潜在的本来可能对社会做出杰出贡献的企业家变成一个作恶多端的逃犯,把一个原本对自己的巴西人身份毫不怀疑的人变成一个抛却了一切国族认同(见下段引文)、为了一己私利无所不为的人,正如有学者指出的,"伏屋这个人的异化开始于对公民身份的否认。"[1]在入狱之前,伏屋保持着良好、健康的生活习惯:为了攒下一笔用于启动生意的资金,他收缩开支,每天只吃一顿饭,并且不把钱花在抽烟和喝酒上。从一方面看,这是一个上进、自律、节俭的青年,有新教徒般的创业精神;从另一方面看,他对财富有着强烈的追求,以至于可以牺牲自己基本的生活需要,这就为他在后文中走火入魔式的敛财野心的表现埋下了一个伏笔。

伏屋同两个土匪一起被关进监狱后,三个人抓住了一次机会,打翻看守,逃出牢房。越狱时必须抓紧时间尽快逃脱,但伏屋还是不失时机地狠踢那两个已经失去了行动能力的监狱看守:

> "我恨透这群狗了。"伏屋说道,"你知道他们是怎样对待我们的吗,老头?我把他们踢得最后住进了医院,后来报纸上说什么日本人很残酷,还说什么这是东方式的报复行为,可我从来没有离开过大坎普,我是个地地道道的巴西人。真好笑。"
>
> "现在你又成了秘鲁人了,伏屋。"阿基里诺说道,"我在

---

[1] 莎拉·卡斯托·卡伦:《〈绿房子〉中的碎片化和异化》,徐懿如译,见马里奥·巴尔加斯·略萨:《绿房子》,孙家孟译,上海:上海文艺出版社,2014年,第413页。

墨约潘巴刚认识你的时候,还可以说你是巴西人,讲话怪声怪气的,可现在你讲话就跟这儿土生土长的人一样。"

"我既不是巴西人,也不是秘鲁人,"伏屋说道,"我是堆可怜的粪土,一堆垃圾,老头,仅此而已。"①

伏屋的这种非理性的报复行为,说明他在监狱里受了不少冤屈。年轻时的这段痛苦经历,使他养成了一种反社会的人格。当地报纸在报道这起越狱事件时,没有把伏屋的报复行为归因于不公正的司法环境和非人道的监狱管理状况,却简单而粗暴地搬出种族主义的理由,可见当地社会舆论对日本裔居民乃至所有的亚裔居民都持有偏见。从伏屋后来的表现来看,他的确是个残酷的人,但他的残酷并不是来自他的种族基因,而是源自恶劣的生存环境,他必须做一个残忍的、没有道德感的人,才能在这个弱肉强食的丛林世界苟活。他声称自己是土生土长的巴西人,可见他并不是日本移民,而是日本移民的后代,一个日裔巴西人。他最初的身份认同是巴西人,而非日本人。不过,他适应环境的能力比较强,在逃到秘鲁后,逐渐掌握了当地人的语言,使人难以辨别他真实的来源。伏屋的文化身份是模糊的、变动的,他没有任何民族自豪感,也没有对任何一个国家的归属感、责任感,如果说他有一个祖国,那个祖国就是任何一个可以让他为所欲为的地方。在他失势后,他跟阿基里诺坦言:"比起大坎普和伊基托斯来,我更想念那个岛子,我觉得岛子就是我唯一的祖国。"②我们可以联想到,日本就是一个岛国,是不是伏屋身体里隐藏的文化基因使他将岛屿视为自己的最终归宿呢?联系整个小说来看,伏屋之所以将热带雨林中的荒岛认作自己的祖国,根本的原因还在于,在这块丛林法则统治的大陆上,

---

① 马里奥·巴尔加斯·略萨:《绿房子》,孙家孟译,上海:上海文艺出版社,2014年,第21至第22页。
② 马里奥·巴尔加斯·略萨:《绿房子》,孙家孟译,上海:上海文艺出版社,2014年,第336页。

没有什么真正的祖国；伏屋在亚马孙雨林里既逃脱了政府当局的追捕，又征服了土人的部落，获得了绝对的统治权，成了一个拥有大量财富和妻妾的土皇帝，这种为时短暂的生活状态令他眷恋不已。与在岛子上的逍遥日子相比，跟阿基里诺回忆往昔时的伏屋已经成了粪土和垃圾，此时他失去了所有的财富，他的女人也已离他而去。

巴西拥有数量可观的日裔居民，这和日本政府曾经大力推动的对外移民潮有关。在19世纪，日本明治政府推行的经济现代化政策一方面加重了农民的生活负担，一方面造成人口激增，产生了大量的剩余劳动力，为此，日本当局出台了鼓励民众向海外迁徙的"海外雄飞"政策。一开始，日本移民最主要流向夏威夷和美国本土，后因美国通过了《排日移民法》，封锁了日本人移居美国的渠道，日本政府开始将拉丁美洲尤其是巴西作为新的移民目的地。到1941年太平洋战争爆发之前，移居拉丁美洲的日本移民数量急剧增长。1928年，巴西的日本移民数量为49 400人，1941年增至188 986人。[1] 另一方面，像巴西这样的拉美国家为了迅速发展，需要增加大量劳动力以开垦幅员辽阔的荒地，因此政府当局也出台措施吸引外国移民。日本移民来到巴西后，只要在咖啡种植园里劳动满五年，就可以获得一块有产权的森林，在地块上种植咖啡或小麦。在城市里，日本移民可以自由地开饭馆、旅店，或是售卖日本传统食品和生活用品的商店[2]。秘鲁也是日本移民青睐的国家。19世纪末，秘鲁政府为发展沿海地区的制糖业，经与日本政府磋商后，批准了从日本引入契约劳工的法令。1899年，第一批790名日本劳工抵达秘鲁卡亚俄港。1903年，第二批日本劳工共

---

[1] 祝曙光：《近代拉美航线上的日本移民船与移民输送》，《社会科学战线》2018年第9期，第95页。
[2] 张世春：《日本移民在拉美》，《中共中央党校（国家行政学院）学报》1991年第20期，第30页至第31页。

计1175人抵达秘鲁,其中一部分人投身于秘鲁刚刚兴起的橡胶产业。① 伏屋在秘鲁亚马孙雨林里用巧取豪夺的手段进行经营的资源,正是橡胶。不过,与那些经由日本移民公司的安排进入秘鲁、在秘鲁开展合法经济活动的日本人不同,伏屋是一个逃犯兼走私犯,他的身上带有更多的西方征服者而非日本劳工的色彩。

伏屋从巴西到了秘鲁,尽管隐匿了自己的逃犯身份,却隐藏不了自己的亚洲人面孔。从文中可以看出,秘鲁同样存在着根深蒂固的对日本人乃至所有东亚人的偏见。伏屋在离开巴西大坎普的监狱时脚踢看守,在离开秘鲁伊基托斯的住处时残杀了一只猫:"他把猫用一条被单吊在蚊帐上,我一进屋突然看到猫僵硬地在空中晃荡,眼睛都突出来了。"② 伏屋之所以要杀猫,只是为了泄愤,此外,还因为这只猫在他的床上撒尿。他的残酷,他的极重的报复心,在此又一次显露出来,并且显露得更为骇人——小说刻意展示了死猫的视觉形象。秘鲁人的评论跟巴西的报纸一样,将这种残忍行径归因于一整个族群的野蛮习性。法比奥说:"这只有亚洲人才干得出来,亚洲人的习惯很恶劣,谁也不晓得,可我作过调查,就拿伊基托斯的华人来说吧,他们把猫养在笼子里,用牛奶喂肥,为的是放进锅里煮了吃掉。"③ 不管法比奥是否真作过调查,不管华人吃猫是真事还是臆造出来的传说,这番话反映了当地人对东亚人的负面刻板印象,以及东亚人的生活习俗与本地生活习俗之间的冲突。有历史学家指出,秘鲁社会对亚裔人的偏见来源于对华人长期的不尊重,中国人在1852年取代了被解放的黑奴,成为

---

① 杜娟:《日本在拉美的早期移民活动——以墨西哥和秘鲁为中心的考察》,《西南科技大学学报(哲学社会科学版)2020年第1期,第37卷,第3页至第4页。
② 马里奥·巴尔加斯·略萨:《绿房子》,孙家孟译,上海:上海文艺出版社,2014年,第41页。
③ 马里奥·巴尔加斯·略萨:《绿房子》,孙家孟译,上海:上海文艺出版社,2014年,第42页。

该国劳动力的补充,就像世纪初日本人抵达这里时一样。[1] 社会上广泛存在的对东亚人的偏见,使得很多人尤其是有权有势的人对伏屋这样的外来者缺乏信任感,不会主动提供帮助与合作,这更加剧了亚裔人融入主流社会的难度,使他们感到始终被排斥、被孤立、被人瞧不起。拉丽达的母亲在提起对伏屋的第一印象时说,"虽说是个日本人,[2]但看上去很正派很潇洒。"[3]这里的"虽说"(a pesar de)意味着在她看来,实际上也就是在秘鲁当地的大部分平民看来,日本人或者说所有的黄种人通常是不正派、不潇洒的。"正派"(decente)涉及道德品行,"潇洒"(elegante)涉及外在的仪表。在当地人的种族主义认知中,亚裔群体不仅道德水平不高,长相和穿着也不好看。这说明当地人一方面缺乏与亚裔群体的深入交流,一方面维持了对最初的亚裔移民的固有印象,因为最早进入秘鲁的日本移民和中国移民多是出身社会底层的贫苦劳工。

在《绿房子》中显露出来的秘鲁人对日裔居民的偏见,或许在一定程度上还与20世纪30至40年代的秘鲁排日运动有关。我们在前文所引的略萨关于秘鲁日侨的那段评论,就提到了这段历史。日本移民刚刚成批地进入秘鲁时,大多身处社会底层,不得不为生存而苦苦努力,因此会给人留下一个勤劳节俭的总体印象。经过一代人的努力后,有一批日本移民站稳了脚跟,取得了商业上的成功,到了1940年,秘鲁棉花产量的15%都是由日本创业者贡献的,而且日本移民的企业所开展的业务远远超出了日本居民社区,遍布秘鲁各地,在理发、衬衫

---

[1] 玛丽·乔·麦克科纳希:《风暴前线:二战中的拉丁美洲》,任逸飞译,太原:山西人民出版社,2020年,第145页。
[2] 原文中并没有用"日本"一词,而是说"虽说他是他那个种族的人"(a pesar de su raza)。
[3] 马里奥·巴尔加斯·略萨:《绿房子》,孙家孟译,上海:上海文艺出版社,2014年,第59页。

制作、钟表和面包等领域都取得了垄断地位。① 日本移民的生活状况的改善,不会在短期内改变人们对于他们所持有的刻板印象,反而会引来嫉妒。20世纪30年代开始,秘鲁人指责"外来人"抢走了他们的工作,秘鲁社会发生了一场有计划的诽谤行动。报纸上发布耸人听闻的报道,指责日本人的乳制品厂在牛奶里掺假,他们的商店出售伪劣产品。而日本国内不断升温的军国主义则催生了秘鲁当地更含糊也更具有煽动性的文章,它们称当地的日本人都是受日本帝国控制的特工、间谍和第五纵队,准备携带隐藏的武器入侵秘鲁;"日本人"可能会与秘鲁的土著印第安人结盟,密谋帮助他们夺回在西班牙征服中丧失的东西。② 在《绿房子》中,日裔巴西人伏屋确实是与秘鲁的土著印第安人结为盟友,但他这样做绝不是为了帮助他们,而是为了获得橡胶资源,以此发一笔战争财。当时正值第二次世界大战期间,交战双方对橡胶的需求都极为巨大。在排日运动中,秘鲁当局和秘鲁社会各界成为同谋。报界发出了"黄祸"警告,公共知识分子建议将移民限制在那些能"改良"种族的人群,底层平民对日裔居民的嫉妒和仇恨演化为暴力行动,而秘鲁政府纵容了这些行为。1940年5月13日,一场由利马青少年学生发起的反日游行很快演变成从首都到小镇的持续骚乱。街坊邻里、暴徒,还有总统曼努埃尔·普拉多——这位总统丝毫不掩饰他对一个没有日本人的秘鲁的期待——的支持者捣毁了数以百计的企业和住宅。为了防止受到牵连,中国商人在他们的商店里挂起中国国旗,并写上"我们不是日本人"的西班牙文标语。③ 我们可以在小说中看到,伏屋在秘鲁尽管是自由的,可以逃避巴西警方的追捕,但整

---

① 玛丽·乔·麦克科纳希:《风暴前线:二战中的拉丁美洲》,任逸飞译,太原:山西人民出版社,2020年,第144页。
② 玛丽·乔·麦克科纳希:《风暴前线:二战中的拉丁美洲》,任逸飞译,太原:山西人民出版社,2020年,第145页。
③ 玛丽·乔·麦克科纳希:《风暴前线:二战中的拉丁美洲》,任逸飞译,太原:山西人民出版社,2020年,第145页至第146页。

个社会氛围对于长着亚裔面孔的他来说是不友好的。

在略萨笔下，伏屋并不是一个典型的靠勤劳致富的日裔拉丁美洲人，而是在很大程度上成了一个拉丁美洲征服者的象征。如果说那些惹得秘鲁人嫉妒的日裔企业家更接近殖民北美的新教徒的话，那么伏屋更接近那些出身卑微、勇气过人、诡计多端而寡廉鲜耻的西班牙征服者，如设下陷阱俘虏了印加国王、从不名一文到荣华富贵、最后不得善终的秘鲁征服者弗朗西斯科·皮萨罗。伏屋的身上有他们的影子。伏屋在雨林中的行径，在一定程度上成了16世纪西班牙人征服秘鲁的再现。

伏屋刚抵达秘鲁亚马孙雨林地区的城市伊基托斯时，一心想着的就是迅速获得大量财富，就如同西班牙人刚刚侵入印加帝国时，唯一的目标就是掠夺金银。西班牙征服者们往往出身贫民阶层，为了攫取财富，对印第安人和自己人都会做出背信弃义之事。伏屋同样如此，为了获得做生意的本金，他偷了当地白人富翁的钱，还不以之为耻："这家伙有钱是因为他比我偷得更多，老头。不过他开始时还有点本钱，我则是白手起家，我运气不好，就得从零开始。"[①]西班牙征服者们都是军人，伏屋也像采取军事行动那样进行他的商业活动。他以做木材生意为幌子，掩盖自己走私橡胶的真实打算，在"有军营里用的那么大"的地图上标注雨林里土著人部落的位置。他还懂得如何在当地人中寻找带路的向导，如何利用土著人之间的矛盾从而假人之手攻取资源，一如西班牙人在征服秘鲁和墨西哥时所做的那样。

在对待当地女性时，伏屋表现出和西班牙征服者非常相似的大男子主义：一方面，不忌惮和土著女人发生性关系，占有她们，奴役她们；另一方面，又粗暴地对待自己的女人，动辄拳打脚踢。伏屋从伊基托斯的贫民区拐走了一个叫拉丽达的年轻姑娘，拉丽达对他来说完全是

[①] 马里奥·巴尔加斯·略萨：《绿房子》，孙家孟译，上海：上海文艺出版社，2014年，第39页。

一个工具,一方面供他满足性欲,一方面被他用来跟白人富商做交换。在雨林里,他把土著女人掠夺来之后就跟她们住在一起,丝毫不顾拉丽达的反对。下面这段文字集中表现了伏屋在女人面前的专断和暴虐:

  拉丽达抽抽喧喧地哭了起来:难道我这个老婆不好吗?我不是一直跟着你吗?你认为我笨?我不是你要怎样都依着你吗?伏屋一言不发地脱着衣服,把脱下的衣服随手乱抛:在这儿谁说了算?你从什么时候学会跟我吵嘴的?不管怎么说,妈的,男人跟女人不一样,总得换换胃口,我可不喜欢哭哭啼啼的,再说这沙普腊姑娘不会夺走你什么的,你干吗还要嘟嘟囔囔,我说过了,她是来做仆人的。
  "你还把她打晕过去了,流了一摊血。"阿基里诺说道,"我是一个月以后到达的,那时拉丽达身上还是青一块紫一块的呢。"①

面对拉丽达的哭诉,伏屋不但没有安慰她,反而进一步宣示自己的绝对权威。在沉默中脱衣服并且随手乱抛的举动暗含着性与暴力的双重意味,是对拉丽达的回应与威胁。接下来的言语,则是明白无误地强调自己在这个地盘上至高无上的权力:我是这里的王,你没有权利反对我,不许你再抱怨;我这么做是合理的,因为我是男人。再接下来,就是一通暴打,在她的身体上留下鲜明的印记,让她彻底闭嘴。从一言不发地脱衣服,到言语上的回应,再到动手施暴,伏屋宣示权力的举动是步步升级的。这正是西语文化中的大男子(macho)的典型形象。

---

① 马里奥·巴尔加斯·略萨:《绿房子》,孙家孟译,上海:上海文艺出版社,2014年,第163页。

卡洛斯·富恩特斯是这样评论伏屋这个人物的："伏屋最后回到了雨林中的小茅屋里，成了残废无用的人，失去了性器官，被麻风病和恶臭吞噬，掉光了牙齿，声音变得细细尖尖的，这个拉丁美洲的大男子到头来发现，自己只是伏屋，一个拉丁美洲的狗杂种而已。"①伏屋成了拉丁美洲大男子（macho）-狗杂种（bastardo）的原型，这些人的源头，就是西班牙征服者。他们表现为既讲求男子气概又罔顾道义的人，在略萨小说中一次又一次地出现。伏屋命运的衰落，恰恰是以他的男性特征的丧失为最显著的标志的：麻风病摧残了他的性器官。他要征服雨林，最终被雨林反噬。伏屋的悲剧是20世纪语境中的拉丁美洲征服叙事，他与16世纪的西班牙征服者一样贪婪狡诈，还拥有更先进的工具，却依旧没有完成对拉丁美洲蛮荒的彻底征服。

二、"炒饭"与"黄色帝国"

下面我们来看一看略萨小说中的中国人。在拉丁美洲的人口构成中，华人社群是不可忽略的存在，在秘鲁尤其显著。在略萨小说中，秘鲁华人既是常见的，又始终像群众演员那样，只是一种装饰性的角色。在这些零星的涉及华人形象的文字中，我们能看到他们的生存状况，包括他们在秘鲁社会的融入程度，他们身上表现出来的中华民族的传统美德，以及他们受到的一定程度的歧视。

拉丁美洲的华人

华人移居美洲的历史，最远可以追溯到16世纪。徐世澄的《拉丁美洲与华人》一文简述了拉丁美洲华人移民史，将"马尼拉华人"视为

---

① Carlos Fuentes, *La gran novela latinoamericana*. Madrid: Santillana Ediciones Generales, 2011, p. 282.

拉美华侨的先驱：从16世纪后期（明朝万历年间）至17世纪中叶，有一些中国商人、工匠、水手、仆役等沿着当时开辟的中国—菲律宾—墨西哥之间的太平洋贸易航路，到达墨西哥和秘鲁侨居或做工。由于这些旅菲华人是经菲律宾的马尼拉搭乘墨西哥人称为"中国之船"的大帆船抵达美洲的，他们被称为"马尼拉华人"。① 决定了拉美华侨的基本面貌，真正使拉美人形成对华人的刻板印象的，是19世纪的华工潮。随着资本主义全球扩张的展开，以及拉美国家相继出现的黑奴制度的崩溃，拉丁美洲的热带种植园、制糖厂、矿山出现了劳动力空缺。1840年鸦片战争后，经由英国和葡萄牙商贩的运作，大批签订了劳动契约的中国劳工被送至拉丁美洲，至19世纪70年代，有三四十万名契约华工在古巴、秘鲁、巴拿马、墨西哥以及英国、荷兰和法国管辖的拉美殖民地从事繁重劳动。1874年前后，由于华工和当地人民共同展开的争取自由的斗争，迫于国际舆论的压力，这种"苦力贸易"寿终正寝，契约华工变成了自由的独立劳动者。② 进入20世纪，由于经济形势的恶化，不少拉美国家出台了限制华人入境的措施，华人的正当权益往往得不到有效的保护。尽管如此，华人通过自己的辛勤劳动和创业才干站稳了脚跟，不少人有了自己的产业，在农业和工商业中为所在国的现代化发展做出了贡献。20世纪40年代初，拉美华侨总数达12.7万多人，其中侨居秘鲁的有2.35万人。③ 在略萨小说《城市与狗》中零星出现的华人，就属于这个规模可观的群体。到20世纪90年代后期，拉美华人华侨总数约有40多万人，拥有华人华侨最多的拉

---

① 徐世澄：《中国社会科学院学者文选：徐世澄集》，北京：中国社会科学出版社，2013年，第398页。
② 徐世澄：《中国社会科学院学者文选：徐世澄集》，北京：中国社会科学出版社，2013年，第400页至第402页。
③ 徐世澄：《中国社会科学院学者文选：徐世澄集》，北京：中国社会科学出版社，2013年，第406页。

美国家是巴西,其次就是秘鲁。①

华人在秘鲁

关于秘鲁究竟有多少华人,秘鲁人口在多大程度上有华人血统的融入,存在着多种不同的说法。徐世澄的《拉丁美洲与华人》一文给出的数据是:1986年秘鲁内政部移民局公布,旅居秘鲁的华侨华人约3.9万人,其中已加入秘鲁国籍的有6 000人;在秘鲁有华人血统的国民达100万人左右;到20世纪90年代,秘鲁华人华侨达6万多人。② 秘鲁籍华裔学者欧亨尼奥·陈-罗德里格斯(Eugenio Chang Rodríguez)在他的《美洲华人简史》(*Diásporas chinas a las Américas*)一书中记录的是:根据《中国建设》杂志1987年2月的报道,1982年秘鲁华人接近4万;1998年,中国驻秘鲁领事万友志认为在秘鲁生活的10万华人中有大约2万保留了中国国籍,剩下的8万则已加入秘鲁国籍,他还认为历史上的七代华人留下了大约120万个后代;到了21世纪,据估计每10个秘鲁人中就有一个带中国血统,秘鲁华裔构成了亚洲之外最大的华裔社区;其他官方资料给出的数字更高,认为在秘鲁有中国血统的人多达600万,相当于秘鲁全国总人口的20%之多。③ 可以肯定的是,在秘鲁的亚裔居民中,华裔的比重是最大的;在拉美国家中,秘鲁是华人最多的国家之一。

在略萨小说中出现的华人,绝大多数都是做小本经营的商人。陈-罗德里格斯在他的书中指出,19世纪下半叶抵达秘鲁的华工在完成合约后,即在劳作过的庄园附近的村庄和城市定居下来,其中绝大

---

① 徐世澄:《中国社会科学院学者文选:徐世澄集》,北京:中国社会科学出版社,2013年,第407页。
② 徐世澄:《中国社会科学院学者文选:徐世澄集》,北京:中国社会科学出版社,2013年,第407至第408页。
③ 欧亨尼奥·陈-罗德里格斯:《美洲华人简史》,翁妙玮译,北京:新世界出版社,2021年,第163页至第164页。

多数最终从事商业,在秘鲁全国各个角落设立了基金,开起了商店,从事着小规模工业活动。① 但华人对秘鲁经济的贡献远不止于此。在农业领域,由于中国劳工的辛苦劳作带来了农业的大丰收,使农场主引进了先进的蒸汽机车来收割棉花②,从而推动了秘鲁农业的机械化、现代化。秘鲁北部大部分农场最初均是华人创建的。民国时期旅秘侨领刘金良在秘鲁北部帕卡斯马约创建了占地2 300公顷的大农场,种植稻米,另一位侨领戴宗汉致力于秘鲁农垦事业,培育出高产良种水稻,并向当地农民传授生产技术和经验,1968年获秘鲁政府颁发的勋章。③ 在工业和交通运输业方面,秘鲁华侨开办了生产布匹和麻绳的工厂、蜡烛厂、皮革厂、谷物加工厂、铁工厂和家具厂等,参加了奥罗亚至万卡维利卡、利马至瓦乔等路段的铁路修建工程,修筑从利马通往沿海各城的主要公路,参与扩修卡亚俄港口的工程。④ 华人还参加了秘鲁亚马孙雨林的开发,发展当地的橡胶业、金矿开采、大米种植等,尤其是在伊基托斯地区做出了突出贡献。⑤ 我们在上文中所引的《绿房子》中的片段,就提到了伊基托斯的华人,其形象在当地人的话语中却是负面的。

提供"炒饭"的中国人

这种负面形象,在秘鲁文学作品中并不少见。陈-罗德里格斯指出,在秘鲁的文艺作品中经常能看到对中国的误解和偏见,这与19世

---

① 欧亨尼奥·陈-罗德里格斯:《美洲华人简史》,翁妙玮译,北京:新世界出版社,2021年,第162页至第163页。
② 欧亨尼奥·陈-罗德里格斯:《美洲华人简史》,翁妙玮译,北京:新世界出版社,2021年,第162页。
③ 徐世澄:《中国社会科学院学者文选:徐世澄集》,北京:中国社会科学出版社,2013年,第409页。
④ 徐世澄:《中国社会科学院学者文选:徐世澄集》,北京:中国社会科学出版社,2013年,第405页。
⑤ 欧亨尼奥·陈-罗德里格斯:《美洲华人简史》,翁妙玮译,北京:新世界出版社,2021年,第164页。

纪中期大批进入秘鲁的华人劳工有关。① 他也指出,秘鲁华裔通过职业进程而改善的经济地位有效地减轻了针对他们的种族歧视,在第一次世界大战期间还处于社会底层的华裔,到第二次世界大战结束时,其社会经济状况已经得到极大改善。②《城市与狗》中出现的华人,大致上就生活在二战后的这个时段。从小说的一些细节中,我们可以在一定程度上看出华人在秘鲁社会的融入程度。

在《城市与狗》第一部分的第 7 章,出现了一位和蔼的华人面包房老板笛楼(Tilau):

> 特莱莎常去面包房买东西,那是中国人笛楼开的,就在电影院隔壁。我一看见她,就说:"你看多巧呀! 咱俩经常在这儿碰上。"如果人多,特莱莎留在外面,我挤进去。笛楼这个中国人是位好朋友,总是先来接待我。有一次,笛楼看见我们两个走近店铺,就高声说:"啊,未婚夫妇来啦。还照以前那样吗? 每人两片热面包?"正在买东西的顾客听了便笑。她脸色变得绯红。我赶忙说:"好啦,笛楼,别开玩笑了,快去忙生意吧。"可是星期日面包房不开门。③

这是一家开在闹市区的面包房。面包房的生意应该很不错,有特莱莎这样的当地人经常光顾,常有顾客盈门,以至于新来的人不得不"挤进去"(yo me abría paso)的时候。笛楼跟顾客们打成一片,会跟老主顾开玩笑,老主顾也把他认作好朋友。他提供的"热面包"(chancay

---

① 欧亨尼奥·陈-罗德里格斯:《美洲华人简史》,翁妙玮译,北京:新世界出版社,2021 年,第 159 页至第 160 页。
② 欧亨尼奥·陈-罗德里格斯:《美洲华人简史》,翁妙玮译,北京:新世界出版社,2021 年,第 166 页至第 167 页。
③ 马里奥·巴尔加斯·略萨:《城市与狗》,赵德明译,上海:上海译文出版社,2009年,第 180 页。

第四章 略萨小说中的东亚人

calientes），是利马人喜爱的点心，chancay 一词来源于利马北部的同名城市钱凯（Chancay）。可见这位华人老板能按照本地人的需要提供他们熟悉的美食。"我"对笛楼说话时采用的动词命令式人称是"你"而非"您"（déjate de bromas y atiende），可见两人关系非常亲密。到了星期日，笛楼也会跟其他的秘鲁店主一样暂停营业，而不是像传说中的那些不知休息的华人店主一样一直工作。由此可见，这位华人已经完全融入了他的社区，他的面包房供应利马人爱吃的点心，他跟老主顾们有极为友好的互动，他的生意一直很忙。

在《城市与狗》第二部分的第 1 章，也出现了一个华人面包房老板。阿尔贝托和特莱莎走在街上，后者看到一家面包房橱窗里陈列着巧克力点心，停下来赞叹了一下，阿尔贝托就连忙买了下来。

> 我告诉中国人，我要买块点心。我当时是那样地昏头昏脑，不等找钱就跑了出来。可是那位中国人非常诚实，他追出来对我说："找给您一个丕塞他，拿着。"①

这位华人老板不贪小利，明知小伙子被恋爱冲昏了头脑，急着要拿点心去讨好女友，顾不上拿零钱，他还是从店里追出来把该找给他的钱交到他手里，恪守诚信的原则。我们可以联想到，这些做小本买卖的秘鲁华人之所以能受到当地人的欢迎，生意越做越红火，与他们秉持的道德风范是分不开的。陈-罗德里格斯提到，秘鲁华人融入当地社会的程度远低于欧洲移民，但要远高于日裔移民。通常来说，大部分出生在中国的华裔移民最初都倾向于传统而保守，固守着中国的传统文化以对抗当地社会的敌意和种族主义，但是，随着他们在新环境的时间日久，他们对于新文化的抵触情绪也日渐淡漠。在秘鲁出生

---

① 马里奥·巴尔加斯·略萨：《城市与狗》，赵德明译，上海：上海译文出版社，2009年，第 231 页。

的华裔则更快地融入当地社会中,他们信奉天主教并鼓励他们的后代们接受新文化。①在《城市与狗》中出现的这两位华人面包房老板就很好地融入了秘鲁社会,并展示了他们的友善与美德。

《酒吧长谈》的主要故事发生在和《城市与狗》差不多的时期,即曼努埃尔·奥德里亚总统执政期间(1948—1956)。在这部场景更为宏大、篇幅更长的小说里,华人出现的次数更多一些,但仍然是装饰性的角色。

在小说里,华人最主要从事的还是小本经营的生意。安娜经常到圣马丁大街的华人铺子去买醋,这个华人铺子的老板一直同意给安娜赊账,安娜说:"幸好这是最善良的华人了(menos mal que es el chino más bueno que hay)。"②在这里我们可以读出两层意思。一方面,这位华人老板向周边居民提供生活必需品,跟老主顾建立了稳固的信任关系,深度融入了当地社区,而且他的善良与《城市与狗》中那个坚持要把零钱交到顾客手中的华人面包房老板是一致的。但是,另一方面,在安娜的话中,这位善良的华人老板却是华人群体中的一个特例,其言下之意是,大部分中国人都不算善良,只是出于幸运,她才碰上了一个最善良的、肯给她赊账的中国人。由此可见,尽管秘鲁华人的地位在20世纪中叶有了一定程度的提高,但秘鲁社会存在的对他们的歧视在短时间里还是无法完全消除的。

在《酒吧长谈》里也闪现了一个华人面包房老板:"太太骂了一晚上粗话,给凯妲小姐也打了一晚上电话。面包房的华人老板对她俩说:还是多买一倍吧,革命来了,我明天就不开门了。"③这里可以见出

---

① 欧亨尼奥·陈-罗德里格斯:《美洲华人简史》,翁妙玮译,北京:新世界出版社,2021年,第164页。
② 马里奥·巴尔加斯·略萨:《酒吧长谈》,孙家孟译,昆明:云南人民出版社,1993年,第29页。
③ 马里奥·巴尔加斯·略萨:《酒吧长谈》,孙家孟译,昆明:云南人民出版社,1993年,第372页。

第四章　略萨小说中的东亚人　　261

这位面包房老板的机警和精明。他关心国内政局的动向,会适时地调整营业时间,以规避生意上的风险。他劝老主顾多买一倍的面包,与其说是关心顾客,不如说是为了争取自己商业利益的最大化。

在这部小说里还出现了中国菜。卡利托斯去圣地亚哥的病房时,给他带了中国炒饭(arroz chaufa)的外卖,护士也尝了尝。[1] 在普卡尔帕(Pucallpa)这座位于秘鲁东部亚马孙地区的小城市,安布罗修和阿玛莉娅"到商业街上的几家中国饭馆(chifa)吃了炒饭、软炸大虾和油炸馄饨(wantán frito)"[2]。从这两个例子可以看出,中餐已经深度嵌入秘鲁老百姓的日常生活中,可以是大城市里的外卖,在偏远的小城市也能品尝到。不仅如此,中餐在语言层面上也被吸纳进秘鲁文化中。像 chaufa(炒饭)、wantán(馄饨,实为云吞)、chifa(饭馆,源自"吃饭"的发音),这些词源自19世纪华人劳工的粤语,已经成为秘鲁西班牙语的特色词汇,后两个词还被西班牙皇家语言学院的词典收入。[3] 同时,我们也能意识到,中餐在秘鲁只能算是平民菜肴,还没有成为上流社会人士用以区隔、彰显品位的菜系。像安布罗修和阿玛莉娅这样的底层百姓偶尔要在饮食方面"奢侈"一把,也仅限于品尝中餐。

我们已经看到,在略萨小说中,秘鲁华人经营、制作、售卖的商品包括面包、甜点、醋、炒饭及其他中国食物,这些都是秘鲁老百姓日常生活所需,华人的生意规模也比较有限,还看不到有跻身上流社会的华人。"炒饭"(chaufa)这个词,可以形象地概括20世纪中叶秘鲁华人

---

[1] 马里奥·巴尔加斯·略萨:《酒吧长谈》,孙家孟译,昆明:云南人民出版社,1993年,第594页。

[2] 马里奥·巴尔加斯·略萨:《酒吧长谈》,孙家孟译,昆明:云南人民出版社,1993年,第574页。

[3] chifa,名词,秘鲁常用,可指提供中国菜的饭馆,也可指中餐馆提供的用中国方式烹饪的菜肴,见《西班牙皇家语言学院词典》网络版 https://dle.rae.es/chifa?m=form;wantán,名词,智利、厄瓜多尔、萨尔瓦多、危地马拉、尼加拉瓜、秘鲁常用,指一种包有调过味的肉馅的面食,是具有东方特色的菜肴,见《西班牙皇家语言学院词典》网络版 https://dle.rae.es/want%C3%A1n。

的基本生存状况：一方面，他们已经融入了当地社区，并且通过特色饮食把中国文化带入秘鲁的寻常百姓家，为秘鲁文化增添新的内容。当arroz(米饭)这个西班牙语词汇与chaufa这个从汉语进入西班牙语的词汇并置时，我们可以看到秘鲁混血文化的体现；我们也完全可以凭此推断，秘鲁的中国炒饭是为了适应当地人的口味而进行调整和改造了的，和我们熟悉的"炒饭"不完全一样。另一方面，秘鲁华人的生存手段，还仅限于小本经营，他们通过提供生活必需品来谋生，既能跟秘鲁民众友好相处，又不得不忍受社会上长期存在的针对华裔、亚裔的歧视和偏见。

另外值得一提的是，《酒吧长谈》中还出现了两种截然不同的华人。我们在前文中引用过关于"大教堂"酒吧的一段描写："酒吧里，铅皮的天花板下，一群乱嚷嚷的贪吃的人挤坐在桌旁的板凳上。柜台后面有两个只穿衬衣的华人在监视着那些正在大嚼大饮的人们，这都是些棱角分明、古铜色面孔的人……"[①]此外还有一句，也是涉及酒吧里的这两个华人："人们不断地进来，吃饭，朗声大笑，高声喧哗，也有人吃完饭出去了，而柜台后那两个华人苍白的身影则永远一成不变。"[②]这两个华人与这个底层民众光顾的酒吧里肮脏、破旧的环境浑然一体。他们的形象是沉默的、模糊的，是圣地亚哥与安布罗修谈话的舞台背景的一部分。这间酒吧就是奥德里亚独裁统治时期的秘鲁社会的缩影：乌烟瘴气，丑陋不堪。监视着食客们大吃大喝的这两个华人，具有某种象征意味：秘鲁社会看似热闹繁荣，人们看似开开心心、无忧无虑，实际上权力一直在暗处窥视着他们，一旦发现有"危险"的苗头就会跳出来加以规训和惩戒，而这些"脏活儿"就是小说中的卡约·贝尔穆德斯这样的人干的，他们是独裁者的鹰犬和爪牙，一直埋

---

① 马里奥·巴尔加斯·略萨:《酒吧长谈》, 孙家孟译, 昆明：云南人民出版社, 1993年, 第20页。
② 马里奥·巴尔加斯·略萨:《酒吧长谈》, 孙家孟译, 昆明：云南人民出版社, 1993年, 第24页。

第四章　略萨小说中的东亚人

伏在暗处监视着人们的一举一动,伺机出击。当然,"大教堂"酒吧里的这两个华人还算不上是独裁者的帮凶,他们的社会地位太低,但他们的形象无疑是令人生厌的。

与这两个华人形象形成对照的,是圣马尔科斯大学的华人学生。这些进步学生和圣地亚哥与他的同伴们进行试探性的接触:

> 这些人单独地、匆匆地出现在圣马尔科斯,走近他们,谈那么一小会儿,而且谈的内容都是模模糊糊的,然后就消失了。几天之后又重新出现了。虽说真诚而热情,但他们那乔洛人、华人、黑人的笑容始终流露着戒备的神情;他们那内地人的口音讲出的话,始终是模棱两可的;他们的穿着始终是那破旧的退了色的衣服和旧鞋子,有时腋下夹着一些报刊和书籍。①

圣马尔科斯大学因是首都的公立大学,会比较广泛地招收到来自秘鲁全国各地的、社会各个阶层的青年学子。在此就读过的略萨也承认,这所大学有"造反"的传统,1952 年的学生运动向奥德里亚政府发起了挑战。②《酒吧长谈》里的这些华人进步学生尽管与酒吧里的华人一样是面目模糊的,但他们比后者更具正面意义。我们可以想象,他们是和印欧混血人、黑人一样在成长过程中受到过无数次歧视和压迫的穷学生,他们要比中产阶级白人大学生更具革命斗争的精神。事实上,在拉丁美洲历史上,就有华人与受压迫的本地人民并肩战斗、争取解放的先例,最著名的案例之一,就是在古巴独立战争(1895—1898)中表现英勇的华人战士。为纪念他们的功勋,古巴人民在首都哈瓦那

---

① 马里奥·巴尔加斯·略萨:《酒吧长谈》,孙家孟译,昆明:云南人民出版社,1993 年,第 119 页。
② 马里奥·巴尔加斯·略萨:《水中鱼——巴尔加斯·略萨回忆录》,赵德明译,上海:华东师范大学出版社,2016 年,第 196 页。

建造了一座约10米高的圆柱形纪功碑,碑座上铭刻着的西班牙文是贡萨洛将军的赞词:"在古巴的中国人,没有一个是逃兵,没有一个是叛徒。"①

这些华人进步学生的出现,也丰富了略萨小说中的华人形象。他们不仅仅是谨小慎微的小业主,不仅仅会卑微地谋生、沉默地随大流,也会加入争取解放的运动。当他们和其他受歧视的群体站在一起与当权者做斗争时,这也意味着他们真正融入了秘鲁社会。这些进步的华人不会"自扫门前雪",不会"事不关己高高挂起",因为他们把这个国家的未来也视作自己的未来。

热带岛屿的"黄色帝国"

在小说《天堂在另外那个街角》中,华人构成了保罗·高更在南太平洋法属殖民地岛屿上生活环境的一部分。他们的谋生手段,他们的社会角色,他们的视觉形象,与略萨其他小说中秘鲁华人的形象是一致的。可以说,略萨在描绘这些热带岛屿上的华人时,是以他所熟悉的秘鲁华人、拉丁美洲华人为原型的。

小说提到,高更刚来到帕皮提时,生了一场病,出院后,出于经济窘迫,他住到帕皮提最廉价的小旅馆去了:

> 地点在华人区,在离海只有几米的圣灵大教堂背后,教堂是一栋丑陋的石头房子,从小旅馆可以看到大教堂那红顶木钟楼。旅馆四周聚集在饰有汉字和红灯笼的木屋里的是三百多户华人家庭,他们本来是塔西提岛农村的劳工,可是由于收成不好,一些垦殖者破了产,便迁居到帕皮提来,以做小买卖为生。市长弗朗索瓦·卡尔代拉准许在华人区开设

---

① 徐世澄:《中国社会科学院学者文选:徐世澄集》,北京:中国社会科学出版社,2013年,第403页。

鸦片烟馆,但只允许华人进入,可是保罗在安家后不久就设法钻进烟馆并且吸了一袋鸦片。这次经历并没有让他上瘾,他是个被急于行动的魔鬼附体的人,鸦片烟的快感实在来得太缓慢了。[1]

故事发生的背景是19世纪末。这些华人的人生轨迹和秘鲁早期华侨是类似的:先是来到西方殖民者控制的地盘上做苦力,然后转为小本经营的商人。一开始,因为语言和生活习俗上的差异,也因为社会上种族歧视的氛围和当局或明或暗的种族隔离政策,华人选择抱团生活,把自己的所有行动都限制在特定的区域内,由此形成了所谓的"中国城"。小说里的法属殖民地的"华人区"(la barriada de los chinos[2]),在拉丁美洲的形态则是著名的哈瓦那中国城、墨西哥城的中国城、利马中国城等。这些"中国城"多位于闹市区,逐渐成为城市景观的一部分,体现城市的多元文化特色,而此处的 barriada 一词,在秘鲁西班牙语中指那种位于城市周边,遍布由简易材料搭成的房子的贫民区,类似于"棚户区"。拉丁美洲的"中国城"的最初形态,应是跟这种贫民区相差无几的。华人把他们的生活习惯带到了此地,包括他们被西方殖民主义者加在身上的恶习:吸鸦片烟。他们遭受的是双重的殖民压迫:一方面,他们一旦出海谋生做苦力,就被深深地卷入了新殖民主义的经济结构中;另一方面,鸦片也是西方殖民主义扩张的产物,鸦片看似能补偿他们艰辛的生活,实际上是与殖民主义体制化的压迫力量同为一体的,只是沉溺在鸦片瘾中的华人们全未意识到这一点。从小说中可以看到,法国殖民当局只允许华人涉足这些鸦片烟馆,保证岛上的其他居民尤其是欧洲移民不受其害。如果说这些热带

---

[1] 马里奥·巴尔加斯·略萨:《天堂在另外那个街角》,赵德明译,上海:上海译文出版社,2009年,第15页。
[2] 此处参考的原著版本为 Mario Vargas Llosa, *El paraíso en la otra esquina*, Buenos Aires: Editorial Alfaguara, 2003.

岛屿本就是文明之外的地方，那么岛上的华人区更是文明之外的文明之外，而这样的地方对保罗·高更来说不仅是可以承受的，更是令他满意的。他来到此地，追逐的是美学上而非经济上的成功：

> 在华人区里生活花钱很少，但是狭窄和恶臭——周围有一些猪圈，宰猪的肉架距离很近，各种动物都跑来觅食——夺去了他作画的兴致，迫使他上街闲逛。他常常到港口的小酒吧里面对大海而坐。他在酒吧里一坐就是几个钟头，不时地喝上一口加糖的苦艾酒，一面玩着多米诺骨牌。消瘦、潇洒、有教养、懂礼貌的热诺少尉告诉他，居住在塔皮提的华人区里，在殖民者眼中是件让人看不起的事情。这让保罗十分开心。让塔希提岛上的欧洲人看不起！难道还有比这更好的办法能够实现他梦寐以求的扮演"野蛮人"角色的愿望吗？①

小说提到了华人聚居区脏乱差的居住环境，这种环境是与艺术创造格格不入的。华人的庸俗、丑陋构成了艺术之美的对立面。在小说后文中，我们可以看到，华人老板对艺术的亵渎令高更大发雷霆。但另一方面，对于刚刚脱离欧洲大都市生活的高更来说，他要的就是走到"文明"的反面，与浮华、虚伪、缺乏生命力的资产阶级生活为敌。与华人生活在一起，并不意味着他与穷苦阶级相认同。他只是想早早地远离令他厌恶和痛恨的原来的生活环境。等到他深入土著人的生活中时，相比之下，原来被他视为野蛮人的华人反倒成了文明人，逐渐地令他反感、厌恶，最终到了与之势不两立的地步。

在小说中，高更辗转于各个岛屿，主要是在华人经营的小商铺购

---

① 马里奥·巴尔加斯·略萨：《天堂在另外那个街角》，赵德明译，上海：上海译文出版社，2009年，第16页。

买日常生活所需的用品:罐头、白糖、奶酪、大米、酒水等。华人老板们也往往同意给他赊账。这些华人老板几乎就是《酒吧长谈》里的那些利马华人商贩的分身。只是,在高更的眼里,他们的形象越来越可恶。第一个出现的华人老板就是一副令人鄙夷的模样:

> 他和她来到马泰亚的一家货栈偿还积压的欠款。老板是个华人,名叫奥尼,一副胖胖的东方人模样,像乌龟那样耷拉着眼皮。他用一张纸板当扇子,惊喜地望着他已经不打算收回的钱。①

略萨小说中经常出现把人动物化的描写,被动物化了的小说人物会显得更为丑陋。在这里,我们可以联想到,海龟是当地盛产的动物,肥胖的华人老板被安上了一副这样的眼睛,仿佛他也成了热带岛屿的动物。这双本来耷拉着的眼睛却因为看到了金钱而兴奋起来,显露出商人的敏感。这样的一个形象,在很大程度上是高更的主观印象。客观地说,作为苦心经营生意、在备受歧视的环境中挣扎的小业主,华人老板肯给高更赊账,已经是给他恩惠了,此时,他只是在收回他本该拿到的钱。

高更长时间处于经济窘迫的状态,因为他的画作鲜有买家。从某种程度上说,华人货栈的老板成了他的救命恩人:

> 他没有找到买主,无论绘画、雕刻,或者一幅可怜的素描,都无人问津。食物没有了,帕于拉开始发出怨言了。保罗向普纳奥亚唯一一家货栈的华人老板提议以物易物:他的钱没从法国寄来之前,用油画和水彩画换取他和帕于拉所需

---

① 马里奥·巴尔加斯·略萨:《天堂在另外那个街角》,赵德明译,上海:上海译文出版社,2009年,第26页至第27页。

要的食物。华人老板不大情愿,但最后还是同意了。

几周后,帕于拉告诉他,那华人老板没有收藏他的画,没有挂在墙上展览,没有出售,而是用来包装商品。她让他看一张普纳奥亚芒果林风景画的残余部分:满是油污,皱皱巴巴,挂着鱼鳞。保罗一瘸一拐,挂着拐杖——如今走几步路都要拄拐杖,甚至在室内也如此——去找货栈老板,斥责老板缺乏艺术欣赏力。他嗓门老大,闹得华人老板要去报警。从此,保罗把对普纳奥亚货栈老板的仇恨扩展到对塔希提岛上的所有华人身上了。①

当陷入山穷水尽的保罗向华人老板提出以物易物时,他已经从一个巴黎来的文明人彻底变成了波利尼西亚原始部落的野人——以物易物是原始人的交易方式。此时,华人老板在他面前成了文明人。文明人必然是精于算计的,讲究实用主义的,华人老板居然能接受高更提出的交易方式,可见他还是发了一回慈悲。用今天的眼光来看,华人老板糟蹋高更的画作,当然是煮鹤焚琴的可笑之举,但是,对于19世纪末20世纪初大多数人的审美品位来说,高更的画作是难以接受的,更何况是勉强维持着生计的华人货栈老板。对于他来说,高更的画作只是一些花花绿绿的纸张而已,没有任何价值。为了废物利用,他才拿来做包装纸,此处也可见出他的精打细算和省吃俭用。高更对他缺乏艺术欣赏力的指责,从法律的角度来看,完全是无理的。老板给他闹得要去报警,也就是说,求助于文明社会的公共秩序,此举用局外人的眼光来看,则是合理的。由此可以见出,高更在艺术上挑战既有的审美趣味,在日常生活中挑战合理的经济秩序,他是个彻头彻尾的造反者。他为追求美学目标而表现出的非理性与华人老板的理性

---

① 马里奥·巴尔加斯·略萨:《天堂在另外那个街角》,赵德明译,上海:上海译文出版社,2009年,第147页至第148页。

和实用主义形成了鲜明对比。他的非理性还溢出了个人恩怨的边界,扩大到与塔希提岛上所有华人为敌,这就是种族主义的表现了。在这里,我们可以看到种族主义的一个根源:非理性的仇恨。

当然,略萨并不打算把作为小说人物的高更塑造成一个道德完人。他对华人的仇视完全是应当得到批判的。当高更与华人老板的冲突升级后,他开始大肆散布种族主义言论。对于这个穷困潦倒的艺术家来说,天主教教会、新教教会、资产阶级、法国殖民政府以及华人都是他抨击的对象:他的仇恨和怒火有许多目标。有那么几天,他把怒火集中在塔希提的华人身上,指责他们企图占领这些岛屿,为的是消灭塔希提人和欧洲移民,以便拓展黄色帝国的疆域。[1]

所谓的"黄色帝国"当然是不存在的。这些19世纪末的华人移民,不过是迫于在本土面对的生存压力而出海谋生路的贫民而已,真正的"帝国"要么是那个腐朽没落的大清帝国,要么是在全世界积累资本、抢占市场的西方帝国。破坏了塔希提人的淳朴生活的不是华人,而是法国殖民者。高更对华人的指责完全是疯癫之语。"黄色帝国"之荒诞,实在令人发笑。不过,也不能不承认,这样的荒诞,这样的疯癫,一方面是出于生活不如意而积蓄的怨恨,另一方面也是与他狂野的艺术想象力相一致的。只是高更的疯癫和天真后来被精明的政客利用了。

在帕皮提岛上,高更被属于保守势力的天主教党收买了。他们雇他在报刊上画漫画、写文章攻击政敌,宣扬种族主义和沙文主义主张,由此解决了他的生计之忧。高更的艺术想象力不幸被用在了对华人发起的攻击上,华人在他的言论里成了"法国国旗上的黄斑"[2]——很"恰当"的视觉想象,因为如果在蓝、白、红三色的法国国旗上抹上一块

---

[1] 马里奥·巴尔加斯·略萨:《天堂在另外那个街角》,赵德明译,上海:上海译文出版社,2009年,第184页。
[2] 马里奥·巴尔加斯·略萨:《天堂在另外那个街角》,赵德明译,上海:上海译文出版社,2009年,第252页。

黄色,确实会显得极不协调。他宣称,波利尼西亚的华人是"黄祸"(la peste amarilla),华人的入侵"比阿提拉还坏"——这些言论唤起了欧洲人关于东方蛮族入侵的古老记忆,虽然华人商贩和匈奴骑兵之间不存在任何承接关系。我们可以看到,略萨还是为这些被攻击的华人说了公道话,并一再承认高更的疯癫:

> 谁会相信这样的谎话呢?如同塔希提岛上所有的人一样,皮埃尔·勒韦戈斯知道仇恨华人的原因是华人打破了对地方消费品进口的垄断。华人商店的物价比卡尔代拉和其他殖民者的商店便宜。保罗似乎是唯一一个坚信有两代人扎根在塔希提的华人构成了对法国的威胁的人,他坚信"黄色帝国主义"打算抢夺法国在太平洋的阵地,而且居然坚信每个黄种人都梦想骗奸白人妇女!①

华人货栈不仅曾经以赊账的方式维持了高更的生存,从宏观的角度来看,更是成为改善不合理的殖民地经济结构的一个积极因素。华人小本经营的商店在秘鲁、在拉丁美洲也起到了同样的作用。在作为殖民地或者延续了殖民地命运的国家和地区,大部分消费品都要依赖进口,广大平民不得不购买舶来品,在这种售卖进口货物的生意中就容易形成垄断。中国商人向来秉持薄利多销的理念,他们的进场对于平民消费者来说,不啻多一种选择,并且对于最穷苦的消费者来说更成为最佳的选择。这些靠着自己的努力积累起一定的产业,同时也挑战了殖民地压迫性的经济秩序、惠及当地人民的华人,在高更的胡言乱语里竟成了帝国主义者。殊不知,站在高更背后为他的胡言乱语支付薪水的那些人,才是真正的帝国主义者。19世纪末20世纪初华人

---

① 马里奥·巴尔加斯·略萨:《天堂在另外那个街角》,赵德明译,上海:上海译文出版社,2009年,第251页。

移民遭受的种族主义歧视、不得不面对的艰难生活环境，由此可见一斑。"黄色帝国"的荒诞说法，一方面可以见出他们在异国他乡表现出的顽强生命力，一方面则透露了他们面对强势话语的辛酸和无奈——他们是没有话语权的，只待被他人定义，只能忍辱负重前行。无论如何，历史已经证明，这些华人移民用自己的勤劳和韧性逐渐赢得了周围居民的信任和尊重。

结语：小说与现实

"秘鲁是什么时候倒霉的？"(¿En qué momento se había jodido el Perú?)这个问题，可以由政治家、经济学家或社会学家来解答，也可以由历史学家或哲学家来解答，巴尔加斯·略萨则用他的小说来解答。秘鲁，或者说拉丁美洲是什么时候倒了霉的，这个问题成了推动略萨写小说的最主要的动力。这个句子使用了过去完成时的时态，这意味着略萨的目光不仅会注视当下的现实，也会穿透历史，去寻找更为深层的现实。这个句子里包含了一个不雅的表达：se había jodido（倒霉），这意味着，略萨采取了一种赤裸的、不加修饰的、审丑式的现实主义来描摹现实。同时，这整个问句意味着一种小说与现实的关系：小说不是生活的附庸，不是生活的幻影，更不是生活的矫饰，小说要毫不留情地质问现实、介入现实。

纵观略萨谈创作的文字，他的核心议题就是小说与现实的关系。"小说与现实"这个话题，也可以用其他的方式来表述：虚构与真实、文学与生活、梦想与日常、谎言与真情……略萨有一篇在中国作家中广为人知的文论，就叫《谎言中的真实》(La verdad de las mentiras)，写于1989年，我们已在前文中引用过其中个别的片段。略萨在文中说："确实，小说是在撒谎（它只能如此）；但这仅仅是事情的一个侧面。另一个侧面是，小说在撒谎的同时却道出某种引人注目的真情，而这真情又只能遮遮掩掩、装出并非如此的样子说出来。"[1]小说既是谎言,又道出真实。略萨的论断令人联想到西方文学理论中最为古老的两个观点。一是柏拉图的,他认为,诗摹仿的不是真理,而是与真理相隔几层的幻影,制造的是远离真实的影像,因此"我们一定不能太认真地把诗歌当成一种有真理作依据的正经事物看待",[2]因此不能让诗人进入治理良好的城邦。另一个是亚里士多德的,他提出,诗人的职责不在于描述已经发生的事,而在于描述可能发生的事,即根据可然或必然的原则可能发生的事;历史学家和诗人的主要区别在于,前者记述已经发生的事,后者描述可能发生的事,因此诗是一种比历史更富哲学性、更严肃的艺术,因为诗倾向于表现带普遍性的事,而历史却倾向于记载具体事件。[3] 古希腊语境中的"诗"不等于诗歌,它包含了多种文艺体裁,这些关于"诗"的论断实际上也适用于一切虚构文学。略萨并不否认小说是与现实相背离的,小说不等于新闻报道,但是,小说正是要通过看起来背离现实的方式道出真实。在现代社会,"真实"成了一个越来越不可信的概念。在拉丁美洲,"真实"往往是被掩盖,被矫饰的。在莱昂西奥·普拉多军校里,"真实"被校方把控着,写小说的人被当成惯于编造谎言的人,因而也被当成威胁统治秩序的人来看待。而讲述这个故事的小说《城市与狗》本身也被当成一个诋毁这所军校的谎言,遭受了西班牙宗教裁判所式的酷刑:被当众焚烧。《城市与狗》中莱昂西奥·普拉多军校里发生的学生死亡、校方粗暴处理的事件自然是子虚乌有的,但小说讲述的一切都是秘鲁社会的真实映像——以象征的方式表现出来的映像。《绿房子》中的那个"绿房子"妓院,的确脱胎于皮乌拉真实存在过的那个"绿房子"妓院,但经过小说艺术的处理,它已经与它的原型相隔了十万八千里,从某种程度上

---

[1] 马里奥·巴尔加斯·略萨:《谎言中的真实:巴尔加斯·略萨谈创作》,赵德明译,昆明:云南人民出版社,1997年,第71页。
[2] 柏拉图:《理想国》,张竹明译,南京:译林出版社,2009年,第362页。
[3] 亚里士多德:《诗学》,陈中梅译,北京:商务印书馆,1996年,第81页。

说,成了一个神话、一个寓言——但不能算是谎言,因为它浓缩了拉丁美洲社会普遍的从前现代向现代转型的历史。一篇关于真实的"绿房子"妓院的报道,无论是多么地贴近事实,都不足以像小说中的"绿房子"那样具有涵盖拉丁美洲宏大历史的表现力,而且很可能越贴近事实,就越不具备这种表现力。对于略萨来说,小说就是讲述真实的谎言。西班牙艺术大师巴勃罗·毕加索也说过类似的话:"我们都知道,艺术不是真实。艺术是一种能让我们看到真实的谎言,至少是它要我们理解的那种真实。艺术家应当懂得如何让别人相信其谎言的真实性。"①略萨和毕加索的艺术-谎言的表述,一是从作者出发,一是从读者/欣赏者/接受者出发,都确认小说/艺术是"谎言"(mentira),也都确认,小说/艺术能把真实传递给读者/欣赏者/接受者。现代主义美学已经超越了古希腊诗学的机械的摹仿说,确认了文学艺术再造真实的能力。文学艺术营造的是一种看起来像谎言的真实,或者说是融合了谎言与真情的真实。毕加索说"艺术家应当懂得如何让别人相信其谎言的真实性",强调的是艺术表现的能力,或者说,是艺术的形式。对于现代小说来说,重要的是如何把这个"谎言"讲得不令人感觉乏味,如何让这个"谎言"完美地传达出作家真正想揭露的真实。许多现代小说大师都会用文本构筑一个自足自洽的平行世界,这个虚幻的平行世界,就是一个融谎言与真实于一体的世界,就是艺术形式。

　　韦勒克与沃伦合著的《文学理论》指出,伟大的小说家们都有一个自己的世界,人们可以从中看出这一世界和经验世界的部分重合,但是从它的自我连贯的可理解性来说,它又是一个与经验世界不同的独

---

① Pablo Picasso, "El arte es una mentira que nos hace ver la verdad", en Adolfo Sánchez Vázquez, *Antología de textos de estética y teoría del arte*, México D. F.: Universidad Nacional Autónoma de México, 1972, p. 403.

特的世界。① 胡安·鲁尔福的科马拉，或加西亚·马尔克斯的马孔多就是这样的世界，它们既与墨西哥或哥伦比亚的特定地区的村镇有相似之处，又具有鲜明的令人难忘的特征，这些特征往往具有强烈的象征意味，关联着一个更大更广阔的世界。与鲁尔福和马尔克斯相比，巴尔加斯·略萨似乎并不喜欢涉及超自然的题材。他更偏向于延续传统的现实主义路线，并且在吸收西班牙文学传统和法国文学典范的基础上，独创出一种我们称之为"启示性的现实主义"的叙事风格，创造出一个与他真实的人生经历、真实的秘鲁、真实的拉丁美洲高度重合却又具有高度凝练的艺术特色的世界。这个世界清晰地展现了亟待变革的权力结构和矛盾重重的社会现实——拉丁美洲的多维现实。

相比于大多数同辈的拉美作家，略萨是更积极地介入政治活动的。他加入过名为"卡魏德"的学生运动组织，参选过秘鲁总统，并撰写了大量的政论文章。他的小说也保持了这种介入社会现实的积极性，而且他的政治姿态的转变也体现在他的小说创作中，如《继母颂》和《情爱笔记》相比于《城市与狗》和《绿房子》，在主题、故事背景乃至叙事风格上就有明显的不同，正如我们已经在本书中分析过的，这种差异的背后是政治思想意识的巨大转变。尽管他已经放弃了最初的理想，但仍然坚持"文学是一团火"的文学观，坚持认为文学是对现实的挑战和反抗。在1989年的《谎言中的真实》里，他还在说，小说是对任何一种生活状态的控诉，文学谎言永远是一种阴谋活动。② 在2001年的文章《文学与生活》（*La literatura y la vida*）里，他说："好的文学永远是激发反叛的、不肯屈从的、搅起波澜的，是对现存一切的挑

---

① 勒内·韦勒克、奥斯汀·沃伦：《文学理论》，刘象愚、邢培明、陈圣生等译，杭州：浙江人民出版社，2017年，第208页。
② 马里奥·巴尔加斯·略萨：《谎言中的真实：巴尔加斯·略萨谈创作》，赵德明译，昆明：云南人民出版社，1997年，第83页。

战。"①在2010年获诺贝尔文学奖的演讲中,他回忆起自己的写作之路:"文学成了我反抗逆境、进行抗议、逃离不可忍受之事的方式,成了我生活的理由。"②略萨小说对拉丁美洲的社会现实不断地发起控诉和抨击,让人们意识到问题的存在。尽管他没有义务去提供这些问题的解决方案,但发现问题、意识到现实的种种缺陷,是改变现实、让现实更为合理和美好的行动的先决条件。我们也可以看到,在坚持文学反抗现实的观点之外,略萨也指出文学的建设性作用,正可谓有破有立。他说:"小说不仅仅是娱乐,不仅仅是培养感性、唤醒批判精神的脑力练习。小说是一种不可放弃的需要,有它存在,文明才会延续,才会不断更新并将我们人性中最好的东西保存完好。"③对于拉丁美洲文明来说,小说不断地激发变革的动力,不断地给予人们希望。小说与其说是现实的倒影或平行世界,不如说是现实的一部分,能参与到现实的改变之中。它可以改变人的思想意识,而当人们的观念发生转变时,变革也就发生了。小说也不断地塑造拉丁美洲文明的共同体,在这个过程当中,包括巴尔加斯·略萨作品在内的拉丁美洲现代小说发挥了极为重要的作用。进一步说,小说就是文明本身,它是人造出来的,同时它也塑造了人。小说既有助于培养健全的个人人格,也有力地塑造共识、建构人类共同体。从这个意义上说,拉丁美洲的现实不也正在为拉丁美洲小说所塑造吗？当拉丁美洲的读者们在"绿房子"的命运中看到自己国家的历史,在"大教堂"酒吧的长谈中读到在自己国家也存在的种种问题,在特鲁希略的丑陋形象中认出自己国家的考迪略的阴影,他们不也会同时意识到,有某种共同的东西把他们紧紧联系在

---

① Mario Vargas Llosa, *La verdad de las mentiras*. Madrid: Santillana Ediciones Generales, S. L., 2002, p. 394.
② Mario Vargas Llosa, *Elogio de la lectura y la ficción: discurso ante la Academia Sueca*. Madrid: Santillana Ediciones Generales, S. L., 2011, p. 32.
③ Mario Vargas Llosa, *Elogio de la lectura y la ficción: discurso ante la Academia Sueca*. Madrid: Santillana Ediciones Generales, S. L., 2011, p. 37.

一起吗？对于中国读者来说，在略萨小说中可以读到拉丁美洲深层的、复杂的现实，与此同时，我们也能在其中读到我们自己——小说维系着人类命运的共同体。

参考文献

中文部分

埃弗德尔.现代化的先驱:20世纪思潮里的群英谱[M].张龙华,杨明辉,李宁,等译.南京:南京大学出版社,2012.

埃里克森.全球化的关键概念[M].周云水,等译.南京:译林出版社,2012.

安德森.想象的共同体[M].吴叡人,译.上海:上海人民出版社,2003.

奥尔巴赫.摹仿论:西方文学中现实的再现[M].吴麟绶,周新建,高艳婷,译.北京:商务印书馆,2018.

奥尔布赖特.缪斯之艺:泛美学研究[M].徐长生,杨贤宗,等译.南京:南京大学出版社,2021.

奥尔特加·伊·加塞特.大众的反叛[M].张伟劼,译.北京:商务印书馆,2021.

奥尔特加·伊·加塞特.堂吉诃德沉思录[M].王军,蔡潇洁,译.北京:商务印书馆,2021.

奥尔特加·伊·加塞特.艺术的去人性化[M].莫娅妮,译.南京:译林出版社,2010.

巴尔加斯·略萨.城市与狗[M].赵德明,译.上海:上海译文出版社,2009.

巴尔加斯·略萨.公羊的节日[M].赵德明,译.上海:上海译文出版社,2009.

巴尔加斯·略萨.谎言中的真实:巴尔加斯·略萨谈创作[M].赵德明,译.昆明:云南人民出版社,1997.

巴尔加斯·略萨.酒吧长谈[M].孙家孟,译.昆明:云南人民出版社,1993.

巴尔加斯·略萨.狂人玛依塔[M].孙家孟,王成家,译.长春:时代文艺出版社,1996.

巴尔加斯·略萨.绿房子[M].孙家孟,译.上海:上海文艺出版社,2014.

巴尔加斯·略萨.普林斯顿文学课[M].侯健,译.北京:人民文学出版社,2020.

巴尔加斯·略萨.水中鱼:巴尔加斯·略萨回忆录[M].赵德明,译.上海:华东师范大学出版社,2016.

巴尔加斯·略萨.天堂在另外那个街角[M].赵德明,译.上海:上海译文出版社,2009.

巴尔加斯·略萨.五个街角[M].侯健,译.北京:人民文学出版社,2018.

巴尔加斯·略萨.叙事人[M].孙家孟,译.长春:时代文艺出版社,1996.

巴特勒.身不由己:关于性自主权的界限[C].王华,译//韦德,何成洲.当代美国女性主义经典理论选读.南京:南京大学出版社,2014:25-43.

巴特勒.身体事关重大[M].徐艳蕊,译//陶东风.文化研究读本.南京:南京大学出版社,2013:432-457.

柏拉图.理想国[M].张竹明,译.南京:译林出版社,2009.

贝利.殖民地时期的拉丁美洲艺术[M].姜珊,译.长沙:湖南美术出版社,2019.

伯格.观看之道[M].戴行钺,译.桂林:广西师范大学出版社,2005.

博尔赫斯.阿莱夫[M].王永年,译.上海:上海译文出版社,2017.

博尔赫斯.探讨别集[M].王永年,黄锦炎,等译.上海:上海译文出版社,2017.

博尔赫斯.讨论集[M].徐鹤林,王永年,译.上海:上海译文出版社,2017.

布尔迪厄.区分:判断力的社会批判[M].刘晖,译.北京:商务印书馆,2015.

陈光孚."结构现实主义"述评[J].文艺研究,1982(1).

陈光孚.拉丁美洲当代文学论评[M].桂林:漓江出版社,1988.

陈光孚.拉丁美洲又一次"文学爆炸":《世界末日之战》[J].读书,1983(9).

陈-罗德里格斯.美洲华人简史[M].翁妙玮,译.北京:新世界出版社,2021.

陈众议.拉美当代小说流派[M].北京:社会科学文献出版社,1995.

陈众议.来自巴尔加斯·略萨的启示[J].当代作家评论,2011(1).

陈众议.文学启示录:从马里奥·巴尔加斯·略萨访华说起[J].东吴学术,2011(4).

陈众议,宗笑飞.西班牙与西班牙语美洲文学通史[M].南京:译林出版社,2017.

茨威格.巴西:未来之国[M].樊星,译.上海:上海文艺出版社,2013.

杜娟.日本在拉美的早期移民活动:以墨西哥和秘鲁为中心的考察[J].西南科技大学学报(哲学社会科学版),2020(1).

弗洛伊德.弗洛伊德论美文选[M].张唤民,陈伟奇,译.上海:知识出版社,1987.

格林伯格.前卫艺术与庸俗文化[J].沅柳,译.世界美术,1993(2).

侯健.巴尔加斯·略萨作品中女性因素小探[J].文学界(理论版),2011(11).

基哈诺.权力的殖民性、欧洲中心主义与拉丁美洲[C],林书嫄,陈柏旭译//高士明,贺照田编.思想第三世界.台北:人间出版社,2019:188-228.

加莱亚诺.拉丁美洲被切开的血管[M].王玫,等译.南京:南京大学出版社,2018.

卡尔维诺.意大利童话(上)[M].文铮,译.南京:译林出版社,2012.

卡萨诺瓦.文学世界共和国[M].罗国祥,陈新丽,赵妮,译.北京:北京大学出版社,2015.

康德.判断力批判[M].邓晓芒,译.北京:人民出版社,2002.

克拉克.裸体艺术:理想形式的研究[M].吴玫,宁延明,译.北京:中国青年出版社,1988.

克劳泽.救赎者:拉丁美洲的面孔与思想[M].万戴,译.北京:北京日报出版社,2020.

克罗.西班牙的灵魂:一个文明的哀伤与荣光[M].庄安祺,译.北京:中信出版社,2021.

昆德拉.小说的艺术[M].董强,译.上海:上海译文出版社,2004.

李德恩.拉美文学流派与文化[M].上海:上海外语教育出版社,2010.

李健,周计武.艺术理论基本文献·中国近现代卷[M].北京:生活·读书·新知三联书店,2014.

李秀红.因"暗恐"而支离破碎的爱情:《坏女孩的恶作剧》之"暗恐"理论解读[J].甘肃联合大学学报(社会科学版),2012(5).

里德.写性是为情还是为淫:评略萨的新作《继母的赞扬》[J].外国文学,1989(4).

鲁尔福.佩德罗·巴拉莫[M].屠孟超,译.南京:译林出版社,2021.

罗岗,顾铮.视觉文化读本[M].桂林:广西师范大学出版社,2003.

马尔克斯.百年孤独[M].范晔,译.海口:南海出版公司,2011.

马克思,恩格斯.马克思恩格斯文集:第一卷[M].中央编译局,编译.北京:人民出版社,2009.

马克思,恩格斯.马克思恩格斯文集:第二卷[M].中央编译局,编译.

北京:人民出版社,2009.

马克思,恩格斯.马克思恩格斯文集:第四卷[M].中央编译局,编译.北京:人民出版社,2009.

马克思,恩格斯.马克思恩格斯文集:第十卷[M].中央编译局,编译.北京:人民出版社,2009.

麦克科纳希.风暴前线:二战中的拉丁美洲[M].任逸飞,译.太原:山西人民出版社,2020.

麦夸里.安第斯山脉的生与死:追寻土匪、英雄和革命者的足迹[M].冯璇,译.北京:社会科学文献出版社,2017.

米利特.性政治[M].宋文伟,译.南京:江苏人民出版社,2000.

浅见洋二,高桥文治,谷口高志.有皇帝的文学史:中国文学概说[M].黄小珠,曹逸梅,译.南京:凤凰出版社,2021.

覃琳.论资本时代的美洲表述[J].理论月刊,2017(1).

任爱红.《绿房子》的女性主义解读[J].西南民族大学学报(人文社会科学版),2012(S1).

塞尔努达.奥克诺斯[M].汪天艾,译.北京:人民文学出版社,2015.

塞万提斯.奇想联翩的绅士堂吉诃德·德·拉曼恰[M].孙家孟,译.北京:十月文艺出版社,2001.

桑塔格.重点所在[M].陶洁,黄灿然,等译.上海:上海译文出版社,2004.

沙利文.美洲现代艺术之路:1910—1960年西半球艺术[M].钟萍,译.北京:中国画报出版社,2021.

沈石岩.西班牙文学史[M].北京:北京大学出版社,2006.

斯塔夫里亚诺斯.全球分裂:第三世界的历史进程[M].迟越,等译.北京:商务印书馆,1995.

孙家孟.结构革命的先锋:论巴尔加斯·略萨及其作品《酒吧长谈》[J].世界文学,1987(1).

滕威.从政治书写到形式先锋的移译:拉美"魔幻现实主义"与中国当

代文学[J].文艺争鸣,2006(4).

威亚尔达.拉丁美洲的精神:文化与政治传统[M].郭存海,邓与评,叶健辉,译.杭州:浙江大学出版社,2019.

韦伯.学术与政治[M].冯克利,译.北京:生活·读书·新知三联书店,2013.

韦勒克,沃伦.文学理论[M].刘象愚,邢培明,陈圣生,等译.杭州:浙江人民出版社,2017.

沃森.20世纪思想史:从弗洛伊德到互联网[M].张凤,杨阳,译.南京:译林出版社,2019.

沃特伯格.什么是艺术[M].李奉栖,张云,胥全文,等译.重庆:重庆大学出版社,2011.

吴元迈.20世纪外国文学史:第五卷[M].南京:译林出版社,2004.

席勒.审美教育书简[M].冯至,译//冯至全集:第十一卷.石家庄:河北教育出版社,1999.

徐世澄.拉丁美洲现代思潮[M].北京:当代世界出版社,2010.

徐世澄.中国社会科学院学者文选:徐世澄集[M].北京:中国社会科学出版社,2013.

亚里士多德.诗学[M].陈中梅,译.北京:商务印书馆,1996.

杨金才.关于21世纪外国文学发展趋势研究的几点认识[J].当代外国文学,2013(4).

杨羽.马里奥·巴尔加斯·略萨:如果文学消失,世界将变得更为悲伤[J].时尚先生,2013(10).

殷曼楟.艺术理论基本文献:西方古代-近现代卷[M].北京:生活·读书·新知三联书店,2014.

詹明信.晚期资本主义的文化逻辑[M].张旭东,编.陈清侨,等译.北京:生活·读书·新知三联书店,2013.

张琼,黄德志.后殖民视阈下的巴尔加斯·略萨[J].枣庄学院学报,2013(6).

张琼.试析《坏女孩的恶作剧》中的心理学因素[J].文学界(理论版),2011(2).

张世春.日本移民在拉美[J].中共中央党校(国家行政学院)学报,1991(20).

赵德明.《世界末日之战》的"一团火"[J].书城,2011(8).

周明燕.从略萨看后殖民作家与本土文化的疏离[J].深圳大学学报(人文社会科学版),2011(5).

周鸣之.被遮蔽的痛苦[J].书城,2010(1).

周宪.从文学规训到文化批判[M].南京:译林出版社,2014.

周宪.文化现代性读本[M].南京:南京大学出版社,2012.

周宪.艺术跨媒介性与艺术统一性:艺术理论学科知识建构的方法论[J].文艺研究,2019(12).

朱刚.二十世纪西方文论[M].北京:北京大学出版社,2006.

朱景冬.当代拉美文学研究[M].北京:社会科学文献出版社,2012.

祝曙光.近代拉美航线上的日本移民船与移民输送[J].社会科学战线,2018(9).

宗白华.中国美学史论集[M].合肥:安徽教育出版社,2006.

外文部分

Allende, Isabel. *La casa de los espíritus*. Madrid: Biblioteca El Mundo, 2001.

Arce Borja, Luis. "Vargas Llosa: miseria moral del Premio Nobel", *El Diario Internacional*, 2010-10-18 〈http://www.eldiariointernacional.com/spip.php? article2927〉.

Campos Sagaseta, Koldo: *Vargas Llosa y la globalización*, Rebelión, 2012.2.3, 〈https://rebelion.org/vargas-llosa-y-la-globalizacion/〉.

Castro-Klaren, Sara. *Mario Vargas Llosa: Análisis Introductorio*. Lima: Latinoamericana Editores, 1988.

Darío, Rubén. *Páginas escogidas*. Madrid: Ediciones Cátedra, 2009.

De Unamuno, Miguel. *Del sentimiento trágico de la vida*. Barcelona: Espasa Libros, 2015.

Dussel, Enrique. *Filosofía de la cultura y la liberación*. México D.F.: UACM, 2006.

F.I.C. "El fauno y la flora", *Renacimiento*, No.39/40(2003).

Franco, Jean. "¿La historia de quién? La piratería postmoderna", *Revista de Crítica Literaria Latinoamericana*, No. 33 (1er semestre, 1991).

Fuentes, Carlos. *La gran novela latinoamericana*. Madrid: Santillana Ediciones Generales, 2011.

García López, José. *Historia de la literatura española*. Barcelona: Ediciones Vicens-Vives S.A., 1983.

García Montero, Luis. "Vargas Llosa y el impudor", *Infolibre*, 2016-04-03 〈https://www.infolibre.es/noticias/opinion/2016/04/02/vargas_llosa_impudor_47218_1023.html〉.

Geisdorfer Feal Rosemary. "The Painting of Desire: Representations of Eroticism in Mario Vargas Llosa's 'Elogio de la madrastra'", *Revista de Estudios Hispánicos* 24.3(1990).

Giraldo, Efrén. "*Elogio de la madrastra* de Mario Vargas Llosa, obra de arte total, límites y vecindades", *Revista Co-herencia* 15 (2011).

Gutiérrez, Ricardo. "Cosmopolitismo y hospitalidad en *El paraíso en la otra esquina*", *MLN*, Vol.123, No.2, Hispanic Issue (Mar., 2008).

Habra, Hedy. "Postmodernidad y Reflexividad Estética en *Los Cuadernos de Don Rigoberto*", *Chasqui*, Vol.30, No.1 (May, 2001).

——. "El arte como espejo: función y trascendencia de la creación artística en *Los cuadernos de don Rigoberto*", *Confluencia*, Vol. 18, No. 2 (Spring 2003).

——. *Mundos alternos y artísticos en Vargas Llosa*. Madrid: Iberoamericana, 2012.

Henighan, Stephen. "Nuevas versiones de lo femenino en *La Fiesta del Chivo*, *El paraíso en la otra esquina* y *Travesuras de la Niña Mala*", *Hispanic Review*, Vol. 77, No. 3 (Summer, 2009).

Higgins, James. "Gabriel García Márquez: *Cien años de soledad*", Ed. Philip Swanson. *Landmarks in modern Latin American fiction*. London: Routledge, 1990.

Kim, Euisuk. "Deseo, fantasía y masoquismo en Los cuadernos de don Rigoberto de Mario Vargas Llosa", *Confluencia*, Vol. 26, No. 2 (Spring 2011).

Kristal, Efrain. *The temptation of the word: the novels of Mario Vargas Llosa*, Nashville: Vanderbilt University Press, 1998.

——. "La política y la crítica literaria. El caso Vargas Llosa", *Perspectivas*, N⁰ 2, 2001.

Lafuente, Fernando. "¿Es aquí el paraíso?", *Revista de libros de la Fundación Caja Madrid*, No. 78(Jun., 2003).

Lafuente Ferrari, Enrique. "(Ensayo preliminar) La interpretación del barroco y sus valores españoles", en Werner Weisbach, *El barroco, arte de la contrarreforma*, Madrid: Espasa-Calpe, S. A., 1948, pp. 9–47.

——. *Ortega y las artes visuales*. Madrid: Revista de Occidente, 1970.

——. *La vida y el arte de Ignacio Zuloaga*. Madrid: Revista de Occidente, 1972.

――. *Velázquez o la salvación de la circunstancia*. Madrid: Centro de Estudios Europa Hispánica, 2013.

Mallo, Tomás (Edición). *Antología de Pedro Henríquez Ureña*, Madrid: Instituto de Cooperación Iberoamericana, 1993.

Manrique, Luis Esteban G. "Mario Vargas Llosa y el Perú: el poder de la literatura", *Política Exterior*, enero/febrero 2011.

Marías, Julián. *El método histórico de las generaciones*. Madrid: Revista de Occidente, 1949.

Marín, Paco. "*El paraíso en la otra esquina* by Mario Vargas Llosa", *Guaraguao*, No. 16(Summer, 2003).

Martí-Peña, Guadalupe. "El teatro del ser: dualidad y desdoblamiento en la escenificación narrativa de *Los cuadernosde don Rigoberto*", *Revista Canadiense de Estudios Hispánicos*, Vol. 28, No. 2 (Invierno 2004).

Martín, José Luis. *La narrativa de Vargas Llosa: acercamiento estilístico*. Madrid: Editorial Gredos, 1979.

McMurray, George R. "Review: *Elogio de la madrastra* by Mario Vargas Llosa", *World Literature Today* 1(1990).

Miguel Oviedo, José. *Historia de la literatura hispanoamericana*. Madrid: Alianza Editorial, S. A., 2001.

Omaña, Balmiro. "Ideología y texto en Vargas Llosa: sus diferentes etapas", *Revista de Crítica Literaria Latinoamericana*, No. 26 (1987).

Ortega y Gasset, José. *La rebelión de las masas*. Madrid: Editorial Castalia, 1998.

――. *Obras completas (Tomo III)*. Madrid: Santillana Ediciones Generales y Fundación José Ortega y Gasset, 2005.

――. *La deshumanización del arte y otros ensayos de estética*.

Madrid: Alianza Editorial, 2006.

Ossa, Carlos. "Las películas de Vargas llosa", *Revista Chilena de Literatura*, No. 80 (Noviembre 2011).

Paz, Octavio. "Nobel Lecture", NobelPrize.org. 8 Dec. 1990. Web. 5 Jan. 2021. 〈https://www.nobelprize.org/prizes/literature/1990/paz/25350-octavio--paz-nobel-lecture-1990/〉.

——. *El laberinto de la soledad*. México D. F.: Fondo de Cultura Económica, 1997.

Paz Soldán, Edmundo. "Deconstructing Dictators", *Foreign Policy*, 130(May/June. 2002).

Picasso, Pablo. "El arte es una mentira que nos hace ver la verdad", en Adolfo Sánchez Vázquez, *Antología de textos de estética y teoría del arte*. México D. F.: Universidad Nacional Autónoma de México, 1972, pp. 403 - 406.

Rama, Ángel. "Literatura y cultura en América Latina", *Revista de Crítica Literaria Latinoamericana*, Año 9, No. 18(1983).

——. *La novela en América Latina*. Veracruz: Universidad Veracruzana, 1986.

Rebolledo, Matías. "La palabra, la imagen y el mundo: las novelas de Vargas Llosa en el cine", *Revista Chilena de Literatura*, No. 80 (Noviembre 2011).

Rees, Earl L. "Review: *Elogio de la madrastra* by Mario Vargas Llosa", *Hispamérica* 53/54(1989).

Rodríguez Marcos, Javier. "*Mario Vargas Llosa: sin erotismo no hay gran literatura*", 4 Aug. 2001. *El país*. 〈http://cultura.elpais.com/cultura/2016/10/27/babelia/1477562715_786318.html〉.

Sánchez, Yvette. "*La fiesta del chivo*, el dictador dominicano como pantalla de proyecciones peruanas", Ed. Janett Reinstädler.

Escribir después de la dictadura. La producción literaria y cultural en las posdictaduras de Europa e Hispanoamérica. Madrid：Iberoamericana Vervuert, 2011, pp.317-325.

Sarmiento, Domingo Faustino. *Facundo o civilización y barbarie en las pampas argentinas*. Buenos Aires：Emecé Editores S. A., 1999.

Shaw, Donald L. *Nueva narrativa hispanoamericana*. Madrid：Ediciones Cátedra, 1983.

Sklodowska, Elzbieta. "An interview with Mario Vargas Llosa", *The Missouri Review*, Vol.16, No.3 (1993).

Spielmann, Ellen. "Los costos de una huachafería limeña：Boucher, Tiziano y Bacon en manos de Vargas Llosa", *Revista de Crítica Literaria Latinoamericana*, 56(2002).

Stavans, Ilán. "Review：*Elogio de la madrastra* by Mario Vargas Llosa", *Chasqui：revista de literatura latinoamericana*, 1(1989).

Vargas Llosa, Mario. *Gabriel García Márquez：historia de un deicidio*. Barcelona：Editorial Seix Barral, 1971.

——. *La orgía perpetua：Flaubert y《Madame Bovary》*. Barcelona：Editorial Seix Barral, 1975.

——. *Elogio de la madrastra*. Barcelona：Tusquets Editores, 1988.

——. *La ciudad y los perros*. Barcelona：Editorial Seix Barral, 1991.

——. *La guerra del fin del mundo*. Barcelona：RBA Editores, 1993.

——. *Desafíos a la libertad*. Méxoco D.F.：Aguilar, 1994.

——. *Conversación en La Catedral*. Barcelona：Editorial Seix Barral, 1995.

——. *El hablador*. Barcelona：Editorial Seix Barral, 1995.

——. *Los cuadernos de don Rigoberto*. Madrid：Santillana, S. A.,

1997.

——. *La casa verde*. Madrid: Editorial Alfaguara, 2002.

——. *La verdad de las mentiras*. Madrid: Santillana Ediciones Generales, S. L., 2002.

——. *El paraíso en la otra esquina*, Buenos Aires: Editorial Alfaguara, 2003.

——. "Szyszlo en el laberinto", *Arts d'Amérique Latine: Marges et Traverses* (Juin 2003).

——. *Elogio de la lectura y la ficción: discurso ante la Academia Sueca*. Madrid: Santillana Ediciones Generales, S. L., 2011.

Williams, Raymond L. *Vargas Llosa: Otra historia de un deicidio*. México D. F.: Taurus, 2001.

Zambrano, María. *Hacia un saber sobre el alma*. Buenos Aires: Losada, 2005.